ANNIKA BRYN

Rabennächte

Buch

Fünf Monate sind vergangen, seit die Kriminalkommissarin Margareta Davidsson bei der Aufklärung ihres letzten Falles von einer Kugel getroffen wurde und nur schwer verletzt überlebt hat. Nun, an einem kalten Märztag, sitzt sie in ihrem Auto und wartet auf die Fähre nach Gotland. Dort soll sie sich auf Anraten ihres Chefs für ein paar Wochen erholen. Doch am Hafen fällt Margareta, Polizistin mit Leib und Seele, eine junge Frau auf, die ängstlich einen Lastwagen beobachtet, der am Kai wartet. Margareta hält sich für überanstrengt und versucht, sich abzulenken. Aber als sie am Abend zu dem abgelegenen Ferienhäuschen nahe dem kleinen Dorf Buttle kommt, macht sie einen schrecklichen Fund: Eine Frau liegt tot am Waldrand. Und es ist das Mädchen vom Schiff…

Margareta hat einen Verdacht, doch die Polizei glaubt ihr nicht. So beginnt sie, auf eigene Faust zu ermitteln und entdeckt dabei düstere Geheimnisse und Machenschaften in der gotländischen Gemeinde. Zudem wirft eine tragische Begebenheit, die sich vor 140 Jahren zugetragen hat, ihre Schatten auf Buttle. Margareta ahnt nicht, dass sie sich bereits in größter Lebensgefahr befindet, denn ihre Gegner sind skrupellos und einflussreich und wollen sich um keinen Preis die abscheulichen Geschäfte verderben lassen…

Autorin

Annika Bryn entdeckte ihr Talent zum Schreiben bereits im Alter von neun Jahren. Besonders gerne beschäftigt sich die Theaterwissenschaftlerin und Soziologin in ihren Büchern mit psychologischen Charakterstudien, in denen sie dem menschlichen Verhalten auf den Grund geht. Annika Bryn lebt und arbeitet als freischaffende Journalistin in Stockholm.

Von Annika Bryn bereits erschienen:
Die sechste Nacht (36233) · Tatmotiv: unbekannt (36234)

Annika Bryn

Rabennächte

Thriller

Aus dem Schwedischen von
Friederike Buchinger

blanvalet

Die schwedische Originalausgabe erschien 2006 unter
dem Titel »Morden i Buttle« bei
B. Wahlströms Bokförlag AB, Stockholm.

Umwelthinweis:
Alle bedruckten Materialien dieses Taschenbuches
sind chlorfrei und umweltschonend.

1. Auflage
Deutsche Erstveröffentlichung August 2007 bei
Blanvalet, einem Unternehmen der Verlagsgruppe
Random House GmbH, München.

Umschlaggestaltung: HildenDesign, München
Umschlagmotiv: Getty Images
Redaktion: Nike Karen Müller
ES · Herstellung: Heidrun Nawrot
Satz: Uhl + Massopust, Aalen
Druck und Einband: GGP Media GmbH, Pößneck
Printed in Germany
ISBN 978-3-442-36701-6

www.blanvalet.de

»Jede Nacht und jeden Morgen
Wachen manche auf in Sorgen.
Jeden Morgen, jede Nacht
Zum Entzücken wer erwacht.
Manche sind zum Entzücken erwacht,
Manche geboren zu endloser Nacht.«

(Weissagungen der Unschuld. in: W. Blake,
Zwischen Feuer und Feuer. hg. und übers. von
Thomas Eichhorn, dtv, 4. Aufl. 2003, S.175)

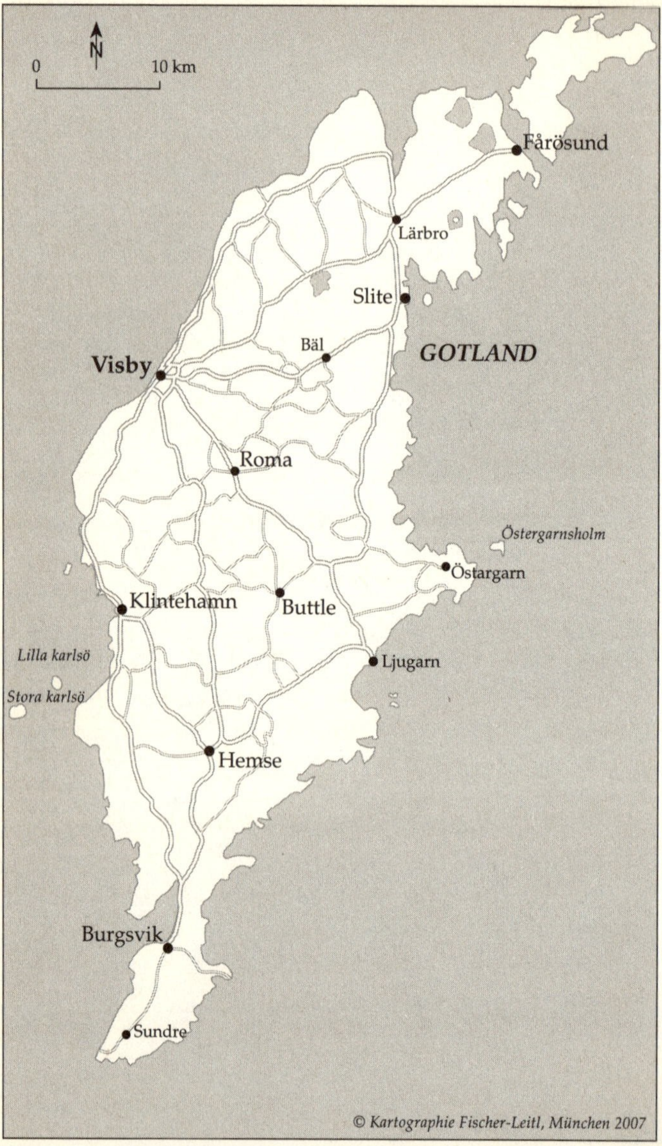
N
0
10 km
Fårösund
Lärbro
Slite
Bäl
GOTLAND
Visby
Roma
Östergarnsholm
Östargarn
Klintehamn
Buttle
Ljugarn
Lilla karlsö
Stora karlsö
Hemse
Burgsvik
Sundre
© Kartographie Fischer-Leitl, München 2007

0
N
100 km
NORWEGEN
Luleå
Oulu
Skellefteälv
Umeälv
BOTTNISCHER MEERBUSEN
SCHWEDEN
Umeå
Ostersund
Vaasa
FINNLAND
Sundsvall
Tampere
Bollnäs
Gävle
ÅLAND
Turku
Västerdalälven
Oslo
Uppsala
Stockholm
Karlstad
Vänern
Linköping
GOTLAND
Vattern
Göteborg
Jönköping
Västervik
Visby
LETTLAND
Kattegat
Kalmar
ÖLAND
OSTSEE
Helsingborg
LITAUEN
Malmö
Kopenhagen
DÄNE-
MARK
BORNHOLM
© Kartographie Fischer-Leitl, München 2007

1

Frank Behlin stand im hinteren Teil des Laderaums auf dem Truck. Es war kalt, und er fror. Er beendete das Gespräch, das er mit seinem Handy führte, hauchte in seine Hände und sah auf die Uhr.

Er hatte beide Anrufe erledigt und lag immer noch gut in der Zeit. Das erste Gespräch war wie erwartet verlaufen, er hatte seinem Kontakt auf Gotland nur eine kurze Nachricht zukommen lassen. Das andere bereitete ihm Sorgen. Es war ein weiterer Unsicherheitsfaktor aufgetaucht, um den er sich über kurz oder lang vielleicht kümmern musste.

Es war natürlich möglich, dass er übertrieb. Die Geschäfte liefen gut, und niemand hegte auch nur das geringste Misstrauen, weder gegen ihn noch gegen das Transportunternehmen, aber er durfte sich keine Nachlässigkeit erlauben. Die Geschäfte waren lukrativ, eben weil sie gefährlich waren.

Er überprüfte ein letztes Mal das Bündel und die schwarze Kiste mit der Ausrüstung, machte das Licht aus, zwängte sich an den Paletten vorbei, die den hinteren Teil des Laderaums von der offiziellen Last trennten, öffnete die Hecktür und sprang auf den Boden. Dann schloss er sorgfältig hinter sich ab.

Der Laster stand auf einem einsamen Waldweg in einer Kurve, versteckt hinter einem Fichtendickicht. Von der Autobahn war er nicht zu sehen. Hinter den Bäumen rauschte monoton der Verkehr vorbei. Die Luft war frisch und der Himmel bewölkt. Noch war der Frühling nicht bis Stockholm vorgedrungen, aber weiter südlich auf der Insel Gotland hatte er schon begonnen und Schneeglöckchen und Hyazinthen drängten in der warmen Sonne unter dem Südgiebel der weißen Villa ans Licht. Evas Haus. Der Gedanke an sie hob seine Stimmung. Die Zeit verging, und das Leben ging weiter. Dass die Jahreszeiten wechselten, wie sie es immer getan hatten, stärkte ihn in der Überzeugung, dass die Natur sich nicht im Mindesten um das scherte, was er vorhatte. Gab es einen Gott, dann hatte er anderes zu tun.

Er kletterte auf den Fahrersitz, zündete sich eine Zigarette an und startete den Motor. Der erste und einzige Halt vor der Überfahrt lag etliche Kilometer südlich. Er fragte sich, ob er seinen Kontakt noch einmal anrufen sollte, um die Situation zu besprechen, aber er entschied sich, selbst die Verantwortung dafür zu übernehmen. Er war derjenige, der dieses Geschäft betrieb. Tauchte ein Problem auf, was vielleicht schon bald der Fall war, konnte er sich ebenso gut allein darum kümmern.

Routiniert wendete er den Laster, wechselte die Spur und reihte sich problemlos in den fließenden Verkehr ein. Er hielt die gesetzliche Höchstgeschwindigkeit ein und schnüffelte nicht am Hintern von irgendwelchen Familienkutschen. Er war seit vorgestern nicht mehr in der Kneipe gewesen, er war ausgeschlafen und nüchtern und hatte jeden Gedanken und jeden Muskel vollkommen unter Kontrolle.

Er schaltete das Radio ein. Winkte grinsend einem kleinen Jungen zu, der ihn mit großen Augen aus einem kleinen Minibus anstarrte. Zwei Nächte und ein Tag auf Gotland lagen vor ihm. Eva erwartete ihn nicht vor zehn Uhr abends, also hatte er reichlich Zeit. Und wenn er am Freitag nach Stockholm zurückfuhr, würde der Wagen leer sein.

Das Leben war faszinierend. Es gab ein Vorher und ein Nachher. Jetzt im Augenblick war es Vorher. Er sog den Rauch tief in die Lunge, blies ihn wieder aus und blickte über die Autobahn, die sich vor ihm ausbreitete und die Landschaft wie ein Keil durchschnitt.

In Gedanken ging er noch einmal den Treffpunkt durch

und runzelte die Stirn. Etwas an dieser Stimme hatte ihn gestört. Er öffnete das Handschuhfach, nahm ein Senkblei heraus und steckte es in die Tasche, um es griffbereit zu haben. Er hatte sich schon lange nicht mehr verteidigen müssen. Aber er war dazu bereit, falls es nötig werden sollte.

Zwanzig Minuten später war er da. Der Mann, den er treffen sollte, wartete in einer Nebenstraße. Er war groß und kräftig, trug Jeans und einen Popelinblouson. Sein Haarwuchs war spärlich, sein Nacken breit und kräftig. Sein ganzer Oberkörper schien überdimensioniert, unförmig. So, wie er die Straße auf und ab wanderte, die Hände in den Taschen, sah er aus wie tausend andere Männer auch.

Er war nervös. Kein gutes Zeichen.

Frank fuhr an den Straßenrand und hielt an. Rutschte über den Sitz und stieg auf der anderen Seite aus. Lächelte den Mann an.

»Wie sieht's aus?«, fragte er.

Er war über einen Kopf kleiner als sein Gegenüber, aber das kümmerte ihn nicht. Der Mann beendete seine rastlose Wanderung, blieb stehen und sah auf ihn herunter. Sein Gesicht war rot und aufgedunsen.

»Nein«, sagte er schroff.

»Nein? Was heißt nein?«, fragte Frank und zündete sich die nächste Zigarette an.

»Einfach nein. Nicht mehr.«

Frank nickte nachdenklich.

»Okay. Obwohl das natürlich ein bisschen spät kommt.«

»Das ist ja wohl scheißegal!«

»Ja, das ist es wohl.«

Er lehnte sich an den Laster und nickte Richtung Hecktür.

»Willst du nicht wenigstens mal rein und einen Blick drauf werfen?«

»Ist es da drinnen?«, fragte der Mann und starrte wie hypnotisiert auf das Türschloss.

»Alles ist da drinnen.«

Es entstand eine angespannte Stille. Der Mann schluckte und sah den Laster an als wäre er radioaktiv. Fluoreszierend. Voller Verachtung verfolgte Frank seinen Kampf. Er fragte sich vage, was diese Kursänderung bewirkt haben mochte, aber eigentlich interessierte ihn das nicht weiter. Flüchtige Bilder des Dicken, wie er zu Hause vor dem Fernseher saß und über das Leben und sich selbst grübelte, zogen an ihm vorbei. Vielleicht war er erlöst worden. Vielleicht hatte er eine gute Frau kennen gelernt.

Plötzlich bemerkte er angewidert, dass dem Mann Tränen in den Augen standen. Er schnippte die Zigarette weg, trat sie aus und machte einen Schritt auf ihn zu.

»Na na, das geht doch nicht«, sagte er fast freundlich. »Hier können wir doch nicht stehen und weinen. Komm, lass uns ein Stück gehen.«

Er drehte sich um und ging in den Wald, hinter sich hörte er schwere Schritte. Einige Meter weiter hinter einem Gestrüpp blieb er stehen. Er deutete mit dem Kopf auf einen alten Baumstumpf. Der Mann setzte sich, ließ sich fast fallen, sein Hintern prallte mit einem dumpfen Schlag auf das moosige, schräg abgesägte Holz, und er spannte die Waden- und Oberschenkelmuskeln an, um nicht auf den Boden zu rutschen.

»Ich weiß nicht, was los ist«, schniefte er. »Heute Morgen stand ich zu Hause in der Diele vor dem Spiegel. Stand einfach da und habe mich selbst angesehen. Plötzlich wurde mir klar, wie groß ich bin. Darüber habe ich noch nie nachgedacht. Große Hände. Verfluchte, fette Beine …« Er wimmerte und verstummte.

Diese Worte auszusprechen, schien ihm geradezu Schmerzen zu bereiten. Noch einmal wimmerte er gequält und bohrte sich die Fingernägel in die Stirn. Es blieben feuerrote Abdrücke zurück.

»Ich geh da nicht rein«, schluchzte er. »Ich will es nicht sehen. Fahr nach Hause!«

Frank seufzte.

»Vielleicht«, sagte er. »Vielleicht.«

Er legte dem Mann die Hand auf die Schulter und drückte sie tröstend. Griff nach seinen Haaren und schüttelte leicht seinen Kopf vor und zurück. Der Dicke weinte immer noch und ließ ihn willenlos gewähren.

Frank zog das Senkblei aus der Tasche und schlug zu. Er war klein, aber muskulös und durchtrainiert. Sein Opfer sackte lautlos zusammen, fiel nach vorn, mit dem Kopf auf die Knie. Zwischen Jacke und Haaransatz leuchtete sein roter Stiernacken. Frank ging in die Knie und hob den kraftlosen Kopf an, legte den linken Arm um den Kehlkopf des Mannes und drückte zu. Er hielt den Griff gerade so fest, um den Blutfluss zum Hirn zu unterbrechen, bis er wusste, dass es vorbei war.

So an sein Opfer gefesselt verharrte er einige Minuten. Mit leerem Blick starrte er auf ein Gestrüpp, dachte an gar nichts, lauschte auf den Verkehr auf der Autobahn. Der Mann, den er festhielt, roch nach Kaffee und Schweiß.

Schließlich löste er den Griff. Der Dicke fiel ungebremst rückwärts vom Baumstumpf und schlug mit dem Kopf auf einen Stein. Verletzte sich die Haut an der Schläfe. Seine blassblauen Augen starrten in den grauen Himmel. Frank hätte gerne in sie hineingeblickt und darüber nachgedacht, dass ein Mensch, der noch vor ein paar Sekunden existiert hatte, plötzlich weg war. Hätte gern versucht, ein Gefühl dafür zu bekommen. Aber er sah sich nur kurz um, packte den Toten unter den Armen und schleifte ihn tiefer in den Wald hinein.

Die Leiche war schwer, aber Frank verschränkte ihre Arme, nahm die Beine zur Hilfe und duckte sich. Er zog den Toten fünfzig Meter weit zwischen die Bäume, blieb stehen und sah sich wieder um. Niemand war zu sehen. Das hier war kein schöner Wald, kein Ort, an dem man spazieren ging, und abgesehen davon war es kühl und es wehte ein schneidender Wind. Seine Hände hätten blau gefroren sein müssen, aber das Adrenalin rauschte durch seinen Körper, ließ das Blut schneller fließen und hielt ihn warm.

Der Platz, den er gefunden hatte, war nicht optimal – eine mit Farnen zugewucherte Senke hinter dürren Zweigen. Es roch feucht und modrig, und sicher würde bald ein Hund die Leiche aufstöbern. Aber es bestand keine Verbindung zu dem Truck. Trotzdem war es ärgerlich, dass es ihm nicht gelungen war, den Mann in den Lastraum zu locken, dann hätte er die Sache auf Gotland zu Ende bringen können.

Er ging in die Hocke und durchsuchte die Taschen seines Opfers. Nahm seine Brieftasche. Er fand tausend Kronen in Scheinen, die er behalten wollte, und eine Kreditkarte, die er sicher nicht benutzen würde, aber erst einmal steckte er alles zusammen in seine Jackentasche.

Schließlich warf er einen letzten Blick auf den Mann, ging zurück zum Weg und pinkelte an einen Baumstamm. Er hatte die Situation völlig im Griff und keine Eile. Er kehrte zur Hecktür des Lasters zurück, überprüfte das Schloss, lehnte sich dagegen und lauschte. Drinnen herrschte Stille. Er steckte sich noch eine Zigarette an und sah sich um. Schließlich kletterte er wieder auf den Fahrersitz.

Als er den Motor angelassen hatte, spürte er, wie der Adrenalinpegel langsam wieder sank. Einen Moment blieb er ganz ruhig sitzen und beobachtete seine eigenen Reaktionen. Er fühlte eine unbehagliche Leere. Es war, als öffne sich irgendwo im Raum ein schmaler, schwarzer, wabernder Schacht, dessen Öffnung direkt auf ihn zuschwebte. Verlockend und erschreckend zugleich. Er erwartete fast, den heulenden, synthetischen Laut einer anderen Welt zu hören.

Der Wald zu seiner Rechten war stumm, blind und taub. Dort gab es nichts als Bäume und welkes Gras. Der Dicke war tot und lag, wo er lag. Frank war allein.

Er schüttelte den Kopf. Adrenalinerschöpfung, sagte er sich. Und er war gar nicht allein. Er hatte Eva einen Platz in seinem Leben eingeräumt, er hatte einen Job und Pläne. Die Tage wiesen in die Zukunft.

Aber er konnte die Depression nicht aufhalten. Als er das Lenkrad drehte und aufs Gas trat, verwandelte sie sich von Unbehagen und vagem Schrecken in blanke Wut. Er sehnte sich plötzlich nach einem lebendigen Menschen, auf den er einschlagen konnte, nach jemandem, der reagierte, Angst zeigte, eine Antwort gab. Ihn an einem gewöhnlichen Märztag in Schweden in die Realität zurückholte.

Es gab keinen. Er schlug mit der Faust gegen die Windschutzscheibe, und mit gerunzelter Stirn lenkte er den Laster zurück Richtung Autobahn.

Kommt mir ja nicht in die Quere, dachte er. Kommt mir ja nicht in die Quere.

Er bog auf die Autobahnauffahrt, fädelte sich in den fließenden Verkehr ein, und machte sich auf den Weg zur Küste und zur Fähre nach Gotland.

2

Ein Schuss aus einer Sig Sauer war der indirekte Grund dafür, dass Kommissarin Margareta Davidsson an diesem kalten Marztag mit ihrem Auto am Kai in Nynäshamn stand und auf die Gotlandfähre wartete.

Vor fünf Monaten hatte ein inzwischen toter Mann die Kugel abgefeuert, die schräg unter ihrer linken Brust eingedrungen war, um Haaresbreite die Lunge verfehlt, das Gewebe durchschlagen und es zerfetzt hatte, ehe sie wieder aus dem Körper ausgetreten und auf dem schwarzen Blechdach liegen geblieben war. Der Schuss war aus ihrer eigenen Pistole abgegeben worden und deshalb war es eine Kugel der neuen Polizeimunition gewesen, die ein Stück ihres Körpers weggerissen und eine hässliche Narbe hinterlassen hatte.

Sie hatte so stark unter Schock gestanden, dass sie nichts davon gespürt hatte. Sie hatte geglaubt, sie müsse sterben, aber sie hatte überlebt. Sie erinnerte sich vage, dass jemand sie im Arm gehalten hatte. Fünfundvierzig Minuten nachdem der Schuss gefallen war, hatte eine Schwester im Krankenhaus ihren Pullover, Hose und Unterwäsche aufgeschnitten, hatte Blut und Schmutz von ihrem Körper gewaschen, während sie reglos dagelegen war, in die grelle Lampe des Operationssaals gestarrt und sich darüber gewundert hatte, wie unwirklich und zugleich trivial die ganze Situation gewesen war.

Die Decke hatte einen Riss gehabt, und Margareta hatte darüber nachgedacht, mit welchem Desinfektionsmittel die Lampe wohl gereinigt wurde. Eine der Krankenschwestern hatte schwach nach einer Seife geduftet, die sie nicht kannte. Sie hatte Margareta das schwarze Poloshirt vom Bund bis zum Kragen aufgeschnitten, geschickt und vorsichtig, war ihr näher gekommen und Margareta hatte die Rundungen ihres Körpers unter dem lockeren weißen Kittel erkennen können, hatte die Wärme ihres Atems gespürt. Und erst in diesem Augenblick, neben diesem fremden Menschen, war die Angst vor den Wunden zurückgekehrt. Die Angst zu schlafen, die Angst operiert zu werden.

Die Chirurgen hatten Muskelgewebe, Sehnen und Haut zusammengeflickt. Die Wunde begann zu heilen, und es hieß, sie würde sich wieder erholen. Aber als ihr Kollege und heimlicher Geliebter Kalle sie schließlich aus dem Krankenhaus abgeholt hatte, war ihre Psyche in einer seltsamen Wartehaltung angelangt. In einem Vakuum, aus dem sie sich kaum befreien konnte.

Zu Hause war sie rastlos auf und ab gewandert, war manchmal stehen geblieben und hatte sich forschend im Spiegel betrachtet. Sie war fünfundvierzig Jahre alt, mittelgroß, ihr Gesicht war für gewöhnlich ungeschminkt und ihr Haar halblang und blond mit weißen Strähnen an den Schläfen, was ihr gut stand und ihr, wie sie fand, eine ganz neue Autorität verlieh. Aber ihr Spiegelbild hatte ihr gar nichts gesagt, nur dass sich eine Frau aus Fleisch und Blut in diesem Zimmer befand. Das Gefühl, in dem sie gelebt hatte, hatte sie an die erste Zeit nach dem Tod ihres Mannes vor fast sechs Jahren erinnert. Es hatte ein Jahr gedauert, bis sie die unfassbare Tatsache akzeptiert hatte, dass er nicht mehr da war. Und dieses Mal würde es ebenso lange dauern, bis sie begriffen hatte, dass sie ebenso gut tot sein könnte. Nicht wichtiger für die Welt als ein zusammengeknüllter Zettel im Papierkorb.

Sie spürte, dass ihr Leben endlich war. Was soll ich mit meiner Zeit anfangen?, hatte sie sich gefragt, aber nichts anderes getan, als die Möbel ihrer Zweizimmerwohnung umzustellen. Sofa an die Querwand, Sofa an die Längswand, Sofa in die Mitte des Raumes. Zum Schluss hatte sie über ihre eigene bedeutungslose Geschäftigkeit lachen müssen, war auf den Teppich gesunken und eingeschlafen.

Sie hatte keine Lust, länger in ihrer Seele zu forschen. Sobald sie die Erlaubnis erhalten hatte, war sie wieder ins Präsidium zurückgekehrt. Aber es war nicht besonders gut gelaufen. Nachdem ihr Chef Björn Alberg ihr ein paar Monate dabei zugesehen hatte, wie sie demonstrativ energisch die Korridore entlanggeeilt war, hatte er sie schließlich gezwungen, zum Frühling ein paar Wochen Urlaub zu nehmen. John und Anne Danielsson, Freunde, die sie durch ihre beiden letzten Fälle gewonnen hatte, hatten Margareta ihr Ferienhaus auf Gotland angeboten. Die enthusiastischen Beteuerungen der beiden, wie ruhig und still die kleine Gemeinde Buttle in der Mitte der Insel war, hatten in ihren Ohren zwar im Wesentlichen abschreckend geklungen, aber sie hatte sich schließlich geschlagen gegeben.

Und so war sie an diesem Mittwochnachmittag nach Nynäshamn aufgebrochen und hatte ihre Zweizimmerwohnung in Vasastan, Kalle und das Polizeipräsidium hinter sich gelassen. Jetzt war es halb fünf, und hier, am Kai in ihrem Auto wartend, war sie miserabler Laune und fühlte sich noch einsamer und isolierter als bisher.

Unter dem wolkenverhangenen Märzhimmel trieb ein eisiger Wind das kalte raue Wasser zwischen die Landzungen hindurch zur Ostsee. Margareta trommelte ungeduldig mit den Fingern auf das Lenkrad, während sie die riesige, weiße Gotlandfähre betrachtete, die langsam in den Hafen einlief. Das Schiff schien sich in Zeitlupe zu bewegen, offenbar einzig und allein, um sie in den Wahnsinn zu treiben.

Alles dreht sich um das Gleichgewicht, dachte sie. Gleichgewicht, Erinnerung und Gefühle. Was man in die Hand gelegt bekommt, die man der Welt entgegenstreckt. Was man selbst geben darf. Ein liebevoller Blick, der nicht mehr da ist, eine Stimme, die verstummt ist und nicht mehr antwortet. Wie kann man zurück gelangen, wenn man erst einmal aus der Bahn geworfen worden ist? Wenn der Rhythmus und die Kette gebrochen sind? Wenn jede Wahl, die man trifft, falsch ist, weil man die Richtung verloren hat und alles Selbstverständliche sich außer Reichweite zu befinden scheint?

Sie drehte sich auf dem Fahrersitz, um ein interessanteres Anschauungsobjekt als die Fähre zu finden, und sofort spürte sie ein heftiges Stechen in der Narbe. Die alte Wunde zog und pochte noch immer gelegentlich. Anfangs hatte sie noch über eine Art plastische Operation nachgedacht. Aber als sich der Schock über den Verlust eines Stücks ihres Körpers gelegt hatte, hatte sie sich an ihr neues Aussehen gewöhnt. Jetzt empfand sie es nur noch als unnötige Anstrengung, Zeit und Energie auf ihre Verletzung zu verschwenden. Die Narbe war ein Teil von ihr geworden.

Zirka dreißig Autos standen neben und hinter ihr am Kai und warteten darauf, an Bord fahren zu dürfen. Die meisten Passagiere warteten aufgrund des Wetters in ihren Wagen, nur einige wenige vertraten sich draußen die Beine. Eine junge blonde Frau in Jeans und grauer Jacke, die draußen rauchte und verträumt – oder war es vielleicht abwesend? – zum Terminal hinüberschaute, fiel ihr besonders auf.

Plötzlich drehte das Mädchen den Kopf und blickte über das Wasser. Margareta folgte neugierig ihrem Blick und bemerkte zwei Lastwagen, die weiter vorn an der Kaimauer parkten. Ein Postauto und ein grauer Laster mit der Aufschrift »Bergenheims Transport«. In der Nähe der beiden Trucks lief ein Mann ungeduldig auf und ab. Er war zu weit weg, um sein Gesicht zu erkennen, aber klein und drahtig wie er war, sah er aus wie ein Jockey. Klein, sehnig und muskulös. Immer wieder verschwand er hinter einem der Container, um kurz darauf ein Stück weiter weg wieder aufzutauchen. Margareta nahm den Rest der Schlange in Augenschein und entdeckte einen Pferdetransporter. Gut möglich, dass er dazugehörte.

Als sie den Kopf wieder zurückdrehte, sah sie, dass das Mädchen ein paar Schritte auf die Kaimauer zu gemacht hatte und zehn Meter vor Margaretas Kühler stehen geblieben war. Einige Minuten stand das Mädchen da und schien mit sich selbst zu kämpfen. Sie schien etwas vorzuhaben – mit dem Jockey reden? Oder, dachte Margareta beunruhigt, will sie sich ins Wasser stürzen, findet aber nicht den Mut dazu?

Offensichtlich gelang es ihr nicht, die nötige Entschlossenheit aufzubringen für das, was sie tun wollte. Zu Margaretas Erleichterung drehte sie sich wieder um, verließ die Absperrgitter und ging zum Terminal, woraus Margareta schloss, dass sie kein eigenes Auto hatte. Sie schaute ihr nach, bis sie verschwunden war.

Die Fähre hatte inzwischen gewendet und rückwärts am Kai angelegt. Enorme Trosse wurden ausgerollt, und zwei Männer vertäuten sie an Land. Vier Angestellte der Reederei lachten und unterhielten sich, während die Fahrzeugrampe unendlich langsam heruntergelassen wurde. Dann durften die Wartenden an Bord fahren.

Erstaunlicherweise kletterte der Jockey gelenkig in den

Lastwagen und nicht in das Auto, das den Pferdehänger zog. Er ließ den Motor an und schloss sich dem Postlaster an, der als erster an Bord fuhr. Margareta landete auf der linken Rampe und parkte ihr Auto ganz vorn. Ein langer Strom Autos folgte, und die Motoren hallten zwischen den Metallwänden. Sie kurbelte die Scheibe hoch, stieg aus, schloss den Wagen ab und ging zur Treppe. Ein Schild besagte, dass das Autodeck während der Überfahrt geschlossen blieb.

Froh darüber, sich wieder bewegen zu dürfen, nahm sie den Aufzug und fuhr ins Bordrestaurant. Die nicht motorisierten Reisenden kamen ebenfalls aus ihrem Terminal. Kinder tobten herum, Hunde zerrten aufgeregt an ihren Leinen und alle suchten sich einen guten Platz. Margareta steuerte auf einen freien Fenstertisch zu, legte ihre Tasche ab und zog ihre lange graublaue Strickjacke aus, die sie über ihren nicht mehr ganz neuen Jeans und einem langärmeligen weißen T-Shirt trug.

Das Schiff setzte sich in Bewegung und entfernte sich langsam vom Kai, Meter für Meter. Die Gangway, der die Reisenden auf die Fähre führte, war losgemacht worden und ragte nun vom Terminalgebäude ab, wie ein Arm, dem man die Hand abgehackt hatte. Sie endete hoch oben über dem Wasser im Nichts. Es gab keinen Zaun und auch sonst keine Absperrung. Als sie den Blick senkte, sah sie, dass die Kaimauer einen rostigen Blechbeschlag hatte. Sie stellte sich vor, wie es wäre, von dort oben durch die Luft nach unten zu segeln in dem Wissen, dass es keine Chance gab zu überleben. Seit dem Attentat hatten ihre Gedanken die Tendenz, um morbide Dinge zu kreisen.

Sie verbannte die Vorstellung aus ihren Gedanken, reihte sich in die Schlange vor der Cafeteria ein und entschied sich für fettige Hackfleischbällchen mit Preiselbeeren und Bratkartoffeln. Als Alternative gab es fettige, panierte Fischfilets mit Kartoffelbrei und Gurke.

Die junge Frau vom Kai stand weiter vorn in der Schlange.

Sie hielt den Kopf gesenkt, betrachtete die Salatauswahl und konnte sich offenbar nicht entscheiden. Aus der Nähe war deutlich zu erkennen, dass sie eigentlich ein hübsches Gesicht hatte, aber sehr besorgt aussah und mit den Gedanken weit weg war.

Margareta beobachtete sie mit neuem Interesse. Das Mädchen war schlank und etwa fünfundzwanzig Jahre alt. Sie hatte noch immer ihre Jacke an, also fror sie offenbar. Die Jacke war offen, darunter trug sie ein dickes, weißes Poloshirt und verwaschene, hellblaue Jeans. Ihr Gesicht war blass, und ihr blondes, halblanges Haar lag am Kopf an. Ganz anders als der störrische Wuschelkopf, mit dem Margareta zu kämpfen hatte.

Eine große, hellgraue Lederumhängetasche. Die Hände, die das Tablett hielten, waren schmal mit langen, geschickten Fingern. Es war unmöglich zu erraten, welchem Beruf sie nachging.

Margareta suchte automatisch die Cafeteria nach dem Jockey ab. Hatte das Mädchen über Selbstmord nachgedacht oder hatte sie vorhin am Kai wirklich etwas Wichtiges mit ihm besprechen wollen? War er ihr Freund? Oder arbeiteten sie vielleicht für dieselbe Firma und sie verdächtigte ihn des Betrugs? Oder führte sie selbst etwas Böses im Schilde und war beunruhigt, weil er sie gesehen hatte?

Kein jockeyähnlicher Fahrer weit und breit. Das Mädchen entschied sich für Krabbensalat, wartete geduldig, bezahlte und verschwand dann nach achtern an einen freien Fenstertisch. Margareta bezahlte ihr eigenes Essen und ging zurück an ihren Platz, wo sie sich so hinsetzte, dass sie ihre Beute im Blick hatte.

Berufskrankheit, dachte sie selbstkritisch. Überall Probleme entdecken und Muster erahnen, wo vermutlich gar keine sind. Und wenn das Mädchen die Kaffeekasse veruntreut hatte, was dann? Sicher arbeitete sie für einen Hungerlohn und hatte einen Chef, der sie schikanierte.

Nichts Besonderes geschah. Die junge Frau aß und begann anschließend, in einem Taschenbuch zu lesen. Offensichtlich gelang es ihr nicht, sich zu konzentrieren, denn nach wenigen Minuten legte sie das Buch beiseite und blickte auf das Meer hinaus.

Margareta bekam plötzlich ein schlechtes Gewissen. Das Mädchen hatte keine Ahnung, dass ihr gegenüber jemand saß, der versuchte, ihr in den Kopf zu schauen. Dabei hatte Margareta in ihrem eigenen Kopf selbst genug zu beobachten. Sie aß auf, nahm ihre Jacke, hängte sich die Tasche über die Schulter, brachte das Tablett zurück und begab sich auf einen Rundgang, um das Schiff zu erkunden.

Die Fähre war riesig. Margareta schaute durch das Panoramafenster im Salon auf das imposante Meer und den seidig glänzenden Himmel. Dann ging sie die Treppe hoch in den mittleren Sektor. Auf diesem Deck gab es etliche Innen- und Außenkabinen. Vielleicht wäre es gar keine schlechte Idee, irgendwann mit Kalle in einer solchen Privatkabine ganz vorn im Vorschiff zu reisen. In aller Ruhe essen, ein wenig schlafen. Die Aussicht genießen.

Sie ging zurück ins Treppenhaus und durch die Glastüren hinaus auf das Deck. Draußen war es eisig kalt. Ein paar Hartgesottene standen an der Reling, blickten fasziniert auf das Wasser und ließen sich den Wind um die Nase wehen. Andere saßen vor der Wand auf dem Boden oder standen hinter einem Windfang aus Plexiglas und rauchten, denn in den Innenräumen herrschte Rauchverbot und es gab keine Bänke.

Margareta ging weiter zum Achterdeck und auf die andere Seite des Schiffes, wo sie beinahe mit dem Lastwagenfahrer zusammenstieß, der an der Wand stand und rauchte. Sie zuckte zusammen, machte einen Schritt zurück und bekam ganz unerwartet die Gelegenheit, ihn aus der Nähe zu betrachten. Er war mindestens fünfzehn Jahre älter als die junge Frau in der grauen Jacke und ein paar Zentimeter kleiner als Margareta selbst. Das Gesicht unter den dunklen Haaren hatte markante Züge, war braun gebrannt und wettergegerbt, er trug eine alte Militärjacke und Tarnhosen, sein Körper war mager und drahtig. Als sie an ihm vorbeiging, sah sie ihn wachsam an und einen Sekundenbruchteil begegneten sich ihre Blicke.

Irgendetwas an der Art, wie er sie überlegen musterte, ließ ihr das Blut in den Adern gefrieren. Das war ein Blick, den sie kannte, einer, den sie schon viel zu oft gesehen hatte. Der Blick eines Mannes, der etwas zu verbergen hat. Eines Mannes, dessen Misstrauen und Aggressivität unter der Oberfläche lauerten, jeder Zeit bereit hervorzubrechen, weil er schon lange nicht mehr das Gefühl hatte, sich für irgendetwas rechtfertigen zu müssen. Er sah lebensgefährlich aus. Er hob die Brauen. Die Art wie er dort stand, lässig, aber allzeit zum Angriff bereit, ließ sie an ein ruhendes Raubtier denken. Er strahlte Bosheit und Gefahr aus, die sie wie eine Windbö trafen.

Dann war sie an ihm vorbei. Sie fühlte, wie sein durchdringender Blick auf ihrem Rücken brannte. Ohne den Schritt zu beschleunigen oder sich umzudrehen, ohne zu denken, ging sie zurück in die Wärme des Schiffes und rannte fast zum Restaurant.

Zwei schmucke junge Männer in dunkelblauen Uniformen saßen hinter dem Informationstresen. Entschlossen unterdrückte Margareta die quengelnde innere Stimme, die anfing, ihr Einwände vorzujammern, steuerte geradewegs auf einen der beiden Männer zu und zog ihn ein paar Meter auf die Seite, während sie ihre Tasche öffnete.

»Ich heiße Margareta Davidsson und bin Kriminalkommissarin. Ich möchte, dass sie das Autodeck für mich öffnen«, sagte sie leise aber nachdrücklich und zeigte ihm ihre Dienstmarke.

Seine Augen weiteten sich vor Überraschung.

»Ja?«, sagte er verständnislos. »Haben Sie etwas im Auto vergessen, oder …?«

Die Gelegenheit, einfach ja zu sagen, war verführerisch, aber vermutlich würde er doch die ganze Zeit neben ihr stehen bleiben, warten und begreifen, dass sie herumschnüffelte.

»Nein, ich muss einen Lastwagen überprüfen.«

»Einen …? Warum? Ist etwas vorgefallen?«

»Nicht, dass ich wüsste. Ich habe lediglich etwas entdeckt, das ich mir genauer ansehen möchte. Okay?«

Sie schaute ihn ruhig und fest an. Er zögerte und betrachtete erst ihre Marke, dann die auffällige Leere, die sie umgab. Sie konnte seine Gedanken erraten: Kommen Polizisten für gewöhnlich nicht immer im Doppelpack? Sie verfluchte seine Langsamkeit und warf einen Blick in Richtung Deck. Sie fürchtete, der Fahrer könnte ihr jeden Moment auf die Schliche kommen.

»Ist die echt? Ist das ein Fall, an dem Sie arbeiten, oder …?«, fragte der Jüngling.

»Die ist echt und Sie dürfen mich auch begleiten. Können wir jetzt gehen?«

Seine Neugier siegte. Er flüsterte seinem Kollegen etwas zu und führte sie zum Aufzug. Sie fuhren zusammen nach unten, er schloss die Tür auf und zeigte ihr, wo der Lastwagen stand.

Das Postauto, der Truck und der Pferdetransporter parkten nah beieinander. Sie konnte die Pferde hören, die sich in dem engen Anhänger bewegten, und sie sah einen großen, braunen Kopf mit dunklen Augen, der sie neugierig durch ein schmales Fenster musterte. Über dem ganzen Deck lag der Geruch von Pferdemist. Dem Pferd musste unendlich langweilig sein, und ihr kam der Gedanke, wie es wäre, wenn alle Passagiere auf diese Weise nach Gotland transportiert würden, in einer Siebzigzentimeterbox stehend, an einer Stange angebunden. Mit dem jungen Mann auf den Fersen ging sie weiter zum Heck des Lasters.

»Sehen Sie nach, ob jemand im Führerhaus ist«, bat sie ihn.

Er verschwand und sie hörte ihn an die Fahrertür klopfen. Währenddessen untersuchte sie das Schloss der Hecktür, das in Ordnung zu sein schien, kontrollierte die Reifen und das Chassis. Der Junge kam zurück.

»Leer«, sagte er.

Sie nickte abwesend und ging einmal um den Laster herum. Die Seitenwände waren solide, keine Plastikplane. Sie zog sich hoch und blickte durch das Seitenfenster in die Fahrerkabine. Nichts zu sehen außer einer Abendzeitung und einer leeren Zigarettenschachtel auf dem Beifahrersitz. Offenbar war er Kettenraucher. Sie stieg wieder hinunter und schaute noch einmal unter den Laster. So weit sie erkennen konnte, war auch dort nichts zu finden.

Schließlich stand sie wieder vor der Hecktür. Sie hätte sie am liebsten geöffnet um nachzusehen, was sich im Innern verbarg. Die Tür war raffiniert verriegelt, aber offensichtlich nicht abgeschlossen. Für einen Augenblick zog sie in Erwägung, den hartnäckigen Zeugen loszuwerden, der neben ihr stand und sie andächtig anstarrte. Dann hätte sie einen Blick in den Laderaum des Trucks werfen können.

Sie bückte sich und nahm das untere Ende des einen Türflügels genau unter die Lupe. Die Lackierung war abgeschabt und schmutzig, und ganz dicht an der Ritze, wo die Türen sich trafen, war ein sehr kleiner, dunkelroter Fleck zu erkennen. Als hätte sich jemand an der Metallkante die Haut aufgeschürft und einen einzigen Tropfen Blut verloren.

Der Fleck sprang ihr geradezu ins Auge. Der Informationsknabe wartete gespannt auf ihren nächsten Schritt.

Sie suchte in ihrer Tasche nach einem Notizblock, riss ein Blatt ab, faltete es und kratzte den roten Fleck mit einer Nagelschere ab. Es waren nur ein paar kleine, leichte Schuppen, kaum sichtbar. Sie faltete das Papier, bis die rote Substanz ganz geschützt war, notierte sich auf einem anderen Zettel

Kennzeichen und Automarke des Lasters sowie den Namen des Fuhrunternehmens.

»Suchen Sie nach Blut? Was hat er angestellt?«, fragte der junge Mann beeindruckt.

»Nichts, was ich schon wüsste. Der Laster hat mich lediglich an etwas erinnert, und es ist immer besser, auf der sicheren Seite zu sein.«

Sie schwiegen ein paar Sekunden. Sie war fertig, aber trotzdem wollte sie noch nicht gehen. Routiniert legte sie die Handfläche auf die Tür, vorsichtig, als erwarte sie, sich die Finger zu verbrennen, hielt ihr Ohr an das Metall und lauschte. Sie wusste nicht, was sie zu hören hoffte – eine Bewegung? Eine tickende Bombe?

Kein Laut drang nach außen. Drinnen herrschte Totenstille. Widerwillig zog sie die Hand zurück, richtete sich auf und heftete ihren Blick auf den jungen Mann.

»Ich bitte Sie, das, was Sie eben gesehen haben, mit absoluter Diskretion zu behandeln«, sagte sie.

Er nickte eifrig.

»Selbstverständlich! Brauchen Sie für das da eine Plastiktüte?«

Sie gab einen zustimmenden Laut von sich. Dann fuhren sie wieder nach oben, und er besorgte ihr eilig eine kleine Tüte aus der Cafeteria. Margareta trat ungeduldig von einem Bein auf das andere, wieder in Sorge, der Jockey könnte um die Ecke biegen und intuitiv begreifen, was sie getan hatte. Sie schrieb sich den Namen des Informationsknaben auf, ging auf die Damentoilette, steckte das kleine Paket und den Zettel in die Tüte und verstaute alles zusammen in ihrer Handtasche.

Als sie aus der Kabine kam, blieb sie einen Augenblick vor dem Spiegel stehen und atmete durch. Das unbehagliche Gefühl wollte nicht verschwinden. Sie versuchte, den Zwischenfall auf dem Autodeck hinter sich zu lassen, Muskel für Muskel zu entspannen, und betrachtete ihr Gesicht, während sie darauf wartete, ihr inneres Gleichgewicht wieder zu finden.

Sie war blass, aber ihr Blick war wachsam, konzentriert und kompetent und verriet nichts über den Aufruhr in ihrem Inneren. Mein Hirn läuft Amok, dachte sie. Lag es am Stress? An der Angst davor, nichts zu tun zu haben, einfach dazusitzen und den eigenen Gedanken ausgeliefert zu sein?

Eine lebhafte Phantasie kann auch ein Handicap für einen Polizisten sein, hatte ein Lehrer an der Polizeiakademie früher einmal gesagt. Man sieht zu viele Möglichkeiten und verrennt sich in zehn Richtungen gleichzeitig. Auch die eigene Intuition kann ein schlechter Ratgeber sein. Man muss von konkreten Fakten ausgehen, sonst gar nichts.

Und genau aus diesem Grund fuhr sie in ein fremdes Ferienhaus in Buttle, Gotland – um dieses impulsive Benehmen wieder abzustellen. Sie schnitt sich selbst eine Grimasse, ging hinaus, kaufte am Kiosk eine Abendzeitung und setzte sich wieder an ihren alten Tisch. Dennoch, ihre Intuition behielt meistens Recht, aber mehr konnte sie jetzt nicht tun. Wenn eine Bombe hoch ging, ging eine Bombe hoch.

Die Zeitungslektüre bot nichts Neues. Es ging um die EU, um Drogenschmuggel, Kronprinzessin Viktoria, den wachsenden Alkoholkonsum der Schweden, zwei verschwundene Kleinkinder, einen Polizisten, der seine Frau umgebracht hatte, den kommenden Grand Prix und ein Seifenopern-Starlet, das mit seinem Freund Schluss gemacht hatte, obwohl sie sogar zu Gunsten hungernder Kinder im Sudan öffentlichen Sex im Brunnen am Sergels Torg gehabt hatten.

Sie konnte es nicht lassen, einen verstohlenen Blick auf den Tisch der jungen Frau zu werfen. Das Mädchen saß noch dort, aber jetzt hatte sie ihre Jacke ausgezogen und las ruhig in ihrem Buch.

Der Jockey war nirgends zu sehen.

3

Ida

Ida hatte die halbe Nacht gekämpft. Das, was sie gerade durchmachte, hatte sie sich nicht vorstellen können. Sie hatte Angst vor den Schmerzen gehabt, aber das hier war viel, viel schlimmer als irgendetwas anderes. Sie konnte nicht einmal fassen, dass es solchen Schmerz überhaupt gab. Jemand flüsterte ihr zu, wie tüchtig sie war, weil sie nicht schrie, aber sie konnte gar nicht schreien. Sie war viel zu schockiert.

Jetzt, dachte sie. *Dieser Augenblick war noch nie zuvor da und er wird auch nie zurückkommen. Ich bin mitten im Jetzt.*

Sie hatte das Gefühl, ihr ganzes Selbst würde geweitet und erreichte eine äußere Grenze. Es gab eine wogende, unsichtbare Linie ein kleines Stück außerhalb ihres Selbst, wie die dünne Haut einer Seifenblase, und sie schwebte mitten in dieser Hülle. Eine Haut, die ihr noch nie zuvor bewusst geworden war, die sie aber jetzt, wo ihr Körper sie streifte, deutlich wahrnahm. Sie wuchs und füllte die Blase aus, erreichte ihre Grenze und spürte, dass dahinter der Tod wartete.

Sie berührte den Tod. Sie spürte die Grenze ihres eigenen Lebens.

Verzweifelt umklammerte sie das Kopfende des Bettes, presste, drückte, und etwas in ihr bewegte sich, glitt abwärts, trat und rutschte aus ihrem Körper.

Eine Woge der Erleichterung und Freude überrollte sie, und von irgendwoher schöpfte sie neue Kraft. Die Hebamme nahm das Kind in Empfang, trocknete es ab und durchtrennte die Nabelschnur.

»Ein kleines Mädchen«, sagte sie.

»Kann ich sie sehen?«, fragte Ida. »Ich will sie sehen!«

Ihre Mutter hielt ihr fest die Hand. Durch das Fenster

schien die frühe Märzsonne. Die Hebamme trat an das Kopfende des Bettes, öffnete das Tuch und Ida sah zum ersten Mal ihr Kind. Ein unbeschreibliches Glücksgefühl breitete sich in ihrem Bauch und Herzen aus, als Ida das kleine, weinende Gesicht sah. Sie lächelte, und Tränen liefen ihr die Wangen hinab. Sie streckte die Arme aus, nahm das schreiende Bündel entgegen und fühlte die Wärme des kleinen Körpers an ihrer Brust. Ein starkes Gefühl der Zusammengehörigkeit und das Bedürfnis, dieses Wesen zu beschützen, stiegen in ihr auf.

Sie sah ihre Mutter an. In ihren jungen Augen lag nichts als überwundene Angst, als Liebe und Freude, sogar Stolz. Ida fühlte sich unendlich erleichtert, und ein innerer Frieden breitete sich in ihr aus. Auch ihre Mutter weinte. Sie streichelte erst ihrer Tochter die Wange und dann dem Baby. Sie gehörten fest zusammen. Sie waren der Mittelpunkt der Welt und eine Insel im Meer der Sehnsucht nach den beiden Menschen, die auch hätten da sein sollen. Idas Vater, der bei einem Unglück vor drei Jahren von einem Baum gestürzt und ums Leben gekommen war, und Robert. Er hätte hier neben ihr sitzen und sein Kind ansehen müssen. Hätte sie in den Arm nehmen müssen.

Die Hebamme stand neben dem Bett. Zu Beginn der Geburt hatte sie verschlossen und verärgert ausgesehen, aber jetzt waren ihre Züge weich geworden.

»Na, das ging doch prima«, sagte sie. »Was für ein Glück, dass das Kind so klein ist. Das hier hätte nie passieren dürfen, aber du warst ein richtig tapferes Mädchen und jetzt hast du eine tapfere kleine Tochter bekommen. Nun müssen wir nur noch das aus dir herausholen, was noch drinnen ist, und dann wird sich deine Mutter um dich kümmern.«

Hinterher saß sie schwerfällig auf einem Stuhl und sah zu, wie Mama das Bett ordnete, das schmutzige Laken wegnahm, Ida mit warmem Wasser wusch und ein frisches Leintuch unterlegte.

»Ihr wisst, dass alle Kinder innerhalb von drei Tagen angemeldet werden müssen, oder?«, fragte die Hebamme. »Mutter: Ida Catharina Pettersson, Buttle. Vater: Robert Andersson, Altajme. Ein Kind bekommt ein Kind. Ich habe noch nie zuvor miterlebt, wie eine Zwölfjährige gebiert. Du bist sicher die jüngste Mutter, die es jemals in Buttle gegeben hat. Oder sogar auf ganz Gotland. Und der Vater ist ein fünfzehnjähriger Bengel.«

Sie schüttelte den Kopf, sah Ida ernst an und beugte sich leicht vor. »Jetzt musst du mir etwas sagen. Wie konnte das passieren? Hat er dich gezwungen? Du kannst es mir sagen. Es ist gegen das Gesetz, kleine Mädchen zu solchen Sachen zu zwingen, verstehst du? Auch wenn du schon fast so weit entwickelt bist wie eine junge Frau, bist du doch noch ein Kind. Und jetzt hat dir jemand die Unschuld genommen.«

Ida wurde rot und schüttelte den Kopf. Sie hielt ihr Kind fest und sehnte sich wieder nach Robert.

Sie hatte ihn schon einen ganzen Monat lang beobachtet, ehe sie sich richtig trafen. Er war älter als sie, deshalb hatten sie nie zusammen gespielt, aber sie kannten sich natürlich schon ihr ganzes Leben, so wie man sich eben kennt, wenn man in derselben Gegend aufwächst. So hatten sie begonnen, dieselben Wege zu nehmen und einmal, als sie hinter ihm herging und ihn ansah, hatte sie plötzlich ganz neue, fremde Gefühle in sich entdeckt. Es war, als liefe langsam warmes Wasser über ihr Gesicht, nach unten über ihren Bauch. Eine helle, weiche, lustvolle Wärme. Sie versuchte, dieses Gefühl wieder und wieder zu erleben, indem sie dorthin ging, wo er vielleicht vorbeikam. Sie stand hinter Bäumen und Hausecken und schaute ihm nach.

Eines Tages begannen sie, miteinander zu sprechen. Er war freundlich und fröhlich. Sie unterhielten sich über das Boot, das am Tag zuvor an der Ostküste gestrandet war, und stellten sich vor, wie es sein mochte, auf einem Schiff zu sein, das gegen die Klippen geworfen wurde. Vor allem Ida war neugierig. Sie erzählte und träumte und rätselte, wie immer, wenn sie sich für die anderen Kinder Geschichten ausdachte. Er hatte zugehört, und auf einmal, als sie eine Pause machte, war etwas geschehen.

Sie hatten nebeneinander gesessen. Und das schöne Gefühl kam zurück, stärker als je zuvor, es fiel ihr schwer zu atmen und ihr ganzer Körper begann zu zittern. Unbeholfen, aber sehnsuchtsvoll schlang er die Arme um sie, zog sie an sich, und es fühlte sich richtig an, so wie es sein sollte, aber gleichzeitig wurde sie nervös. Er hatte ungeschickt nach den Knöpfen ihres Kleides getastet. Und dann hatten sie es getan. Es war anders gewesen, als sie es sich vorgestellt hatte, und doch genauso. Sie hatte die Arme um ihn gelegt, das Gesicht an seine Wange gepresst und war ihm näher gewesen als jemals jemand anderem, außer ihren Eltern, aber mit derselben Selbstverständlichkeit und Liebe.

Und jetzt war er nicht bei ihr. Das durfte nicht sein, sie wurde wütend.

»Wann darf ich nach draußen gehen?«, sagte sie und hörte selbst, dass sie klang wie das Kind, das sie war.

Plötzlich lächelte die Hebamme.

»Du musst wohl noch ein paar Tage liegen und dich von deiner Mutter umsorgen lassen, wenn sie zu Hause ist. Dann könnt ihr hinausgehen und den Frühling begrüßen, du und deine Kleine. Wie soll sie denn heißen?«

»Amelie Therese.«

»Das ist ein schöner Name. Du musst dich darauf einstellen, dass die anderen im Dorf dich anstarren und dass einige sagen werden, du wärst ein schlechtes Mädchen gewesen, so wie sie schon in der Schwangerschaft gestarrt und getuschelt haben. Nimm es dir nicht zu sehr zu Herzen. Es ist, wie es ist, und jetzt ist es daran, das Schlechte wie das Gute anzunehmen und in Zukunft artig zu sein.«

Sie wandte sich an Idas Mutter.

»Ich habe mit seinem erwachsenen Bruder gesprochen,

Johannes. Niemand bestreitet die Vaterschaft, und die Familie ist auch bereit, Ida und dem Kind einen Betrag zukommen zu lassen. Aber ich kann nicht verstehen, warum man keine Verlobung und spätere Heirat in die Wege leitet. Angeblich sind die Kinder zu jung, und es könne erst etwas daraus werden, wenn Robert studiert hat. Studiert! Er ist ein guter Junge, aber ein Bücherwurm ist er ganz sicher nicht.«

»Ich glaube, es geht um das Erbe«, sagte die Mutter mit gedämpfter Stimme. »Er wird weniger erben, wenn Robert und Ida noch weitere gemeinsame Kinder bekommen. Außerdem glaube ich, Johannes will vor seinem jüngeren Bruder heiraten. Und er hat nie viel von meinem Mann gehalten. Aber ich kann auch nicht behaupten, dass ich es gerne sähe, wenn Ida nur mit Robert, Johannes und der Großmutter auf diesem Hof leben würde. Sie ist eine feine Frau und eine gute Freundin, aber sie wird schließlich nicht ewig leben.«

»So darf man nicht reden, das Wichtigste ist doch, dass Ida heiratet«, erwiderte die Hebamme. »Entweder so, oder der Junge muss am Ende noch ins Gefängnis, nur gut, dass er so jung ist.«

»Dann müssen wir uns wohl anstrengen«, sagte die Mutter.

»Nun, es wird ja nichts draus. Aber auf dieses Mädchen hier hätte man besser aufpassen müssen. Es hätte wirklich böse enden können. Warum bist du nicht zu mir gekommen? Es gibt Mittel, die eine Schwangerschaft verhindern.«

»Aber wie hätte ich denn ahnen sollen …?«, sagte Idas Mutter. »Sie ist doch noch so klein!«

»Es ist nicht ihre Schuld«, nahm Ida ihre Mutter in Schutz.

Die Hebamme warf ihr einen langen Blick zu, aber sie sagte nichts mehr. Bevor sie ging, wusch sie sich und legte sich den Mantel um. Zuletzt grub sie noch tief in ihrer Tasche, zog ein Päckchen hervor, das in ein Handtuch eingewickelt war und reichte es Idas Mutter. Als sie gegangen war, wurde es still.

»Was hat sie dir gegeben?«, fragte Ida.

Ihre Mutter wickelte das Handtuch auf dem Tisch auf.

»Brot und Hering. Bist du hungrig?«

Ida nickte. Abgesehen von der quälenden Sehnsucht nach Robert ging es ihr gut. Es war so natürlich, hier zu liegen und das Kind im Arm zu halten. Es war, als hätte bis eben in diesen Armen etwas gefehlt. Sie blickte in das Gesicht des Babys und horchte auf die angestrengten Atemzüge.

»Mama, sie kann nicht richtig atmen. Ist sie krank?«

»Nein, so ist es immer. Kleine Kinder müssen erst lernen, richtig Luft zu holen.«

»Hier oben tut es weh«, sagte Ida und wurde wieder rot.

»Das kommt von der Milch, die einschießt. Dreht die Kleine dir den Kopf zu?«

Ida sah Amelie an. Das Kind drückte das Kinn gegen ihre Brust und öffnete den Mund. Ihre Mutter kam zu ihr, öffnete ihr Nachthemd und legte mit geübtem Griff das Kind an eine der kleinen, prallen Brüste. Sofort packte das Baby die Brustwarze mit dem Mund und begann zu saugen.

Ida keuchte auf und schnappte nach Luft. Für einen Augenblick zog ein Schmerz durch die ganze Brust, aber dann durchfuhr ein intensives Lustgefühl ihren Bauch, warm und wunderbar, und eine neue Woge der Liebe durchströmte sie. Das Kind trank, und bei jedem Zug wuchs der Glücksrausch, sank und stieg wieder an.

Ida blickte zu ihrer Mutter, ohne zu ahnen, wie überrascht und erstaunt ihr eigenes Gesicht war. Ihre Mutter lachte.

»Oh!«, sagte sie, und Ida merkte, wie die Milch auch aus der anderen Brust spritzte. Unbeholfen hob sie das Kind hoch und wechselte die Seite. Ihre Mutter eilte ihr zu Hilfe und trocknete die Milch mit einem Lappen.

»Du wirst bald den richtigen Rhythmus finden«, sagte sie beruhigend. »Aber es ist gut, dass du so viel Essen für sie hast. So wird sie dick und rund wie ein kleines Schweinchen werden!«

Sie holte einen Becher Wasser und stellte ihn neben das Bett, legte den Hering zwischen zwei Scheiben Brot und reichte ihn ihrer Tochter. Nachdem sie einen Stapel Wechselwäsche bereitgelegt hatte, so dass Ida sie vom Bett aus erreichen konnte, legte sie sich schließlich ihren Schal um und verließ widerwillig die Stube, um zu Lundbergs zur Arbeit zu gehen.

Amelie wurde schläfrig. Sie trank ein paar Schluck, döste, trank wieder. Ida betrachtete sie und fühlte jede kleine Veränderung. Die Wärme und das Glück in ihrem Bauch blieben.

Sie merkte, dass es an der Zeit war, die Windeln zu wechseln. Vorsichtig legte sie das schläfrige Kind ab, hievte sich aus dem Bett und machte sich frisch. Ihr ganzes Inneres fühlte sich wund und verletzt an. Als sie fertig war, hob sie Amelie auf den Tisch und wusch sie zum ersten Mal. Ließ sie für einige Augenblicke nackt strampeln und sah sie einfach an. Die kleinen angewinkelten Arme und Beine, den großen Kopf, die schmalen hochgezogenen Schultern. Amelie ruderte mit den Händen durch die Luft, und die schielenden Augen schauten erst zu Ida hoch, dann ins Zimmer, dann wieder zu Ida.

»Ich frage mich, was du wohl denkst«, sagte Ida.

Sie wickelte das Kind wieder ein und kroch zurück ins Bett, aß ihr Brot und trank Wasser. Jetzt war alles gut.

Vielleicht würde Robert später kommen. Vielleicht.

Mit Amelie neben sich schlief sie ein. Sie träumte, dass die Schmerzen wieder da waren. Sie wand sich, presste und wachte erst auf, als die Sonne am Himmel ein Stück weitergewandert war und ihr ins Gesicht schien.

Nur das Surren der Fliegen war zu hören, sonst war alles still. Die Zeit verging langsam. Zum ersten Mal fühlte sie sich einsam mit Amelie. Eine kleine, nagende Unruhe kratzte ganz tief in ihrem Unterbewusstsein. Wie sollte sie allein mit dem Kind und dieser unüberschaubaren Zukunft fertig werden? Sie war fest entschlossen, es zu schaffen. Niemand würde sie zwingen können, ihr Kind wegzugeben. Robert war zu jung, er hatte noch nichts zu sagen, und sie konnte nicht darauf vertrauen, dass Johannes, der sie während der ganzen Schwangerschaft so herablassend behandelt hatte, einer Hochzeit doch noch zustimmen würde. Aber ihre Mutter stand hinter ihr und sicher auch die Hebamme, Roberts Großmutter und vielleicht auch noch andere. Es würde gut gehen.

Am späten Vormittag klopfte es vorsichtig an der Tür und Anna Catharina aus Hägsarve trat in den Raum, einen schweren Topf in der Hand. Sie war nur ein Jahr älter als Ida, und seit sie denken konnten, waren sie immer gute Freundinnen gewesen.

»Mama schickt mich mit Linsensuppe«, sagte sie.

Sie stellte den Topf auf den Herd, kam zu Ida ans Bett und betrachtete staunend das Kind.

»Wie hübsch sie ist!«, flüsterte sie andächtig. »Und sie gehört dir! Schau doch, die kleinen Fingernägel!«

»Und fühl mal den Flaum auf ihrem Kopf«, sagte Ida eifrig. »Wie weich er ist!«

Anna Catharina kümmerte sich um die schmutzigen Windeln, obwohl es ihr unangenehm war. Als sie damit fertig war, fingen fünf Jungen an, vor dem Fenster herumzuschreien. Die Nachricht hatte sich im Kirchspiel herumgesprochen.

»Hure! Hure!«

Anna Catharina wurde vor Scham zuerst flammendrot im Gesicht, dann weiß vor Zorn. Sie packte den Eimer mit Schmutzwasser und leerte ihn ohne nachzudenken über dem Jungen, der ihr am nächsten stand.

»Was man sagt, ist man selber!«, schrie sie. »Wenn ihr nicht verschwindet, schmeiße ich euch den Mutterkuchen nach, und dann dürft ihr eure Kinder selbst zur Welt bringen, dann werdet ihr ja sehen, wie leicht das ist!«

Die einzige Antwort, die sie bekam, waren gellende, heulende Schreie. Dann wurde es still. Sie ging zurück in die Stube, atemlos, aber zufrieden.

»Was hast du da von Mutterkuchen gesagt…?«, fragte Ida.

»Ach, das habe ich mir nur ausgedacht. Aber das geschieht ihnen recht«, sagte Anna Catharina.

Robert kam, als Anna Catharina gegangen war. Er kam heimlich und hatte einen Umweg genommen. Plötzlich war er da, verlegen und schweigsam. Er setzte sich an ihr Bett, strich Ida über die Wange, sah seine kleine Tochter an, und Ida betrachtete seine weichen Hände und schaute in sein junges Gesicht.

Er küsste sie auf die Wange, sein Atem war warm. Dann legte er seine Hand auf den Kopf des Kindes. Und dann war er verschwunden. Es tat weh, als er ging.

Wehmut und Sehnsucht durchströmten Ida. Es war, als löste sie sich auf und wurde eins mit der untergehenden Märzsonne, den Feldern und dem Wald vor der Tür.

Das alles war zu beängstigend, um wahr zu sein. Nach einer endlosen halben Stunde keimte eine unbestimmte Hoffnung in ihr. Sie tat alles, um sie festzuhalten und rettete sich in Tagträume.

Vielleicht war jemand auf dem Weg, der ihr zu Hilfe kam. Vielleicht ging jemand die Straße entlang, sah das Häuschen zwischen den Bäumen, blieb stehen und trat durch die Tür. Vielleicht würde jemand all die Fenster zu dem langen Leben öffnen, das vor ihr und Amelie lag. Vielleicht war jemand auf dem Weg nach Buttle.

4

Cecilia Bradford blickte aus dem Fenster des Seniorenheims und sah die Lichter der Häuser am Fuße des Hügels leuchten. Das Meer war von der Dunkelheit verschluckt worden.

Ihr Blick wanderte zum Kuchenteller, dann zu dem Mann, der ihr gegenüber auf dem Sofa saß.

»Was ist das?«, fragte sie.

»Schwarzwälder Kirschtorte. Es gab keine Brownies. Du magst doch Schokolade.«

»Aber die da nicht«, erwiderte sie bissig.

Er seufzte demonstrativ und kaute weiter an seinem eigenen Stück.

»Warum kannst du eigentlich nicht dafür sorgen, dass wir hier besseres Essen bekommen?«, fragte sie. »Gehört das nicht zu deinem Job?«

»Mein Job ist viel umfassender als so was«, entgegnete er. »Ich kann mich nicht um alle Details kümmern.«

»Ihr solltet eure Alten besser behandeln. Sie haben ihr Leben lang Steuern gezahlt.«

»Du nicht«, knurrte er.

Sie fragte sich wirklich, warum er hier war. Sie hatten nicht viel gemeinsam, und der Versuch, ihre Bekanntschaft wiederzubeleben, war nach all den Jahren, die sie im Ausland verbracht hatte, nicht gerade sehr geglückt verlaufen. Sie musterte sein Gesicht und versuchte, ihre Verwandtschaft zu finden. Es gab ein paar vertraute Züge. Manchmal, wenn er den Kopf in einem bestimmten Winkel neigte oder die Augenbrauen hochzog, erinnerte er sie für ein paar Schwindel erregende Sekunden an die Vergangenheit. Aber der, den sie viel lieber am Tisch sitzen gehabt hätte, lebte nicht mehr, und sie fragte sich, ob sie dennoch dankbar sein sollte für den Versuch dieses Verwandten, ihr Leben weniger einsam zu machen. Dabei hatte sie keine Ahnung, mit wem sie hier eigentlich beisammen saß. Er führte ein umtriebiges Leben, aber was sonst?

»Wann möchtest du in die Bibliothek?«, fragte er und wischte sich den Mund mit einer Papierserviette ab. Die Korrektheit dieser Geste irritierte sie.

»Ich brauche keine Hilfe. Es gibt schließlich Taxis. Du hast zu viel zu tun.«

»Aber ich mache das gern. Ich nehme mir die Zeit. Du bist über achtzig, und es sind eine Menge Bücher, die du da von einem Ort zum anderen bringen musst.«

»Ach was«, sagte sie ungeduldig. »Aber wie du willst. Sonntag.«

»Sonntag? Bist du sicher, dass du genug Lesestoff für die ganze Woche hast?«, fragte er und warf einen Blick auf ihren Schreibtisch, wo die geliehenen Bücher lagen.

»Danke, ich bin bestens versorgt.«

Er trank seinen Kaffee, stand auf und ging zum Bücherregal.

»Hast du alle gelesen?«

»Jedes einzelne.«

»Eine richtige Leseratte«, versuchte er zu scherzen. Er zwinkerte ihr zu. Sein Anbiedern ermüdete sie.

»So viele Bücher sind es auch wieder nicht. Liest du nichts?«

»Keine Zeit. Lesen ist ein Langzeitprojekt.«

»Dann fang mit Kurzgeschichten an.«

Er nickte abwesend, und sie merkte, dass er nicht mehr zuhörte. Sie folgte seinem Blick und sah, dass er fasziniert auf ihren bloßen Unterarm schaute. Sie trug eine lange, rosafarbene Jacke mit Dreiviertelarm. Einen Sekundenbruchteil hatte sie das Gefühl, dass er über die Geheimnisse des Lebens und des Todes meditierte, und verspürte einen Anflug von Zärtlichkeit für ihn.

Bevor sie noch mehr sagen konnte, schreckte er aus seinen Gedanken auf und schaute auf die Uhr.

»Ich muss los.«

»Tatsächlich? Was ist heute Abend?«

»Loge«, erklärte er und zog in dem schmalen offenen Flur vor ihrem Zimmer sein Jackett über.

»Loge? Ist das so etwas wie Rotary oder Lions?«

»Ganz genau. Wir geben eine kleine Cocktailparty mit Tombola für wohltätige Zwecke.«

»Was denn für wohltätige Zwecke? Kalbsfilet für Pensionäre?«

»Das muss bis zum nächsten Mal warten«, sagte er. Er kam ins Zimmer zurück und gab ihr flüchtig einen Kuss auf die Wange. Dann richtete er sich auf und sah zu ihr hinunter.

»Du solltest endlich aufhören, mich so schlecht zu behandeln. Ich tue was ich kann, und du hast es wahrlich und wahrhaftig nicht verdient. Also hör auf, immerzu grantig zu sein, und sei wenigstens ein Mal ein bisschen dankbar. Auf dieser Insel gibt es einen riesigen Haufen Einsamkeit, zum Kuckuck. Die Leute sind allein und erschießen sich im Holzschuppen. Das Leben ist nicht unendlich, man muss das nehmen, was man kriegen kann. Ich habe einen ungewöhnlich hohen IQ, wusstest du das? Also hör auf, die Nase über mich zu rümpfen. Vielleicht habe ich ihn ja sogar von dir. Und jetzt muss ich los und ein Bild verlosen, das ich gespendet habe, es ist achttausend Kronen wert.«

»In Ordnung«, sagte sie. Er gefiel ihr fast besser, wenn er wütend wurde, aber sie war zu alt und zu erfahren, als dass sie das ernsthaft beeindruckt hätte.

Er zuckte mit den Schultern, nahm das Tablett mit den Tortenresten, schüttelte den Kopf und ging.

Hinter ihm fiel die Tür ins Schloss.

5

Die Fähre näherte sich Visby. Vor den großen Fenstern drängten sich die Passagiere und schauten in die Dämmerung hinaus, auf den Hafen und die Lichter, die auf dem Hügel inmitten des Ringwalls der mittelalterlichen Stadt glitzerten.

Margareta rief Kalle an. Er hatte gute Laune, und ihre Stimmung hob sich.

»Ankunft in zehn Minuten«, sagte sie. »Ich kann die Stadt schon sehen, ein fantastischer Anblick. Was machst du gerade?«

»Das Fleisch braten, das ich gleich mit Sauce béarnaise und Pommes frites essen werde. Also nichts Wichtiges. Geht es dir gut? Wie war die Reise?«

»Schön. Bewölkt, aber keine hohen Wellen.«

»Prima. Was hast du gemacht?«

»Auf so einem Schiff gibt's nicht viel zu machen. Ich rufe dich an, wenn ich da bin. Vergiss nicht den Salat! Bon appétit!«

»Tu das. Mach ich. Danke. Kuss!«, sagte er.

Sie nahm den Aufzug hinunter zum Wagendeck, setzte sich ins Auto und lauschte den stöhnenden und ächzenden Motoren, die das Schiff zum Kai manövrierten. Die Fähre war wie eine korpulente, alte, keuchende Dame, die mühsam versuchte, nach ein paar Gläschen guten alten Cognacs zu viel, ihr Hinterteil auf einem schmalen Stuhl zu platzieren. Einige Minuten später durfte Margareta endlich an Land fahren, auf gotländischen Boden, in einem Wirrwarr von Rampen, Kais und Terminals.

Der Laster, der vor ihr das Schiff verlassen hatte, war schon verschwunden. Sie verzichtete darauf anzuhalten und zu verfolgen, wohin das traurige Mädchen ging.

Am liebsten wäre sie direkt nach Visby gefahren, aber so

spät am Abend war das keine gute Idee. Lieber morgen in aller Ruhe wiederkommen. Also steuerte sie einen großen Supermarkt außerhalb der Stadtmauern an, lud den Wagen mit Lebensmitteln voll und fand schließlich, unter größeren Schwierigkeiten, in dem Durcheinander der Schnellstraßen den richtigen Weg zur Landstraße nach Roma.

»Stell dich darauf ein, dass du eine Weile brauchst, bis du da bist«, hatten John und Anne sie vorgewarnt. »Buttle liegt in der Mitte der Insel, es ist ziemlich weit bis dahin.«

Als sie die letzte Etappe erreicht hatte, war die Dunkelheit über die Insel hereingebrochen. Visby und das Meer waren hinter ihr verschwunden. Auch alle anderen Autos schienen sich in Luft aufgelöst zu haben. Wo auch immer die 57000 Menschen auf Gotland sich befanden, hier waren sie nicht.

Vor ihr lag die leere Straße. Wald und Felder flimmerten am Straßenrand vorbei, und Regen lag in der kühlen Luft. Nach einer halben Ewigkeit kam sie an Roma vorbei, bog kurz darauf rechts ab und hielt Ausschau nach der Abzweigung nach Buttle. Mehrere Male irrte sie sich und fragte sich langsam, ob sie nicht bald an der Südostküste angekommen sein müsste. Wie groß war diese Insel eigentlich?

Schließlich tauchte das richtige Schild aus der Dunkelheit auf. Sie bog auf die schmale Straße nach Buttle ab und drosselte das Tempo. Links erkannte sie im Dunkeln ein großes Fabrikgebäude. Rechts einen lichten Baumgürtel und dazwischen einige Häuser mit dunklen Fenstern. Entweder handelte es sich um unbewohnte Ferienhäuser, oder aber die Bewohner saßen vor den Nachrichten, zumindest diejenigen, die seit dem Wechsel auf Digitalfernsehen ein funktionierendes Bild hatten. Vielleicht waren sie auch ganz einfach schon ins Bett gegangen.

Es war wirklich still. So still, dass sie den Kies unter den Reifen knirschen hörte. Sie betrachtete die dunklen Fassaden und fragte sich, was für Menschen dort wohl wohnten, welche Leben und Träume sie hatten. Und was sie davon halten würden, dass sie hier auftauchte und sich ihnen aufdrängte.

Jetzt konnte es nicht mehr weit sein. Margareta bremste bis auf 20 km/h ab und klebte mit der Nase fast an der Windschutzscheibe, um die Abzweigung nicht zu verpassen. Was auch leicht hätte passieren können, denn sie musste scharf abbremsen, als plötzlich ein winziges Haus links von der Straße auftauchte. Es lag auf einer kleinen Wiese und war vor dem Wald dahinter kaum zu erkennen. Hinter einem wackeligen Zaun stand noch ein zweites, sehr kleines Häuschen, das Anne zufolge früher die Sauna des Ortes gewesen war. Daneben wiederum stand ein gelbes Haus, das früher der Dorfladen gewesen war. Sonst nichts.

Das Sommerhaus war dunkelbraun und düster und schien von Gott und der Welt verlassen. Die lange Überfahrt, die lärmenden Menschen in dem hell erleuchteten Restaurant waren unendlich weit weg, sogar Visby kam ihr von hier aus wie eine glitzernde Metropole vor.

Was hatte sie sich dabei gedacht? Warum um alles in der Welt hatte sie sich darauf eingelassen, hierher zu fahren? Für einen Moment erwog sie, ganz einfach kehrt zu machen und nach Stockholm zurückzufahren, falls es eine Nachtfähre gab. Oder sich wenigstens ein Hotelzimmer in Visby zu nehmen.

Aber nein, das ging nicht. Entschlossen schlug sie das Lenkrad ein und parkte auf dem kleinen Platz vor dem Häuschen, trat in die Stille hinaus und schloss die Tür auf.

Im Haus war es wirklich kalt, genau wie Anne gesagt hatte. Es war nicht winterfest. Sie musste die Heizung aufdrehen, draußen an der Pumpe Wasser holen und statt auf die Toilette im Bad aufs Plumpsklo gehen. Die Leitungen im Haus durften noch nicht benutzt werden, um diese Jahreszeit konnten die Rohre noch zufrieren.

Sie machte das Licht an und sah sich um, was schnell getan war. Das Ferienhaus war früher eine einfache Kate gewesen, aber jetzt war es ein hübsches, kleines Freizeitdomizil. Den eigentlichen Wohnraum betrat man direkt durch die Eingangstür, das Schlafzimmer lag am anderen Ende. Außerdem hatten John und Anne noch eine Schlafkoje für ihre Tochter Miriam gebaut, nicht größer als ein Kleiderschrank. Es gab eine Küchenzeile, einen kleinen Nebenraum mit Toilette und Dusche, einen Esstisch und ein Bettsofa. Durch eine Fensterluke auf der Rückseite war das Nebengebäude mit Plumpsklo und Tischlerschuppen zu erkennen. Dahinter lag nur noch Wald.

Margareta war es ein bisschen unangenehm, so tief in Danielssons Privatleben einzudringen. Sie kannte die beiden Anwälte noch nicht so lange, aber es hatte sie gefreut und zugleich überrascht, dass sie den Kontakt gern zu ihr halten wollten. Sie hatte nicht viele Freunde und war auch nicht unbedingt der natürliche Mittelpunkt auf allen Festen. Nicht alle wussten Margaretas eher trockenen und bissigen Humor zu schätzen. Aber sie mochte ihre neuen Freunde, wenn sie sie als solche schon bezeichnen durfte, und sie hatten ihr das Ferienhaus von sich aus angeboten. Also, selbst wenn sie jetzt einen gewissen Widerstand verspürte, warum sollte sie das Angebot nicht ganz einfach auf die gleiche Art annehmen, wie es ihr gemacht worden war?

Sie drehte die Heizung auf, lud das Auto aus und holte mit einem Plastikeimer Wasser. Wenn sie sich erst an die Stille gewöhnt hatte, dann würde es schon gehen. Es gab keinen Telefonanschluss, und noch im Mantel nahm sie ihr Handy, um Kalle anzurufen und ihm zu sagen, dass sie gut angekommen war.

Nichts tat sich. Die Balken auf dem Display, die anzeigen sollten, dass das Telefon eine Netzverbindung hatte, glänzten durch Abwesenheit. Welch perfektes Ende für einen Tag wie diesen! Sie fühlte sich nicht nur einsam, das Häuschen lag auch noch in einem Funkloch. Leise fluchend ging sie zurück auf die Straße und hielt das Handy in verschiedene Richtungen. Würde sie am Ende auf einen Baum klettern müssen, um telefonieren zu können?

Das Display leuchtete auf: »Nur für Notrufe«. Das hieß offenbar, dass es tatsächlich irgendwo in der Nähe einen Funkmast gab, aber dass ihr Anbieter keinen Zugang dazu hatte. Die einzige Nummer, die sie wählen konnte, war die Notrufnummer 112.

Sie blieb auf der dunklen Straße stehen und zögerte. Sollte sie jemanden bitten, kurz telefonieren zu dürfen? Aber sie hatte absolut keine Lust, bei dieser Kälte im Dunkeln herumzulaufen und nach einem Haus zu suchen, in dem noch Licht brannte. Und die Menschen, die dort wohnten, wären vermutlich auch nicht besonders erfreut über ihren Besuch. Kalle musste warten.

Als sie wieder ins Haus trat, zeigte das Thermometer ganze fünfzehn Grad. Sie holte sich die Schaumstoffmatratze aus dem Schlafzimmer, rollte sie auf dem Boden zusammen und presste die kalte Luft heraus. Wenn sie sie wieder ausgerollt hatte, würde sie immerhin mit fünfzehn Grad warmer Luft gefüllt sein statt mit den bisherigen zwei Grad Raumtemperatur.

Um sich aufzumuntern, setzte sie Kaffee auf, packte einen Hefekranz aus und zündete ein paar rote Kerzen auf dem Tisch an. Sie entdeckte ein Radio, schaltete es ein und hörte eine Weile zu.

Koffein und Zucker halfen ihr, die Trostlosigkeit in die Flucht zu schlagen. Stattdessen erfüllte sie ein wohliges Gefühl der Selbstständigkeit und Fähigkeit, der widrigen Umwelt zu trotzen. Eine kompetente Eiszeitfrau, die nahe der Eisgrenze in die Wildnis gezogen war, um Essen für die Ihren zu jagen, die einen weißen Schneehasen mit Pfeil und Bogen erlegt, eine Hütte gebaut und Feuer gemacht hatte und jetzt zufrieden und müde dasaß und nachts auf wärmenden Fellen schlief. Dunkelheit und Kälte lauerten draußen, aber sie war in der Wärme sicher und geborgen.

Sie dachte an ihren Liebhaber, der sich vermutlich zu Hause auf dem Sofa ausgestreckt hatte, fernsah und sich wunderte, weil sie sich nicht meldete. Eine kleine, vorsichtige Freude sprudelte bei dem Gedanken in ihrem Bauch, aber gleichzeitig spürte sie die Zurückhaltung, die immer irgendwo im Hintergrund lauerte. Was sollte sie aus diesem Verhältnis machen?

Nach ihrer Verletzung schien ihre Liebesgeschichte ins Stocken geraten zu sein, die vor einem Jahr so plötzlich und unerwartet eines Nachts mit einem kurzen Intermezzo im Polizeipräsidium angefangen hatte. Weiterhin wohnte jeder in seiner Wohnung, sie in den zwei Zimmern in Vasastan, die sie mit ihrem Mann geteilt hatte, und Kalle in seinem Appartement auf Söder, und sie hatte keine Lust gehabt, irgendwelche Entscheidungen für die Zukunft zu fällen.

Er war in den letzten Monaten oft zu ihr gekommen und hatte ihr geholfen. Sie war es nicht gewohnt, umsorgt zu werden, und hatte sich seltsam dabei gefühlt, aber ganz und gar nicht schlecht. Sie hatte es sich mit einer Decke auf dem Sofa gemütlich gemacht, ein Glas Wein in der Hand, hatte zufrieden seiner schlanken Gestalt mit den breiten Schultern beim Arbeiten zugesehen und sich gefragt, warum Männer nie begriffen, wie attraktiv sie waren, wenn sie Essen kochten. Es gäbe definitiv mehr Sex und Liebe in diesem Land, wenn die Kerle wüssten, welch wunderbares Gefühl von Ruhe und Zufriedenheit sich in einer Frau ausbreitet, dic ihrem Liebsten dabei zusieht, wie er Fußleisten abwischt und Bücherregale abstaubt. Idealerweise pfeifend.

In einer kalten Oktobernacht war Margareta auf einem Dach angeschossen worden. Für gewöhnlich hielt sie hartnäckig an ihrer Integrität fest, aber als sie aus dem Krankenhaus nach Hause gekommen war, war sie widerwillig ein paar Mal zu einem Psychologen gegangen und hatte versucht, über das Erlebte zu sprechen. Dass sie etwas Derartiges widerspruchslos tat, zeigte, wie heftig ihr inneres Gleichgewicht ins Wanken geraten war. Nach Weihnachten hatte sie wieder Vollzeit gearbeitet, aber sie saß weiterhin am Schreibtisch und beschäftigte sich mit weniger gefährlichen Dingen, wie zum Beispiel damit, ihren Kollegen bei langweiligen Nachforschungen zu helfen. Das trieb sie beinahe in den Wahnsinn, aber sie war noch immer nicht wieder in der Verfassung, sich Mordopfer anzusehen oder sich in die deprimierende Gedankenwelt eines Mörders zu vertiefen.

Dann kam noch hinzu, dass sie von Kent Johansson gerettet worden war, einem Kollegen, von dem sie bis dato nicht einmal gewusst hatte, wie sie zu ihm stand und den sie seither auch nicht mehr gesehen hatte. Sie wusste, dass seine Verfassung auch zu wünschen übrig ließ, aber keiner von ihnen hatte den anderen darauf angesprochen. Dennoch regte sich das bloße Wissen um seine Existenz und seinen komplizierten Charakter beständig irgendwo in ihrem Bewusstsein.

Erstmal ein paar Wochen hier in Ruhe und Einsamkeit, dann würde sie wieder ernsthaft loslegen. Sie freute sich auf beides. Das Ende einer Phase, den Anfang einer neuen. Wie der Schulanfang mit guten Vorsätzen nach den Sommerferien.

Es gab nur noch eine Sache zu erledigen, die absolut unvermeidlich war. Die Eiszeitfrau zog ihre Daunenjacke an, steckte die Füße in ein Paar Gummistiefel, die neben der Tür standen, und ging fröstelnd um die Ecke zum Abtritt.

Dort drinnen war es dunkel und eiskalt, und der Wald drängte sich fast durch die Bretterwand. Sie hatte das Gefühl, als könnte sie durch die notdürftig zusammengenagelten Planken direkt auf die Bäume sehen. Plötzlich stiegen aus einem verborgenen Ort, tief in ihrem Unterbewusstsein, alte, fast vergessene Ängste vor Dunkelheit und Verlassenheit auf, die dort seit ihrer Kindheit geschlummert haben mussten. Die Angst schuf schaurige Bilder von Elchen, die mit ihren Schaufeln gegen die klapprige Tür stießen, und von entlaufenen Rottweilern mit geifernden Mäulern, die nachts durch den Wald hetzten, um sich durch die Fenster zu stürzen, dass das Glas nur so splitterte, und dann über sie herzufallen.

Sie wunderte sich über sich selbst und genierte sich ein bisschen. Auf Gotland gab es keine Elche, und sie schüttelte den Kopf, um die Bilder zu verscheuchen und wieder vernünftig zu sein. Und trotzdem, genau hier und jetzt, fühlte sie sich nackt und ausgeliefert ohne ihre Waffe.

Sie hatte sich dagegen entschieden, ihre Pistole mitzunehmen, schließlich war sie nicht im Dienst. Außerdem hatte sie sich vorgestellt, dass es schön sein würde, ohne Waffe zu reisen, wie ein ganz normaler Mensch. Kalle war anderer Meinung gewesen. Was wäre, wenn sie auf Gotland einem alten Feind begegnete? Oder wenn ihr jemand folgte? Er hatte im Präsidium vor ihr gestanden, mit ihrer Pistole in der Hand, und hatte sie gedrängt, sie einzustecken. Sie hatte nicht auf seinen Rat gehört. Abgesehen davon war es auch gar nicht erlaubt, in der Freizeit mit der Dienstwaffe herumzuspazieren.

Plötzlich musste sie über sich selbst lachen. Mit kaltem Hinterteil rannte sie zurück ins Haus und schloss die Tür ab, wusch sich zitternd vor einer roten Plastikwanne, zog sich einen langärmeligen grauen Trainingsanzug an und warf einen Blick auf das Thermometer. Tatsächlich, inzwischen zeigte es fast zwanzig Grad. Sie öffnete das Fenster einen Spalt breit, machte das Bett, kroch hinein und löschte das Licht.

Es wurde ganz still. Lange lag sie da und lauschte auf die Geräusche von draußen, während sie gedankenverloren ihre Narbe befühlte. Irgendwo hier in der Nähe musste es doch Menschen geben! John hatte erzählt, dass die Gemeinde fast zweihundert Einwohner hatte. Einer von ihnen musste doch mal hier vorbeikommen! Oder vielleicht konnte sie einen laut gestellten Fernseher aus einem offenen Fenster im Dorf hören, wenn sie sich anstrengte?

Wir Menschen sind nicht dafür geschaffen, allein im Wald zu schlafen, dachte sie.

Sie hörte nichts. Sie schickte einen Gedanken an Kalle und schlief ein.

Frank Behlin hatte den Laster abgestellt. Jetzt schob er sich durch das lautstarke Gedränge in seiner Stammkneipe. Der *Mauerstein* lag in dem dunklen, mittelalterlichen Keller eines Hauses aus dem 17. Jahrhundert eingerichtet, in einem Labyrinth alter Gewölbe und Gänge. Nicht gerade die Art von Etablissement, die Prominente und Reiche anlockte, nicht einmal während der Urlaubssaison. Der *Mauerstein* war viel zu schlicht, ihm fehlte ein Motto und das Publikum hier war unkultiviert und setzte sich aus stinknormalen Leuten zusammen, denen es gleichgültig war, ob sie unter Dutzenden verschiedener Biersorten wählen konnten oder nicht. Die meisten von ihnen tranken gewohnheitsmäßig zu viel, und die Stimmung war bereits aggressiv. Der erste Rausch hatte sich schon zuverlässig eingestellt, aber noch war die Streitsucht nicht vollkommen erwacht.

Es gab keinen Türsteher, also sah ihn auch niemand kommen. Er schlüpfte unbemerkt durch die beiden kleinen vorderen Räume. Die Gäste saßen auf Bänken an rustikalen Tischen, die vielleicht vor zwanzig Jahren neu gewesen waren. Der Lärmpegel war hoch. Im dritten und größten Raum war die Bar. Es gab Bier und ein paar einfache Gerichte. Die Stammgäste klebten am Tresen, sie saßen schon seit einigen Stunden dort und würden auch noch eine ganze Weile bleiben. An den Wänden drängten sich drei, vier größere grölende Gruppen.

Frank klemmte sich ebenfalls an die Bar. Gesprächsfetzen und Lachsalven umschwirrten ihn. Das Durcheinander verwirrte ihn, aber gleichzeitig fühlte er sich dadurch wach und lebendig. Der Abend hatte sein Blut zum Sieden gebracht. Ein Mann um die Vierzig mit roten Locken drehte sich schwankend auf seinem Barhocker um. Zur Sicherheit klammerte er sich am Tresen fest.

»Wo zur Hölle kommst du her?«, lallte er. Er musste sich vorbeugen, um hören zu können.

»Ich war mal für kleine Königstiger.«

»Hab dich gar nicht gesehen.«

»Ne, das erledige ich ja auch lieber alleine. Aber wenn du brav bist, darfst du das nächste Mal mitkommen.«

Der Mann grinste und legte den Arm um ihn.

»Du und ich, Frankieboy?«, sagte er. »Vertrau auf Håkan, und er vertraut auf dich! He, Alter, bist du etwa nüchtern?«

»Nicht so nüchtern, dass es stören würde.«

»Doch, bist du, und mich stört's. He, Patrik! Ein Glas für unseren Frankieboy. Klein aber fein!«

Frank griff nach dem Bier. Zu seiner Verwunderung bemerkte er, dass seine Hand zitterte. Das war noch nie vorgekommen. Er wusste, dass seine Augen jetzt glasig waren, aber das würde Håkan nicht bemerken. Das Einzige, was Frank in diesem Moment wirklich wollte, war nach Hause zu verschwinden, zu Eva. Sie packen und flachlegen. Er hatte fast schon Schmerzen im Schritt.

Er drehte sich zu dem Mann um.

»Håkan, altes Haus«, sagte er. »Auf dich! Du, der du die Bierindustrie auf den Beinen hältst!«

»Die schon, nur nicht sich selbst«, rief jemand neben ihm.

Um ihn herum explodierte Gelächter. Fiebrig saß er mittendrin, mitten unter ihnen, und kippte sich das eiskalte Bier in die Kehle, während sich die Umgebung in ein Funken sprühendes Kaleidoskop verwandelte. Das Licht glänzte in den Spiegeln, und die Körper in dem vollgestopften Raum strahlten Hitze aus.

Er musste etwas sagen. Nur was? Er knuffte Håkan in die Seite.

»Hast du das heute in der Zeitung gesehen?«, fragte er. »Die Zeitung!«

»Was für 'ne Zeitung?«, antwortete Håkan und versuchte, sich zu konzentrieren.

»Das Luder, das im Brunnen auf dem Sergels Torg gepoppt hat. In Stockholm. Die aus der Doku-Soap. Ihr Typ hat sie von hinten genommen. Sag nicht, dass du das nicht gesehen hast?«

»Von hinten?«, echote Håkan.

»Stell dir vor. Sergels Torg. Luder. Von hinten.«

Håkan schaukelte leicht vor und zurück. Dann entzündete sich ein Funken weit hinten in seinen verschwommenen Augen, und er verzog den Mund.

»Nicht übel«, schnalzte er.

»Ich hab's gesehen«, sagte einer, der ein bisschen weiter weg stand. »Verdammt schade, dass sie's nicht im Fernsehen gezeigt haben. In gewissen Po-Sitionen sind bewegte Bilder einfach besser.«

Das Gelächter brach von Neuem los. Er blieb sitzen, trank mehr Bier, spann den Faden um Positionen, bewegte Bilder und Fernseh-Luder weiter. Alkohol und Adrenalin brannten in seinen Adern.

Endlich konnte er gehen. Sie sahen ihn nicht mehr, er war genauso unsichtbar gegangen, wie er gekommen war.

Er trat auf die Straße. Es war dunkel, kalt und menschenleer, Visby im März war deprimierend. So verlassen, als hätte man die Stadt aufgegeben. Die Leute hockten drinnen in ihren Häusern.

Torkelnd begann er die steilen Straßen zu dem weißen Haus hinaufzugehen.

Margareta wachte davon auf, dass sie Schritte auf dem Kies hörte.

Beunruhigende Schritte, die eigentlich nicht zu hören sein durften, schließlich wohnte sie in Vasastan im vierten Stock, und es gab immer ein Hintergrundrauschen aus Großstadtlärm. Sie zuckte unruhig unter ihrer Decke und fragte sich, warum ihr Mann nicht reagierte.

Da überrollte sie ein scheußliches Gefühl von Gefahr, und

mit einem Ruck wachte sie auf und wusste wieder, dass er nicht mehr lebte. Sie war nicht zu Hause in ihrer Stockholmer Wohnung, sondern in einem fremden Sommerhaus mitten auf Gotland.

Mit klopfendem Herzen und weit aufgerissenen Augen starrte sie in die Dunkelheit. Das Geräusch war noch da. Schritte, irgendwo da draußen.

Falls wirklich jemand mit bösen Absichten vorhatte, ins Haus einzudringen, war es nicht sehr schlau, einfach liegen zu bleiben. Sie schlug die Decke zur Seite, schlüpfte leise aus dem Bett und schaute durch das Fenster auf die Straße, die ein ganzes Stück höher lag als das Grundstück. Zuerst sah sie nichts außer den dunklen Schatten von Bäumen, Büschen und ihrem eigenen Auto, aber dann entdeckte sie eine Bewegung im Dunklen.

Oben auf dem Weg ging jemand in Richtung Ort. Wahrscheinlich ein Mann. Er ging langsam und blieb ab und zu stehen. Sie konnte nicht erkennen, ob er in den Wald hineinschaute und darüber nachdachte, was er als nächstes tun sollte. Vielleicht blickte er direkt auf das Sommerhaus hinab.

Ihr erster spontaner Gedanke war, dass es der Lastwagenfahrer war, der sich an sie erinnert hatte. Dass er glaubte, sie hätte etwas über ihn und seine dunklen Machenschaften herausgefunden, und sie jetzt suchte. Sie tastete mit der Hand nach ihrem Handy, ohne die Gestalt aus den Augen zu lassen, und bekam es zu fassen. Sollte er versuchen, hier einzubrechen, konnte sie damit wenigstens zuschlagen, wenn auch sonst nicht viel damit anzufangen war.

Der Mann bewegte sich wieder. Jetzt konnte sie erkennen, dass er ein bisschen größer war als der Fahrer vom Kai, und als er den Lichtkegel der Straßenlaterne erreichte, sah sie außerdem, dass er blond war. Er hielt etwas Glänzendes in der Hand. Ein Messer? Eine Flasche? Er war höchstens fünfzehn Meter entfernt.

Unendlich langsam entfernte er sich und verschwand

schließlich hinter dem Nachbarhaus. Eine lange Minute blieb sie stehen, sah ihm angespannt nach und lauschte. Wenn er wollte, konnte er jederzeit im Kreis laufen und zwischen den Bäumen hinter dem Haus zurückkommen.

Nichts passierte. Margareta schaute auf ihr Handy. Es war halb zwei. Wahrscheinlich wohnte er ganz einfach im Ort und hatte jemanden besucht. Alte Erinnerungen hatten sie in Aufregung versetzt. Ohne Licht zu machen schlich sie in die Küche, kramte eine Flasche Sherry aus dem Gepäck und nahm einen Schluck.

Ihr Herz beruhigte sich. Der Sherry machte sie schläfrig. Sie wollte sich wieder hinlegen, aber sie war gezwungen, noch einmal das Plumpsklo aufzusuchen.

Nun, so wie es aussah, schnarchte der Mann vom Weg wahrscheinlich schon der Länge nach in seinem Bett. Sie schlüpfte wieder in die Stiefel und zog die Jacke an.

In der Tür schlug ihr die feuchte Kälte entgegen. Es roch durchdringend nach Nadeln und Wald, ein aufregender Duft. Sie ging um die Hausecke, zog die knarrende alte Tür zum Plumpsklo auf und trat anschließend wieder in die kalte Luft.

Dieses Mal fühlte sich die Dunkelheit freundlicher an. Jetzt hatte sie es nicht mehr so eilig, wieder ins Haus zu kommen, sondern schlenderte über das Grundstück und sah sich im Dunklen um.

Zwischen den Bäumen am Waldrand verlief ein maroder Stacheldrahtzaun mit schiefen Pfosten. Sie stieg auf einen flachen Fels und fragte sich, wovor dieser Stacheldraht schützen sollte. Schafe? Der Wald dahinter war jung. Sie versuchte, mehr zu erkennen, aber ihr Blick verlor sich in der Dunkelheit zwischen bemoosten Steinen, kleinen Kuhlen und einem Wirrwarr dünner Baumstämme.

Morgen würde sie genau nachsehen, was es hier gab. Sie hatte eine Karte von der Gegend dabei. Es würde ihr gut tun, gemütlich auf den schmalen Wegen im Wald spazieren zu gehen. Sie sog die nasskalte Luft tief ein und spürte, wie sie sich langsam entspannte. Es war heilsam hier zu sein. Fast berauschend.

Und genau in diesem Moment realisierte sie, dass sie auf einen Körper blickte, der jenseits des Stacheldrahts am Boden lag, höchstens fünf Meter von ihr entfernt.

6

Die Stille, die sie umgab, schlug in Totenstille um. Es war, als hätte der Wald, das Leben selbst, höhnisch die Faust ausgestreckt und ihr direkt ins Gesicht geschlagen.

Sie sah sich schnell um, entdeckte niemanden, eilte zum Zaun, hob die weiten Beine der Trainingshose hoch, um nicht hängen zu bleiben, kletterte auf die andere Seite und ging neben dem Körper in die Hocke.

Es war eine Frau. Sie lag bäuchlings in einer flachen Senke zwischen zwei kantigen Steinen, bewachsen mit Flechten und Moos. Ein Arm lag unter ihrem Körper, der andere leicht angewinkelt neben ihrem Kopf. Das blonde Haar lag dicht am Kopf an.

Margareta spürte einen stechenden Schmerz, als sie das Mädchen wiedererkannte. Es war die junge Frau von der Fähre.

Sie tastete am Hals nach ihrem Puls. Es gab keinen mehr. Die junge Frau war tot und ihr Körper kalt. Vorsichtig berührte sie die langen, schlanken Finger. Die Leichenstarre hatte eingesetzt.

Zu spät. Hier in der Dunkelheit wurde Margareta rot vor Wut, und das Blut pochte vor Scham in ihren Adern. Bilder grausamer Szenen schossen ihr durch den Kopf wie brennende Pfeile. Sie hatte die Chance gehabt etwas zu tun und hatte sie nicht genutzt. Sie hatte dieses Mädchen Stunden vor ihrem Tod auf der Fähre gesehen, aber sie hatte einem unwichtigen Laster mehr Bedeutung zugebilligt als einem Gespräch mit ihr. Warum? Weil man sich nicht einfach auf fremde Menschen einlässt, nur weil sie ein bekümmertes Gesicht machen? Weil man nicht einfach losstürmen und Leute belästigen darf, nur weil man bei der Polizei ist – schon gar nicht, wenn man eine körperlich und seelisch angeschlagene Polizistin im Urlaub ist, die versuchen soll, sich selbst wiederzufinden?

Billige Ausreden. Sie hatte gewusst, dass etwas ernsthaft nicht stimmte, und es hätte eine akzeptable Möglichkeit geben müssen, mit dem Mädchen in Kontakt zu kommen. Einmal mehr war sie ihrer Intuition nicht gefolgt, und das hatte in einer Katastrophe geendet.

Sie zog ihre Hand zurück und sah sich am Fundort um. Es waren keine äußeren Anzeichen für einen Kampf zu erkennen. Die Tote hatte keine Handtasche bei sich. Sie rief sich das Bild des Mädchens in der Warteschlange ins Gedächtnis. Eine große, hellgraue Umhängetasche hatte über ihrer rechten Schulter gehangen. Leder. Darin musste eine dicke, hellblaue Brieftasche zu finden sein. Und ein Taschenbuch.

Margareta ging zurück ins Haus und wählte die 112. Es funktionierte wirklich. Sie wurde mit der Polizei verbunden und erklärte, wer sie war, wo sie war und dass sie eine tote Frau im Wald gefunden hatte. Die Stimme am anderen Ende der Leitung schien aufzuwachen, mit einem Mal präsent und engagiert, verstummte eine Sekunde und meldete sich erneut.

»Der Streifenwagen kommt sofort. Können …«

»Danke«, sagte Margareta und legte auf.

Die Frau wollte ihr am Hörer Gesellschaft leisten, aber sie hatte keine Lust zu reden. Stattdessen zog sie umständlich ein paar Jeans über die ausgebeulten Jogginghosen und ging bis zur Straße. Dort hatte sie einen besseren Überblick, zwanzig Meter von der Toten entfernt.

Der Ermordeten, korrigierte sie sich. Sie hatte die Todesursache zwar nicht feststellen können, aber sie hegte nicht den geringsten Zweifel daran, dass es sich um Mord handelte und dass der Lastwagenfahrer irgendetwas damit zu tun hatte. Das Mädchen war auf den Kai hinausgegangen, um mit ihm zu reden, hatte es sich dann aber anders überlegt oder sich nicht getraut, davon war sie überzeugt – warum sonst hätte sie das Terminalgebäude verlassen und in seine Richtung auf den Parkplatz gehen sollen?

Vielleicht bestand eine Verbindung zwischen ihm und dem Unbekannten auf dem Weg. Was bedeutet hätte, dass in diesem Augenblick in einem der Häuser ein Mörder schlief.

Genau eine Viertelstunde später traf der Streifenwagen ein. Ohne Sirene, die waren offenbar nachts auf den einsamen Straßen der Insel nicht nötig. Zwei uniformierte Polizisten stiegen aus, eine Frau, etwa fünf Jahre jünger als Margareta, und ein schlaksiger junger Mann von höchstens fünfundzwanzig. Sein Gesicht war schmal und blass, und er versuchte vergeblich zu verbergen, dass seine Augen vor Aufregung leuchteten.

Margareta wechselte ein paar Worte mit ihnen, zeigte ihnen den Fundort und die beiden kletterten über den Stacheldraht zum Mordopfer und machten ihre Taschenlampen an. Sie gingen in die Hocke und konstatierten den Tod der jungen Frau. Mit einem Gefühl, als würde etwas in ihrem Magen brennen und nagen, verfolgte Margareta jede Bewegung ihrer Kollegen. Den Jungen, der ein größeres Gebiet absperrte, ein Stück Wald, das Sommerhaus und ihren Wagen eingeschlossen. Die Frau, die in ihr Funkgerät sprach.

Sie traten wieder auf den Weg, und Margareta war dankbar dafür, sich in das Polizeiauto setzen zu dürfen. Sie fror. Die nächtliche Kälte war beißend, Gesicht und Ohren fühlten sich eisig an. Die Polizistin blieb draußen vor dem Auto stehen und musterte sie neugierig.

»Davidsson? Ich glaube, ich kenne Sie«, sagte sie. »Waren Sie nicht in die Nazisache vor einem Jahr involviert? Und im

Herbst sind Sie angeschossen worden? Das waren doch Sie in der Zeitung?«

Margareta nickte ohne Begeisterung.

»Ja, aber jetzt habe ich gerade ein paar Wochen Urlaub. Eigentlich hatte ich nur vor, dieses Sommerhaus hier eine Weile zu bewohnen.«

Die Kollegin gab ihr einen etwas unbeholfenen, wenn auch gut gemeinten Klaps auf die Schulter.

»Und dann so etwas, wie schrecklich. Sie sehen ein wenig erschöpft aus. Im Fach ist eine Flasche Wasser, falls Sie Durst haben.«

Sie trank von dem Wasser. Es schmeckte nach Plastik, als wäre es erst aufgewärmt und dann wieder abgekühlt worden.

Eineinhalb Stunden später waren fünf Kriminalbeamte und zwei Kriminaltechniker vor Ort. Die Absperrung wurde über das halbe Nachbargelände ausgeweitet, über das Feld bis zu der alten Fabrik. Lampen wurden aufgebaut, und unten am Waldrand wurde fotografiert. Es war ungewohnt, so passiv daneben zu sitzen und einfach nur zuzusehen.

Irgendwo in der Nähe bellte ein Hund. Ein Stück den Weg hinunter waren die Bewohner der nächstgelegenen Häuser aufgewacht und näherten sich zögerlich. Eine große, schlanke Frau in einem roten Kimono kam aus der einen Richtung, ein kräftiger Mittvierziger, dessen Bauch unter einem gestreiften Pyjamaoberteil hervorguckte, aus einer anderen. Er hatte sich grüne Arbeitshosen übergezogen und war in ein Paar klobige Stiefel gestiegen. Ein Polizist ging ihnen entgegen und redete mit ihnen. Sie schüttelten den Kopf, offenbar hatte keiner von ihnen ein junges Mädchen gesehen oder vermisst.

Die Frau im Morgenrock blieb noch einen Moment stehen und sah mit verschränkten Armen zum Fundplatz hinunter. Ihre Körperhaltung drückte viel eher Besorgnis als Neugier und Sensationslust aus. Dann drehte sie sich entschlossen um und verschwand. Unmittelbar danach zog sich auch der Pyjamamann zurück.

Margareta durfte ins Haus gehen, ihre Tasche und einen Rucksack mit ein paar Kleidern und ihren Waschbeutel holen, bevor einer der Beamten sie nach Visby fuhr. So hatte sie sich ihren Stadtbesuch nicht vorgestellt. Es war fast vier Uhr morgens, als sie die Ringmauer wiedersah, aber sie fuhren nicht in den mittelalterlichen Stadtkern, sondern bogen vorher ab.

Die Straßen waren menschenleer, und am Himmel, der sich dunkel über die Stadt wölbte, war noch keine Morgendämmerung zu erahnen. Margaretas Kopf schmerzte vor Müdigkeit. Der Mann am Steuer fuhr zum Polizeipräsidium, einem viereckigen Bunker hinter Stacheldraht, und hielt seinen Ausweis vor einen elektronischen Öffner. Das riesige Tor schwenkte langsam zur Seite, sie fuhren auf den Hof und weiter in eine Garage mit mehreren Streifenwagen. Der Mann parkte ein und stellte den Motor ab.

»Willkommen in Visby«, sagte er. »Sie sind wohl zum ersten Mal hier?«

Er sah sie an und lächelte freundlich. Sein Gesicht war braungebrannt und seine kurzen Haare von grauen Strähnen durchzogen. Erst jetzt fiel ihr auf, dass er keine Uniform trug, sondern gewöhnliche Hosen und eine Jacke. Und er sprach den gotländischen Dialekt.

»Stefan«, sagte er und streckte die Hand aus. »Stefan Simonsson. Kripo. Jetzt gehen wir erstmal rein, trinken etwas Warmes und dann erzählen Sie mir alles von Anfang an.«

Margareta gab ihm die Hand und wurde das quälende Gefühl nicht los, dass er sich schon in Buttle vorgestellt hatte und sie sich nur nicht mehr erinnerte. Sie riss sich zusammen und ging mit ihm ins Gebäude. Er hielt ihr die Tür auf.

Im Haus herrschte mehr Leben als sie erwartet hatte. Die Anwohner waren offenbar alle aus ihren Betten geholt worden. Stefan grüßte nach links und rechts und führte sie zu einem großen, offenen Aufenthaltsraum mit einem schwarzen Ledersofa. Er sorgte dafür, dass sie bequem saß, wandte sich ihr zu wie ein Ober seinem Lieblingsgast, setzte Wasser auf, kümmerte sich um Kaffee und kam mit einem Tablett, drei Kaffeetassen und Pfefferkuchen zurück.

Ein weiterer Mann kam dazu, blieb müde ein Stück von ihnen entfernt stehen und musterte sie, die Hände in die Seiten gestützt.

»Das ist Hans Elm«, sagte Stefan. »Mögen Sie den Kaffee mit Milch? Gut, dann gehen wir in ein Verhörzimmer.«

Seine Energie war betäubend, das merkte sie jetzt. Er schlängelte sich mit ihr im Schlepptau durch eine Tür und in einen Durchgang. Hans Elm überholte sie, schloss die Tür zu einem kleinen Zimmer mit Schreibtisch und drei Stühlen auf, nahm sich einen der Stühle, zog ihn in die Ecke am Fenster und richtete sich dort ein. Stefan stellte das Tablett ab, setzte sich hinter den Schreibtisch und wies mit einer Geste auf den einsamen Stuhl davor.

Margareta setzte sich, biss in einen Pfefferkuchen und trank Kaffee. Er war stark und brannte im Magen hinunter. Stefan zog anscheinend gedankenverloren einen Notizblock hervor, um ihn zur Hand zu haben, schaltete das Aufnahmegerät ein und murmelte etwas. Dann schauten beide erwartungsvoll Margareta an.

Für Margareta war es ungewohnt, auf dieser Seite des Verhörtisches zu sitzen. Sie nannte ihnen die Fakten zum Sommerhaus, und Stefan schrieb Namen und Adresse der Danielssons mit. Sie erzählte, wie sie von Schritten auf dem Kies geweckt worden war, den möglicherweise betrunkenen Mann gesehen und auf die Uhr geschaut hatte. Stefan machte ein zufriedenes Gesicht und notierte den Zeitpunkt. Sie fuhr fort und berichtete, wie sie zum Plumpsklo gegangen, hinterher durch die Dunkelheit spaziert war und die Tote entdeckt hatte.

»Könnte sie schon dort gelegen haben, als Sie angekommen sind?«, fragte er.

»Das glaube ich nicht. Aber als ich angekommen bin, habe ich mich auf dem Gelände auch noch nicht umgesehen. Ich habe das Auto ausgeladen, an der Pumpe vor dem Haus Wasser geholt und war das erste Mal auf dem Plumpsklo, bin aber auf direktem Weg zurück ins Haus. Das Nebenhaus verdeckt den Waldrand, und außerdem war es ja schon dunkel.«

Es entstand eine Pause. Elm betrachtete das offenbar als Signal, dass die Bahn für ihn frei war. Er räusperte sich und ergriff in seiner Ecke das Wort.

»Sie sind dann also, sagen wir gegen zehn, ins Bett gegangen«, sagte er langsam und undeutlich. »Sie haben das Radio ausgemacht, das Fenster einen Spalt geöffnet und alles war ruhig. Den Mann auf der Straße haben sie einige Stunden später gehört. Dann hätten sie doch auch Menschen hören müssen, die zwischen Zweigen und Büschen durch den Wald gelaufen sind? Selbst wenn es auf der Rückseite des Hauses war?«

Margareta sah ihn an. Warum hatte sie nicht selbst daran gedacht?

»Das ist natürlich richtig«, erwiderte sie. »Entweder wurde sie dort ermordet oder dorthin geschleppt, und egal aus welcher Richtung der Täter gekommen war, ich hätte es hören müssen. Es muss passiert sein, als das Radio lief. Ungefähr zwischen neun und halb zehn. Großer Gott, vielleicht ist sie acht Meter von mir entfernt gestorben, während ich Radio gehört habe. Möglicherweise hat sie mehrere Stunden dort gelegen, und ich habe geschlafen!«

Vielleicht hatte das Mädchen noch gelebt. Vielleicht hätte es noch eine Chance gegeben, sie zu retten. Der Gedanke war lähmend.

»Wir wissen natürlich nicht, wie sie dorthin gekommen ist oder wie lange sie schon tot war«, sagte Stefan.

»Warum glauben Sie nicht, dass sie schon da war, als Sie angekommen sind?«, beharrte Elm und traf damit genau den wunden Punkt.

»Weil das zeitlich schlecht möglich ist«, erklärte Margareta. »Sie war auf derselben Fähre aus Nynäshamn wie ich. Ich habe sie gesehen.«

Alle vier Augenbrauen schossen in die Höhe, Stefans helle ebenso wie die dunklen, struppigen Brauen von Hans Elm. Sie erzählte von ihrem Eindruck, dass das Mädchen Probleme hatte, von dem Fahrer, der aussah wie ein Jockey, den sie am Kai zu beobachten schien, von ihrer Begegnung mit dem Mädchen in der Essensschlange und mit ihm auf Deck.

Und von dem Laster. Es war unmöglich, diese Geschichte so zu erzählen, dass ihr Verhalten ganz natürlich klang, also schilderte sie ohne Umschweife, wie es gewesen war, schob die Hand in die Tasche, zog die Plastiktüte mit der roten Substanz und den Zettel mit den Fahrzeugdaten heraus und legte alles vor Stefan auf den Tisch.

»Farbe, Tier- oder Menschenblut«, sagte sie. »Vielleicht haben sie misshandelte Hühner transportiert, was weiß ich.«

Er nahm die kleine durchsichtige Tüte entgegen, als hätte er ein Weihnachtsgeschenk bekommen.

»Nicht schlecht«, sagte er. »Zwei Stunden nach dem Fund und wir haben schon zwei Spuren.«

»Es muss ja nicht …«, begann Margareta.

»Nein, natürlich nicht. Selbstverständlich. Aber Ihre berufliche Intuition hat Ihnen etwas gesagt, und Sie sind ihr gefolgt. Es ist ja absolut denkbar, dass es wirklich eine Spur ist.«

Elm wirkte nicht so begeistert. In seinen Stuhl zurückgelehnt, betrachtete er sie. Beide Hände hielten den Sitz, als wolle er sicherstellen, dass der Stuhl blieb wo er war, falls die Erdanziehung plötzlich außer Kraft gesetzt würde und er an die Decke fliegen würde. Er sah skeptisch aus. Entweder war Misstrauen Teil seiner Lebensphilosophie, oder aber er hatte etwas gegen Margareta.

»Und Sie haben das Opfer noch nie zuvor gesehen?«, fragte er.

»Auf der Fähre zum ersten Mal. Aber eines muss ich natürlich klarstellen, ich habe das Gesicht der Toten nicht gesehen, ich kann also nicht beschwören, dass es dieselbe Frau ist, die ich auf dem Schiff gesehen habe. Ich weiß nur, dass die Kleidung übereinstimmt. Und die Haare. Nur ihre Tasche war nicht mehr da.«

»Aber wieso glauben Sie, dass sie mit diesem Mann am Kai reden wollte?«

»Sie hat ihn beobachtet. Ist ein paar Schritte auf ihn zugegangen, hat es sich anders überlegt und ist wieder in dem Terminal verschwunden.«

»Sie saßen mindestens zehn Meter entfernt in Ihrem Auto. Wie wollen Sie beurteilen, ob sie besorgt war und ob sie ihn beobachtet hat? Könnte sie nicht ebenso gut das Meer, das Postauto oder sonst irgendetwas x-Beliebiges betrachtet haben?«, fragte Elm hartnäckig.

Margareta zuckte mit den Schultern.

»Das war mein Eindruck. Mehr kann ich nicht sagen.«

»Dann hat Ihnen das Aussehen dieses Fahrers nicht gefallen, und daraus haben sie unmittelbar den Schluss gezogen, dass er kriminell ist. Wie können Sie überhaupt sicher sein, dass es sich bei dem Mann am Kai und dem Mann an Deck um ein und dieselbe Person handelt? Wie groß war der Abstand zwischen Ihnen und dem Fahrer am Kai?«

»Schwer zu sagen.«

»Sie standen so, dass sie auf die linke Rampe gefahren sind, das heißt am weitesten von der Kaimauer entfernt, und er ging am Ufer auf und ab. Zwischen Ihnen standen Autos und Container, der Himmel war bewölkt und Sie haben zu keinem Zeitpunkt sein Gesicht gesehen, da er sich nicht umgedreht hat. Können Sie den Mann am Kai positiv als den Mann an Deck identifizieren?«

»Das ist doch nicht so wichtig. Ich habe den Mann, den das Mädchen beobachtet hat, als den Mann identifiziert, der in den Laster eingestiegen und an Bord gefahren ist. Das ist der springende Punkt.«

Hans Elm warf ihr einen Blick zu, der sie zu kategorisieren schien: *Intelligent. Verliert nicht den Faden.* Allerdings machte es nicht unbedingt den Eindruck, als würde er das in diesem Augenblick zu ihrem Vorteil auslegen. Sein scharfer Ton überraschte sie etwas, das hatte sie nicht erwartet – immerhin waren sie Kollegen. Aber zugleich konnte sie ihn verstehen. Schließlich war die Leiche vor dem Haus gefunden worden, in dem sie wohnte. Von ihr.

Stefan beendete das Verhör und richtete sein Kraftfeld auf die Armbanduhr. Fast rechnete sie damit, dass das Uhrglas mit einem leisen Klirren zerspringen würde.

»Fast fünf. Sie werden das Gelände frühestens in ein paar Tagen zurückbekommen, wir werden Ihnen also ein hübsches Hotelzimmer beschaffen. Sollen wir versuchen, morgen ein anderes Ferienhaus für Sie zu finden? Ich meine, in ein paar Stunden?«

Sie schüttelte den Kopf.

»Nein, ich werde zurückfahren, wenn Sie und Ihre Leute fertig sind. Für mich hat der Mord nichts mit dem Haus zu tun. Wenn Sie verstehen, was ich meine.«

»Ich verstehe«, sagte Stefan. »Aber ich gehe davon aus, dass Sie Urlaub machen. Dass Sie nicht vorhaben …«

Er machte eine Geste und die Männer sahen sie an. Diese Lastergeschichte verhieß nichts Gutes.

»Ich mache Ferien«, sagte sie. »Ich werde spazieren gehen und ein wenig auf der Insel herumfahren. Es mir gut gehen lassen. Sonst nichts.«

Stefan nickte.

»Dann sagen wir doch, dass wir morgen im Laufe des Vormittags, wenn Sie ein bisschen geschlafen haben, zusammen nach Buttle fahren und Sie für uns den Mann von der Straße identifizieren. Das wird vermutlich schnell gehen, er wohnt sicher dort. Und dann machen Sie in aller Ruhe weiter Ferien, und wir unterhalten uns vielleicht ab und zu. Klingt das gut?«

»Übermäßig ruhig dürfte es kaum werden. Spätestens morgen schwärmen die Zeitungs- und Fernsehleute auf dem Gelände aus«, sagte Elm pessimistisch.

»Anfangs bestimmt«, erwiderte Margareta. »Aber wenn wir den Journalisten geben, was sie wollen, haben sie eigentlich keinen Grund mehr, länger zu bleiben, oder?«

Die Männer zweifelten, vielleicht dachten sie an den großen Aufruhr nach dem Anne Lindh-Mord und nach der Sache mit der christlichen Sekte in Knutby, in der zwei Frauen ermordet und ein Mann verletzt worden waren. Aber sie waren zu höflich, um zu widersprechen.

Es gab reichlich freie Hotelzimmer. Stefan begleitete Margareta ritterlich in das Wisby Hotel, ging mit ihr durch eine gewölbte Lobby, die so groß war wie ein kleines Meer, wartete, bis sie ihren Zimmerschlüssel bekommen hatte, wünschte ihr schöne Träume und verschwand. Ihr kam es vor, als flaute der Wind ab, als er ging und sie mit sich und ihrem müden Ich allein ließ.

Mit dem Gefühl, eine Tonne zu wiegen und mindestens ein halbes Jahr auf Gotland zugebracht zu haben, und nicht nur weniger als einen halben Tag, schleppte sie ihren Rucksack in den Aufzug, fuhr nach oben und fand ihr Zimmer, Nummer 315. Es lag am Ende des Flurs, in der Nähe der Hintertreppe, die zum Notausgang führte. Stille, mit Teppich ausgelegte Flure führten in die andere Richtung weiter. Das Zimmer war klein und gemütlich eingerichtet mit einem Bett, das nach ihr zu rufen schien, Fenstern, die zum Hafen und zum Meer zeigten, und einem schwarz-weiß gekachelten Bad mit goldenen Wasserhähnen.

In ihren Ohren rauschte die Müdigkeit, und der Geschmack von Pfefferkuchen und Kaffee im Mund fühlte sich unter diesen Umständen reichlich absurd an. Kaffeekränzchen mit Mord. Sie nahm das Telefon vom Schreibtisch mit ans Bett – das Kabel war gerade lang genug – ließ sich angezogen auf die

Decke fallen und rief Kalle an. Er sollte das alles nicht aus den Frühnachrichten erfahren. Er meldete sich verschlafen.

»Kalle, entschuldige, dass ich dich wecke. Ich bin in einem Hotel in Visby«, erklärte sie ohne Umschweife. »Ich bin zum Sommerhaus gefahren und heute Nacht um halb zwei war ich gezwungen, nach draußen aufs Plumpsklo zu gehen und habe am Waldrand genau hinter dem Haus eine tote Frau gefunden.«

»Was?«

»Ja. Also habe ich die Polizei angerufen und habe bis eben bei ihnen gesessen und eine Zeugenaussage gemacht, ich werde wohl auch erst in ein paar Tagen ins Haus zurückziehen können. Die Spurensicherung ist da. Sie haben auch das Auto.«

»Warte ... Du hast eine Leiche beim Ferienhaus gefunden? Warum hast du denn nicht angerufen, als du angekommen bist? Ich dachte, du wolltest dich melden?«

Kalle war vierzehn Jahre jünger als sie. In vielen Situationen fühlte sich das wie ein Ozean von Zeit an. Eben jetzt war er von einer Sekunde auf die andere hellwach und klang jung, energiegeladen und unerschrocken. Sie sah vor sich, wie er sich im Bett aufsetzte, sich die glatten, schwarzen Haare aus dem Gesicht und aus den dunkelbraunen, schrägen Augen strich, die er von seiner vietnamesischen Mutter geerbt hatte. Sein amerikanischer Vater war Soldat im Vietnamkrieg gewesen. Er war als kleines Kind von einem schwedischen Ehepaar adoptiert worden und erinnerte sich nicht an seine Eltern.

»Mein Handy hat in Buttle nur die Notruffunktion«, erklärte Margareta. »Das Haus liegt ein bisschen abgelegen. Kalle, ich bin fix und fertig, können wir später reden? Ich wollte nur nicht, dass du das Ganze aus dem Fernsehen erfährst. Ich bin okay, einfach nur total kaputt.«

»Sicher, aber warte kurz ... was ist das denn für eine Leiche? Jemand, der schon lange dort gelegen hat, oder ...?

»Es handelt sich offenbar um eine Frau, die mir schon auf der Fähre aufgefallen ist. Niemand, den ich bisher gekannt habe. Sie schien deprimiert zu sein. Ich habe einen Lastwagenfahrer ins Visier genommen, den sie zu beobachten schien, ein Typ, der definitiv nicht Vertrauen erweckend aussah. Also bin ich runter auf das Autodeck und habe seinen Wagen überprüft, dabei habe ich etwas abgekratzt, das aussah wie Blut. Inzwischen ist das Material bei der Polizei.«

Er schwieg eine Sekunde.

»Du hast *was* gemacht?«

»Ich hatte eine Eingebung. Der Typ sah nicht koscher aus, um ehrlich zu sein sogar verdammt gefährlich. Aber können wir ein andermal darüber reden, bitte? Ich verstehe, dass du vor Neugier platzt und Fragen stellen willst, aber ich bin jetzt nicht mehr in der Stimmung, um zu diskutieren. Außerdem war das auch schon alles.«

»Okay. War sonst noch jemand auf dem Boot, den du erkannt hast?«, erkundigte er sich.

»Du meinst irgendein alter Feind, der mich gesehen und mir gleich als Warnung eine tote Frau neben das Haus geworfen hat? Damit ich verdächtigt werde? Nein, jedenfalls nicht, dass ich es bemerkt hätte. Willst du damit sagen, dass ein unschuldiges Mädchen meinetwegen sterben musste?«

»Nein, verflixt. Ich bin nur beunruhigt. Wie geht es dir? Du klingst etwas benommen.«

»Ich *bin* benommen!«

»Natürlich bist du das. Im Dunkeln eine Leiche finden! Großer Gott, das muss ein Schock gewesen sein. Du, ich nehme das nächste Flugzeug und bin in ein paar Stunden bei dir und halte dir die Hand, so lange sie dich noch brauchen. Und wenn wir Zeit haben, machen wir einfach zusammen Urlaub.«

Seltsamerweise widerstrebte ihr dieser Gedanke. Auf der Fähre hatte sie sich nach ihm gesehnt, jetzt wollte sie nur ihren Frieden.

»Nein, tu das nicht. Danke für die Fürsorge, aber wenn du herkämst, würden wir nur wieder und wieder den Fall durchkauen. Ich werde ihre Fragen beantworten und dann beabsichtige ich, die ganze Sache zu vergessen und das zu tun, was ich von Anfang an geplant hatte. Ich bin mir sicher, dass der Mord weder mit mir noch mit Buttle etwas zu tun hat.«

Sie wusste, dass ihn das enttäuschte, aber er wollte sie nicht noch mehr aufregen. Unter seiner Coolness verbarg sich ein gutes Herz.

»Wie du willst«, sagte er. »Wie sind sie denn so, die Gotländer Schnüffler?«

»Nett. Der Leiter der Ermittlungen heißt Simonsson. Stefan. Sympathischer Typ, ich glaube, hinter seiner freundlichen Fassade ist er knallhart. Dann gibt es noch einen. Einen langen, schwermütigen Kerl namens Hans Elm. Eher abwartend. Hat mich nicht gerade mit Samthandschuhen angefasst. Schnurrbart.«

»Vergiss ihn. Blöde Bullen gibt es überall. Im Hotel alles in Ordnung? Hast du alles, was du brauchst? »

»Ja, ich konnte meinen Rucksack mitnehmen.«

»Gut. Dann gib einfach Bescheid, wenn du willst, dass ich komme. Ich rufe jetzt Anne und John an, dann musst du das nicht machen. Denk jetzt nicht weiter über den Fall nach. Schlaf gut! Bis später.«

Natürlich. Anne und John sollten von der Toten auch nicht erst aus den Nachrichten erfahren oder dann, wenn die Polizei bei ihnen anrief, um zu fragen, was sie in der Mordnacht getan hatten, schließlich gehörte das Haus ihnen. Dass auch die beiden davon betroffen waren, hatte sie offenbar gleich aus ihrem Bewusstsein gestrichen.

Als sie den Hörer aufgelegt hatte, war sie sich nicht mehr so sicher, ob sie Kalle nicht doch bei sich haben wollte. Sie fühlte sich einsam in dem Zimmer und sie würde sich auch in dem Bett einsam fühlen. Dennoch wusste sie sehr gut, warum sie seine Gesellschaft freundlich abgelehnt hatte. Sie wollte

Bewegungsfreiheit. Tief in ihrem Innersten wollte sie selbst den Mörder dieses Mädchens jagen, wollte ihn fassen und an die Wand stellen.

Aber sie hatte nicht vor, diesem Bedürfnis nachzugeben. Sie musste wieder gesund werden, ein ordentlich angepasster Mensch, keine angeschossene Polizistin mit labiler Psyche und labilem Urteilsvermögen.

Sie putzte sich die Zähne, um das klebrige Gefühl im Mund loszuwerden, zog die Jeans aus und kroch zwischen die kühlen Laken. Vor dem Fenster begann die Morgendämmerung aufzusteigen. In wenigen Stunden würden wieder Autos auf den Straßen fahren und Menschen über die Hotelflure laufen.

Sie legte sich die Jeans wie eine Schlafmaske über das Gesicht und fiel in einen leichten, unruhigen Schlaf.

7

Frank hatte sich nie als Stier oder Löwe betrachtet, eher als Iltis oder Kobra. Das war absolut ausreichend. Schon als Kind war es ihm nie schwer gefallen, größeren Jungs durch die bloße Kraft seiner Hartnäckigkeit und seines Angriffswillens Angst einzujagen, und es war ihm nie schwer gefallen, Mädchen zu finden, die ihn haben wollten. Aber unter anderen Männern war er immer allein gewesen. Er passte in keine Hierarchie, entweder war er der Anführer oder einsam. Irgendjemand hatte ihm mal gesagt, dass Anführer und Einsamkeit ein und dieselbe Sache seien.

Eva wollte er nicht mehr als nötig erschrecken. Sie hatte selbst einen starken Willen, was es im Bett spannend machte, und er half ihr mit praktischen Dingen und etwas Geld. Ihr Ex schickte ihr Geld für das Kind, und über den Winter hatte sie einen Halbtagsjob in einem Supermarkt. In seinen Augen war ihr Verhältnis ein Deal, bei dem er ihr das gab, was er für angemessen hielt. Dafür versorgte sie ihn mit Sex, einer Unterkunft und einer gewissen Kameradschaft und er war für einen ausreichend langen Zeitraum Herr im Haus. Und es gab Momente, in denen er sie richtig gern hatte.

Er war vom *Mauerstein* direkt nach Hause gegangen. Niemand würde sich daran erinnern, wann er wirklich durch die Tür gekommen war. Die Ereignisse des Abends hatten mehr Zeit gekostet als kalkuliert, und außerdem hatten sie ihn ziemlich scharf gemacht. Die Gefahr, das Illegale, das Gefühl, sich in einer anderen, schnelleren Dimension zu bewegen, die neben der gewöhnlichen, grauen existierte, turnte ihn an.

Er hatte die Kneipe so bald wie möglich wieder verlassen, war zu ihr nach Hause gefahren, die Eingangstreppe hochgesprungen, hatte sie an sich gezogen und ihren Ärger mit Charme und Geilheit zum Schweigen gebracht. Sie hatten es noch auf der Treppe nach oben heftig getrieben. Sie war sauer, weil er so spät kam, und das verlieh dem Ganzen eine Extraportion Intensität.

Er wusste, dass Sex ihren Zorn nicht auflöste, er kapselte ihn nur ein, aber das genügte ihm. Es gefiel ihm, sie manipulieren zu können, zwischen gespielten und echten Gefühlen zu wechseln, so dass sie nie wusste, woran sie bei ihm war. Das verlieh ihm Macht. Als sie fertig waren, versetzte sie ihm einen Stoß, dass er fast die Treppe hinunterfiel, ging nach oben und duschte, zog sich ihr Nachthemd an und warf einen Blick in Angelicas Zimmer. Das Mädchen hatte seit ein paar Tagen Fieber. Frank blieb oben in der Diele stehen, die Tarnhosen notdürftig hochgezogen, eingehüllt in eine Dunstwolke aus Bier, Schweiß und Sex, und schaute in das dunkle Kinderzimmer. Eine fremde Welt voller Weichheit und Spielsachen. Verschlossen und zerbrechlich wie eine hohle Glaskugel.

Hinterher waren sie in das große Bett gefallen und hatten

geschlafen. Er hatte sich den Wecker gestellt, in der Küche Kaffee getrunken und den Laster ausgeladen. Als er zurückkam, standen zwei Beamte in Zivil auf dem Kiesweg vor dem Haus.

Sie standen unten an der Treppe und sprachen mit Eva, die noch im Morgenmantel war. Sie hatte sie nicht ins Haus gebeten und lehnte am Türrahmen, die Arme aggressiv vor der Brust verschränkt – eine abweisende, verächtliche Körperhaltung. Als er kam, funkelte sie ihn zornig an, die Männer drehten sich um und musterten ihn von Kopf bis Fuß. Einer von ihnen war dünn und dunkelhaarig, die Haare des anderen waren schon ergraut. Ihre Blicke waren neutral und ruhig, als sie ihre Polizeimarken zeigten und ihn um eine Unterredung baten.

Sie hier zu sehen, war ein Schock, aber zugleich auch eine Herausforderung. Er baute sich mit hochgezogenen Augenbrauen vor ihnen auf, einen Kopf kleiner als die beiden.

»Ja bitte?«, sagte er.

»Frank Behlin?«, fragte der Grauhaarige und ignorierte seinen feindseligen Tonfall.

»Stimmt. Was gibt's?«

»Wir müssen Ihnen ein paar Fragen stellen. Wo arbeiten sie?«

»Bergenheims Transport. Was gibt's, habe ich gefragt?«

»Darauf kommen wir noch zu sprechen. Wo wohnen Sie?«

»Stockholm. Ich bin beruflich hier, wenn sie es unbedingt wissen wollen.«

»Wann sind Sie angekommen?«

»Gestern Abend. Worum zum Teufel geht es hier?«

Der Dunkle warf einen Blick in sein Notizbuch.

»Haben Sie schon mal in der Boutique Caprice eingekauft?«

Er sah Evas Reaktion hinter dem Rücken der Beamten.

»Was für eine Boutique? Noch nie davon gehört«, antwortete er und zupfte an seiner Hose, als wolle er sie vorzeigen. »Kaufe für gewöhnlich nicht in Boutiquen ein. Hatten Sie an dieses schicke Höschen gedacht oder …?«

»Kennen Sie eine Sanna Westman?«, fuhr der Dunkelhaarige ungerührt fort.

»Nein. Wer ist das? Was ist mit ihr? Behauptet sie, dass sie mich kennt?«

»Sie ist heute Nacht ermordet worden.«

Es wurde abrupt still. Die Polizisten sahen ihn mit ausdruckslosen Augen an. Eva war geschockt. Sie ließ ihre Arme fallen.

»Was heißt ermordet?«, fragte sie mit lauter Stimme. »Ein Mädchen ist ermordet worden? Hier?«

Sie sah sich um, als erwarte sie, eine Leiche auf ihrem Grundstück zu finden.

»Sie ist in Buttle gefunden worden«, erklärte der Grauhaarige und drehte sich so, dass er mit ihnen beiden sprechen konnte. »Wo sie ermordet worden ist, wissen wir nicht.«

»Buttle?«, wiederholte Eva, als spräche er vom Mond. »Aber warum um alles in der Welt kommen Sie dann hierher und belästigen meine Gäste? Frank ist mein Gast und er ist verdammt nochmal kein Mörder!«

Die Beamten antworteten nicht.

Der Dunkelhaarige stand immer noch Frank zugewandt und ergriff wieder das Wort.

»Wo steht Ihr Laster?«

»Hinten auf dem Parkplatz. Sie dürfen gerne reinschauen, wenn sie noch mehr Zeit verschwenden wollen.«

Die Kiste war weg, genau wie das Bündel. Aber der Grauhaarige schüttelte nur leicht den Kopf.

»Vielleicht später. Was haben Sie gestern Abend gemacht?«

»Ich war in der Kneipe und hab mit den Kumpels ein paar Bierchen getrunken. Im *Mauerstein*, falls es Sie interessiert.«

Der Dunkelhaarige schrieb mit. Frank hatte einen trockenen Mund, er wusste, dass er jetzt jedes Wort abwägen musste, damit ihm nichts von dem, was er sagte, später zum Verhängnis werden konnte.

»Wie lange bleiben Sie auf Gotland?«

»Ich fahre morgen in aller Früh zurück.«

Er war im Begriff zu sagen: »Ich mache meistens ein paar Tage Pause, wenn ich hier bin«, aber das hätte höchstens ihr Misstrauen geweckt, wenn er mit unnötigen Erklärungen und Beteuerungen gekommen wäre.

»Aber warum fragen Sie ausgerechnet Frank?«, beharrte Eva von der Treppe aus.

Er wünschte, sie würde die Klappe halten und die Polizisten nicht noch länger als unbedingt nötig mit ihrem Gekeife aufhalten. Der Grauhaarige zog eine Fotografie aus der Plastikhülle heraus, in der er vermutlich sonst seinen Notizblock aufbewahrte.

»Kennen Sie diese junge Frau?«, fragte er und hielt das Bild vor Franks Gesicht.

Er sah ein blondes Mädchen in einem ausgeschnittenen rosafarbenen Top. Ein Sommerbild. Sie lächelte. Er sah sie an und schüttelte den Kopf.

»Fehlanzeige. Leider, muss man wohl sagen.«

»Haben Sie sie auf der Fähre gesehen?«

»Nicht dass ich wüsste.«

Der Grauhaarige ging die drei Stufen der Vordertreppe hoch und zeigte auch Eva das Bild. Sie betrachtete es mit zusammengepressten Lippen und wandte dann den Blick ab.

»Ich weiß, wer das ist. Sie arbeitet in dieser Boutique. Ich habe da mal einen Pullover gekauft, aber ich kenne sie wirklich nicht näher.«

Der Polizist wartete, aber mehr sagte sie nicht. Der Grauhaarige kam wieder auf Frank zu.

»Wenn Sie mir Ihre Stockholmer Anschrift geben und die Namen derer, die ihren Kneipenbesuch bezeugen können, dann wäre es das fürs Erste.«

Frank nannte ihnen seine Adresse und Håkans Namen.

Håkan war jeden Abend von sieben bis Mitternacht im *Mauerstein* und in aller Regel so betrunken, dass er keine Ahnung hatte, wer wann kam oder ging. Aber er würde sich daran erinnern, dass Frank da gewesen war und über das Fernsehluder gesprochen hatte, dass im Brunnen auf dem Sergels Torg Sex gehabt hatte. Ein Zweifel am Datum war also ausgeschlossen.

Die Männer gingen. Frank drängte sich an Eva vorbei in die Küche, er war fürchterlicher Laune. Sie starrte ihn an, folgte ihm, starrte.

»Warum fragen die dich?«, fragte sie schroff. »Kennst du dieses Mädchen?«

»Nein«, fauchte er und riss die Kühlschranktür auf.

»Sieh mich an! Sieh mir in die Augen! Kanntest du sie?«

Er fuhr herum und starrte ihr direkt ins Gesicht.

»Nein«, brüllte er. »Ich habe die Tussi noch nie gesehen, ich habe sie auf dem verdammten Schiff nicht gesehen und ich habe auch nie was mit ihr gehabt. Jetzt zufrieden?«

Er hatte vergessen, was er aus dem Kühlschrank holen wollte, schlug krachend die Tür zu und stampfte wütend durch die Küche. Das hier war zu nah. Viel zu nah. Aber er musste sich beruhigen. Er durfte Eva nicht gegen sich aufbringen. Er ging zu ihr und hob hilflos die Hände.

»Was für Schweinehunde, so früh anzufangen, was? Sie klappern sicher alle ab, die gestern auf der Fähre waren.«

Es zeigte Wirkung. Sie sah wütend aus, aber sie starrte ihn nicht mehr an. Die Welle verebbte.

»Ein Mord, schrecklich«, sagte sie. »Hoffentlich schnappen sie den Mörder schnell. Im Fernsehen haben sie noch gar nichts darüber gebracht.«

Sie hatte gerade heißen Kakao für ihre Tochter gekocht. Das Frühstückstablett stand bereit, jetzt goss sie ihn in einen roten Becher.

»Du siehst ein bisschen mitgenommen aus. Geh und zieh dich an, ich bringe Angelica das Tablett«, sagte er.

Sie sah ihn mit leichtem Erstaunen an und gehorchte. Er ging hinter ihr die Treppe hoch und trug das Tablett, auf das sie außer dem Kakao ein Käsebrot mit Tomate und ein Glas frisch gepressten Orangensaft gestellt hatte. Sie kümmerte sich um ihr Kind. Wenn sie wüsste, wer er war, würde sie ihn hassen. Oder würde die Leidenschaft trotz allem siegen?

Während sie im Badezimmer verschwand, schob er die Tür zum Kinderzimmer auf und ging hinein. Die Augen des Mädchens glänzten scheu, als er ans Bett trat. Es war merkwürdig, sie hatte immer Angst vor ihm, obwohl er ihr nie etwas getan oder sie erschreckt hatte. Er wollte nicht, dass Eva ihr Misstrauen bemerkte, deshalb hielt er sich meist ganz einfach von dem Mädchen fern.

Er stellte das Tablett auf ihren Nachttisch, trat ans Fenster und zog die Vorhänge mit dem Teddymuster auf. Ihr Zimmer ging nach Süden. Die Wolken von gestern waren verschwunden, und eine warme Sonne leuchtete über die kahlen Zweige der Obstbäume mit ihren Blattknospen, die trockene Fichtenhecke und das welke Gras des Gartens, in dem sich die ersten neuen Halme emporarbeiteten.

Als er sich umdrehte, hatte sie sich aufgesetzt. Er ging neben dem Bett in die Hocke, klopfte ihr das Kopfkissen auf, legte es ihr in den Rücken und stellte das Tablett auf die rosa Decke über ihre Knie.

»Pass gut auf, dass du nichts verschüttest«, sagte er jovial in demselben Ton, den er bei Eva oft gehört hatte. »Möchtest du, dass ich dir helfe?«

Sie schüttelte den Kopf. Er tätschelte ihr die Wange und verließ das Zimmer.

Das Wasserrauschen im Bad hatte aufgehört. Eva ging nackt in das große Schlafzimmer und zog Unterwäsche an, Jeans und ein rotes Poloshirt. Er saß auf dem Sofa und schaute ihr zu. Als sie fertig war, kam sie zu ihm und setzte sich neben ihn. Er legte den Arm um sie und machte den Fernseher an, um das Morgenmagazin anzusehen.

Er schob den Gedanken an die Polizisten beiseite und wartete darauf, dass sich das innere Gleichgewicht einstellte, das ihn nach einer solchen Nacht immer erfüllte. Ruhe und Zufriedenheit. Er wusste, dass es nie lange anhielt, aber die nächsten Tage würde er sich normal fühlen, ohne dieses drängende, pochende Verlangen, in die Dunkelheit hinunterzusteigen.

Morgen würde er zurück aufs Festland fahren. Es gab ein Vorher und ein Nachher, und jetzt war Nachher.

Trotzdem. Die Polizei war hier gewesen. Das Mädchen aus dem Caprice war ermordet worden, und sie waren beunruhigend schnell auf ihn gestoßen. Vermutlich war er lediglich der erste Mann auf der Passagierliste gewesen, den sie befragt hatten. Eine andere Erklärung konnte es fast nicht geben. Oder?

Ein warnender Gedanke regte sich in seinem Unterbewusstsein. Eine Erinnerung an etwas, das er gesehen hatte. Oder an jemanden.

Er war nervös. Während die Tatortbilder aus Buttle über den Bildschirm flimmerten, ließ er die letzten vierundzwanzig Stunden Revue passieren und versuchte herauszufinden, was daran nicht stimmte.

Als Margareta im Hotel aufwachte, war es zehn Uhr vormittags. Da sie es hasste, etwas ums Handgelenk gebunden zu haben, trug sie keine Armbanduhr, sondern tastete nach ihrem Handy, machte es an und kontrollierte die Uhrzeit. Dann schaltete sie es wieder aus, damit die Presse sie nicht erreichen konnte, die vermutlich bald auf sie aufmerksam werden würde.

Sie war zwar noch immer müde, aber vollkommen klar im Kopf. Sie stand auf und schaute aus dem Fenster. Der Himmel war blank geputzt und blau, und die Sonne schien. Zimmer 315 zeigte nach Westen, zum Meer, und sie blieb eine ganze Weile stehen und blickte über den Hafen und das faszinierende, endlose Meer, das sich bis zum Horizont erstreckte.

Für ein paar Minuten versank sie in einem Traum über das Meer und das Wasser, das Element, aus dem die Menschheit einst gekommen war. Sie dachte, dass es kein Zufall war, dass so viele am Strand wohnen wollten, wo doch alle Menschen Strandwesen waren. Neugeborene Kinder halten automatisch die Luft an, wenn sie mit dem Kopf unter Wasser geraten, und fangen an zu schwimmen. Bei anderen Primaten ist das nicht so, weder bei Schimpansen, noch bei Gorillas. Lebten die frühen Vorfahren des Menschen vielleicht eine Zeit lang im Meer oder in anderen Gewässern? Aber falls es so war, warum hatte sie dann noch nie von dieser unbekannten Epoche der Menschheit gehört, wenn die Rede auf die Entwicklung der letzten Jahrmillionen kam?

Das Telefon auf dem Nachttisch klingelte und riss sie aus ihren Gedanken. Sie nahm ab und meldete sich mit ihrem Namen.

»Hallo, hier ist Stefan«, sagte Stefan am anderen Ende. »Wie geht es Ihnen heute?«

Seine Stimme war belebend, holte sie in die Gegenwart und in die Normalität zurück.

»Besser«, sagte sie.

»Ja, das hört man. Also, wir haben jetzt an fast jede Tür in Buttle geklopft und in aller Ruhe mit jedem Einzelnen geredet. Niemand hat ein Auto gehört oder etwas Ungewöhnliches gesehen, aber wir glauben, dass wir Ihren nächtlichen Wanderfreund gefunden haben. Er wohnt in der Nähe der Kirche und hat im Augenblick einen stattlichen Kater.«

»Konnten Sie das Mordopfer identifizieren?«

»Ja, konnten wir. Die Handtasche ist immer noch verschwunden und ihre Hosentaschen waren leer, aber ihre Mutter hat sie heute Morgen vermisst gemeldet und später im Leichenschauhaus identifiziert. Das Opfer stammt hier von der Insel und wohnt – wohnte – in Visby. Keinerlei Verbindung nach Buttle, soweit wir bislang wissen. Sie heißt Sanna Westman, ist sechsundzwanzig und arbeitet in einem Geschäft innerhalb der Ringmauer, Boutique Caprice. Sie hat es zusammen mit einer Freundin eröffnet. Wird offenbar Kap*riis* ausgesprochen. Nicht Kap*ritze*.«

»Was so viel heißt wie Laune, Einfall«, erklärte Margareta.

»Ach ja? Also, jemand hat sie mit den Händen erwürgt, sie ist offenkundig erstickt. Aber vorher ist sie misshandelt worden. Und vergewaltigt«, setzte er widerwillig hinzu. »Der Täter – oder die Täter – hat sich die Mühe gemacht, sie hinterher wieder anzuziehen.«

Sie sah ein glasklares Bild von Sanna auf der Fähre vor sich. Das besorgte junge Gesicht, die Hände, die die Brieftasche hielten. Wie sie am Fenster saß und las.

»Verdammt. Haben Sie den Fahrer gefunden?«

»Ja. Ist nichts bei rumgekommen. Ich bin jetzt hier in Visby. Ich dachte, ich komme Sie gleich abholen, dann fahren wir nach Buttle und statten unserem Wanderer einen Besuch ab.«

»Gerne. Geben Sie mir zehn Minuten. Ich komme runter.«

»Gut.«

Sie zog den verschwitzen Trainingsanzug aus und ging unter die Dusche. Es tat gut, sich zu waschen, und sie genoss es, unter dem warmen Wasserstrahl zu stehen.

Als sie fertig war, zog sie frische Unterwäsche an, ihre Jeans und ein hellgraues Poloshirt, griff nach ihrer Jacke und ihrer Handtasche und war bereit, Stefan und Buttle entgegenzutreten.

Der Aufzug hielt genau vor dem wunderschönen Speisesaal. Der Duft von Kaffee und Frühstück, der noch in der Luft hing, erinnerte sie daran, dass sie vergessen hatte, etwas zu essen. Ausgerechnet jetzt, wo sie dieses eine Mal in einem vornehmen Hotel wohnte, aber nun war es zu spät.

Stefan wartete draußen im Auto, aber er stieg sofort aus

und hielt ihr die Tür auf. Margareta überlegte, dass er eine ganz besondere Mutter gehabt haben musste, die ihn so gut erzogen hatte. Er war offenbar auf einen Sprung zu Hause gewesen, um zu duschen und frische Sachen anzuziehen. Dennoch sah er ein wenig erschöpft aus. Nicht einmal seine unübersehbare Energie und sein offenbar angeborener Optimismus, die den ganzen Wagen ausfüllten, konnten daran etwas ändern. Er war wie ein summender Motor, und es war ein gutes Gefühl, neben ihm im Auto zu sitzen.

Das Leben ging weiter. Nicht alle waren Mörder und nicht alle waren tot.

»Viel Schlaf hatten Sie heute Nacht sicher nicht?«, fragte sie, als er zum Hafen abbog.

»Nein, aber so etwas kommt hier ja zum Glück nicht so oft vor. Zufrieden mit dem Zimmer?«

»Sehr. Ich habe gut geschlafen. Waren die Zeitungsleute schon hinter Ihnen her?«

»Ja, wir haben eine Pressemitteilung rausgegeben, und *Östnytt* hat einen kleineren Bericht gebracht. Die *Gotland-Presse* war heute früh schon in Buttle, aber ich glaube, die Stockholmer warten ab, ob bei den Ermittlungen noch spannendere Sachen auftauchen. Sie haben sich bislang damit begnügt anzurufen und wollen irgendein Bild kaufen. Eine ermordete und vergewaltigte Frau ist schließlich keine Sensation, leider.«

»Und der Lastwagenfahrer?«, erkundigte sie sich.

»Er heißt Frank Behlin. Dank des Kennzeichens, das sie notiert hatten, konnten wir ihn schnell ausfindig machen. Er hat in einer Pension vor der Stadtmauer übernachtet, Vibergs. Wir haben herumtelefoniert, ihn gegen halb neun gefunden und mit ihm geredet, aber er hat jegliche Bekanntschaft mit irgendeinem Mädchen auf der Fähre, im Hafen oder sonst irgendwo abgestritten.«

»Und wie hat er reagiert, als Sie aufgetaucht sind? Was hat er gesagt?«

»Er ist ein bisschen aufgeblasen und reizbar. Keine Vorstrafen. Wir konnten ihn natürlich nicht vernehmen, aber wir wissen ja, wo er sich aufhält.«

Sie war enttäuscht. Sie hatte gehofft, er würde sich auf irgendeine Weise verraten, so dass Stefan genauso misstrauisch werden musste wie sie.

»Und das rote Pulver?«, fragte sie.

»Menschliches Blut. Müssen untersuchen, ob es Sanna Westmans Blutgruppe ist. Aber es arbeiten natürlich viele Männer mit so einem LKW. Wenn es nötig wird, werden wir das später noch genauer überprüfen.«

Wenn es nötig wird. Das bedeutete, dass Frank nicht besonders weit oben auf Stefans Prioritätenliste stand. Es wunderte sie, dass er noch nie aktenkundig geworden war, sie hatte zumindest irgendeine Nötigung oder Körperverletzung in seinem Lebenslauf erwartet. Am ehesten in Zusammenhang mit einer Frau oder Freundin. Sie versuchte, ihn mit anderen Augen zu sehen, aber es gelang ihr nicht.

»Gut, dann liegt er also auf Eis«, sagte sie. »Wonach suchen Sie noch? Hatte Sanna einen Freund?«

»Sie hatte gerade Schluss mit ihm gemacht. Tatsächlich war das sogar der Grund, warum sie in Västerhaninge war. Er heißt Tobias Steling. Automechaniker. Er wohnt dort, sie haben sich vor einem Jahr in einer Disko in Stockholm kennen gelernt. Aber offensichtlich verlief alles ohne größere Dramatik, und er hat sie unseres Wissens auch nie geschlagen. Ihre Kollegen haben sich heute Morgen mit ihm unterhalten, und er hat ein Alibi.«

Margaretas Laune sank. Ihr Bild des Geschehens verblasste.

»Dann war das vielleicht der Grund, warum sie so traurig aussah? Es hatte möglicherweise gar nichts mit jemandem auf der Fähre zu tun?«

»Das wissen wir nicht. Aber jetzt ist sie tot.«

Die nächsten Minuten schwiegen sie. Stefan fuhr schnell

und ruhig. Die Sonne beschien Wald und Felder, und Margareta sah Schafe und Pferde, die friedlich das junge Gras fraßen.

»Und wer ist der Mann, den ich identifizieren soll?«, erkundigte sie sich.

»Er heißt Ernst Almgren, ist sechsundzwanzig Jahre alt, lebt mit seiner Frau und den drei kleinen Töchtern in einem großen Haus in Buttle, nahe der Kirche. Es wird das Lehrerhaus genannt. Ich glaube, es war früher mal Schule und Lehrerwohnung zugleich. Ich kenne ihn, er ist der einzige Sohn unseres Bezirksbürgermeisters Dennis Almgren und selbst auch auf dem Weg in die Politik. Er hat wohl ein kleines Alkoholproblem, aber sonst ist er ein netter Kerl. Seine Frau ist Lehrerin in Ljugarn. Auch Gotländerin.«

»Stellen Sie fest, ob er Kontakte zu Behlin hat«, sagte sie. »Vertrag mit der Kommune. Rotary. Fragen Sie beide, was sie für Interessen haben. Vielleicht gibt es eine Verbindung zwischen den beiden.«

Stefan gab ein abwehrendes Grunzen von sich. Es war nicht zu übersehen, dass er den Lastwagenfahrer am liebsten fallen lassen würde.

Der Wagen bog nach Buttle ab, wo heute in dem warmen, milden Sonnenschein alles ganz anders aussah. Friedlich, verschlafen und idyllisch, nicht mehr brütend einsam und leer wie letzte Nacht. Mehrere Autos parkten unordentlich auf dem Feld neben der Fabrik, und noch immer arbeitete ein ganzes Heer von Kriminaltechnikern und Polizisten am Waldrand hinter dem Sommerhaus und dem Nebengebäude.

An der Absperrung stand eine Gruppe von Schaulustigen. Eine Frau und drei Männer, davon zwei mit Kameras ausgerüstet, lösten sich aus dem Pulk und kamen auf das Auto zu. Margareta war klar, dass sie von der gotländischen Presse waren. Die Journalisten versuchten, einen Blick durch die Scheiben zu erhaschen, aber Stefan fuhr ganz einfach unhöflich an ihnen vorbei, ohne anzuhalten.

»Wir haben Ihren Namen bisher nicht veröffentlicht«, sagte er.

Die alte Sauna lag verlassen da, aber vor dem Dorfladen stand die schlanke Frau, die Margareta gestern schon auf der Straße gesehen hatte, die Hände auf die Schultern eines etwa fünfjährigen Jungen gelegt. Sie hatte ein offenes, breites, freundliches Gesicht und kurze schwarze Haare, die Haare des Jungen hingegen waren blond und flaumig. Genau wie letzte Nacht drehte sie sich um und ging ins Haus.

Die Straße machte eine Kurve, und plötzlich lag der Teil Buttles, der sich vor der Kirche erstreckte, vor ihnen in der Sonne.

Margareta stockte der Atem. Es war, als käme man in eine alte halbvergessene Stadt. Im Hintergrund leuchtete die weiße Kirche hinter hohen Bäumen, umgeben von Häusern und Gärten. Dahinter lagen die luftigen, weiten Felder und ein blauer Himmel. Es gab Hecken, Zäune und Kieswege, die in alle Himmelsrichtungen führten. Es war wunderschön, still und friedlich.

Sie verliebte sich sofort. Am liebsten wäre sie aus dem Auto gesprungen, zur Kirche gelaufen und einfach die Wege entlanggewandert, aber noch ehe sie so weit gekommen waren, bremste Stefan ab und bog auf den großen Vorplatz des nächstgelegenen Hauses. Im Vorbeifahren ließ er das Seitenfenster hinunter und wandte sich an die Journalisten, die fast mit dem Auto Schritt hielten.

»Sie müssen hierbleiben«, erklärte er freundlich, aber bestimmt. »Das hier ist Privatgelände.«

»Aber das ist doch Ernst Almgrens Haus«, rief einer der Reporter. »Hat er etwas mit dem Mord zu tun?«

Stefan antwortete nicht, sondern fuhr bis zum Haus. Flacher Rasen und ein paar Büsche rahmten die Auffahrt ein. Eine hoch gewachsene, dunkelhaarige Frau in weiten sportlichen Hosen mit großen aufgesetzten Seitentaschen, weißem, ausgeschnittenem Top und schokoladenbraunem Cardigan war auf der Vordertreppe aufgetaucht und erwartete sie. Hinter ihr lugte neugierig ein kleines Mädchengesicht nach draußen.

Der Wagen hielt zwischen dem Haus und einem langen Stallgebäude. Margareta und Stefan stiegen aus und gingen die Treppe hoch. Aus den Augenwinkeln sah sie, wie die Fotografen die Kameras mit den Teleobjektiven zückten. Sie vermied es, in ihre Richtung zu schauen, damit man sie später auf den Bildern nicht wiedererkennen konnte. Stefan reichte der Frau die Hand und sie drehte sich mit einem Lächeln zu Margareta.

»Ich heiße Fanny Almgren. Herzlich willkommen! Kommen Sie doch herein.«

So warmherzig empfangen zu werden, hatte Margareta eigentlich nicht erwartet. In ihrem Kopf hatte sie sich das Klischee einer abgearbeiteten Alkoholikergattin zurechtgelegt, mit blassen Kindern und einem bösartigen Mann, aber stattdessen führte eine frische, rosige Fanny Almgren sie in eine große, gemütliche Landhausküche in Weiß und Naturtönen mit lila-weißen Gardinen und Blumen auf der Fensterbank. Es duftete nach Kaffee und Spiegelei, der Tisch war gedeckt.

»Sie haben es wahrscheinlich noch nicht geschafft zu frühstücken, oder?«, fragte Fanny. »Sie möchten doch sicher etwas essen, alle beide?«

»Aber gerne«, sagte Stefan und sah so optimistisch und entspannt aus, als hätte er alle Zeit der Welt.

»Ernst«, rief die junge Frau nach oben.

Sie setzten sich. Drei kleine dunkel gelockte Mädchen standen in der Küchentür und schauten sie an. Die Jüngste war höchstens eineinhalb, die Älteste vielleicht fünf. Fanny briet ohne zu fragen Eier und Würstchen für ihre ungeladenen Gäste, schenkte ihnen Kaffee ein und setzte sich auf die abgebeizte Küchenbank, die Kleinste auf dem Schoß.

»Bitte sehr, bedienen Sie sich!«, sagte sie.

»Ich komme mir ganz komisch vor«, sagte Margareta. »Ich habe hier eigentlich nur ein Ferienhaus gemietet, um Urlaub zu machen. Es ist mir richtig unangenehm, Sie jetzt so zu belästigen.«

Fanny wischte ihre Entschuldigungen mit einer Geste beiseite. »Aber überhaupt nicht! Sie haben nachts einen Mann auf der Straße gesehen und dann eine ermordete Frau gefunden, selbstverständlich erzählen Sie das der Polizei. Was hätten Sie denn sonst machen sollen? Sie dürfen sich deshalb nicht schlecht fühlen, ganz und gar nicht. Es ist nur schade, dass ihr erster Eindruck von Buttle gleich eine polizeiliche Ermittlung nach sich zieht.«

Ganz offensichtlich hatte sie nicht die leisesten Bedenken, ihr Mann könne des Mordes verdächtigt werden. Oder aber sie war felsenfest entschlossen, ihn zu decken, komme was wolle.

Margareta lächelte sie schief an und begann zu essen. Sie war furchtbar hungrig und es schmeckte herrlich. Fanny gab ihrer kleinen Tochter ein Stück Knäckebrot, mit dem sie eine Weile beschäftigt sein würde, und schob routiniert alles aus ihrer Reichweite.

»Die Kleine hier ist Josefin. Die Mittlere heißt Olivia und unsere Älteste Fia. Im Herbst werde ich wieder anfangen zu arbeiten, dann wird Josefin auch zur Tagesmutter kommen. Ich hätte schon jetzt anfangen können, aber es wäre nicht sehr geschickt gewesen, mitten im Schuljahr einzusteigen, und außerdem wollten wir, ehrlich gesagt, gerne warten, bis Josefin noch ein bisschen größer ist.«

Es polterte auf der Treppe, und ein blonder, junger Mann kam in die Küche und verströmte einen schwachen Seifenduft. Er war schlank und gut gebaut und trug abgewetzte Jeans, die aussahen, als wären sie draußen bei ehrlicher Arbeit verschlissen worden. Seine angenehm muskulösen Arme waren schon braun gebrannt, und er trug ein zerknittertes, moosgrünes T-Shirt, das er offenbar direkt aus dem Wäschetrockner gezogen hatte. Letzte Woche hatte es die ersten sonnigen Tage des Jahres gegeben, er musste also im Garten gearbeitet haben.

Im Vorbeigehen strich er der ältesten Tochter leicht über den Kopf, gab seinen Gästen die Hand und setzte sich neben seine Frau an den Tisch.

»Ernst Almgren. Sie müssen Margareta Davidsson sein. Sie sind auch bei der Polizei, nicht wahr?«

Er lächelte freundlich und strich sich ein Käsebrot. Er hatte hellblaue Augen. Josefin begann, unruhig auf dem Schoß ihrer Mutter herumzurutschen. Er nahm sie, und sie kuschelte sich an ihn und legte den Kopf an seine Brust. Er hielt sie mit dem rechten Arm fest. Gegen ihre kleinen, speckigen Beine in der rosafarbenen Latzhose wirkte seine Hand riesig.

Es bestand kein Zweifel. Seine Größe, die Haare und seine Körpersprache. Er war der Mann von dem Weg.

»Sie erkennen mich?«

»Das ist richtig.«

»Dieselbe Jeans, aber ich hatte noch eine Jacke an. Es war saukalt heute Nacht.«

»Sie hatten auch irgendetwas in der Hand.«

Er schielte auf Josefin und die beiden anderen Mädchen, die inzwischen auf dem Boden saßen und spielten.

»A bottle«, antwortete er auf Englisch, damit sie ihn nicht verstehen konnten. »A bottle in Buttle. F-l-a-s-c-h-e, fürchte ich.«

»Dann haben Sie gestern jemanden besucht?«

Er warf seiner Frau einen Blick zu. Sie nahm ihm sofort Josefin gegen ihren lautstarken Protest ab, holte drei Stieleis aus dem Kühlfach und verließ mit den Mädchen die Küche. In der Tür drehte sie sich lächelnd zu Margareta um.

»Seine Kinder niemals bestechen zu wollen, dieses Prinzip hat man ziemlich schnell vergessen.«

Sie verschwanden nach oben. Ernst Almgren schaute ihr dankbar nach.

»Das hier ist nichts für Kinderohren, auch wenn die Mädchen noch nicht viel davon verstehen. Nein, ich habe niemanden besucht. Ich war allein im Wald und habe mich betrunken. Ich mache das nicht zu Hause und ich mag auch keine Gesellschaft, wenn es mich überkommt. Wenn es passiert, erscheint mir alles unerträglich. Als würde ich auseinander brechen. Das kommt ein paar Mal im Monat vor. Ich werde dann abends leicht reizbar und deprimiert, trinke ein paar Bier und vertrage es nicht, wenn mich jemand anspricht. Am Ende nehme ich mir dann eine halbe Flasche – früher war es eine ganze – und gehe raus. Einfach nur gehen, spät, damit mich niemand sieht oder stört. Gestern war es gegen halb zwölf. Ich bin nach Altajme gelaufen, dann in den Wald und später auf der Straße nach Buttle zurück. Der Weg ist jedes Mal ein bisschen anders. Ich trinke. Komme nach Hause, gehe ins Bett und bin den nächsten halben Tag weg vom Fenster. Außer heute natürlich, wenn die Polizei an die Tür klopft, mich zu Tode erschreckt und Fanny mir eine halbe Kanne Kaffee einflößt. Es gibt keine Entschuldigung, nur Erklärungen. Ich mache eine Therapie. Ich weiß, dass ich früher oder später zu den Anonymen Alkoholikern gehen muss, aber ich bin noch nicht so weit.«

Er sah sie forschend an. Stefan zeigte keinerlei Erstaunen über dieses vertrauliche Geständnis, er saß nur unbeweglich auf seinem Platz und strahlte Ruhe und Sicherheit aus.

»Wissen die Leute hier darüber Bescheid?«, fragte er.

»Ja, natürlich – es ist peinlich, aber wenn man Politiker ist, ist es nicht eben klug, Geheimnisse zu haben. Die anderen kommen doch dahinter, und wer weiß, ob sie einem dann nicht noch schlimmere Dinge andichten. Entschuldigen Sie, falls ich sie erschreckt habe. Ich bin wirklich ganz harmlos. Werde auch nicht gewalttätig oder so etwas. Sonst wäre Fanny übrigens auch niemals bei mir geblieben. Dann hätte sie sich die Mädchen geschnappt und wäre abgehauen.«

»Dann ist ja alles in Ordnung. Sie sind unter der Straßenlaterne stehen geblieben und haben in den Wald geschaut?«, wollte Margareta wissen.

»Nein, in Wahrheit habe ich zum Ferienhaus geschaut. Ich habe gesehen, dass dort ein Auto parkt, und habe mich gefragt, wem es gehört. Es war schließlich weder der Wagen von John noch der von Anne. Und ich hatte es ja auch nicht eilig. Fanny macht es nicht unbedingt glücklich, einen Betrunkenen zu Hause zu haben.«

»Und Sie haben nichts gesehen? Nichts gehört?«, fragte Stefan.

Ernst schüttelte düster den Kopf, griff nach der Thermoskanne mit Kaffee und füllte seine Tasse. Seine Bewegungen waren ausladend und sicher. Margareta brannte vor Verlangen danach zu fragen, ob er den Lastwagenfahrer kannte, aber es gab keine Möglichkeit, das zu tun, ohne Stefan auf die Zehen zu treten. Es war undenkbar, sich einfach in seine Ermittlungen einzumischen.

»Und, wie läuft es mit der Politik?«, erkundigte sich Stefan interessiert. »Was sagt Ihr Vater dazu, dass Sie in seine Fußstapfen treten?«

Ernst lachte auf.

»Tja. Dennis sieht das wohl mit gemischten Gefühlen. Er ist bestimmt stolz, aber gleichzeitig sind wir ja Konkurrenten. Bislang hat er hier die Partei geführt, und jetzt komme ich daher und bin aufsässig.«

»Der ewige Wechsel der Generationen«, sagte Stefan. »Es ist nicht leicht zu akzeptieren, dass man älter wird und die Jüngeren das Ruder übernehmen.«

»Und so alt ist er auch noch gar nicht. Er steht doch immer noch in der Blüte seines Lebens«, sagte Ernst spitz. »Erst siebenundfünfzig.«

In seinen Tonfall hatten sich Bitterkeit und Sarkasmus gemischt. Die Leichtigkeit war von etwas anderem verdrängt worden. Er trank Kaffee, aß sein Brot und hielt den Blick auf die Tischplatte gesenkt.

»So ist das Leben«, sagte Stefan.

»Scheint so. Wissen Sie, wer die Tote ist?«

»Ja, ein Mädchen namens Sanna Westman. Sie hatte ein Geschäft in Visby. Boutique Caprice.«

Stefan erwähnte den Namen ganz beiläufig, aber sowohl er als auch Margareta klebten mit den Augen an Ernsts Gesicht, um seine Reaktion zu verfolgen.

Ganz langsam und zögerlich zeichnete sich der Schock in seinem Gesicht ab. Als erinnere er sich erst im Rückblick, wer die Tote war, sähe sie dann aber ganz deutlich vor sich.

»Ich glaube, ich kannte sie ein bisschen. Nicht persönlich, aber ... Blondes Mädchen? Kleiderboutique? Ich war in dem Geschäft und habe Geschenke für Fanny gekauft. Und Sie sagen, sie hat heute Nacht tot in Buttle gelegen?«

Stefan nickte. Margareta dachte, er würde weiterfragen, wann Ernst das Opfer zuletzt gesehen hatte, aber stattdessen brach er an dieser Stelle ab. Es war offensichtlich, dass er sie nicht zu weit in seine Ermittlungen einbeziehen wollte.

»Ja«, sagte er nur, »nachdem wir jetzt übereingekommen sind, dass Sie heute Nacht spazieren waren, dürfen Sie später aufs Präsidium kommen, dann unterhalten wir uns ein bisschen ausführlicher darüber, wohin Sie gegangen sind und was Sie gesehen haben. Sagen wir um halb zwei?«

»Natürlich«, sagte Ernst. »Ich komme. Ich bin sicher nicht der weltbeste Zeuge, aber ich werde es selbstverständlich versuchen.«

»Dann bedanken wir uns an dieser Stelle. Grüßen Sie Ihre Frau, und herzlichen Dank für das leckere Frühstück.«

Ernst lächelte wieder, dieses Mal eine Spur blasser, aber er fing sich schnell.

»Gern geschehen. Wenn Sie das nächste Mal vorbeikommen, müssen Sie meine Speziallasagne probieren. Ich habe einen Kochkurs besucht, müssen Sie wissen. Wir Gotländer lieben Kurse«, erklärte er Margareta.

Er stand auf und begleitete sie nach draußen. Kaum dass

sie aus der Tür waren, flogen die Kameras in ihre Richtung. Aber anstatt sich wegzudrehen, wandte Ernst sich lächelnd an Margareta und gab ihr die Hand, offensichtlich um ihr freundschaftliches Verhältnis sorgfältig zu dokumentieren.

»So ist es am besten, lieber gut gekämpft als schlecht geflohen«, sagte er leise und zwinkerte ihr zu. »Das wissen Sie doch auch, oder?«

Sie schnitt eine Grimasse gespielter Zustimmung und stieg mit Stefan ins Auto.

»So, dann wäre das geklärt. Ich fahre jetzt zurück nach Visby. Kommen Sie mit oder wollen Sie später den Bus nehmen? Ich kenne mich nicht mit dem Fahrplan aus, aber das könnten wir herausfinden. Allerdings muss ich Sie warnen – oft fährt er nicht.«

»Ich komme jetzt mit, das wird das Einfachste sein. Was glauben Sie, wann kann ich wieder ins Sommerhaus zurückkehren?«

Er lächelte. Die Lachfalten um seine Augen vertieften sich.

»Es macht ganz den Eindruck, als könnten Sie es kaum erwarten, wieder in Buttle bleiben zu dürfen. Für mich ist das nur ein Ort, an dem man vorbeifährt. Tja, wenn nichts Unerwartetes eintrifft, dann ist es sicher übermorgen so weit. Am Samstag. Dann kommen wir mit Ihrem Auto zum Hotel, und Sie können endlich richtig Ferien machen. Sie können sich die mittelalterliche Kirche ansehen und die Stelle, an der man den großen Silberschatz der Wikingerzeit gefunden hat. Mehrere Kilo. Das war hier, wussten Sie das? Es gibt auch eine Varpa-Mannschaft. Die trainiert hinter der Kirche Scheibenwerfen.«

Er ließ den Motor an, wendete und fuhr vom Hof. Als er sich vorbeugte, um zu sehen, ob die Straße frei war, kam er ihr sehr nah. Margareta sah die angespannte Schulter unter seinem Hemd, nahm seinen Duft wahr und plötzlich flackerte ein intensives, angenehmes Feuer unten in ihrem Bauch. Wärme breitete sich in ihr aus, als sie seine Schulter betrachtete, das Licht draußen vor den Scheiben wurde heller und zum ersten Mal seit langem fühlte sie sich ganz anwesend.

Du lieber Himmel, ich bin verknallt, dachte sie. Auf so etwas war sie ganz und gar nicht vorbereitet und sie erstarrte in ihrem Sitz.

Er war jetzt ganz konzentriert. Sie fragte sich, ob er dieselbe erotische Spannung gespürt hatte. Er rollte zwischen den Journalisten hindurch, am Dorfladen vorbei und weiter auf die Landstraße.

Sie warf einen Blick auf die großen, braun gebrannten Hände am Steuer. Am linken Ringfinger steckte ein Ring. Er war verheiratet. Natürlich.

»Er nennt seinen Vater Dennis«, sagte sie unvermittelt.

»Das ist nichts Ungewöhnliches«, entgegnete er. »Es ist nicht gerade ein Zeichen von Autorität, wenn man den Bezirksbürgermeister Papa nennt.«

Er sah sie nicht an, und auch seiner Stimme war nichts anzumerken. Sie schwiegen eine Weile. Sie schaute aus dem Fenster und verspürte eine warme Sehnsucht nach seiner Hand auf ihrem Bein. Sie wollte dieses neue Gefühl der Intimität nicht verdrängen. Sie wollte es festhalten, genießen.

Nach einigen Minuten fing er an, mit dem Daumen gegen das Lenkrad zu trommeln.

»Da ist noch etwas, das Sie für uns tun müssten.«

»Ich weiß. Sanna Westman anschauen und sagen, ob sie wirklich die Frau vom Schiff ist.«

»Dann erledigen wir das am Besten sofort«, sagte er, fuhr an den Straßenrand und griff nach dem Telefon, um im Leichenschauhaus Bescheid zu geben.

»Warten Sie. Wo soll die Identifikation stattfinden?«

Er warf ihr einen erstaunten Blick zu.

»Wir haben einen sehr schönen Abschiedsraum im Leichenschauhaus. Der Beamte holt Sanna aus dem Kühlraum und bringt sie abgedeckt rein. Sie müssen sich nur das Gesicht ansehen. Aber wenn Sie glauben, es könnte Ihnen schlecht werden, dann können wir Ihnen auch einfach ein Bild zeigen. Das ist kein Grund sich zu schämen, das passiert uns allen ab und zu.«

»Nein, im Gegenteil. Nicht im Abschiedsraum. Ich möchte sie im Obduktionssaal sehen, falls er frei ist, oder in einem anderen Raum. Irgendwo, wo wir das Laken abnehmen können, damit ich sie mir genau ansehen kann. Ich will wissen, was passiert ist.«

»Das ist unmöglich, das müssen Sie verstehen. Sie arbeiten nicht an diesem Fall.«

»Aber was spielt das für eine Rolle? Die ganze Sache ist nicht leicht für mich, ich fühle mich schuldig. Ich muss mehr über das erfahren dürfen, was wirklich geschehen ist. Im Übrigen war ich mit ihrem Körper allein im Wald, also wenn ich etwas hätte zerstören, klauen oder manipulieren wollen, hätte ich es da tun können.«

Er sah sie ein paar lange Sekunden eindringlich an, ohne zu antworten.

»Sie wissen, dass ich nicht zum ersten Mal in ein Leichenschauhaus gehe«, fuhr sie mit ihrer Überredung fort. »Das ist zwar nichts, wonach man sich sehnt, aber ich muss wissen, was ich hinter mir lasse. Sonst kann ich mit dem Grübeln nicht aufhören.«

»Nehmen Sie es mir übel, wenn ich Sie etwas frage?«

»Was denn? Nein, natürlich nicht. Gar nicht.«

»Es geht Ihnen nicht gut, oder? Ich meine, abgesehen von dem Ganzen hier?«

Er hatte es also bemerkt. Das freute sie.

»Nicht so gut, nein«, erwiderte sie. »Ich bin vor einem halben Jahr angeschossen worden. Der Schmerz scheint tief zu sitzen.«

»Ja, ich glaube, ich habe davon gehört.«

Er blickte auf die Felder und dachte nach.

»Also gut. Wider besseres Wissen. Sonst finden Sie nie Ihren Seelenfrieden, weil Sie denken, wir hätten etwas übersehen. Das ist sicher das, was Sie meinen, auch wenn Sie es nicht sagen. Wahrscheinlich ist das nur natürlich. Und vielleicht fällt Ihnen noch etwas ein, wenn Sie sie sehen. Aber wir lassen Sie nicht mit der Leiche allein.«

»Selbstverständlich nicht. Danke! Ich hoffe, Sie nehmen es mir nicht übel.«

Er schüttelte den Kopf, rief im Leichenschauhaus an und fuhr weiter. Den Rest der Fahrt über schwiegen sie. Sie lehnte sich im Sitz zurück und wünschte, nie wieder aussteigen zu müssen.

Das Krankenhaus grenzte in nördlicher Richtung an die Ringmauer. Stefan parkte an einem kleinen, unscheinbaren Eingang an der Rückseite des Gebäudes. Es war ein schöner, friedlicher Ort, dicht am Meer, ein guter Platz für trauernde Angehörige, die kamen, um Abschied zu nehmen. Ohne das Risiko, auf Patienten, Besucher oder neugeborene Babys zu treffen.

Ein großer, ernster Mann empfing sie auf dem Hügel in der Sonne. Er und Stefan kannten sich offenbar schon ziemlich lange. Er stellte sich Margareta als Mats Karberg vor und führte sie an dem Eingang vorbei zu einer schmucklosen Tür, die sich zu einem langen Gang öffnete. Margareta bemerkte sofort den schwachen Geruch von Leichen und Formalin, der sich nie ganz von solchen Orten vertreiben ließ, wie sehr man auch scheuerte. Der Geruch erregte in ihr zwar keine Übelkeit, aber die Existenz ihres Magens wurde ihr dennoch deutlich bewusst.

Sie kamen an einem Raum vorbei, in dem ein junges Mädchen stand und einen Sarg mit Blumen schmückte. Sie sah nett aus. Margareta dachte, dass derjenige, der im Sarg lag, sich gut aufgehoben gefühlt hätte, wenn er gesehen hätte, wer den Blumenschmuck richtete.

»Wir sind eben erst mit einer Routineobduktion fertig geworden, deshalb habe ich sie noch nicht holen können«, erklärte Karberg und sah Margareta unsicher an. »Vielleicht warten Sie im …«

»Das ist nicht nötig. Ich bin auch Polizistin.«

Er runzelte die Stirn und öffnete die schwere Schiebetür zum großen Kühlraum. Sie sah ihm an, dass er sie für eine Spur zu forsch hielt, aber er sagte nichts.

Unter der Decke brummten kräftige Gebläse. Zehn Bahren mit reglosen, zugedeckten Körpern standen ordentlich nebeneinander, es gab keine einzelnen Kühlfächer wie in amerikanischen Filmen. Sie sah die Konturen, die sich unter den Tüchern abzeichneten, und es gefiel ihr, dass die Toten hier drinnen nicht so allein waren.

Karberg trat an eine der Bahren und kontrollierte diskret den Namen auf dem Plastikarmband am Handgelenk der Toten. Stefan half ihm, die Bahre aus dem Kühlraum quer über den Flur zu schieben. Karberg öffnete die Tür zu einem klinisch reinen Obduktionssaal, und sie gingen mit Sanna Westmans Bahre in den Raum, wie ein Trauerzug, der ihr die letzte Ehre erwies.

Hier war der Geruch intensiver, aber nirgends war eine Spur von Tätigkeit zu entdecken. Die rostfreie Oberfläche des Obduktionstisches glänzte sauber und trocken im Licht, das durch das Fenster fiel. Vorsichtig zog Mats das Laken von Sannas Gesicht. Er war sorgsam darauf bedacht, auf beide Frauen Rücksicht zu nehmen, auf die tote Sanna genauso wie auch auf Margareta.

»Nehmen Sie es bitte ganz ab«, sagte Margareta.

Die beiden Männer wechselten einen Blick, und Stefan nickte. Karberg nahm das Tuch weg.

Sie sah so schutzlos aus, dass Margareta fast übel wurde. Die Haare waren zurückgestrichen. Ihre Haut war blutunterlaufen und verfärbt, wo sie mit dem Gesicht auf dem Boden gelegen hatte, aber trotzdem waren die hässlichen Blutergüsse auf der Wange gut zu erkennen, genau wie am Schlüsselbein, am Hals und an den Handgelenken, an denen sie jemand brutal festgehalten haben musste. Eindeutige, groteske Flecken. Die Male auf der Innenseite der Oberschenkel und rund um den Unterleib stammten von der Vergewaltigung. Ihre Augen waren geschlossen, aber Margareta wusste, dass die Blutgefäße darin geplatzt waren.

»Sagen Sie mir, wie es hinten aussieht«, sagte sie. Sie hatte keine Lust, die beiden zu bitten, Sanna umzudrehen.

»Noch mehr Blutergüsse auf dem einen Schulterblatt und auf beiden Seiten des Gesäßes. Sonst nichts was bei äußerer Beschau sichtbar wäre.«

»Schleifspuren, Zweige?«

»Nicht soweit wir sehen konnten.«

Diese Frau hatte am Kai in Nynäshamn gestanden und über das Meer geschaut, sie hatte auf der Fähre in der Schlange im Restaurant gewartet und sie hatte am Fenster gesessen und ein Buch gelesen. Margareta fragte sich, was sie gedacht hatte. Was sie beunruhigt hatte. Wie hatte ihr Leben ausgesehen, welche Pläne und Erinnerungen hatten sich hinter dieser Stirn bewegt? Und vor allem – welche Bilder des Mörders waren in ihrem Kopf gewesen, als sie starb?

Sie fühlte dasselbe Erstaunen, dass sie schon so oft beim Anblick von Toten verspürt hatte. Nicht nur bei Menschen, auch bei Hunden, Vögeln, überfahrenen Rehen. Jeder für sich war ein einzigartiges Universum. Der Gedanke an den Tod erschreckte sie nicht, das Leichenschauhaus war in ihren Augen keineswegs der furchtbare Ort, für den ihn so viele hielten.

»Ja, das ist sie«, sagte sie tonlos. »Es sieht so aus, als wäre sie erwürgt worden.«

»Sie wird natürlich obduziert«, sagte Stefan. Er hatte die Hände auf dem Rücken verschränkt und sah ernst aus.

Die Handgelenke. Die Blutergüsse waren auf beiden Seiten gleich stark. Margareta schloss daraus, dass vermutlich mindestens zwei Täter, wenn nicht mehr, an diesem Verbrechen beteiligt gewesen waren. Der Lastwagenfahrer und Ernst

Almgren, heimtückisch und verbittert? Andererseits ließ sich nicht mit Sicherheit daraus schließen, dass es mehrere Täter gewesen waren, deshalb schwieg Margareta erstmal.

»Wo hat ihre Mutter sie identifiziert?«, fragte sie stattdessen.

»Heute Morgen im Abschiedsraum. Wollen Sie ihn sehen?«, fragte Karberg.

Sie nickte. Er deckte Sanna wieder mit dem Tuch zu, sie schoben den Wagen mit der Bahre zurück in den Kühlraum und zogen die Tür zu.

Sie gingen den Flur entlang, kamen wieder an dem Mädchen vorbei, das den Sarg schmückte, und betraten einen kleinen Abschiedsraum. Das war der Bereich für die Angehörigen, deutlich abgetrennt von den anderen Arbeitsbereichen. Es gab schlichte Stühle, die ordentlich in einer Reihe standen, einen Altar mit einem Kreuz und unscheinbare Lampen an den Wänden.

Hier hatte Sannas Mutter heute früh ihre Tochter zum letzten Mal gesehen.

Margareta sah die Szene unbehaglich deutlich vor sich. Und plötzlich traten ihr die Tränen in die Augen. Es war unmöglich sie aufzuhalten.

Man wusste nie im Voraus, welcher Moment eines Falles einen zusammenbrechen ließ. Für sie war es der Gedanke an die Mutter und ihre tote Tochter. Sie wandte sich abrupt ab, zum Fenster und zum Meer, und weinte. Sie konnte nichts dagegen tun.

Stefan und Karberg ließen sie einen Moment in Ruhe. Schließlich kam Karberg zu ihr und legte ihr den Arm um die Schulter. Das tröstete sie, aber sie hatte auch das Gefühl, als säße der Geruch des Kühlraums noch in seinem Hemd, in der Luft, die ihn umgab. Als sie gekommen war, hatte sie nichts davon bemerkt, also war es vermutlich ihre Fantasie, die sie täuschte und überempfindlich machte.

»Alles wird gut«, sagte er.

Er musste schon viele Menschen so getröstet haben. Sie nickte, und langsam gingen sie zusammen durch den Andachtsraum zurück ins Freie. Karberg ließ sie los, wechselte ein paar Worte mit Stefan und verschwand wieder im Krankenhaus.

Sie setzten sich ins Auto. Stefan schaute gedankenverloren aus dem Fenster.

»Ihr Gesichtsausdruck …«, sagte er leise.

»Sie hatte Angst«, sagte Margareta.

Aber sie war auch zornig gewesen. Rasend. Es war nur ein Gefühl, das Margareta durchfuhr, leicht wie ein Hauch, und sie sprach es nicht laut aus.

Er schüttelte den Kopf und ließ den Motor an.

8

Sie fuhren ins Präsidium zurück, um Margaretas Aussage auf Papier festzuhalten sowie ihre Fingerabdrücke und eine DNA-Probe abzunehmen. Hinterher setzte Stefan sie vor dem Hotel ab und verschwand wieder zu seinem Ermittlerjob.

»Entweder kommt ein Gerichtsmediziner aus Stockholm oder aber wir müssen Sanna hinschicken«, sagte er, bevor er das Gaspedal durchtrat und wegfuhr.

Es war zwölf Uhr. Margareta sollte eigentlich zu Mittag essen, aber sie hatte keinen Hunger. Der Leichengeruch verfolgte sie wie ein Alptraum. Diese Reaktion war ungewohnt heftig, sie war schon oft im Leichenschauhaus oder in der Gerichtsmedizin gewesen, ohne je dieses dringende Bedürfnis verspürt zu haben, sich hinterher zu waschen.

Sie fuhr in ihr Zimmer hoch, riss sich die Kleider vom Leib und ging ins Badezimmer, duschte noch einmal und wusch sich die Haare. Sie fragte sich, ob Karberg abends wohl dasselbe tat, ehe er nach Hause zu seiner Frau fuhr, ob er sich vorher duschte und umzog. Oder ob sie selbst gerade komplett die Kontrolle verlor.

Sie zog die alte weiße Jeans an, die sie in den Rucksack gestopft hatte, und einen frischen Pullover. Jetzt hatte sie ihren Kleidervorrat fast aufgebraucht. Wenn das so weiter ging, musste sie entweder waschen oder sich neue Sachen kaufen.

Kalle rief an, ehe sie es geschafft hatte, seine Nummer zu wählen.

»Hast Du das Mordopfer inzwischen identifiziert? Wie war es?«, fragte er.

Sie setzte sich auf das Bett.

»Es hat mich unglaublich wütend gemacht. Sie heißt Sanna Westman, ein junges Mädchen. Sie ist in Västerhaninge gewesen, um mit ihrem Freund Schluss zu machen. Er scheint übrigens ein Alibi zu haben. Ich hatte den Eindruck, dass es mehrere Täter gewesen sind. Da überkommt einen wirklich der Wunsch nach einer Hölle, in der Mörder und Vergewaltiger am Ende landen.«

Er grunzte zustimmend.

»Kalle, ich werde das Gefühl nicht los, dass dieser Lasterfahrer etwas mit der Sache zu tun hat. Stefan und dieser Elm haben heute Morgen mit ihm gesprochen, als er gerade ausgeladen hatte, aber mehr wollen sie zu diesem Zeitpunkt nicht unternehmen. Das macht mich wahnsinnig. Sie könnten sich den Laster doch wenigstens mal anschauen!«

»Warum denn? Glaubst du, er ist so dumm, in dem Wagen Spuren zu hinterlassen?«

»Das kann man nie wissen. Ich habe auf jeden Fall vor, ihn mir noch etwas genauer anzusehen.«

Kalle seufzte.

»Mach nicht alles noch komplizierter. Lass die Gotländer ihre Ermittlungen so durchführen, wie sie es für richtig halten. Du hast alles gesagt, lass es damit gut sein. Sie wissen ja alles, was du weißt. Kannst du nicht auch mal abschalten?«

»Sei nicht so neutral. Du sollst auf meiner Seite sein«, knurrte sie.

»Ich bin auf deiner Seite. Ich will, dass du jetzt nach Hause kommst, dann kann ich dir zeigen, wie sehr ich auf deiner Seite bin.«

Das war nicht das, was sie hören wollte. Aber ihr fiel nichts mehr ein, was sie zu dem Fall noch sagen konnte.

»Und wie sieht es bei dir aus?«, fragte sie. »Geht es dir gut? Was ist passiert?«

»Ein Raubmord in Tumba. Und außerdem regnet es. Was hast du jetzt vor?«

»Keine Ahnung. Vermutlich Visby erkunden. Hier strahlt die Sonne übers Meer und die Ruinen. Ich denke nicht, dass die Kollegen hier mich so bald wieder sprechen wollen. Möglicherweise wenn sie ihre Tasche finden, die darf ich dann sicher identifizieren.«

»Tu nicht so sarkastisch. Warum legst du dich nicht für den Rest des Tages ins Bett, rufst den Zimmerservice an und machst es dir gemütlich? Jetzt, wo sie dir ein Luxushotel spendieren?«

Es war schön, seine vertraute Stimme zu hören. Sie legte sich bequemer hin und schob einen Arm unter den Kopf. Sie wollte den Anblick von Sanna auf der Bahre vergessen. Eine unbändige Sehnsucht nach Lebensbejahung überkam sie.

»Wieso bist du eigentlich nicht unterwegs und isst zu Mittag?«, fragte sie und hörte selbst, wie ein anderer, weicherer Tonfall in ihrer Stimme mitschwang.

Auch er registrierte das sofort. Sie konnte ihn vor sich sehen, im Präsidium, die Beine unter dem Schreibtisch ausgestreckt. Den Hemdkragen aufgeknöpft, Regen, der gegen das Fenster prasselte.

»Weil ich in Ruhe mit dir telefonieren möchte«, erklärte er.

Sein Bild vermischte sich mit der Erinnerung an Stefans Hände auf dem Lenkrad. Sie redeten noch eine Weile viel intimer miteinander, bevor sie widerwillig auflegten und er zu seinem verspäteten Mittagessen ging.

Margareta blieb liegen und tastete nach ihrer Narbe. Sie stellte sich vor, dass er da war, dass er nackt neben ihr im Bett lag und dass seine Hände ihre Schenkel hinaufglitten, bis zu ihrer empfindsamen Innenseite. Fast konnte sie seinen Duft an ihren Händen riechen und sein Gesicht an ihrem spüren. Ihre Hand glitt unter ihren Pullover und umfasste ihre Brust, die andere Hand tastete unter den Hosenbund und suchte sich ihren Weg nach unten zwischen die Beine und fand, was sie suchte.

Ein lustvoller Schauer durchfuhr sie, aber sie war zu matt und schläfrig. Wenigstens für diesen Augenblick hatte sie den Mord vergessen und Abstand dazu gewonnen. Mit letzter Kraft schob sie den Bettüberwurf unter sich zur Seite, drehte und wälzte sich, bis sie endlich unter der Decke lag, und schlief ein, umgeben von seiner Wärme.

Gegen drei Uhr wachte Margareta davon auf, dass auf dem Flur eine Tür knallte. Zwei gedämpfte Stimmen entfernten sich lachend und verschwanden schließlich.

Die Sonne war weitergewandert und stand jetzt über dem Meer, brannte heiß auf die Scheiben hinter den grün gemusterten Gardinen und trieb die Temperatur in die Höhe. Es war stickig und sie fühlte sich ganz steif. Wenn sie noch länger im Bett blieb, würde sie Kopfschmerzen bekommen.

Gähnend stand sie auf, öffnete das Fenster, ließ das gleißende Tageslicht herein und spritzte sich kaltes Wasser ins Gesicht, Katzenwäsche hatte ihre Großmutter das früher genannt. Dann fuhr sie ins Erdgeschoss.

Im Aufzug tauchte wieder Sannas junges, lebendiges Gesicht vor ihrem inneren Auge auf. Von ihm verfolgt ging sie zur Rezeption und ließ sich einen Stadtplan von Visbys Zentrum geben. Nach kurzem Zögern bat sie auch um das Telefonbuch. Sie hatte ja nichts Besonderes zu tun, da konnte sie sich genauso gut ein Ziel für ihren Spaziergang suchen. Wie zum Beispiel Sannas Arbeitsplatz.

Sie hatte in einer Boutique gearbeitet, die ihr zusammen mit einer Freundin gehörte. Wie war noch der Name gewesen? Irgendetwas mit C. Warum konnte sie sich nicht daran erinnern? Der Lastwagenfahrer jedenfalls wohnte in einer Pension Vibergs, dieser Name war hängen geblieben.

Sie fand eine Boutique Caprice in der Adelsgatan, die Pension Vibergs in der Johannesgatan, die in der Nähe des Großmarktes außerhalb der Ringmauer lag.

Sie machte sich auf den Weg. Die Urlaubssaison lag noch in weiter Ferne, und in Visby war es friedlich. Sie spazierte ohne Eile im Zickzack unter der Frühlingssonne durch die engen Gassen und wunderte sich, wie man in den kleinen Häusern überhaupt Platz finden konnte. Wie eine echte Touristin, mit der Karte vor der Nase, gelangte Margareta schließlich in die Adelsgatan.

Die Straße war lang, und anscheinend hatte sich hier gut und gerne die Hälfte aller Geschäfte Visbys angesiedelt. Sie hielt nach beiden Seiten Ausschau und musste ein ganzes Stück an Cafés, einer Buchhandlung, einem Souvenirladen und anderen Geschäften vorbeigehen, bis sie die Boutique Caprice gefunden hatte. Der Laden lag im Erdgeschoss eines kleinen, gemauerten und verputzten Hauses, dessen Giebel zur Straße zeigte. Ein hübsches Haus. Die Eingangstür mit Glasfenstern war weit zurückgesetzt, in eine Nische mit bogenförmigem Durchgang. Hinter dem Sprossenfenster hing ein handgeschriebenes rosafarbenes Schild mit schwarzen, sorgfältig geschriebenen Buchstaben. »Wegen Todesfall geschlossen.«

In dem strahlend sauberen Schaufenster daneben hing ein breiter, heller Holzrahmen mit dem Studentenfoto einer jungen, lächelnden Sanna. Sie hielt einen hellblauen Blumenstrauß in der Hand. An einer Ecke des Rahmens war ein schwarzes Band befestigt worden. Die Blumen auf dem Bild wurden von einem großen Strauß weißer und blauer Blumen in einer Keramikvase ergänzt. Unter dem Foto war sorgfältig ein Stück rosafarbener Samt ausgebreitet worden, auf dem eine Sammlung weißer, glatter Steine lag.

Das ganze Arrangement war so schön und liebevoll, dass Margareta einen dicken Kloß im Hals spürte. Jemand hatte sich die Mühe gemacht, das Bild bei ihrer Mutter abzuholen, war in ein Geschäft gegangen, hatte den Stoff und das schwarze Band gekauft, hatte Blumen in den richtigen Farben besorgt, die wunderbaren Steine ausgesucht, das aus dem Fenster genommen, was sich normalerweise darin befand, und alles aufgestellt. Sie hielt sich die Hand über die Augen, um in der dunklen Boutique etwas erkennen zu können.

Plötzlich wurde die Tür aufgerissen. Ein junges, dunkelhaariges Mädchen in eng anliegendem Top, einer locker gehäkelten schwarzen Jacke und hellblauen Jeans starrte die ungebetene Kundin feindselig an.

»Wir haben geschlossen«, erklärte sie. »Wir haben einen Trauerfall. Also bitte, gehen Sie jetzt.«

Ihre Augen waren gerötet und verquollen. Sensationsgeile Kuh, war offenbar der Gedanke, der ihr Gehirn dominierte. Plötzlich wurde Margareta bewusst, dass natürlich ganz Visby, um nicht zu sagen die ganze Insel, seit heute Morgen von dem Mord sprach. Sie lebte offenbar wirklich isoliert in ihrer eigenen Welt.

»Entschuldigen Sie«, sagte sie. »Ich wollte nicht aufdringlich sein. Mein Name ist Margareta Davidsson, ich war es, die Sanna heute Nacht gefunden hat. Übrigens bin ich auch Polizistin, aus Stockholm. Aber ich habe nichts mit den Ermittlungen zu tun, ich mache hier nur ein paar Wochen Urlaub.«

Die Augen der jungen Frau weiteten sich. Der feindliche Ausdruck verschwand, und sie öffnete die Tür ganz.

»Kommen Sie rein«, murmelte sie.

Margareta zögerte. Eigentlich wollte sie nicht mit diesem Mädchen sprechen, sie wollte weiterhin in ihrer eigenen, abgeschirmten Dimension verharren und ihren wortlosen, telepathischen Kontakt mit Sanna halten. Aber jetzt gab es kein Zurück mehr. Sie trat ein, und das Mädchen schloss sorgsam die Tür hinter ihr ab.

Das kleine Häuschen war höchstens vier Meter breit. Nur im Schaufenster brannte Licht. Das Mädchen wies ihr den Weg durch das Halbdunkel, zwischen vollgehängten Kleiderständern, weiß lackierten Regalen mit bunten Pullovern, an einem schmalen Glastresen mit allerlei Kleinkram vorbei in einen engen Raum hinter einem rosafarbenen Perlenvorhang. Sie war unübersehbar magersüchtig. Ihre Beine zeichneten sich knochig unter der locker sitzenden Jeans ab, die eigentlich eng geschnitten war, und die gehäkelte Jacke verbarg nur notdürftig die krankhaft dünnen Arme.

In dem Nebenzimmer gab es eine Tür in der Rückwand, zwei pinkfarbene Samtsessel, einen überquellenden Schreibtisch mit Computer und mehrere weiß lackierte Regale voller Kleider. Rosa, Blau und Schwarz schienen ihre Lieblingsfarben zu sein. Vermutlich hatte sie draußen im Hof noch ein größeres Lager.

Das Mädchen blieb stehen und reichte ihr unsicher die Hand.

»Katrine Dahlman. Sannas Geschäftspartnerin. Setzen Sie sich. Möchten Sie einen Kaffee? Ich habe gerade welchen gekocht.«

Sie klang nicht gotländisch, schien eher aus Stockholm zu kommen, mit einem leichten Norrland-Echo. Margareta lehnte den Kaffee mit einem Kopfschütteln ab. Sie setzten sich. Katrine saß ganz vorn auf der Stuhlkante, angespannt und traurig. Es war nicht zu übersehen, dass sie das Bedürfnis hatte, Fragen zu stellen, und tief in ihren Augen lag eine wilde, kindliche Hoffnung, dass diese fremde Polizistin wider aller Vernunft alles wieder gut machen könnte. Sie musste kämpfen, um nicht die Fassung zu verlieren.

»Können Sie … dürfen Sie … können Sie erzählen?«, bat

sie, und Margareta erzählte. Katrine hörte aufmerksam zu, als versuchte sie im Nachhinein, dabei zu sein, als glaubte sie, Margareta könne die Zeit zurückdrehen und ihr die Chance geben, etwas Gutes über Sanna zu erzählen. Margareta wusste, wie ihre nächste Frage lauten würde, und sie fürchtete sich davor.

»Woran ist sie gestorben? Wissen Sie das? Bitte, sagen Sie mir die Wahrheit, nichts kann schlimmer sein, als das, was ich in meiner Fantasie durchgemacht habe. Sie ist doch nicht … ja, erstochen worden oder so etwas?«

»Nein, nein, das nicht. Es sieht aus, als wäre sie erwürgt worden, aber ohne Obduktion kann man nichts Genaues sagen. Es gab kein Blut, und ihr Gesicht war nicht verletzt. Und sie war bekleidet.«

Die junge Frau starrte Margareta unverwandt an, während sie versuchte, das eben Gehörte zu verarbeiten. Sie musste sich in den letzten Stunden die schlimmsten Dinge vorgestellt haben.

»Ist sie vergewaltigt worden?«

»Es sieht so aus.«

»Was für ein verdammtes Schwein! Glauben Sie, dass sie gelitten hat? Ich weiß, dass Sie es nicht wissen können, aber was *glauben* Sie?«

Hier wenigstens konnte sie es ihr leichter machen.

»Die meisten Gewaltopfer, mit denen ich gesprochen habe, sagen, dass man nichts fühlt, während es passiert«, sagte Margareta. »Man steht so unter Stress, dass man den Schmerz verdrängt. Es ist wie eine Betäubung. Erst wenn alles vorbei ist, wenn man unterwegs ins Krankenhaus ist, dann kommt auch der Schmerz.«

Aber Sanna war nie in ein Krankenhaus gekommen. Nicht lebend. Die beiden Frauen saßen schweigend da.

»Sie haben das Fenster wunderschön gestaltet«, sagte Margareta.

Das Mädchen nickte abwesend.

»Ich war noch nie in Buttle«, sagte sie langsam. »Aber jetzt muss ich hinfahren und mir den Ort ansehen. Es ist so schrecklich, so unfassbar, dass sie tot ist. Ich wollte den Laden heute nicht öffnen, aber ich musste unbedingt einige Sachen für die Buchführung erledigen, deshalb bin ich ... Obwohl mir das eigentlich im Moment alles total egal ist – aber was bleibt einem übrig? Rastlos auf und ab wandern? Heute Abend gehe ich zu Gun, Sannas Mama. Gun hat erzählt, dass Tobias sie angerufen und am Telefon geweint hat. Tobias ist Sannas Ex«, fügte sie hinzu. »Sie haben sich gestern erst getrennt.«

»Kennen Sie ihn?«

»Natürlich, Sanna und ich waren zusammen in Stockholm, als die beiden sich kennen gelernt haben. Wir hatten den Laden endlich zum Laufen gebracht und wollten feiern, auch wenn wir fast kein Geld mehr übrig hatten. Wir haben uns einfach in die Diskothek reingequasselt. Wir waren so aufgedreht und fröhlich. Und jetzt ist das nur noch eine Erinnerung, eine, die ich mit mir herumtragen werde, bis ich alt und grau bin. Nur Sanna wird niemals alt werden.«

Sie schreckte aus ihren Gedanken auf.

»Er war natürlich ab und zu hier, und sie ist öfter zu ihm gefahren.«

»Und wie ist er so?«

»Kindisch«, sagte Katrine ohne zu zögern mit Verachtung. »Er ist süß und sieht aus wie ein erwachsener Mann, aber er reagiert wie ein Kleinkind. Er wollte, dass sie alles, was sie sich hier aufgebaut hat, aufgibt und zu ihm zieht, obwohl sie so hart für die Boutique gearbeitet hat. In Västerhaninge im Supermarkt sitzen, vor sich hinträllern und zufrieden sein. Nicht, dass das an sich verkehrt wäre, aber es ist eben nicht das, was sie vom Leben wollte. Er ist Automechaniker, da ist es doch wohl einfacher für ihn, hier einen Job zu finden, als für sie umzusatteln, oder? Aber das war für ihn unvorstellbar. Anfangs machte er einen supernetten Eindruck, aber dann wurde er dickköpfig und eifersüchtig. Er meinte, sie müsse ihm ihre Liebe beweisen, sie solle das Geschäft aufgeben, mir die Freundschaft kündigen und ihr Leben nur noch ihm widmen.«

»Dann haben die beiden sich gestritten?«

»Natürlich. Sie war schrecklich verliebt, aber eine leise Stimme der Vernunft sagte ihr, dass man mit jemandem, der nicht wie ein Erwachsener denken kann, kein gemeinsames Leben aufbauen oder eine Familie gründen kann.«

Sie blickte aus dem winzigen Fenster. Die Sonne schien in einen schmalen Garten. Margareta konnte sich gut vorstellen, wie hübsch und schattig er im Sommer sein würde. Jetzt ragten die Zweige kahl und nackt vor der Hausmauer auf.

»Kannte sie auch andere Männer in der Stockholmer Gegend?«, fragte sie und dachte an Frank Behlin.

Katrine schüttelte den Kopf.

»Nicht dass ich wüsste. Ich frage mich nur gerade, ob Tobias ihr nach Visby gefolgt sein könnte?«, sagte sie mehr zu sich selbst als an Margareta gewandt.

Margareta wollte ihr erzählen, dass er das den Informationen der Polizei zufolge nicht getan hatte, aber sie hatte schon zu viel gesagt. Und nach allem, was sie wusste, hätte Tobias genauso gut auf dem Schiff sein können, Alibi hin oder her.

Sie stand auf, gab Katrine ihre Karte und widerstand dem Bedürfnis, sie in den Arm zu nehmen, in eine warme Decke zu hüllen und sie zu einer heißen Schokolade mit Schlagsahne und Kuchen einzuladen. Vermutlich erklärte ihr ohnehin jeder Mensch, dem sie begegnete, dass sie magersüchtig war. Vielleicht hatte Sanna versucht, ihr zu helfen.

»Es tut mir furchtbar leid. Hier ist meine Handynummer, falls ich etwas für Sie tun kann. Es funktioniert nur leider nicht, wenn ich in Buttle bin. Aber zurzeit wohne ich im Wisby Hotel.«

»Danke. Gun würde sich sicher gern mit Ihnen treffen. Wäre das in Ordnung?«

»Aber natürlich. Ich würde auch gern zur Beerdigung kommen, wenn ich dann noch hier bin.«

Katrine reichte Margareta ihre eigene Karte und begleitete ihren Besuch hinaus. Sie schien sie nur ungern gehen zu lassen, als wäre Margareta ein Muttterersatz für sie. Oder die letzte Verbindung zu Sanna.

»Danke, dass Sie gekommen sind. Bis bald«, sagte sie und schloss widerwillig die Tür.

Margareta spazierte weiter straßaufwärts und erreichte die Ringmauer, verließ die Altstadt durch das östliche Stadttor, fand den Weg zur Pension und bezog ein Stück entfernt auf dem Bürgersteig ihren Posten, um das Haus diskret beobachten zu können.

Die Pension Vibergs war eine große weiße Villa, die Anfang des letzten Jahrhunderts gebaut worden sein musste. Der Garten war früher wahrscheinlich größer gewesen, aber jetzt wurde er auf der Vorderseite von einer breiten Straße abgeschnitten. Eine hohe Nadelbaumhecke verdeckte das Gässchen auf der Rückseite. Der Laster war ebenso wenig zu sehen wie ein anderes Auto. Alles schien wie ausgestorben, auch im Garten war niemand.

Eine ganze Weile blieb Margareta stehen und beobachtete das Haus, ließ den Blick von Fenster zu Fenster wandern. Nirgends rührte sich etwas, nirgends brannte Licht.

Sie wusste, dass sie eigentlich gehen sollte. Sie hatte keine Lust, dem Mann in Tarnhosen zu begegnen. Aber sie konnte nicht widerstehen, öffnete das Gittertor, ging die breite weiße Treppe hinauf und klopfte an die massive, braun gestrichene Haustür.

Nichts geschah. Sie drückte vorsichtig die Klinke hinunter. Die Tür war unverschlossen und glitt sofort auf.

»Hallo?«, rief sie in die Dunkelheit hinein.

Keine Antwort. Sie trat in eine große Eingangshalle. Die Wände waren mit dunklen Holzpaneelen verkleidet, und der

Boden war mit einem hellbraunen Teppich ausgelegt, der zuletzt irgendwann in den Siebzigern erneuert worden war. Das einzige Fenster war ziemlich klein und hatte farbige Scheiben in rot und grün. Eine breite Treppe führte in den ersten Stock.

Es gab mehrere Türen. Margareta öffnete sie alle. Zwei davon waren Doppeltüren, die nur angelehnt waren und in einen großen Wohnraum mit hellgrünen Wänden führten, in dem eine abgewetzte Sitzgruppe aus schwarzem Leder stand sowie ein nagelneuer Fernseher, ein Kachelofen und zwei runde Esstische. Eine andere Tür führte in eine Küche aus den Siebzigern mit orangefarbenen Schranktüren, die die überraschende Gesellschaft eines neuen Kühlschranks aus rostfreiem Stahl erhalten hatten. Es sah aus, als hätte jemand eine Renovierung zwar begonnen, aber nicht zu Ende geführt. Hinter der dritten Tür verbarg sich ein Schlafbereich mit zwei kleineren Zimmern und einem weiß gekachelten Bad, in dem eine Badewanne auf Löwentatzen stand. Es war genau die Sorte Badezimmer, die man stundenlang scheuern konnte, ohne es jemals richtig sauber zu bekommen. In jedem der Zimmer stand ein Einzelbett mit Bettüberwurf, einmal in rosa, einmal in blau. Nirgends lag Wäsche herum, offensichtlich handelte es sich um nicht vermietete Gästezimmer.

Kein Mensch weit und breit. Aber da die Eingangstür nicht verschlossen gewesen war, war der Besitzer wohl nur zufällig kurz außer Haus. Sie musste hier sofort verschwinden.

Aber Margareta ging die Treppe hoch. Hier war Frank Behlin vielleicht irgendwann letzte Nacht nach oben gegangen, um sich schlafen zu legen. Jedenfalls konnte sie sich kaum vorstellen, dass er in einem kleinen Einzelzimmer mit rosa oder blauem Bettüberwurf schlief.

Im ersten Stock gab es eine Diele mit einer großgeblümten Tapete in rot und beige. Margareta hatte immer mehr den Eindruck, den wechselnden Geschmack bei der Inneneinrichtung der Hausbesitzerin zu durchschreiten. Das hier musste ihrer englischen Cretonne-Ära entsprungen sein. Aber hier oben war die Auslegeware hellbeige und ganz neu, und vorn neben der Treppe befand sich ein großes, renoviertes Badezimmer, das richtig einladend aussah. Es war in Naturtönen und Weiß und Schwarz gehalten, mit einer modernen Badewanne und neuen Waschbecken aufgewertet worden, die in eine saubere Holzplatte eingelassen waren.

Hier oben schien es vier Schlafzimmer zu geben. Zwei der Türen waren abgeschlossen, die dritte führte in ein geräumiges Schlafzimmer, das unübersehbar bewohnt wurde. Das große, ungemachte Doppelbett war mit einem rosafarbenen Laken bezogen, und überall lagen Kleider auf den Stühlen und einem kleinen Sofa verstreut. Frauen- und Männerkleider. Sie hob eine Jeans vom Boden auf. Herrengröße. Frank Behlins? Gehörte ihm die Pension? Oder gehörte sie einer Frau, mit der er zusammenlebte? Verheiratet konnten sie kaum sein, das hätte Stefan erfahren.

Wie lange war sie jetzt schon hier drinnen? Sieben Minuten? Und wie lange konnte es dauern, Milch zu kaufen oder was auch immer die Bewohner gerade taten?

Sie ging in die Diele zurück und schob die letzte Tür auf.

In dem Zimmer war es dunkel, die Rollos waren heruntergelassen. Margareta spürte sofort, dass jemand im Raum war. Sie rührte sich nicht, bis sich ihre Augen an die Dunkelheit gewöhnt hatten.

Es war ein Kinderzimmer. Kindermöbel, ein Bücherregal, ein großer Teddy lehnte an der Wand. Ein kurzes Kinderbett und in dem Bett ein Kind. Ein kleines Mädchen mit zwei kleinen Zöpfen. Sie sah den Eindringling mit weit aufgerissenen Augen an und brachte kein Wort heraus.

Margareta schämte sich dafür, dass sie sie erschreckt hatte. Dann fragte sie sich, warum das Mädchen hier am helllichten Nachmittag im Bett lag. Sie trat zu ihr, lächelte die Kleine an und ging in die Hocke, um nicht mehr so groß und Furcht einflößend auszusehen.

»Hallo, wie geht es dir?«, flüsterte sie und legte vorsichtig eine Hand auf die Stirn des Mädchens.

Sie glühte. Ihre Augen glänzten glasig, müde und ängstlich. Das Kind wagte es nicht, etwas zu sagen oder sich auch nur zu rühren. Wie hatten sie diese arme Kleine hier allein lassen können in ihrem Zustand?

»Mama?«, murmelte das Mädchen undeutlich.

»Mama kommt bald. Hast du Durst?«

Das Mädchen blinzelte. Komme was wolle, Margareta ging ins Bad, holte einen Zahnputzbecher mit Wasser, ließ das Mädchen trinken und kühlte ihr ein wenig die Stirn.

In dem Moment hörte sie ein Auto vor dem Haus. Sie drückte dem Mädchen die Hand, brachte den Becher ins Badezimmer zurück, lehnte die Tür an und spähte die Treppe hinunter.

Die Haustür wurde aufgeschlagen, und zwei Personen betraten zornig keifend das Haus. Eine kleine, rundliche Frau mit kurzen, braunen Haaren. Und Frank Behlin.

9

Ida

Ida saß links auf der harten Kirchenbank, auf der Spillseite, dort, wo die Frauen saßen, und sah sich um. Amelie schlief in ihrem Arm, eingelullt von Pastor Jacob Petter Hägströms monotoner Stimme, die von der Kanzel vorn neben dem Chorraum herunterscholl.

Er war zwei Mal zu ihr nach Hause gekommen. Zuerst um Amelie zu taufen und dann für ihre Aussegnung. Groß und ernst hatte er vor ihr gestanden, während ihre Mutter zur Feier des Tages eingeheizt und Kerzen angezündet hatte.

»Du sollst wissen, dass solche Mädchen wie du, die ihr

Kind unehelich geboren haben, früher am Pranger stehen mussten, ehe sie mit der Aussegnung wieder in die Gemeinde aufgenommen wurden«, erklärte er. »Nun, in diesen neuen Zeiten machen wir es so, dass die Kirche zu den jungen Frauen nach Hause kommt, um sie zu schonen. Aber der uneheliche Beischlaf ist ein Verbrechen nach kirchlichem Gesetz genau wie nach weltlichem Recht, und du musst vor Gott auf die Knie gehen und ihn untertänig um Vergebung bitten.«

Ida war vor Verlegenheit ganz rot geworden. Bei seinen Worten wäre sie vor Scham am liebsten im Erdboden versunken, und zu allem Überfluss standen draußen vor dem Häuschen die neugierigen Nachbarn und glotzten. Zugleich verspürte sie aber auch einen leichten Stolz, dass sie trotz allem doch so bedeutsam war, dass der Pastor zu ihr nach Hause gekommen war. Und tief im Innern konnte sie sich nicht mit der Scham abfinden.

Nach der Aussegnung hatte die Neugier der Dorfbewohner nachgelassen. Noch immer fühlte sie sich übergangen und fremd, wie jemand, der von einem Heuwagen gefallen und zurückgelassen worden war, während die anderen fröhlich singend im Heu saßen und weiterfuhren. Aber es zeigte niemand mehr mit dem Finger auf sie, auch wenn einige noch sorgsam darauf bedacht waren, sie nicht zu grüßen oder ihr Beachtung zu schenken.

»So ist es schon immer gewesen«, sagte Roberts Großmutter, als sie nach der Taufe mit Kaffee kam.

»Du darfst dir das nicht zu sehr zu Herzen nehmen. Heutzutage dürfen die Mütter ihre Kinder in anderen Gemeinden zur Welt bringen, damit sie keine Schande über sich bringen, und die Kinder werden dann einfach in die Bücher der anderen Gemeinde übernommen. Sie dürfen das, damit sie ihre Kinder nicht aus Verzweiflung töten. Aber auch Könige und Prinzen haben uneheliche Kinder und tragen Sorge für sie, und heute leben viele Frauen unverheiratet, ob nun mit oder ohne Kind. Viele von ihnen leben mit einer engen Freundin zusammen. Lasset die Kindlein zu mir kommen, hat Jesus gesagt, und daran können weder verstockte Menschen noch dieses Priestergesindel etwas ändern!«

Die Gutsbesitzer saßen in der Kirche vorn, die armen Leute und Tagelöhner hinten. Ida sah ihre Rücken. Die Männer auf der Schwertseite, rechts, die Frauen links. Draußen schien die Sonne und es war warm, aber hier drinnen war es kühl. In der Kirche roch es nach dem Schweiß vieler Körper, nach dem Tabak der Männer und dem schwachen Essensgeruch, den die Frauen verströmten, vermischt mit einem Hauch Rosenwasser.

Ihre Mutter hatte sich ganz an den Rand der Bank gesetzt, um ihre Tochter vor den Blicken der anderen zu schützen. Ida studierte die gemalten Blumen an den Banktüren und die Bilder auf den gekalkten Wänden. Manche Männer warfen ihr unter ihren Hüten und Kappen verstohlene Blicke zu, aber sie vermied es, sie anzusehen. Sie hatte gelernt, Menschen danach zu beurteilen, wie sie sie behandelten. Es war, als hätte sie durch Amelies Geburt ganz neue Augen bekommen, und sie hatte erkennen müssen, dass die Gottgefälligsten auch oft die Unbarmherzigsten und Unzuverlässigsten waren. Aber als sie nach Hause gekommen war und geweint hatte, hatte ihre Mutter die Bibel hervorgeholt und ihr die Stelle gezeigt, wo Jesus sagt: »Wer ohne Sünde ist, werfe den ersten Stein.«

»Wenn Jesus heute hier gewesen wäre, er hätte nicht die Nase über dich gerümpft«, hatte sie gesagt, und Ida trug die Erinnerung daran vor sich her wie einen Schild.

Der letzte Psalm hob an und sie seufzte erleichtert. Der Kirchgang war eine Qual, aber es war niemandem erlaubt, zu Hause zu bleiben. Die Mitglieder der Gemeinde erhoben sich und schritten an Hägström vorbei durch die enge Tür. Ida und ihre Mutter verließen die Kirche als Vorletzte.

Gegenüber der Kirche stand das kleine braune Holzhaus, der Vorratsspeicher der Gemeinde, daneben das Gemeindehaus mit einem großen Stall, und dort auf dem Kirchplatz warteten die Wagen mit den ungeduldig stampfenden Pferden. Ein Stückchen entfernt grunzte ein Schwein in einer Güllepfütze, zwei Welpen tollten herum und spielten zwischen den Füßen der Kirchgänger.

Die Gemeindemitglieder waren aus Altajme und Nygårds gekommen, aus Enge und Velinge. Die Wagen aus Buttle waren an Ida und ihrer Mutter vorbeigefahren, als sie die Straße entlanggingen, die von niedrigen Holzzäunen gesäumt wurden, hinter denen braune Pfahlhäuser mit blauen oder gelben Türen standen. Die Häuser, die links und rechts von der Kreuzung lagen, dort, wo die Straße nach Nygårds abging, waren mit einem hohen Zaun aus gekreuzt stehenden Holzpfählen umgeben. Gackernde Hühner liefen im Sand zwischen den Wagenspuren herum und versuchten, den Rädern und den Menschen auszuweichen.

Hägström war den Weg von Vänge heraufgekommen, zusammen mit seiner Frau Catharina und ihrer kleinen Tochter Maria Mathilda, die gerade vier Jahre alt geworden war. Catharina war schon vierzig gewesen, als sie endlich ihr einziges Kind bekommen hatte, und sie saß strahlend vor Glück neben ihrem Mann und hielt das Mädchen im Arm. Der Bursche fuhr, neben ihm auf dem Bock saß die Witwe, die immer Geld für die Armenkasse gab.

Wie gewöhnlich hielten sich Ida und ihre Mutter ein wenig abseits auf dem Kirchhügel, zusammen mit Stina Larsson, einer anderen armen Frau, während die anderen in Gruppen beisammenstanden und sich unterhielten. Einige Gläubige gesellten sich zu ihnen, denn Idas Mutter war trotz allem eine respektable Witwe, aber allein hier draußen in der Sonne stehen zu dürfen, ohne arbeiten zu müssen und dazu noch um sich herum den fröhlichen Unterhaltungen zuhören zu können, war für sich genommen schon ein Genuss für Ida.

Ida hatte bei Annas Eltern in Hägsarve Arbeit gefunden, und obschon sie sehr freundlich waren, war die Arbeit hart.

Oft hatte Ida abends keine Kraft mehr, den langen Weg mit Amelie auf dem Arm nach Hause zu gehen, sondern schlief zusammen mit den anderen Mädchen in der Gesindekammer. Manchmal war sie sogar zum Essen zu müde. Aber samstagvormittags durfte sie schon früh nach Hause gehen, dann sammelte sie im Wald Reisig und abends saßen sie und ihre Mutter mit Amelie am Feuer und unterhielten sich.

Jetzt, wo die langen, hellen Abende gekommen waren, saßen sie auch oft in ihre Schals gehüllt draußen auf der Treppe vor dem Haus. Idas Mutter war müde, sie lehnte sich erschöpft an die Hauswand, das Gesicht nach oben in die milde Brise gereckt.

Catharina Hägström bahnte sich mit Maria an der Hand den Weg zu ihnen.

»Der Pastor wünscht, dass Lina nach der Versammlung im Gemeindehaus sauber macht«, sagte sie.

Das war keine Bitte, das war ein Befehl, aber Mamas Gesicht hellte sich auf. Putzen war ein Privileg, das hinterher von Vorteil sein konnte, und der Auftrag dazu wurde für gewöhnlich gerecht zwischen den armen Frauen aufgeteilt, wenn in Buttle die Versammlung abgehalten wurde. Hägströms Pastorat umfasste Vänge, Buttle und Guldrupe, und die Versammlung fand abwechselnd in den drei Kirchspielen statt. Er selbst war natürlich stets anwesend, er hatte den Vorsitz und schrieb Protokoll.

Maria stellte sich auf die Zehenspitzen und streckte neugierig die Hand nach Amelie aus, die aufgewacht war und unter ihrem weißen Häubchen in den Himmel blickte. Die Erwachsenen wurden ein wenig verlegen, und Ida wusste nicht, was sie tun sollte. Es gab so viele unausgesprochene Regeln und Gebote, die sie nicht verstand, aber sie wusste, dass Amelie ein besonderes Kind war und dass ein normales Kind, und ganz besonders ein Pastorenkind wie Maria, sie nicht ohne weiteres anfassen durfte.

Verschämt beugte sie sich dennoch vor und zeigte der

Vierjährigen das Baby, wobei sie den kühlen Widerstand derer spürte, die in nächster Nähe standen. Sie näherte sich einer Grenze, und alle fürchteten, sie könne sie überschreiten.

Maria betrachtete entzückt den Säugling, fuhr mit dem Finger über ihre weichen Wangen, und Amelie drehte den Kopf in ihre Richtung.

»Ja, auch diese Kleine hier ist ein Geschöpf Gottes«, erklärte Catharina Hägström ihrer Tochter freundlich.

Auf diese Weise hatte sie in einem Satz deutlich gemacht, dass alle Gottes Kinder waren, aber dass dieses Kind, Amelie, es doch nur gnadenhalber war.

Dann gingen sie fort, um in einem Garten Kaffee zu trinken, so lange die Versammlung andauerte. Die Frauen der Gutsbesitzer und Handwerker durften sich anderweitig beschäftigen, so lange ihre Männer sich um die Belange der Gemeinde kümmerten.

Langsam zerstreute sich die Menge der Kirchgänger. Ida und ihre Mutter spazierten über den Friedhof und betrachteten die Grabsteine. Sie blieben vor dem Stein ihres Vaters stehen, und Ida versuchte sich vorzustellen, dass er wirklich dort lag. Sie war sich ganz sicher, dass er trotz allem stolz auf sein Enkelkind gewesen wäre. Mama traten immer Tränen in die Augen, wenn sie hierher kamen, und sie bückte sich und fuhr mit der Hand über das Gras.

Eineinhalb Stunden später verließen die Männer das Gemeindehaus. Sie redeten und lachten. Ida und ihre Mutter kamen langsam näher. Lina wechselte ein paar Worte mit einigen von ihnen und ging mit Ida in den Saal, in dem die Versammlung für gewöhnlich abgehalten wurde.

Die Fenster waren klein und es war schummrig. Pastor Hägström saß noch auf einer der Bänke an der Wand und schaute nachdenklich ins Gemeindebuch. Es war breit und flach und in braunes Leder gebunden. Neben ihm lag eine Zeitung, die irgendjemand vergessen hatte. Er hob den Kopf, als sie eintraten.

»Ihr könnt ruhig schon anfangen«, sagte er wohlwollend.

Es machte nicht den Eindruck, als hätte er große Lust, sich mit seinem Buch zu befassen. Er setzte sich auf eine andere Bank, auf der er weniger im Weg war, steckte sich eine Pfeife an und fing an zu plaudern, während Idas Mutter den Besen holte und den Boden fegte. Wie ging es dem Vieh in Nygårds? Wie war es für Ida, in Hägsarve zu arbeiten? Kam Ida mit dem Kind zurecht, obwohl sie noch so jung war?

»Zuerst dachte ich, es wäre das Beste, das Neugeborene wegzugeben, aber es scheint doch recht gut zu funktionieren«, sagte er. »Und sie sieht ja auch gesund aus.«

»Viele sind freundlich gewesen«, sagte Lina.

»Aber nicht alle«, entgegnete Hägström.

Nachdenklich sah er in Idas Richtung.

»Es ist eine große Schande, dass Johannes sich der Hochzeit widersetzt hat. Lina darf nicht glauben, dass viele seiner Meinung sind. Sicher haben die Kinder gesündigt, aber sie sind doch, wie gesagt, Kinder. Johannes' Sünde wiegt schwerer. Ich verstehe nicht, was er denkt? Es wäre gut gewesen, wenn man die Kinder wenigstens miteinander verlobt hätte.«

»Es ist wegen dem Erbe«, sagte Ida.

Wieder zog der kühle Windhauch durch den Raum. Es war nicht direkt so, dass die Erwachsenen es ihr übel nahmen, aber sie spürte die Missbilligung und verstand die Botschaft: Du darfst nicht zu viel wissen. Nicht zu viel denken.

»Nun, Johannes ist Roberts Vormund, und so ist das Gesetz«, sagte Hägström ein wenig schroff, als wolle er sie zurechtweisen. »Aber du vermisst Robert sehr, wenn ich recht verstehe?«

Plötzlich war ihr nach Weinen zumute und sie antwortete nicht.

»Komm her und setzt dich einen Moment, Mädchen«, sagte er. »Du hast ein Kind und du hast die ganze Woche gearbeitet.«

Zögernd ging sie an den Tisch und setzte sich. Amelie begann unruhig zu werden, und Ida wendete sich diskret ab, knöpfte ihr Kleid auf und gab ihr die Brust.

Inzwischen hatte sie das Stillen gelernt. Wenn sie das Kind nur oft genug anlegte, kam nicht mehr so oft Milch aus der anderen Brust, während Amelie an der ersten trank. Noch immer zählte das Stillen mit seinem körperlichen Genuss, der Zärtlichkeit und Nähe zu den schönsten Augenblicken. Inzwischen waren auch die inneren Wunden verheilt, und sie musste nicht mehr ständig das Blut zwischen den Beinen abwaschen und ihre Wäsche sauber machen. Sie fühlte sich besser, und längst war ihr der Alltag nicht mehr so fremd. Ihr neues Leben folgte einem anderen Ablauf, und sie hatte gelernt, ihn zu verstehen und damit umzugehen. Das Einzige, woran es ihr fehlte, war Zeit zum Nachdenken.

Während Amelie trank, warf Ida einen Blick in die Zeitung, die neben ihr lag. Ihre Mutter hatte kein Geld für Zeitungen, aber in Hägsarve gab es eine und auch ein paar Bücher, die sie sich manchmal heimlich anschaute. Jetzt las sie interessiert, was auf der ersten Seite stand. Es waren Anzeigen und hauptsächlich Vorkommnisse, die Visby betrafen, aber es gab auch einen Artikel über die Sklaverei in Amerika.

Ohne es zu bemerken, las sie sich fest. In Hägsarve gab es mindestens zehn Bücher, und eines davon war Mamsell Fredrika Bremers Buch über die Neue Welt. Es war ihr gelungen, in vielen kurzen, gestohlenen Minuten das ganze Buch zu lesen, immer dann, wenn sie im Winter ins Haus geschickt worden war, um Feuer zu machen und für eine halbe Stunde vergessen worden war. Sie hatte von dieser älteren Dame gelesen, die allein über das Meer gereist und Armen wie Reichen begegnet war, die mit schwarzen Sklaven und Fabrikarbeitern gesprochen hatte und alles in Briefen an ihre Schwester berichtet hatte. Ganz neue Bilder waren in Idas Innerem aufgestiegen, ganz neue Gedanken. Die Welt war groß, und es gab Zusammenhänge, die sie erkennen, und Dinge, über die sie nachdenken wollte. Sie hatte das Gefühl, als wäre sie

Seite für Seite mit Mamsell Bremer gereist und hätte sich mit ihr über all das Erlebte unterhalten, und jetzt las sie über die Sklaven in Amerika, geschrieben von einem, der die Sache ganz anders betrachtete.

»Du darfst sie dir mitnehmen«, hörte sie plötzlich die Stimme des Pastors dicht an ihrem Ohr.

Aus ihren Gedanken gerissen blickte sie auf. Der Pastor stand neben ihr, ihre Mutter war fertig, und er war im Begriff zu gehen. Er lächelte über seinen plötzlichen Einfall, ihr die Zeitung zu schenken. Sie wusste, dass sie sich eigentlich zieren müsste, aber sie war viel zu glücklich über das Angebot und wagte es nicht, das Risiko einzugehen, dass er es sich vielleicht anders überlegte.

»Danke!«, sagte sie, knöpfte ihr Kleid zu und stand ebenfalls auf.

»Eine junge Mutter ist immer ein schöner Anblick. Aber ein stillendes Mädchen, das gleichzeitig Zeitung liest, sieht einfach zu komisch aus«, sagte er.

Er wandte sich an Idas Mutter, die Eimer und Besen in den Schrank zurückstellte.

»Dort steht ein Korb für dich, Lina, den meine Frau gerichtet hat. Dann sind wir für dieses Mal fertig!«

Idas Mutter nahm den Korb, den sie absichtlich noch nicht bemerkt hatte. Hägström nahm das Gemeindebuch und ließ den beiden Frauen den Vortritt, dann schloss er die Tür ab. Den Schlüssel bekam Glöckner Lindby zurück, der auch die Kinder von Buttle auf seinem Hof unterrichtete, wo zu dieser Zeit das Klassenzimmer untergebracht war.

Sie gingen nach Hause, Mama mit dem Korb und Ida mit Amelie und der ersten Zeitung ihres Lebens. Der Geruch von Pferden, Schafen, Schweinen und Rauch und der Kochdunst des bevorstehenden Sonntagsessens um zwei Uhr hingen schwer über Buttle. Sie hörten das Schnauben der Pferde, Kühe die glücklich über das frische Gras muhten, gackernde Hühner, und irgendwo sang jemand in der Küche.

Lina blieb stehen und pflückte Blumen im Graben. Als sie nach Hause kamen, packten sie den Korb aus: ein kleines Päckchen Kaffee, Zuckerkuchen, der in ein Handtuch gewickelt war, etwas Hutzucker und ein Stück Rauchfleisch. Es war viel mehr, als das Putzen wert gewesen war.

Während Mama Kaffee aufsetzte, wickelte Ida Amelie und weichte die verschmutze Windel in Wasser ein. Dann legte sie das Baby in ein Birkenrindenkörbchen, das an einem Baum hing, setzte sich auf die Treppe vor dem Haus und las weiter in ihrer Zeitung.

Die Sonne schien warm durch die Baumkronen, Fliegen surrten träge in der offenen Tür, und in der Ferne lachten Kinder. Amelie war wieder eingeschlafen, sanft vom Wind gewiegt.

Ida las. Sie las jede Seite, jede Zeile, und als ihre Mutter sich mit dem Zuckerkuchen und einem Kaffeebecher neben sie setzte, war sie weit, weit weg in einer anderen Welt.

10

Frank Behlin trug dieselben Tarnhosen wie auf der Fähre. In der Hand hielt er eine große Einkaufstüte, eine Zigarette hing in seinem Mundwinkel. Die Frau, die vor ihm in die Eingangshalle der Pension gekommen war, hatte nur ein Tütchen aus der Apotheke dabei.

»Ich kann dich wohl kaum auf deine dämliche Trabrennbahn begleiten. Sie ist doch krank!«, sagte sie verärgert. »Wie oft muss ich dir das noch sagen, damit du das begreifst? Was ist los mit dir? Warum bist du plötzlich so? Warum kannst du nicht einfach zu Hause bleiben, wie du es mir versprochen hattest?«

Frank knuffte sie und steuerte auf die Küche zu. Sie schrie auf und knuffte ihn zurück. Er blieb augenblicklich stehen, drehte sich um und hielt ihr den drohend erhobenen Finger vor das Gesicht.

Die Frau presste die Lippen zusammen und starrte trotzig zurück. Eine endlose Sekunde lang verharrten sie beide wie versteinert in ihrer Position wie zwei heruntergekommene Gladiatoren. Die Luft war zum Schneiden dick, voller alter Bosheiten und Spannungen. Margareta hoffte aus tiefstem Herzen, dass der Streit nicht eskalierte und sie zwang einzugreifen und sich somit zu verraten. Aber er begnügte sich mit der Geste und verschwand. Die Frau lenkte ihre Schritte zur Treppe.

Margareta versteckte sich hinter der Fernsehcouch im ersten Stock. Die Frau kam die Treppe hoch und ging ins Kinderzimmer.

»Ist mir scheißegal, ob du mitkommst, ich verschwinde jetzt«, brüllte Frank von unten durch die Halle, nachdem er offenbar die Tüte in der Küche abgestellt hatte, ohne ihren Inhalt auszupacken. Aus dem Kinderzimmer drang lautes Rumoren nach unten, aber die Frau antwortete nicht. Die Haustür wurde lautstark zugeschlagen und sofort darauf ein Automotor angelassen. Dann kehrte Stille ein.

Zeit zu gehen. Margareta schlich sich an der Kinderzimmertür vorbei und warf einen hastigen Blick in den Raum. Die Frau saß auf der Bettkante und maß Medizin im Verschluss eines Apothekenfläschchens ab. Das kleine Mädchen rührte sich nicht. Entweder ging es ihr zu schlecht, um von der fremden Tante zu erzählen, oder die Frau hatte sie ungeduldig zum Schweigen gebracht. Margareta eilte die Treppe hinunter und dankte dem hässlichen alten Teppich, der ihre Schritte dämpfte.

Die Haustür war noch immer nicht verschlossen. Sie legte die Hand auf die Klinke, aber mit einem Mal zögerte sie.

Sie konnte nicht einfach von hier verschwinden. Sie machte sich Sorgen um das kranke Kind. Hier lebten labile Menschen, und die Atmosphäre, die das Mädchen umgab, und ihre offensichtliche Angst beunruhigten Margareta. Wessen Kind war das eigentlich? Gehörte sie hierher oder war es denkbar, dass die beiden sie entführt hatten?

Sie ließ die Tür los.

»Hallo?«, rief sie nach oben, als wäre sie eben erst ins Haus gekommen.

»Moment!«, brüllte die Frau aus dem Zimmer des Mädchens. »Komme gleich!«

Ein paar Sekunden später polterte sie die Treppe hinunter. Ihre Wut war wie weggeblasen, und als sie Margareta erblickte, verwandelte sie sich in pures Lächeln und Beflissenheit, voller Hoffnung, ein Zimmer vermieten zu können, obwohl es erst März war.

»Pension Vibergs …?«, fragte Margareta unsicher. »Ich habe kein Schild am Haus gefunden.«

»Aber ja!«, sagte die Frau und streckte die Hand aus. »Ich heiße Eva Viberg, ich bin die Besitzerin. Suchen Sie ein Zimmer?«

»Ich weiß nicht – ich wohne zurzeit in einem Hotel in Visby um ein wenig zu schreiben, ich schreibe Gedichte, aber es wird mir langsam zu teuer … Jetzt sehe ich mich nach etwas Billigerem um«, improvisierte Margareta und fragte sich selbst, wie um alles in der Welt sie auf die idiotische Idee gekommen war, sich als Poetin auszugeben.

»Oh, ja, das kann ich gut verstehen«, stimmte Eva Viberg ihr zu. »Ich nehme für ein Zimmer mit Frühstück nur dreihundert Kronen pro Übernachtung, das ist ja etwas ganz anderes als im Hotel. Und viel persönlicher!«

Davon konnte man ausgehen, besonders, wenn Streit und Schlägereien mit Frank Behlin im Preis inbegriffen waren.

Die Wirtin eilte wieder die Treppe hinauf, diesmal mit Margareta im Schlepptau, ging in eine Ecke, klapperte ein wenig mit den Schlüsseln und stieß dramatisch die Tür zu einem großen Giebelzimmer auf. Ganz offensichtlich der Stolz des Hauses. Das Zimmer hatte zwei große Fenster, ein breites

Doppelbett mit einem leuchtenden gequilteten Überwurf und Seidenkissen, einem Rattansofa, einem Kuhfell auf dem Boden und einem kleinen, hübschen Schreibtisch. Das Arrangement schien aus ihrer Hollywood-Phase zu stammen. Margareta begann sich zu fragen, woher Eva Viberg das Geld hatte, diesen Einrichtungswahn zu finanzieren.

»Oh!«, sagte sie bewundernd. »Das ist aber günstig für dieses Zimmer!«

Eva sah zufrieden aus.

»Ja, wir haben schließlich noch Nebensaison. Wir haben es erst letztes Jahr eingerichtet.«

»Ihr Mann muss wirklich ein geschickter Handwerker sein!«, sagte Margareta und trat ans Fenster, das nach Norden hinausging. Die Dielen waren gewachst und blank poliert, so dass sie aussahen wie Mahagoniholz.

»Nein, ich bin hier der Handwerker. Mein Mann und ich haben uns vor drei Jahren scheiden lassen. Manfred lebt jetzt in Karlstad.«

Ach so. Dann war es wohl nicht Franks Kind, das da im Kinderzimmer lag.

»Aber ich habe einen guten Freund, der mir zur Hand geht«, fuhr Eva fort. »Das Badezimmer ist am anderen Ende des Flurs, und dann gibt es noch einen Fernseher im Aufenthaltsraum für die Gäste. Bequemer geht es nicht! Außerdem ist es nicht weit bis in die Altstadt, wenn Sie ein wenig spazieren gehen wollen, um sich inspirieren zu lassen.«

Sie hatte sich offensichtlich schon ein Bild von ihrem dichtenden Gast gemacht und sich ausgemalt, wie Margareta einsam in ihrem Zimmer saß, Gedichte schrieb und früh morgens am Meer spazieren ging.

Margareta dachte an Frank Behlin. Eine Frau, die diesen Mann in die Nähe ihres Kindes ließ, gefiel ihr nicht. Sie warf einen Blick durch das Fenster in den Garten.

»Im Sommer muss es hier herrlich sein. So ein Garten ist ja wie für Kinder geschaffen. Haben Sie Kinder?«

»Ja, eine Tochter, Angelica. Vier Jahre. Im Moment ist sie ein bisschen verschnupft.«

»Das tut mir aber leid.«

Also war Angelica ihre Tochter.

Margareta hatte große Lust, hier wirklich einzuziehen. Ein paar Tage auf Angelica aufzupassen, zu sehen, ob sie vielleicht Hilfe brauchte, und gleichzeitig eine Menge Einblicke in das Privatleben dieser Familie zu gewinnen. Ihr war klar, dass das nichts mit gewöhnlicher Polizeiarbeit zu tun hatte, es war ein Spiel mit dem Feuer. Aber für die Ermittlungen war Stefan Simonsson zuständig. Sie selbst machte Urlaub und konnte frei wie ein Vogel ihren Einfällen folgen. Vielleicht war es sogar möglich hier einzuziehen, ohne mit Frank zusammenzutreffen. Jedenfalls war ein Pensionsgast wohl kaum dazu verpflichtet, sich zu den anderen Gästen zu setzen.

Es war verlockend. Eva sah sie gespannt an.

»Möchten Sie einen Kaffee?«, fragte sie spontan, um die potenzielle Einkommensquelle noch ein bisschen länger in ihrem Haus zu halten.

Margareta schaute auf die Uhr. Wie lange würde Frank fortbleiben?

»Aber Sie haben doch sicher viel zu tun?«, wich sie aus.

»Nein, Angelica schläft jetzt und mein Freund ist zur Trabrennbahn gefahren, er ist frühestens in drei Stunden zurück, und da er mein Auto genommen hat, kann ich ohnehin nicht weg. Haben Sie denn einen Wagen dabei?«

»Leider nein.«

Sie gingen nach unten, und Margareta begleitete sie in die Küche. Ohne eine Antwort abzuwarten, setzte Eva den Kaffee auf und holte eine Packung Kekse aus der Speisekammer. Sie legte acht Kekse auf einen Kuchenteller und schnitt einen Hefezopf auf.

»Kein guter glykämischer Index, aber darüber denke ich erst nächste Woche wieder nach«, sagte sie und tätschelte sich den Bauch.

Margareta setzte sich an den Küchentisch.

»Sind Sie nur Mutter und Pensionswirtin, oder haben Sie noch eine andere Arbeit?«, erkundigte sie sich.

»Im Winter arbeite ich Teilzeit im Supermarkt an der Kasse. Ich habe dort früher Vollzeit gearbeitet, deshalb habe ich noch gute Verbindungen, obwohl sie dort ja eigentlich nur im Sommer zusätzliche Kräfte brauchen. Aber ich kann die Wochenenden übernehmen. Manfred überweist einen ziemlich großzügigen Unterhalt für Angelica, und das Haus hat meinen Eltern gehört, da muss nichts mehr abbezahlt werden. Nur diese neue Grundsteuer ist ärgerlich. Ich verdiene ja nun nicht so wahnsinnig gut mit der Zimmervermietung, aber es macht Spaß und ich kümmere mich einfach gern um andere. Frühstück machen und solche Sachen.«

»Und was hat ihr Freund für einen Beruf?«, fragte Margareta.

»Er lebt nicht immer auf Gotland, er ist LKW-Fahrer und hat noch eine Wohnung in Stockholm.«

Margareta nahm sich ein Stück Zopf. Eva schenkte Kaffee ein und setzte sich ihr gegenüber.

»Und, was verdient man so, wenn man Gedichte schreibt?«, erkundigte sie sich neugierig.

Margareta fühlte sich ertappt. Was verdienen Dichter? Sie hatte keine Ahnung.

»Nicht viel«, sagte sie. »Manchmal bekommt man ein Stipendium. Ich ... äh, ich arbeite manchmal als Aushilfe. Als Lehrerin.«

»Ah. Sicher für Schwedisch. Können Sie mir nicht eins von Ihren Gedichten vorlesen? Nur ein kurzes?«

Diese Unterhaltung verlief absolut nicht wie geplant. Margareta konnte kein einziges Gedicht auswendig, und es sah auch nicht so aus, als wäre das der richtige Weg, um Eva irgendwelche Geheimnisse zu entlocken. Ihr Hirn unternahm verzweifelte Versuche, das Gesprächsthema zu wechseln.

»Nein, im Augenblick nicht so gern, denn ich habe gerade ein neues Werk begonnen«, entgegnete sie. »Ich schreibe meist von Liebe, den Qualen der Zweisamkeit und von Sehnsucht.«

»Das klingt interessant«, sagte Eva. »Ist ja auch ein unerschöpfliches Thema.«

»Ja, ich hatte mal eine Freundin, deren Mann sehr viel unterwegs war«, improvisierte Margareta. »Sie fühlte sich so oft einsam und verlassen und wusste nicht recht, woran sie bei ihm war, wenn er nicht zu Hause war.«

»Man muss sich auf den anderen verlassen können«, sagte Eva, »sonst darf man sich gar nicht erst auf so eine Beziehung einlassen.«

»Das hat sie auch gesagt. Aber vielleicht hatte sie nicht so einen starken Charakter wie Sie, denn sie hat doch immer wieder gezweifelt.«

»Ich will ja nichts gegen Ihre Freundin sagen, aber wie man sich bettet, so liegt man. Entschuldigen Sie, dass ich das so sage, aber vielleicht war sie es, der man nicht trauen konnte? Wissen Sie, so wie es in den Wald hinein ruft, schallt es wieder heraus.«

Ihr Tonfall war selbstgefällig und herablassend. Margareta kam zu dem Schluss, dass diese Frau wirklich nicht nach ihrem Geschmack war.

»Das stimmt natürlich. Aber in diesem Fall war es doch eher Intuition. Es stellte sich heraus, dass der Mann tatsächlich noch eine andere Frau hatte. Eine, die er obendrein verprügelt hat.«

Eva schenkte ungeduldig Kaffee nach.

»Ach ja?«, sagte sie. »Diese Frau hätte vielleicht die Finger von dem Mann einer anderen lassen sollen! Und wie hatten es die beiden denn miteinander, wenn er ein Bedürfnis nach einer anderen Frau empfand?«

»Eine Frau, die er verprügelt hat«, wiederholte Margareta.

Es wurde still. Eva zuckte mit den Schultern.

»Klingt tragisch. Aber warum erzählen Sie mir das?«

»Die Qualen der Liebe. Das sind die Dinge, über die ich schreibe. Das Schwere. Und dann komme ich hierher, und das Einzige, worüber alle reden, ist dieser furchtbare Mord. Da fragt man sich doch – dieser Mörder, hat er Familie? Sitzt hier irgendwo auf Gotland eine Frau und weiß nicht, dass ihr Mann ein verrückter Mörder ist?«

Eva verharrte mitten in einer Bewegung und starrte sie an.

»Was wollen Sie damit sagen? Was deuten Sie da an? Wollen Sie *mir* damit etwas sagen?«

Margaretas Augen weiteten sich erschrocken.

»Wie bitte …?«, stotterte sie.

»Das war das Taktloseste, was ich je gehört habe! Wie können Sie es wagen, hierher zu kommen und solchen Mist zu reden?«

»Ich wollte nicht … Es tut mir schrecklich leid, meinen Sie, dass Sie eine Frau kennen, deren Mann … Es tut mir so schrecklich leid.«

Margareta war sichtlich irritiert. Sie legte einen zur Hälfte gegessenen Keks beiseite und sah sich um.

»Da sehen Sie, wie mächtig Worte sind«, sagte sie und lächelte blass. »Deshalb sind Gedichte gefährlich. Ich habe nur ein paar Worte gesagt, und jetzt sind Sie ganz aufgebracht … ich wusste nicht … Ich gehe jetzt wohl besser.«

Sie stand auf. Eva beobachtete sie reserviert.

»Das ist nicht nötig«, sagte sie. »Bleiben Sie sitzen. Sie haben nur über Dinge geredet, von denen Sie keine Ahnung haben.«

»Ich bedauere das sehr.«

»Sie konnten ja nicht ahnen, dass die Polizei eine Menge Leute wegen dieses Mordes befragt hat. Hier waren sie auch. Es ist unangenehmer als Sie denken, von der Polizei gelöchert zu werden. Das ist ein heikles Thema, aber mehr auch nicht.«

Margareta blieb stehen.

»Das verstehe ich, aber ich werde jetzt trotzdem gehen. Das Zimmer ist wirklich ganz toll. Danke, dass ich mir alles ansehen durfte. Ich werde mir noch ein paar andere Unterkünfte ansehen, dann melde ich mich nochmal.«

»Tun Sie das. Machen Sie sich nichts daraus, dass ich so heftig reagiert habe, Sie sind jederzeit willkommen!«, erwiderte Eva Viberg, stand ebenfalls auf und begleitete sie nach draußen.

Margareta lief eilig zurück, wanderte ziellos durch die Sträßchen, bis sie den richtigen Weg einschlug und den Hügel hinab zum Hotel ging.

Natürlich sollte sie nicht in der Pension einziehen. Aber diese Chance konnte sie sich nicht entgehen lassen. Stefan leitet die Ermittlungen, und ihm ist das hier total egal, redete sie sich ein. Sie würde ihren Rucksack holen, das Zimmer beziehen, die Tür abschließen und behaupten, dass sie schrieb, sowie Frank das Haus betrat. Nur zwei Nächte lang, höchstens. Mit Eva Kaffee trinken. Auf das Kind aufpassen.

Der Plan zerplatzte noch im selben Moment, in dem sie das Hotel betrat. Sie trat gerade durch die Tür, als sechs Journalisten von den Stühlen und Sofas in der Lobby aufsprangen und Kameras mit Blitzen auf sie richteten, während ihr gleichzeitig lauter Fragen an den Kopf geworfen wurden. Die Medien vom Festland hatten sie eingeholt.

Sie war hilflos. Innerlich über ihre zerstörte Anonymität fluchend, fasste sie ihre Geschichte in knappe Worte. Sie erzählte nichts von Ernst Almgren oder davon, dass sie Sanna schon auf der Fähre gesehen hatte. Die Journalisten drehten und wendeten ihre dürftigen Aussagen und unterstellten ihr aggressiv, dass sie log und sich tatsächlich hier aufhielt, um den Fall zu untersuchen.

Sie schüttelte nur den Kopf. Nachdem sie ihnen mehrfach versichert hatte, dass sie nicht an den Ermittlungen beteiligt war und über keinerlei Insiderinformationen der gotländischen Polizei verfügte, suchte sie Schutz im Aufzug und zog sich in ihr Zimmer zurück. Gott sei Dank blieben die Journalisten im Foyer. Aber sie war sich sicher, dass sich ein paar von ihnen im Hotel einquartiert hatten.

Ohne den geringsten Zweifel würden in wenigen Stunden Bilder von ihr über den Fernsehbildschirm flimmern. Und es war sehr wahrscheinlich, dass Frank die Frau vom Schiff wiedererkennen würde. Eva jedenfalls würde das definitiv tun und sofort kapieren, dass die Poetin in Wahrheit Polizistin war – die Polizistin, die das Mordopfer gefunden hatte. Das war keine gute Situation.

Sie ließ sich auf ihr Bett fallen, starrte an die Decke und dachte nach.

Ihr Plan, in Vibergs Pension zu ziehen, war den Weg alles Irdischen gegangen. Außerdem würde Margareta sich bald nicht mehr unerkannt auf der Insel bewegen können. Aber vielleicht war es doch nicht so dramatisch, wie es auf den ersten Blick aussah. Sobald sie wieder ihr Auto hatte – also spätestens am Samstag – konnte sie Frank folgen, wenn er die Insel nicht verließ. Natürlich konnte sie auch sofort einen Wagen mieten, aber die Stadt war nicht sehr groß. Bald würde ihre Identität überall bekannt sein, und jeder, der ihr ein Auto vermietete, würde das vermutlich weitererzählen. Es war besser zu warten.

Einigermaßen zufrieden mit diesem Entschluss entschied sie, sich für den Rest des Tages frei zu nehmen. Sie rief die Rezeption an und man half ihr, sich durch die Küche und den Lieferanteneingang nach draußen zu schleichen.

Anschließend schlenderte Margareta aufs Geratewohl durch Visbys Straßen, noch immer in Gedanken versunken. Als sie den Stora Torg erreichte und vor der mächtigen Kirchenruine stehen blieb, vergaß sie für eine Weile ihre Grübeleien. Das alte Gotteshaus erhob sich hoch über den Platz und das Wirrwarr geduckter Dächer. Sie dachte an die unzähligen mittelalterlichen Gemälde, die sie gesehen hatte, auf denen eine Kirche als Koloss zwischen kleinen Häusern dargestellt war. Sie war immer davon ausgegangen, dass diese riesenhaften Darstellungen eine Huldigung an Gott sein sollten, aber offenbar hatten die Orte damals wirklich so ausgesehen.

Wie war man überhaupt auf die Idee verfallen, eine Welt zu schaffen, in der die Menschen in Innenstädten in kleinen Hütten lebten oder in schmalen, engen Mehrfamilienhäusern? Vielleicht hatte man sich von den klassischen Tempeln inspirieren lassen. Aber ganz gleich wie weit man in der Zeit zurückging – wie war jemand zum ersten Mal auf die Idee gekommen, riesengroße Steinblöcke aus dem Fels zu schlagen, sie mühsam aufeinander zu legen und all diese nach menschlichem Maß überdimensionierten Bauwerke zu errichten? Ob es nun die Pyramiden waren, der Palast von Knossos oder Sankta Katarina in Visby?

Es tat gut, den Gedanken ihren freien Lauf zu lassen. Margareta ging weiter durch die Gassen nördlich der Ruine und versuchte die Augen offen zu halten für all das, was sie umgab.

Oben an einer alten Hauswand war auf Höhe des zweiten Stocks ein halbverwitterter, schwarzer Schriftzug mit großen Buchstaben zu erkennen. »Anna Agardh, Photograph«. Die Schrift sah aus, als stünde sie schon hundert Jahre dort. Margareta sah die vor langer Zeit gestorbene Anna Agardh vor sich, wie sie in ihrem langen Kleid, einen Hut auf dem Kopf, die schwere Kastenkamera mit der schwarzen Stoffbahn trug. Mit diesem Bild vor Augen betrat Margareta ein kleines Café. »Musik- und Buchcafé« stand an der Tür.

Es war wirklich klein. Drei winzige Tische, ein Tisch mit Büchern und CDs und über allem schwebte der Duft von Kaffee und frischgebackenem Brot. Sie bestellte bei einem großen, rothaarigen Mann Tee und betrachtete neugierig die saftigen Kuchen unter einer Plastikhaube. Sie schien der einzige Gast zu sein.

»Schokoladenkuchen, Mandeltörtchen, ...«, erklärte er.

Sie entschied sich für ein Mandeltörtchen und fragte ihn, ob er das alles selber buk, was er bejahte. Sie bezahlte, schenkte sich Tee ein und setzte sich in einen kleinen Durchgang. Der Inhaber des Cafés, Ulf, kam an ihren Tisch und unterhielt sich mit ihr. Vor der Hauptsaison hatte er nicht viel zu tun.

Ein bisschen weniger hungrig und zufrieden mit ihrer Begabung Urlaub zu machen – jetzt hatte sie wirklich eine ganze Stunde lang nichts getan, und es war ihr gelungen, weder an Sanna noch an Stefan zu denken – spazierte Margareta durch die Gassen zurück zum Dom, blieb eine Weile stehen und betrachtete den Steilhang und die kleinen Häuser. Ein Stück hinter der Kuppe erstreckte sich die Stadtmauer. Margareta bog in Richtung Sonne und Meer nach Westen ab, lief im Zickzack die Hügel hinunter und trat schließlich in einen botanischen Garten mit einem Bach und einer kleinen Brücke. Eine weitläufige Oase, die in wenigen Monaten vor Grün und Blüten strotzen würde, aber schon jetzt wuchsen Hyazinthen in den Beeten.

Die Stadtmauer befand sich unterhalb der Parkanlage. Margareta ging durch einen schmalen Torbogen und stand am Strand.

Der Wind blies ihr frisch ins Gesicht. Wellen rollten über weiße, rund gewaschene Steine auf den Sand. Hier hatte Katrine also die Steine für das Sanna-Arrangement im Schaufenster gefunden. Zu beiden Seiten der Mauer erstreckte sich die schmale, grüne Strandpromenade.

Margareta ging zum Wasser und hielt die Hand in die kleinen, eiskalten Wellen. Am Himmel schrien Möwen, Schwäne ließen sich von den Wellen schaukeln, es roch nach Meer und Tang und die Nachmittagssonne wärmte. Eine glühende Freude darüber, einfach nur am Leben zu sein, hier zu sein, durchströmte Margareta.

Irgendwann musste Kalle das alles hier sehen. Sie suchte sich eine Bank und blieb lange dort sitzen, blickte auf das

Meer und stellte sich vor, er würde neben ihr sitzen. Wie mochte es hier vor hundert Jahren ausgesehen haben? Vor sechshundert Jahren? Mehr Menschen, mehr Fischerboote, Hütten, Abfallhaufen. Schreien und Rufen, Feuer, spielende Kinder. Aber die Mauer und der Strand hatten sich nicht verändert.

Als die Sonne rot wie ein Feuerball langsam im Meer versank, stand sie auf und ging durch den Torbogen zurück in die Stadt. Sie spazierte zurück zu dem großen Platz, suchte sich ein kleines Restaurant mit Seefahrermotiven und gekachelten Wänden, setzte sich an einen Fenstertisch und bestellte gebratenen Fisch mit Kartoffelbrei und dazu ein Glas Wein. Die nette junge Frau, die die Bestellung aufnahm, versuchte sie an einen kleineren Tisch neben einem Pfeiler zu lotsen, mit herrlichem Blick auf die Wand, aber Margareta lehnte ab. Solche Tische eigneten sich für Liebespaare. Frauen, die allein ausgingen, wollten so sitzen, dass sie Menschen sahen.

In der plötzlichen Wärme begannen ihre Wangen zu glühen. Es wäre schön gewesen, jemanden zum Reden zu haben, aber es war niemand da. Stattdessen beobachtete sie verstohlen die anderen Gäste. Ihr gegenüber saß eine Familie mit Kindern und daneben an einem runden Tisch eine laute Gesellschaft, die aus drei Männern bestand. Ein vierter kam gerade dazu, und ein kleiner, glatzköpfiger Mann sprang auf und rief:

»Dennis!«

Dennis? Ernst Almgrens Vater? Es konnte kaum jemand anderes sein. Er war genauso groß wie sein Sohn, aber kräftiger und grauhaarig und offensichtlich sehr auf sein Aussehen bedacht. Er trug einen gepflegten, graphitgrauen Anzug, keinen Mantel. Als er an den Tisch trat, klopfte man ihm auf den Rücken und begrüßte ihn wie einen Helden. Die anderen gratulierten ihm offenbar zu irgendetwas. Er schüttelte allen die Hand und strahlte über das ganze Gesicht. Ein weiterer Tag im Leben des Bezirksbürgermeisters von Gotland, dachte Margareta und fühlte sich übergangen und ausgeschlossen.

Dennis setzte sich und entdeckte Margareta am anderen Ende des Lokals. Er lächelte auch ihr flüchtig zu. Entweder glaubte er, sie zu kennen, oder aber er versuchte zu flirten. Margareta erinnerte sich an Ernsts verschwörerisches Zwinkern auf der Treppe. Zwei gerissene Politiker, dachte sie. Wie der Vater, so der Sohn, auch wenn sie unübersehbar Feinde und Konkurrenten waren.

Das Essen wurde serviert. Es schmeckte herrlich, und sie aß und trank, bezahlte die Rechnung und ging zurück zum Hotel.

Die wartenden Journalisten hatte sie völlig vergessen. Aber sie hatten noch nicht aufgegeben und stürzten sich sofort wieder auf sie. Wo war sie gewesen? Hatte die Polizei schon eine Spur? Hatte sie mit Simonsson gesprochen und ihm gute Ratschläge gegeben? Gab es einen Zusammenhang zwischen diesem Fall und dem Mord auf dem Festland? Wusste sie etwas über die Obduktion des Mordopfers? War sie früher schon einmal auf Gotland gewesen, hatte sie Sanna gekannt?

Einige hatten Alberg angerufen und überprüft, ob sie wirklich Urlaub hatte, und die »Wie fühlen Sie sich«-Fragen standen wieder auf der Tagesordnung. Schon möglich, dass sie ein eher mürrisches und schroffes Naturell hatte, aber mit Interviewfragen wie diesen hatte sie noch nie etwas anfangen können. Entweder hatte der Befragte Gefühle, die für alle nachvollziehbar waren, dann waren die Fragen überflüssig, oder aber der Betroffene hatte so schreckliche Dinge erlebt, dass ohnehin niemand Außenstehendes wirklich verstehen konnte, was in ihm vorging, dann waren die Fragen ebenso sinnlos. Außerdem war es aufdringlich.

Sie floh nach oben in ihr Zimmer, schlüpfte aus der Jacke und setzte sich aufs Bett.

Nun, auf diese Weise war sie wenigstens zu Gesprächspartnern gekommen.

Es war halb acht. Die Sonnte war hinter dem Horizont verschwunden und hatte rosa und orangefarbene Streifen auf den schmalen Wolkenstreifen zurückgelassen, die über den Himmel zogen. Sie machte es sich gemütlich und schaltete den Fernseher ein. Die Nachrichten hatten gerade angefangen. Der Mord auf Gotland wurde zuerst gebracht, und auch die Filmbeiträge der lokalen Fernsehstationen wurden gezeigt. Für ein paar Sekunden wurde das abgesperrte Sommerhaus in Buttle gezeigt, auch Stefan war kurz im Bild. Dann tauchte sie selbst hinter dem Seitenfenster des Autos auf. Sie sah verwirrt und übermüdet aus, war es aber unverkennbar. Sie fluchte und hoffte inständig, dass Gotländer keine Nachrichten sahen. Aber das taten sie natürlich.

Als Margareta den Fernseher ausgeschaltet hatte, klingelte das Telefon. Es war Eva Viberg.

»Was zur *Hölle* bilden Sie sich eigentlich ein?«, schrie sie. »Sich hier unter Vorspiegelung falscher Tatsachen einzuschleichen und mir einen Sack Lügen aufzutischen! Was haben Sie eigentlich gegen uns?«

»Ich bin nicht als Polizistin gekommen …«, begann Margareta müde.

»Nicht als Polizistin? Was soll der Blödsinn! Sie *sind* Polizistin!«

»Aber ich arbeite nicht an dem Fall. Ich bin als Privatperson zu Ihnen gekommen. Ich …«

»Verdammt nochmal, Sie haben doch die Leiche gefunden! Warum erzählen Sie das dann nicht?«, platzte Eva triumphierend heraus.

»Weil es so schrecklich war. Ein toter Mensch. Ich konnte darüber nicht so einfach reden.«

»Sie sind eine erbärmliche Lügnerin!«, brüllte Eva und knallte den Hörer auf die Gabel.

So schnell wie das Telefon zum zweiten Mal klingelte, konnte sie den Stecker gar nicht ziehen. Dieses Mal war es Stefan, der sich erkundigen wollte, wie es ihr ging. Als sie seine Stimme hörte, verlor sie tatsächlich für einen kurzen Moment den Faden. Er bedauerte, dass die Presse ihre Identität preisgegeben hatte, und fügte hinzu, dass er und seine Frau sie gern zum Abendessen eingeladen hätten, aber er hatte soviel zu tun gehabt und war heute leider einfach zu erschöpft. Aber ob er sie vielleicht morgen abholen durfte?

Das war mehr Freundlichkeit als Margareta erwartet hatte. Sie war richtig gerührt, bedankte sich und erkundigte sich, ob es Neuigkeiten gab. Er erzählte ihr, dass Sanna zur Obduktion nach Stockholm geschickt worden war und dass sie nun auf die Ergebnisse warteten. Sonst gab es nichts.

»Und das Gespräch mit Ernst? Ist dabei etwas herausgekommen?«

»Nicht viel.«

»Haben Sie nach seinen Interessen gefragt?«

»Außer Alkohol und Politik scheint da nicht viel zu sein.«

»Und was ist mit dem Laster? Haben Sie ihn untersucht?«

»Es lag kein ausreichender Verdacht vor.«

»Aber warum gehen sie nicht allen Spuren nach, die es gibt?«, fragte sie ungeduldig. »Können Sie ihn nicht beschlagnahmen und gründlich unter die Lupe nehmen?«

Er machte eine Pause.

»Wir können ihn nicht einfach abholen, nur weil Sie den Eindruck haben, dass mit dem Mann irgendetwas nicht stimmt, selbst dann nicht, wenn Sie Recht haben sollten«, entgegnete er. »Die Sachlage gibt zu wenig her, um mit ihm weiterzumachen. Sie können ja nicht einmal mit Sicherheit sagen, dass das Mädchen wirklich genau ihn angestarrt hat oder ob sie ihn, wenn es so war, überhaupt wiedererkannt hätte.«

Sein offenkundiger Mangel an Interesse irritierte sie.

»Wo arbeitet er?«, fragte sie.

»In einem Transportunternehmen, das in Botkyrka ansässig ist. Bergenheims heißt es. Wie Sie gesagt haben.«

»Aber das ist doch gar nicht weit von Västerhaninge entfernt! Sagten Sie nicht, Sannas Ex-Freund sei Automechaniker in Västerhaninge? Was wäre, wenn er die Fahrzeuge der Firma wartet und Frank über diese Verbindung kennt? Ich habe mich heute mit Sannas Geschäftspartnerin, Katrine, unterhalten, und sie hat Tobias als kindisch und eifersüchtig beschrieben. Er könnte Frank zu dem Mord angestiftet haben.«

Stefan war dieser brillanten Idee nicht gerade aufgeschlossen. Er machte sie auch nicht auf die Selbstverständlichkeit aufmerksam, dass er vermutlich ebenfalls mit Katrine gesprochen hatte.

»Mir ist klar, dass Sie sich engagieren wollen«, sagte er, »aber haben Sie schon mal darüber nachgedacht, dass Sie das alles nur aus Ihrem Blickwinkel betrachten? Wenn man sich nur an das hält, was tatsächlich passiert ist, denkt man zwangsläufig zuerst an die Vergewaltigung. Es war dunkel, als Sanna die Fähre verlassen hat, und sie musste auf dem Heimweg einen großen Park durchqueren. Soviel wir wissen, hat niemand sie abgeholt und sie hat wohl auch kein Taxi genommen. Ich behaupte ja nicht zu wissen, was passiert ist, aber das Allerwahrscheinlichste ist doch, dass sie im Park einem Mann begegnet ist, überfallen und erwürgt wurde und dann in Panik in Buttle abgelegt worden ist. Frank Behlin ist ein zwielichtiger Typ, da bin ich mir selbst auch ziemlich sicher, aber er könnte doch alles Mögliche treiben, ohne dass es auch nur das Geringste mit unserem Fall zu tun hat. Alkoholschmuggel, Glücksspiel, das waren jedenfalls die Dinge, die mir durch den Kopf gegangen sind, als ich mit ihm geredet habe.«

»Sie sehen sich den Park an?«, fragte Margareta ungläubig.

»Natürlich. Wir gehen allen vorstellbaren Bewegungen zwischen Västerhaninge, der Fähre und ihrem Zuhause nach.«

Das war genau das, was sie normalerweise auch getan hätte. Und sie hätte sich die Fähre, das Geschäft und Sannas Bekannte angesehen, sowie alle Sexual- und Gewaltstraftäter auf Gotland, die jemals auffällig geworden waren. Was war nur aus ihren Ermittlerinstinkten geworden?

Sie wollte von ihrer Expedition zu Vibergs berichten und von Evas Schimpftirade, aber sie wusste, dass es nutzlos wäre. Sie beendeten das Gespräch. Margareta hatte keine Lust mehr, mit irgendjemandem zu reden, nicht einmal mit Kalle. Sie zog den Telefonstecker aus der Wand und fühlte sich sofort schlecht, als sie realisierte, dass sie sich ihm gegenüber verpflichtet fühlte, Bericht zu erstatten, obwohl sie weder verlobt noch verheiratet waren und nicht einmal zusammenwohnten.

Ich bin egoistisch, dachte sie. Er denkt an mich, macht sich Sorgen, und ich sitze hier und habe nicht einmal genug Vertrauen, um ihm zu erzählen, was in meinem Kopf vorgeht.

Sie machte ihr Handy an, schrieb ihm eine SMS – »alles okay, Schatz, hoffe, es geht dir gut, träum schön!« – und machte es wieder aus, ehe es einem Journalisten gelang, sie anzurufen.

Weiter fernzusehen war kein verlockender Gedanke. Sie zog sich aus, kroch unter die Decke und machte das Licht aus. Sie fragte sich, was Frank gerade tat. Es war ein beruhigendes Gefühl, jetzt im Hotel zu liegen und nicht allein draußen in dem Ferienhaus am Wald. Und dennoch ärgerte es sie, dass sie hier festsaß, zur Untätigkeit gezwungen, an einem Ort, den er kannte. Viel lieber hätte sie in einem Auto mit getönten Scheiben vor der Pension Viberg gesessen.

Dieses Mal fiel ihr das Einschlafen schwerer. Während die halben Stunden nur langsam vorbeizogen, wurde es draußen ruhiger. Jemand lief über den Flur, dann kehrte auch im Hotel Stille ein. Zu dieser Jahreszeit wohnten auch hier offenbar nicht viele Gäste.

Stefan wird im Park nichts finden, dachte sie. Hinter dem Mord steckte etwas anderes, keine Vergewaltigung. Sie diente entweder der Vertuschung oder aber sie war nichts als ein unerwarteter Bonus für den kranken Psychopathen, der den

Mord begangen hatte. Das eigentliche Motiv war ein anderes.

Sie dachte an das schwarze Meer dort draußen. An Sannas Mutter, die in diesem Moment vermutlich weinend zu Hause lag. Vielleicht hatte sie jemanden bei sich. An den sitzen gelassenen Tobias. Würde er zur Beerdigung nach Gotland kommen? Hatte er vielleicht nach ein paar Bier seinen ganzen Zorn und seine Enttäuschung bei Frank abgeladen und war jetzt zufrieden mit dem Ergebnis, oder hatte er sich zu viel vorgenommen und war jetzt verzweifelt?

Sie dachte an Ernst Almgren, der seine Kinder ins Bett gebracht hatte und neben seiner Frau Fanny lag. Was ging in seinem Kopf vor? An Frank, der kein Jockey war, sondern ein gefährlicher LKW-Fahrer, der nach ihrer Überzeugung schon früher Verbrechen begangen haben musste, Vorstrafenregister oder nicht, und es jetzt wieder getan hatte.

Warum war Sanna gestorben? Warum hatte er sie in Buttle in den Wald geworfen? Und wenn Tobias etwas damit zu tun hatte, woher kannten sich Sanna und Frank überhaupt?

Oder waren das alles doch nur Zufälle? War Frank im Park zufällig auf Sanna gestoßen und hatte sie überfallen? Hatte vielleicht *er sie* auf dem Schiff gesehen? Sie als Opfer ausgewählt?

Margareta wurde immer unruhiger. Ohne ihr Auto fühlte sie sich unfrei und schutzlos. Vielleicht sollte sie morgen früh Stefan anrufen und versuchen, die Ermittlungsarbeit zu beschleunigen. So wie die Dinge lagen, sollten die Beamten inzwischen herausgefunden haben, dass Sanna nicht in ihrem Wagen gewesen war.

Schließlich gelang es ihr, die Gedanken abzuschalten und in einen unruhigen Schlaf zu fallen.

Nicht lange. Nach nur einer Stunde wachte sie mit einem Ruck auf und sah sich in ihrem Hotelzimmer um. Sie hoffte, dass es schon Morgen war, aber draußen war es unverändert dunkel.

Sie machte Licht und schaute missmutig auf die Uhr. Es war erst halb elf. Sie hatte nichts zu lesen, aber wieder einschlafen konnte sie auch nicht.

In der leisen Hoffnung, dass die Journalisten, die noch im Hotel waren, in ihren Zimmern schlummerten, schlüpfte sie in ihre Turnschuhe und fuhr hinunter an die Rezeption.

11

Es brannte Licht, aber das große Foyer war menschenleer. Die Empfangsdame war entweder gerade nicht an ihrem Platz, oder aber die Lobby war über Nacht nicht besetzt.

Auf den Tischen lagen weder Bücher noch Zeitschriften. Auf der Suche nach Lesestoff ging Margareta eine Weile unter dem Gewölbe aus dem 12. Jahrhundert auf und ab und betrachtete Broschüren und Ansichtskarten. Sie fröstelte in ihrem Trainingsanzug.

Die Hotelbar war neben dem Empfang in einem großen Wintergarten untergebracht. Mauerwerk und ein hohes Glasdach. Ein Balkon wie aus Romeo und Julias Verona wölbte sich vor dem ersten Stock. Auch hier war alles still und leer, die Tische waren abgeräumt und sauber. Niemand hatte einen Krimi für Margareta liegen lassen.

Während sie unentschlossen innehielt, registrierte sie plötzlich eine Bewegung aus dem Augenwinkel. Sie war nicht allein. Ihr Herz begann heftig zu klopfen, und sie drehte sich hastig um.

Ein Mann erhob sich langsam von einer Bank am anderen Ende des Raumes. Kent. Ausgerechnet Kent Johansson. Ihr Kollege aus der Fahndung, ihr Retter.

Sie hatte ihn seit sechs Monaten nicht mehr gesehen. Es kam ihr vor, als begegne sie einem Fremden, doch zugleich war er ihr noch immer vertraut. Sein zerfurchtes Gesicht, der durchdringende Blick, die Hände in den Hosentaschen. Dunkelblaues Sweatshirt. Zuerst empfand sie Erleichterung, entgegen jeder Logik Erleichterung darüber, dass er da war.

Hinter ihr war die Empfangsdame inzwischen wieder an ihren Tresen zurückgekehrt. Kent kam auf sie zu.

»Was machst du hier?«, begrüßte sie ihn.

»Urlaub«, gab er zurück.

Sie runzelte die Stirn und sah ihn an. Er zuckte mit den Schultern.

»Ich habe heute Vormittag von dem Mord erfahren, und dann habe ich dich in den Abendnachrichten gesehen«, erklärte er. »Du hast so ausgesehen, als könntest du Hilfe gebrauchen. Also habe ich das letzte Schiff genommen. Mein Zimmer ist im ersten Stock.«

»Und warum bist du dann nicht oben?«

»Kann nicht schlafen. Genau wie du.«

Das war allerdings nicht der wahre Grund. Er hatte auf einem Platz gesessen, an dem er den Eingang und die Rezeption im Blick hatte, ohne selbst gesehen zu werden. Er hatte Margareta observiert, wie ein echter Fahnder eben.

Margareta setzte sich auf die Bank. Kent zog einen Stuhl zu sich heran und ließ sich ihr gegenüber nieder. Sie musterten einander schweigend, dachten an gemeinsame Erinnerungen.

Er hatte ihr das Leben gerettet. Er hatte in einer eisigen Nacht auf einem schwarzen Dach den Blutstrom gestoppt, der aus dem Einschussloch in ihrer Seite gesprudelt war, und er hatte sie gewärmt, bis der Notarzt eingetroffen war. Ohne Kent wäre Margareta mit absoluter Sicherheit gestorben.

Zwischen ihnen hatte es nie etwas Sexuelles gegeben, und das sollte auch so bleiben, obwohl sie wusste, dass diese Vorstellung in seinem Bewusstsein existierte. Er hatte extrem rassistische und nazistische Ansichten, die ihm von Kindesbeinen an eingetrichtert worden waren, und auch wenn er auch ganz andere Eigenschaften hatte und sie ihn wirklich mochte und ihn manchmal sogar sehr anziehend gefunden hatte, war diese Tür zwischen ihnen immer verschlossen gewesen. Ein Teil von ihm widersprach all dem, was ihre Person ausmachte.

Ihr war immer klar gewesen, dass Kent in jungen Jahren zu der Sorte gewaltbereiter Polizisten gehört hatte, die man besser nicht auf die Öffentlichkeit losließ. Um bei der Wahrheit zu bleiben, gab es ziemlich viele dieser Kollegen, und es hatte sie immer geärgert, dass die Polizeiführung nie genug Mumm aufbrachte, um sich diesem Problem zu stellen. Woher sollten gewöhnliche, harmlose Kollegen den Mut nehmen, diese Mistkerle zu melden, wenn sie nicht einmal die Unterstützung ihrer Vorgesetzten hatten? Es war so schon schwer genug.

Kent hatte mit den Jahren gelernt, sich zu kontrollieren. Er war ein guter Fahnder, und seit Margareta ihn kannte, hatte er sich nichts zu Schulden kommen lassen. Er verfügte über eine außergewöhnlich starke Selbstdisziplin. Schon früher war ihr Arbeitsverhältnis von einer ungewöhnlichen Mischung aus Distanz und einer eher ungewollten Übereinstimmung geprägt gewesen, aber nicht einmal das konnte wieder so werden, wie es einmal gewesen war. Denn nun war Kent auch ein Mörder.

Diese Tatsache zu akzeptieren, war für Margareta ein quälender Prozess gewesen. Zudem es niemals möglich sein würde, ihn für diesen Mord zu verurteilen, denn er hatte trotz allem in Notwehr gehandelt und sich damals sehr für den Fall eingesetzt. Kent eingeschlossen gab es nur drei Menschen, die davon wussten. Margareta und John Danielsson wussten es, und Kent hatte die Tat ihr gegenüber auf gewisse Weise auch zugegeben. Sie hatte die Dunkelheit in seinen Augen gesehen und ihm geraten, sich helfen zu lassen, was er auch getan hatte. Mehrere Monate hatte er in einer psychiatrischen Klinik verbracht.

Aber er war stark. Außergewöhnlich stark. Sie konnte sich nicht vorstellen, dass er seinem Psychiater irgendetwas über diesen Mord anvertraut hatte. Gab es überhaupt einen Psychiater, der ihm gewachsen war?

»Wie war es in der Klinik?«, fragte sie leise. »Hast du dem Vorfall überhaupt eine reelle Chance gegeben?«

Wieder zuckte er mit den Schultern.

»Mein Arzt war ein ziemlich junger Kerl. Er war ein bisschen unsicher, aber nicht dumm. Er hat mir auch zu einigen Erkenntnissen verholfen. Ich habe zugehört. Dann schien es, als ginge ihm die Puste aus. Die Abstände zwischen unseren Gesprächen wurden immer größer, und am Ende habe ich begriffen, dass wir nicht weiterkommen.«

Das erstaunte sie nicht. Mit Kent in einem Raum zu sein, war, als befände man sich neben einem ruhenden Orkan, selbst wenn er kein Wort sagte. Seine bloße Gegenwart war Kraft raubend, es sei denn, man war ebenso stark.

»Du kannst dir einen anderen suchen, einen erfahreneren Psychologen. Wie läuft es mit deiner Arbeit?«

»Gut. Ich arbeite jetzt Teilzeit. Kannst du nicht endlich erzählen, was hier los ist?«

Er sah sie drohend an, und sie ahnte, dass die Empfangsdame sie verstohlen musterte.

»Du kannst unmöglich hierbleiben«, sagte sie. »Fahr nach Hause.«

»Okay. Aber könntest du mir bitte erst erzählen, was hier läuft?«

Margareta berichtete. Er hörte schweigend zu.

Kent konnte so gut wie nichts mehr erschüttern, und er war nicht zimperlich, das hatte die Arbeit mit ihm immer leicht gemacht. Erstaunlicherweise war er sogar einer der wenigen Männer, denen Margareta je begegnet war, die weder Angst vor Frauen noch Aversionen gegen sie hatten. Kalle offenbarte sogar in all seiner jugendlichen Verliebtheit und Fürsorge Züge, die sein Bedürfnis nach Überlegenheit demonstrierten. Auch wenn er ernsthaft darum bemüht war, das nicht zu zeigen, gelang es ihm nicht immer. Wie ein leises, unangenehm knirschendes Geräusch, wie ein Nagel, mit dem man über eine Tafel kratzt, lauerte dieses Bedürfnis direkt unter der Oberfläche.

»Und es ist nicht mein Fall«, endete sie. »Ich bleibe wie geplant hier und mache Ferien. Du solltest nach Hause fahren.«

»Du wirst es nicht schaffen, dich rauszuhalten«, sagte er.

»Das kann sein, aber dann ist das nicht deine Angelegenheit, Kent. Und ich werde versuchen, mich zurückzuhalten. Im Unterschied zu dir mache ich nämlich wirklich Urlaub hier.«

»Ich habe das Auto dabei. Ich kann jetzt sofort und auf der Stelle verschwinden und deinen Frank Behlin observieren. Niemand weiß, dass ich hier bin«, sagte er ruhig.

Dieses Angebot war unerträglich verlockend. Aber ein inoffizieller Zwei-Mann-Alleingang mit ihm und ihr – zwei angeschlagenen, alten Polizisten – das klang nicht sehr verheißungsvoll. Es war nicht absehbar, wohin das führen konnte. Und es war unklar, wie viel Kent im Augenblick wirklich aushielt. Welchen Impulsen er plötzlich Folge leisten würde.

Sie schüttelte den Kopf.

»Ich weiß nicht einmal, ob er noch auf der Insel ist. Die Kollegen hier sagen mir längst nicht alles. Und weder du noch ich haben hier irgendwelche Befugnisse. Ich denke, es ist das Beste, wenn du morgen früh die erste Fähre nimmst.«

Er sah sie an und dachte nach. Plötzlich lächelte er.

»Abgemacht.«

Er stand abrupt auf.

»Die Götter spielen ein verflixtes Spiel mit uns. Pass auf dich auf«, sagte er und verschwand in Richtung Fahrstuhl, ohne auf sie zu warten. Die Empfangsdame sah ihm nach.

Die Götter spielen ein verflixtes Spiel mit uns. Noch nie hatte er etwas gesagt, das seinen Gefühlen für sie Ausdruck verliehen hatte.

Margareta wartete ein paar Minuten und kämpfte gegen ihr schlechtes Gewissen an. Er hatte den weiten Weg zurückgelegt, um ihr beizustehen, hatte die Überfahrt bezahlt und vor allem das noble Hotel, das er sich eigentlich gar nicht leisten konnte, und sie hatte ihn ohne ein Wort des Dankes wieder weggeschickt.

Aber so musste es sein. Sie hatte ihn nicht gebeten zu kommen, und er hatte nicht vorher angerufen. Und sie durfte sich auf keinen Fall auf irgendwelche gemeinsame Aktionen einlassen. Sie stand ebenfalls auf und ging an die Rezeption.

»Ich kann nicht einschlafen. Ob Sie wohl etwas zu lesen für mich hätten?«

Die Empfangsdame sah sie erstaunt an, als hätte sie erwartet, dass die Frau vor ihr nach diesem geflüsterten Gespräch mit dem Mann an der Bar etwas anderes als Lesen zu tun gedachte. Aber sie erwiderte nichts und gab ihr die *Gotlandstidningen* sowie *Gotlands Allehanda.*

Der Aufzug rauschte leise nach oben. Margareta stand wieder im zweiten Stock. Sie schritt leise über den dicken Teppich, es war kein Laut zu hören, niemand war wach, niemand hatte ein Radio eingeschaltet. Die ganze Etage hätte ebenso gut unbewohnt sein können. Ihr war nicht wohl bei dem Gedanken, und sie klemmte sich resolut die Zeitung unter den Arm und steckte den Schlüssel in das Schloss ihrer Zimmertür.

Genau in diesem Moment griff er sie an. Zwei schnelle, lautlose Schritte über den Teppichboden, die sie wie einen Windhauch an ihren Beinen spürte, und plötzlich war jemand dicht hinter ihr. Ein fremder Körper, ein fremder Geruch. Er atmete in ihr Ohr und sein rechter Arm, hart wie Stahl, schloss sich um ihren Hals.

»Verfluchte, neugierige Bullenschlampe!«, zischte er.

Der Schock traf sie wie ein Hammerschlag. Für den Bruchteil einer Sekunde fürchtete sie, es wäre Kent, der ganz und gar die Kontrolle verloren hatte, und sie fühlte genauso viel

Misstrauen und Erstaunen wie Angst. Dieser Gedanke durchfuhr sie blitzschnell, aber sie wusste, dass er falsch war. Dieser Geruch und dieser Griff gehörten nicht zu Kent.

Alles schien sich in Zeitlupe abzuspielen. Sie ließ Schlüssel und Zeitungen fallen, packte den Arm, versuchte, sich vorwärts und seitwärts aus seinem Griff zu befreien und seinen Kopf gegen die Tür zu schlagen. Es gelang ihr nicht. Er ließ nicht locker, und der Schock durchfuhr sie ein zweites Mal: Das hier war kein durchgedrehter, betrunkener Verrückter, sondern jemand, der es gewohnt war zuzuschlagen. Er war hasserfüllt und berechnend, und er hatte auf sie gewartet.

Frank. Er musste es sein, rasend vor Wut, weil sie die Polizei auf seine Spur gelenkt und obendrein die Frechheit besessen hatte, sich in das Haus seiner Geliebten einzuschleichen und herumzuschnüffeln.

Langsam ging Margareta die Luft aus. Verzweifelt versuchte sie ein letztes Manöver, drückte ihn mit aller Kraft nach hinten, als wollte sie ihn in die Wand rammen. Er hielt automatisch dagegen, aber ehe es ihm gelang, sie in eine andere Richtung zu zerren, warf sie sich wieder nach vorn, er verlor sein Gleichgewicht, stolperte und stürzte.

Er holte keuchend Luft. Margareta konnte sich schwer atmend befreien und erhaschte einen Blick auf eine schwarze Jeans, eine schwarze Trainingsjacke mit tief ins Gesicht gezogener Kapuze und ein blitzendes Messer, das einen Meter entfernt von ihr gelandet war. Er hatte den Arm schon nach dem Schaft ausgestreckt, und ehe es ihr gelang, nach ihm zu treten, hatte er sich umgedreht, stand schon wieder auf den Füßen und zeigte mit dem Messer direkt in ihre Richtung.

Nur ein Idiot zieht ein Messer oder kämpft dagegen, Messer sind viel zu unberechenbar und schnell. Eine einzige falsche Bewegung und man hat jemanden getötet. Oder ist selbst tot. Margareta machte auf dem Absatz kehrt und rannte den Korridor hinunter. Ihr fehlte die Luft zum Schreien, aber in ihrer Verzweiflung schlug sie mit den Fäusten gegen die Türen, an denen sie vorbeilief.

Er folgte ihr, sie konnte ihn hinter sich atmen hören. Aber es blieb ihr keine Zeit, sich umzudrehen, um zu sehen, wie dicht er ihr auf den Fersen war. Auf den Aufzug zu warten dauerte zu lange, also rannte sie einfach weiter eine schmale Treppe hinauf.

Die Flure schienen sich bis ins Unendliche fortzusetzen. Sie durchquerte ein Treppenhaus und lief durch eine offene Tür in den nächsten Flur, ein paar Treppenstufen hoch und wieder herunter.

Sie holte Luft und schrie. Keine Tür öffnete sich, unten in der Lobby, drei Treppen tiefer, konnte niemand sie hören, nicht einmal Kent im ersten Stock. Ihre Stimme wurde von Wänden, Decke und Boden einfach geschluckt. Alles was sie hörte, war ihr eigener Atem.

Der Flur wurde noch schmaler und endete. Endete in einer Sackgasse, vor einer verschlossenen Tür. In der äußersten spitzwinkligen Ecke des Hotels. Eine Todesfalle.

Daneben zwei weiße Glastüren. Der Notausgang. Mit einem Stoßgebet, dass er nicht irgendwo versperrt sein möge, riss Margareta die Tür auf und hechtete eine eiserne Wendeltreppe abwärts. Über ihr wurde die Tür aufgezerrt und schlug wieder zu. Der Mann war ihr noch immer auf den Fersen.

Sie erreichte das Erdgeschoss und blickte hastig in einen kleinen Nebenraum, in dem es nach Seife roch. Sie entdeckte eine verschlossene Tür zum Hotel und eine solide Außentür. Die Treppe führte weiter nach unten in den Keller, vermutlich in eine Küche oder Besenkammer.

Sie drückte den Notausgang zur Straße auf und ließ die Tür wieder zuschlagen, während sie möglichst lautlos die Treppe hinuntereilte und sich darunter versteckte. Das Versteck war ungemütlich und eng.

Sie hörte, wie der Mann das Erdgeschoss erreichte und eine Sekunde zögerte. Dann wurde die Außentür aufgerissen und ein zweites Mal zugeschlagen. Er war ins Freie gerannt. Oder war das Zuschlagen der Tür nur ein Ablenkungsmanöver gewesen? Eine endlose Minute verharrte Margareta reglos, jederzeit bereit, nach einem Blecheimer zu greifen, um ihm damit die Stirn zu bieten.

Doch niemand kam. Sie beugte sich vorsichtig vor und schaute nach oben. Leere. Er war wirklich auf die Straße verschwunden. Vielleicht glaubte er tatsächlich, dass sie auf diesem Weg geflohen war, vielleicht hatte er Angst, einen Alarm auszulösen, wenn er die Tür von außen öffnete.

Aber es ertönte kein Alarm. Margareta griff nach dem kalten Treppengeländer und schleppte sich ins Erdgeschoss, am ganzen Körper zitternd. Sie saß in diesem Treppenhaus mit seinem Seifengeruch fest. Sie hatte kein Handy bei sich, und alle Türen, die ins Hotel führten, waren von dieser Seite aus verschlossen. Die einzige Möglichkeit zu entkommen war der Notausgang, der auf die dunkle Straße an der Hinterseite des Gebäudes führte. Natürlich konnte sie um das Haus herumgehen und am Haupteingang klingeln, aber diese Alternative schien ihr im Augenblick nicht sonderlich verlockend.

Plötzlich hörte sie leise Stimmen. Margareta stand noch immer unter Schock, Adrenalin rauschte durch ihren Körper, und sie zitterte. Sie wollte den Stimmen entgegenlaufen, aber ihr wurde schwarz vor Augen und sie musste sich vornüber beugen, um nicht ohnmächtig zu werden.

Sie lauschte und hörte, wie die Stimmen näher kamen. Dann standen zwei Männer vor ihr und starrten sie an. Ein junger Wachmann und ein Hotelgast in zerschlissenem grünen Morgenmantel, ein älterer Herr, der ihre Schreie im Korridor gehört haben musste und klug genug gewesen war, am Empfang anzurufen und um Hilfe zu bitten, statt selbst einzugreifen.

Erschrocken und kreideweiß rückte er seine Brille auf der Nase zurecht.

»Großer Gott, sie ist ja verletzt«, sagte er mit schwacher Stimme.

12

Frank hatte Evas Wagen beim Almedalen abgestellt.

Er wusste, dass er keine Zeit zu verlieren hatte. Als die Tür des Notausgangs hinter ihm zugefallen war und er die Beamtin nirgends hatte sehen können, als ihm klar wurde, dass sie ihn reingelegt hatte und noch im Hotel war, rannte er am Burmeisterska Huset vorbei, durch das Tor der Stadtmauer und weiter zum Parkplatz am Kai.

Er sprang ins Auto, zog sich hastig um, stopfte seine Kleider und das Messer in einen schwarzen Müllsack, in dem bereits schwere Steine lagen. Dann ging er durch die Dunkelheit an die Kaimauer zwischen Almedalen und dem Fähranleger, ein Gelände, das in einer kalten Märznacht wie dieser völlig ausgestorben war. Vom Meer wehte ein eiskalter Wind über das Ufer. Er holte Schwung und schleuderte den Sack soweit er konnte auf das Wasser hinaus. Noch besser wäre es gewesen, den Sack richtig weit draußen vor der Küste zu versenken, aber er hatte kein Boot.

Er fragte sich, ob er sie getötet hatte. Aber sie hatte nicht sehr stark geblutet, vermutlich hatte er die Halsschlagader verfehlt. Sie hatte unerwartet schnell reagiert und ihn mit einem Manöver abgeschüttelt, mit dem er nicht gerechnet hatte. Und als sie weggelaufen war, hatte er sie nicht mehr einholen können. Er hätte ihr das Messer einfach in den Rücken rammen sollen, aber er wollte verhindern, dass sie schrie.

Er hatte sie sofort erkannt, als sie im Fernsehen gewesen war. Auch Eva hatte plötzlich kerzengerade auf dem Sofa gesessen. »Diese falsche Schlange war hier und wollte ein Zimmer mieten! Sie hat behauptet, sie wäre Schriftstellerin!«

Er hatte sich die Frau in den Nachrichten angesehen, wie sie von all diesen Medienheinis umringt worden war, aber nur ernst und schweigsam dreingeblickt hatte, und er hatte begriffen, dass diese Polizistin nicht lockerlassen würde. Für einen Augenblick hatten ihn Panik und Wut gepackt. Er hatte sich wie eine Ratte gefühlt, die in die Falle getappt war, die Polizei war ihm voraus, und falls diese Frau die Ermittlungen leitete, würde er einen Katastrophenplan brauchen.

Aber er beruhigte sich. Augenscheinlich hielt die gotländische Polizei das Heft in der Hand. Sie hatten ihr zugehört, sie waren gleich morgens gekommen und hatten ihn befragt, aber sie hatten es nicht sehr sorgfältig getan, und offenbar hatten sie auch kein Interesse daran, den LKW zu durchsuchen. Es sah nicht so aus, als hätte diese Davidsson viel zu bieten. Noch. Möglicherweise machte sie wirklich Urlaub. Es war sogar denkbar, dass es um ihr Verhältnis zu den Kollegen nicht zum Besten stand. In diesem Fall war es das Risiko wert, sie zu töten.

Er ging zurück zum Wagen, startete den Motor und rollte langsam durch die leeren Straßen außerhalb der Ringmauer nach Hause. Eva war nach den Nachrichten unruhig und gereizt gewesen. Sie hatte sich fiebrig gefühlt, und er hatte ihr eine Schlaftablette gegeben, doppelt so hoch dosiert wie sonst. Sie hatte sich noch einen Drink genehmigt und innerhalb einer Stunde tief und fest geschlafen. Er hatte die Chance ergriffen und das Haus verlassen, ohne dass sie davon etwas bemerkt hatte.

Auf Höhe des Sportplatzes hörte er die Sirene des Krankenwagens, der sicher auf dem Weg zum Visby Hotel war. Er hielt an, griff nach seinem Handy und tätigte den unvermeidlichen Anruf.

Die Stimme am anderen Ende klang bissig und sarkastisch. Er fauchte zurück, aber egal wie es gelaufen war, ihm blieb jetzt nichts anderes übrig, als mit einem flauen Gefühl im Magen in Visby zu bleiben. Flucht wäre ein gigantischer Fehler.

Er parkte vor dem Haus und öffnete vorsichtig die Tür. Drinnen war alles dunkel. Ohne Licht zu machen, ging er in das Gästebad im Erdgeschoss und nahm eine heiße Dusche. Er wollte nicht, dass Eva, und sei es auch nur im Traum, kühle Nachtluft mit ihm in Verbindung brachte, wenn er zu ihr ins Bett kroch. Er nahm seine Kleidung und ging nackt die Treppe hoch, öffnete die Tür zum Schlafzimmer, ließ die Kleider auf den Boden fallen und schlüpfte unter die Decke.

Eva bewegte sich unruhig.

»Angelica?«, murmelte sie.

»Ich habe eben nach ihr geschaut. Es geht ihr gut«, flüsterte er.

Sie seufzte und kuschelte sich mit dem Rücken an ihn. Er legte ihr die Hand auf die Brust. Seine Hand war warm, und er hatte das Gefühl, dass sie seine Berührung erwiderte, aber sie war viel zu weit weg, als dass er hätte mit ihr schlafen können. Sollte sie sich auch noch daran erinnern, dass er sie im Schlaf benutzt hatte, wäre die Sache gelaufen.

Er lag wach und lauschte ihrem Atem, sah auf die Uhr und wartete auf die Polizei.

Margareta dachte an das, was sie vor kurzem erst zu Katrine gesagt hatte. Sie hatte nichts gespürt. Sie war so sehr damit beschäftigt gewesen zu überleben, dass sie nicht bemerkt hatte, wie ihr Angreifer ihr einen tiefen Schnitt am Hals zugefügt hatte. Erst als sie verwundert an sich herunterblickte, sah sie, dass ihre Trainingsjacke vorn blutverschmiert war. Im selben Moment begann die Wunde zu pochen.

Wäre sie oben in dem Flur nur ein bisschen langsamer gewesen, wäre sie jetzt vielleicht nicht mehr am Leben. Für sie wäre die Welt zu Ende gewesen.

Der Wachmann verständigte den Notarzt und die Polizei. Zwanzig Minuten später befand sie sich zum zweiten Mal im Visbyer Krankenhaus, diesmal jedoch nicht im Obduktionssaal. Jemand setzte ihr eine unendlich schmerzhafte Betäubungsspritze neben die Wunde, nähte den Schnitt mit drei Stichen zusammen und verabreichte ihr zum Abschluss eine Tetanusimpfung.

Kurz darauf kamen Simonsson und Elm.

Margareta saß noch auf der Behandlungsliege. Stefan, wir müssen aufhören, uns auf diese Weise zu treffen, dachte sie. Er sah müde und wütend aus. Er fragte sie, wie es ihr ging und ob sie sprechen könne. Sprechen? Er hätte sie nicht davon abhalten können. Sie gab ihre Geschichte zum Besten, aber sie vermied es, Kent zu erwähnen. Alles was Kent betraf gehörte in eine andere Welt.

»Ich bin sicher, dass es Frank Behlin war«, erklärte sie. »Wir müssen ihn fassen, bevor er die Kleidung und das Messer loswerden kann. Wenn er das nicht schon längst erledigt hat, natürlich. Er ...«

»Haben Sie gesehen, dass es Behlin war?«, unterbrach Stefan sie.

»Natürlich war er es! Wer sonst hätte ein Motiv?«

»Da fallen mir viele ein«, widersprach Elm. »Zum Beispiel jemand, der einen Hass auf Polizisten hat, oder ein Vergewaltiger, der Sie im Fernsehen gesehen hat. Das Wahrscheinlichste ist doch, dass es jemand war, der Zugang zum Hotel hat. Ein Angestellter oder ein Gast.«

»Wir waren oben auf Ihrer Etage«, sagte Stefan. »Ihre Zeitungen und der Schlüssel lagen noch dort. Niemand scheint in Ihrem Zimmer gewesen zu sein. Wir werden die umliegenden Türen auf Fingerabdrücke untersuchen und den Teppich unter die Lupe nehmen. Wir haben auch die Straßen abgesucht, aber das Messer haben wir nicht gefunden.«

Er hob das Pflaster an und betrachtete die Verletzung.

»Das muss ein unerfreuliches Erlebnis gewesen sein«, sagte er.

Elm beugte sich vor und schaute ebenfalls. Sie platzte fast vor Ungeduld.

»Er hat mir mit dem rechten Arm die Kehle zugedrückt. Ich glaube nicht, dass er in dieser Hand ein Messer hatte. Also wenn er die Absicht hatte, mir die Kehle durchzuschneiden, muss er Linkshänder sein. Ist Behlin Linkshänder? Die Ärzte sind fertig mit mir, wir können also sofort zu Vibergs fahren und das überprüfen.«

»Machen Sie sich keine Sorgen. Sie können sich darauf verlassen, dass wir Behlin unverzüglich einen Besuch abstatten«, sagte Stefan. »Was meint der Arzt?«

»Merkwürdiger Winkel«, bemerkte Elm.

»Es ist nur äußerlich, keine ernsthafte Verletzung«, sagte Margareta. »Was ist denn so komisch an dem Winkel?«

»Wenn er Sie mit dem rechten Arm gewürgt hatte, sieht es ganz danach aus, als hätte er Sie von vorne erwischt.«

»Was?«, sagte sie verständnislos. »Ich kann nicht von vorn verletzt worden sein, er war hinter mir und ich stand mit dem Gesicht zur Tür.«

Sie glitt von der Liege und trat vor den Spiegel. Vor ihren Augen flimmerte es, als würde sie ohnmächtig werden, aber sie fasste sich.

Die genähte Wunde verlief tatsächlich senkrecht an der linken Seite des Halses und endete unterhalb der Gurgel, als hätte ein Rechtshänder vor ihr gestanden. Oder als hätte sie sich selbst mit der rechten Hand verletzt. Plötzlich verstand sie.

Sie musterte Hans Elms verschlossenes Gesicht. Konnte er wirklich annehmen, dass sie all das nur inszeniert hatte, weil sie vollkommen fixiert auf diesen LKW-Fahrer war und ihm um jeden Preis den Mord anhängen wollte? Bei dem Gedanken zog sich ihr Magen zusammen.

Stefan stand neben ihr, stützte ihren Arm und wollte sie zur Liege zurück begleiten, aber sie entdeckte eine Blechdose mit Holzspateln und griff danach. Beugte den rechten Arm, als würde sie jemanden damit würgen und versuchte gleichzeitig mit dem Spatel in der linken Hand zu schneiden.

Um das zu schaffen, musste sie den linken Arm ebenfalls abwinkeln, und das imaginäre Messer befand sich im selben Winkel am Hals ihres Fantasieopfers, in dem die Wunde an ihrem Hals verlief.

»Sehen Sie?«, sagte sie triumphierend.

Stefan nickte nachgiebig.

»Sicher, so könnte es gewesen sein. Legen Sie sich jetzt wieder hin, bevor sie umkippen und beschreiben Sie uns den Mann. Was haben Sie von ihm gesehen?«

»Er trug eine Trainingsjacke und Jeans. Schwarz. Die Kapuze war ins Gesicht gezogen, und ich habe seinen Kopf zu keinem Zeitpunkt im Licht gesehen. Aber als ich, nachdem er gestürzt war, das Messer bemerkt hatte, habe ich ohnehin nur noch auf die Waffe geachtet. Ich habe seine Hand gesehen, als er es aufgehoben hat. Keine Handschuhe. Armbänder oder Tätowierungen sind mir nicht aufgefallen. Aber er hatte Franks Körperbau. Schmal, sehnig und verdammt kräftig.«

»Groß oder klein?«

»Klein. Die Hand kam nicht von oben. Er war routiniert. Ich habe keine Alkoholfahne bemerkt, das Ganze passierte sicher nicht im Suff.«

»Sie waren ja gerade dabei aufzuschließen, also haben Sie sich ein wenig nach unten gebeugt. Die Körpergröße dürfte schwer zu beurteilen gewesen sein«, sagte Elm.

Sie wusste, dass er Recht hatte. Als Zeuge oder Opfer erfasste man die Situation nicht immer so, wie sie wirklich war, sondern erahnte sie nur. Eine Angst einflößende Gestalt kann als Riese wahrgenommen werden, obwohl sie normal groß oder sogar klein ist, während jemand, den man für ungefährlich hält, kleiner wirkt, als er ist. Und erwartete man eine kleine Person, sah man vermutlich auch eine kleine Person. Margareta hatte selbst erlebt, dass sie sich an einen Mann zu erinnern glaubte, der mindestens einen Kopf kleiner gewesen sein musste als sie selbst, weil sie von oben seinen Scheitel gesehen hatte, und sie hätte einen Eid darauf geschworen, dass es so war. In Wirklichkeit war er zehn Zentimeter größer als sie gewesen.

»Das kann sein«, sagte sie schroff. »Ich habe sein Gesicht nicht gesehen, ich habe mich, wie gesagt, auf das Messer konzentriert, und als ich weggerannt bin, habe ich es nicht gewagt, mich umzudrehen.«

»Nicht ein einziges Mal?«, fragte Elm.

»Nicht ein einziges Mal. Ich hatte schlicht keine Zeit. Er hatte ein Messer!«

Zu ihrem eigenen Ärger bemerkte sie, dass sie zitterte. Sie hatte soeben einen Mordversuch überlebt, und die Beamten standen hier und bezweifelten ihre Aussage, weil sie keine vollständige Beschreibung des Täters abliefern konnte. Sie fühlte sich machtlos und ungerecht behandelt, und vor Enttäuschung kamen ihr fast die Tränen. Durch den Schock war sie so sensibel wie ein Kind.

»Das genügt jetzt«, sagte Stefan. »Wir machen morgen weiter. Sie kommen mit mir nach Hause. Deshalb brauchen Sie nicht so dankbar zu gucken, ich möchte nur sicher wissen, wo Sie sind, damit ich auch mal wieder schlafen kann. Hans und ich machen noch einen Ausflug in die Pension, sowie ich Sie abgesetzt habe.«

Margareta verspürte eine grenzenlose Erleichterung und begann plötzlich mit den Zähnen zu klappern. Elm sah sie zweifelnd an, aber er folgte ihnen ohne Protest, als Stefan sie zum Auto brachte, eine Decke aus dem Kofferraum holte, sie darin einwickelte und auf den Vordersitz bugsierte.

Während Elm zu seinem Wagen ging, setzte Stefan sich hinter das Steuer, reichte ihr ein Papiertaschentuch, ließ den Motor an und strich ihr kurz über die Wange, als wäre das die natürlichste Sache auf der Welt. Dankbar lehnte sie sich in den Sitz zurück. Sie saßen schweigend nebeneinander, und sie lauschte seinem Atem. Lange, ruhige Züge.

Wieder saßen sie in einem Auto, das nachts durch leere Straßen fuhr. Sie tastete den Hals um das Pflaster herum ab. Es tat weh, abgesehen von der Haut rund um die Wunde, die durch die Betäubung wie abgestorben und gefühllos war. Der Arzt hatte ihr erklärt, dass kleine Nerven durchtrennt waren und Teile von Hals und Gesicht möglicherweise erst einmal taub blieben. Es konnte lange dauern, bis die Nerven wieder zusammengewachsen waren.

»Sie erstaunen mich«, brach Stefan das Schweigen.

»Wie das?«

»Sie sind so ruhig und gefasst.«

»Ruhig?« Margareta lachte auf. »Alles, aber sicher nicht ruhig!«

»Es macht auf jeden Fall den Eindruck. Sie verlieren nie die Fassung. Wenn etwas passiert, werden Sie nur irgendwie … intensiver.«

So konnte man das wohl auch sehen. Sie erkannte sich kein bisschen wieder.

»Ich muss Ihnen etwas beichten«, sagte sie. »Ich war heute bei Vibergs und habe mit der Wirtin gesprochen, Eva. Frank und sie leben zusammen, jedenfalls wenn er auf der Insel ist. Ich habe sie gehört, als sie zusammen ins Haus gekommen sind. Sie haben sich angebrüllt und gestritten. In all dem Elend gibt es auch noch ein Kind. Ein kleines, krankes Mädchen, Angelica. Vielleicht vier Jahre alt. Frank hat mich nicht gesehen, aber Eva hat mich heute Abend in den Nachrichten wiedererkannt. Sie hat mich angerufen und als falsche Schlange bezeichnet. Sie muss ihm erzählt haben, dass ich da gewesen bin. Also hat er ein Motiv.«

Er warf ihr einen Blick zu, ohne seinen Ansichten über ihr Handeln Luft zu machen.

»Okay. Ein Grund mehr, sich den Kerl noch einmal anzusehen. Haben Sie etwas Interessantes in dem Gespräch mit Eva Viberg erfahren?«

»Nein. Sie ist geschieden und Angelica ist die Tochter ihres ersten Mannes. Lassen Sie mich mitkommen, Stefan. Ich möchte ihn mir ansehen, ihm in die Augen sehen. Wenn ich ihn treffe, dann weiß ich, ob er es war, der mich überfallen hat.«

»Nein. Auf keinen Fall.«

»Aber das Schwein hat mich mit einem Messer angegriffen! Wie können Sie da einfach nein sagen?«

»Nein«, wiederholte er.

Sein Starrsinn enttäuschte sie. Sie wollte harmonisch mit ihm zusammenarbeiten, aber das schien unmöglich zu sein.

Ein paar Minuten später bogen sie zu einem kleinen, gelb verputzten Haus ab. Sie gingen auf dem Kiesweg zur Haustür, Margareta noch immer in die Decke gehüllt, und er ließ sie in eine enge, aber gemütliche Diele eintreten.

»Wollen Sie etwas essen, bevor Sie sich hinlegen? Jessica schläft, wir müssen ein bisschen leise sein, damit wir sie nicht wecken.«

Er machte Licht in der Küche und zeigte ihr, wo die Teller standen und das Brot lag.

Das also war seine Welt, sein Leben. Hier frühstückte er, dort oben schlief er.

Er verschwand nach oben und kehrte mit einem frisch gewaschenen Schlafanzug seiner Frau zurück, gab ihr ein Handtuch und zeigte ihr ein kleines, schmales Gästezimmer und das Bad. Sie lächelte ihn an.

»Danke! Das ist großartig.«

Als er wieder nach draußen verschwunden war, fühlte sie sich einsam. Sie überlegte kurz, Kalle anzurufen, aber sie wollte ihn nicht schon wieder mitten in der Nacht beunruhigen. Also trank sie Tee und aß ein Käsebrot, duschte sich und weichte ohne nachzudenken das blutige Sweatshirt im Waschbecken ein.

Margareta verharrte reglos und starrte ihr eigenes Blut an, das vor wenigen Stunden noch in ihr pulsiert hatte und sich jetzt im Wasser verteilte. Ein Teil von ihr. Wäre sie gestorben, wäre das Kleidungsstück Beweismaterial gewesen. Doch jetzt war es nur Schmutzwäsche.

Margareta riss sich zusammen, kroch in das schmale Bett, zog die Bettdecke und die Decke, die Stefan ihr im Krankenhaus gegeben hatte, bis zum Kinn, machte das Licht aus und versuchte zu schlafen. Sie fröstelte noch immer.

Eine Stunde später hörte sie die Haustür. Sie fuhr hoch und trat in die Diele. Stefan war zurückgekommen. Als er Margareta sah, blieb er mit der Hand am Treppengeländer stehen.

»Eva Viberg hat ihm ein Alibi gegeben«, sagte er. »Er hat die ganze Nacht in ihrem Zimmer geschlafen. Die beiden haben offensichtlich ein Verhältnis, genau wie Sie gesagt haben. Wir haben weder eine schwarze Jeans noch einen Kapuzenpulli gefunden. Und kein Messer, das so aussah, als wäre es benutzt worden. Er fährt übrigens morgen mit der Fähre um zehn vor neun zurück aufs Festland. Mit dem Laster.«

Also war sie jetzt in Sicherheit. Sie war erleichtert, aber zugleich auch enttäuscht. Nicht nur, weil man nichts gefunden hatte, wovon sie im Grunde ausgegangen war, oder weil die Gelegenheit ihn auszuspionieren damit fürs Erste gestorben war, es sei denn sie fuhr selbst auch aufs Festland zurück. Sie war enttäuscht, weil sie sich auf die Konfrontation mit ihm gefreut hatte. Auf welche Weise, das hatte sie sich noch nicht überlegt. Aber sie hatte ihn auseinandernehmen wollen, mit oder ohne Stefan, wollte es immer noch, und jetzt entkam er ihr.

Kent würde natürlich auch die frühe Fähre nehmen. Sie konnte ihn anrufen und auf Franks Spur ansetzen. Aber konnte sie sich auch darauf verlassen, dass er gegenüber einem Mann die Ruhe behielt, der sie beinahe erstochen hätte? Das Letzte, was Kent im Herbst vor seinem Zusammenbruch getan hatte, war, eine Kneipenschlägerei anzuzetteln. Sie durfte nicht riskieren, dass er Frank zusammenschlug.

»Wie geht es Angelica?«, fragte sie.

»Ich habe nach ihr geschaut. Sie schläft. Keine blauen Flecke, soweit ich sehen konnte. Und sie ist fieberfrei.«

»Das ist schön zu hören. Was haben die beiden eigentlich gesagt?«

»Er hat gar nichts gesagt. Hat den Mund zusammengekniffen und war sauer. Sie war selbstverständlich furchtbar gekränkt, weil Sie bei ihr gewesen sind und sich als Dichterin ausgegeben haben, um herumzuschnüffeln.«

Margareta schnitt eine Grimasse. Der Anflug eines ironischen Lächelns huschte über sein Gesicht.

»Wie dem auch sei«, sagte er beschwichtigend, »er ist ein windiger Typ. Ich hätte absolut nichts dagegen, ihn aufzuwecken und ein bisschen zu schütteln. Jetzt schlafen Sie gut!«

Er nickte aufmunternd und ging nach oben.

Sie fühlte sich besser. Stefan besaß die Fähigkeit, eine angespannte Situation mit einem einzigen Satz aufzulösen, mit einem kleinen Funken Humor und Sicherheit. Das hatte sie seit langem nicht mehr erlebt. Nicht mehr seit ihr Mann gestorben war.

Erfüllt von einer plötzlichen, wachsenden Sehnsucht nach ihrem Mann, aber zugleich viel ruhiger, ging Margareta in das kleine Gästezimmer zurück. Kroch unter die Decke und fiel in einen tiefen Schlaf, als wüsste sie, dass sie geliebt, umsorgt und beschützt wurde. Vielleicht war das nur eine Illusion, aber es war eine schöne Illusion. Und sie erlaubte Margareta zu schlafen.

13

Ida

Amelie lernte laufen.

Eines Tages, als der lange Winter endlich vorbei war, in dem Ida das Gefühl nicht losgeworden war, nichts getan zu haben, außer in dem eiskalten, grauen Wetter zu frieren, stand Amelie auf und tapste auf unsicheren kleinen Füßen durch die Stube. Sie hielt sich an der Bank fest, an den Tischbeinen und dem Bett, dann steuerte sie auf die Mitte des Raumes zu, stolperte ein paar Schritte, verlor das Gleichgewicht und landete auf dem Po.

Sie lachte laut, und ihre Augen strahlten vor Staunen. Den ganzen Tag lief sie wieder und wieder durchs Zimmer, die Hände konzentriert zu kleinen Fäusten geballt. Ida konnte nicht genug von diesem Anblick bekommen. Sie erlebten dieses Wunderwerk gemeinsam, und Amelie machte weiter, bis sie vor Müdigkeit weinte. Da nahm Ida sie auf den Schoß und massierte ihre kalten Füßchen.

Nur eine Woche später kamen Jacob und Elfrida Kellberg aus Visby und mieteten den Anbau der Kirche. Sie zogen mit ihren zwei Kindern dort ein und blieben den Sommer über. Lars war zehn und Emma vier Jahre alt. Die Familie hatte einen Laufburschen, eine Köchin und ein Mädchen dabei, und ihre Ankunft mit Taschen, Paketen und großen Koffern erregte im ganzen Dorf Aufmerksamkeit.

Am vierten Tag ihres Aufenthalts stand Ida mit klopfendem Herzen in der Küche des Hauses und wurde neugierig von den beiden Neuankömmlingen gemustert. Sie waren instinktiv versucht, sich die Nase zuzuhalten und tauschten einen vielsagenden Blick.

»Oha«, sagte Jacob, und seine Augen glitzerten freundlich.

»Dieser Geruch kann so nicht bleiben«, entschied Elfrida. »Aber dagegen kann man ja etwas unternehmen, nicht wahr?«

Sie klang ein wenig zweifelnd, und Ida wurde unsicher. Es war ihr nie in den Sinn gekommen, dass sie auffällig roch. Sie schuftete im Viehstall auf Hägsarve, wechselte Amelie die Windeln, heizte die Öfen an und kehrte die Asche aus. Einmal in der Woche wusch sie sich, was im Winter schwer zu bewerkstelligen war, aber Mama bestand darauf, und ihre Unterwäsche wechselte sie wirklich jedes Mal, wenn sie Zeit hatten zu waschen. Sie waren immer zum Umfallen müde, und sich einen Waschtrog zu leihen und anzufeuern kostete viel zu viel Kraft. Die Wollröcke wurden ohnehin nie gewaschen – Wolle darf man nicht waschen, sagte ihre Mutter. Dann verlor sie ihre wärmende Eigenschaft.

»Und wie alt bist du?«, fragte Jacob Kellberg.

»Dreizehn. Im November werde ich vierzehn.«

»Aha. Jetzt hör mal gut zu, kleine Ida Catharina Pettersson. Wir brauchen jemanden, der nach unseren Kindern sieht, solange wir hier in Buttle sind. Am liebsten jemanden, der alles über die Gegend weiß, damit die Kinder etwas lernen können und sich nicht verlaufen oder im Sumpf stecken bleiben. Pastor Hägström hat uns Ida empfohlen. Das Mädchen ist nicht auf den Kopf gefallen, sagte er, sie liest gern, und außerdem wäre sie dann nicht so weit von zuhause fort und könnte nachts bei ihrer Mama schlafen. Und …« – er sah genauso zweifelnd aus wie seine Ehefrau – »… wir haben natürlich vollstes Vertrauen zu dem Herrn Pastor. Was sagt Ida?«

Es klang wie das Paradies. Welch einfache Arbeit, und sie würde mit anderen Kindern zusammen sein dürfen. Lars war nur ein paar Jahre jünger als sie. Und sie würde lesen dürfen. Sie fühlte, wie sie strahlte, und nickte.

»Das geht wohl in Ordnung«, sagte sie.

Elfrida lachte. Sie reichte ihr ein Heft.

»Dann nimm das und lies, damit wir hören, wie deine

Stimme klingt. Wir möchten, dass du den Kindern vorliest, verstehst du?«

Ida nahm das Heft. Es hieß »Lesen für Kinder«, und sie begann eine Geschichte über einen garstigen Jungen, der wieder brav wurde, vorzulesen. Sie fand den Text simpel und plump, aber sie versuchte ihn so spannend vorzulesen, dass die Kinder auch zuhörten. Nach ein paar Minuten unterbrach Elfrida sie.

»Na, das klingt ja richtig gut! Das war doch eine schöne Geschichte, nicht wahr? Dann wirst du also ein paar Kleider bekommen, die besser zu deiner neuen Arbeit passen, und ein feines Stück Seife für daheim bei Mama. Dann gehst du nach Hause und schrubbst dich am ganzen Leib richtig ordentlich sauber, die Haare auch. Die kannst du dann unter dem Kopftuch hochstecken und um Punkt acht Uhr früh bist du wieder hier. Die Kleider sind sicher noch ein wenig zu groß, wir haben ein etwas älteres Mädchen erwartet, aber das wird sich finden. Einverstanden?«

Acht Uhr! Da war der halbe Tag ja schon fast vorbei. In Hägsarve war sie immer schon um fünf auf.

»Du bekommst dreimal am Tag hier in der Küche dein Essen«, fuhr Jacob fort. »Um acht, um zwei und um acht Uhr abends, wenn du die Kinder bettfertig gemacht hast. Und Kaffee. Und wenn du mit den Kindern draußen bist, kann die kleine Amelie hier bei Ada in der Küche bleiben.«

Ida nickte. Sie tanzte nach Hause, im Arm die neuen Kleider, die sorgfältig in Papier eingeschlagen waren. Mama, die den Winter über müde und reizbar gewesen war, war glücklich und fand zu neuen Kräften. Sie wärmten Wasser auf dem Feuer, wickelten die neue Seife, die ein wenig säuerlich roch, aus dem Papier, und Ida wurde von Kopf bis Fuß gewaschen. Ihre Mutter holte unermüdlich frisches Wasser, und zusammen verbrachten sie einen richtigen Waschabend. Auch Amelie wurde gewaschen und durfte vor dem Ofen sitzen, bis ihre Kleider getrocknet waren. Dann setzten sie sich auf die Treppe und kämmten sich gegenseitig mit dem Läusekamm.

Zum Schluss probierte Ida die Kleider. Unterwäsche, ein Überkleid, eine Schürze, Strümpfe und ein geblümtes Kopftuch. Und alles war ganz neu und sauber.

Am nächsten Morgen wachte sie früh auf und kehrte die Stube, als ihre Mutter schon aus dem Haus war. Sie zog Amelie an und versuchte eine Beschäftigung zu finden, während sie die Glockenschläge zählte und wartete, dass es endlich acht Uhr wurde. Sie konnte kaum fassen, dass sie erst so spät zur Arbeit kommen sollte, aber vermutlich machten Ada und das andere Mädchen Feuer im Herd, richteten das Frühstück und weckten die Kinder.

Kellbergs waren so, wie sie Menschen bisher noch nie zuvor gekannt hatte. Sie redeten viel, diskutierten mit ihren Gästen, schrieben Briefe und hatten vielen Dingen gegenüber ein zwangloses Verhältnis. Wenn sie niemanden sonst zum Reden hatten, redeten sie mit Ida.

»Neue Zeiten brechen an!«, rief Jacob eines Tages enthusiastisch, als sie in der Küche saß und einen Strumpf für Emma flickte. »Bald sind wir diesen altmodischen Ständetag los, und Präsident Lincoln wird in Amerika die Sklaverei abschaffen. Und hier auf Gotland werden wir endlich all diese Moore austrocknen, dann haben wir mehr Ackerland, und mehr und mehr Menschen werden im Sommer vom Festland hierher kommen, um sich zu erholen. Du müsstest das schöne neue Badehaus in Visby sehen! Dann gibt es da noch etwas, das sich Eisenbahn nennt, und wir werden ganz bestimmt auch eine davon hier auf der Insel haben. Vielleicht bekommt Buttle ja einen Bahnhof? Stell dir vor, du könntest mit dem Zug nach Visby fahren, Ida!«

Bei einer anderen Gelegenheit sagte Elfrida: »Mamsell Bremer hat das Leben der schwedischen Frau verändert. Wusstest du das? Weißt du, wenn du glaubst, dass du sie verstehen kannst, dann kannst du dir ihre beiden Bücher ›Hertha‹ und

›Durch Nordamerika und Kuba‹ ausleihen. Du könntest sie sonntags nachmittags lesen, wenn du vorsichtig damit umgehst. Auch Dienstboten sollten wissen, was sich im Land und in der Welt bewegt.«

»›Durch Nordamerika und Kuba‹ kenne ich«, sagte Ida.

»Ach, wirklich, das hast du gelesen?«, fragte Elfrida, und ihr Blick flackerte unsicher und enttäuscht. »Nun, und wie hat es dir gefallen?«

»Es war schön. Ich finde es gut, dass sie die Sklaverei in Amerika abschaffen wollen und dass alle Menschen über sich selbst bestimmen sollen. Ich würde Mamsell Bremer gerne kennen lernen, wenn sie nach Gotland kommt.«

»Ja, aber das wird leider nicht möglich sein, denn Mamsell ist wieder auf Reisen«, erklärte Elfrida ein wenig zugeknöpft. »Sie ist im Heiligen Land. Du wirst dich wohl damit begnügen müssen, das Buch zu lesen, wenn es erscheint.«

»Ich würde auch gerne ›Hertha‹ lesen«, sagte Ida.

Aus irgendeinem Grund wurde nichts aus dem Bücherlesen. Da es keine Überraschung mehr war und Ida nicht dankbar strahlte, schwand Elfridas Interesse rasch.

Die Kinder waren ungehemmter und wilder als alle anderen Kinder, denen Ida je begegnet war, aber sie hatten Spaß zusammen. Sie spielte Fangen mit ihnen, las ihnen vor und unternahm lange Spaziergänge in den Wald, um ihnen die Moore, Tümpel und Grabhügel zu zeigen. Sie spürte, wie sich ihr Körper erholte, und endlich fand sie Zeit und Kraft zum Nachdenken.

Auch das Haus war anders. In der Küche wurde nicht mehr über der offenen Feuerstelle gekocht, sondern Ada hatte einen eisernen Herd bekommen. Sie zeigte Ida, wie man die Ringe je nach Größe des Topfes auf die Kochstelle legte. Es gab sogar einen Ofen.

»Spart Brennmaterial«, sagte sie. »Merkst du, wie das Eisen heiß wird? Das ist prima im Winter, viel besser als die langsamen Kachelöfen!«

Und dann, eines Tages, kam Mamsell Agardh aus Visby. Sie hatte ein schweres Stativ bei sich, eine riesige, viereckige Kamera und einen Jungen, der ihr zur Hand ging. Sie war jung und voller Energie und sie hatte eine flinke Zunge. Sie stellte die Kamera zwischen Nebengebäude und Küchengarten auf, und während sich neugierige Kinder und lächelnde Erwachsene auf dem Weg vor dem Hofplatz versammelten und ihnen fröhlich zuriefen, durfte sich der ganze Haushalt aufstellen. Jacob und Elfrida hatten einen kleinen Disput, ob Amelie dabei sein durfte oder nicht.

»Das gehört sich nicht«, erklärte Jacob reserviert.

»Doch, das tut es!«, widersprach Elfrida. »Amelie gehört zum Haus wie alle anderen. Und vielleicht wird das das einzige Bild sein, das das Mädchen jemals von sich und seiner Tochter bekommt.«

»Sie soll ein Bild bekommen?«, fragte Jacob gereizt. »Vielleicht sollen wir am Ende auch noch ihre Mutter einladen?«

Aber er ließ sich schnell erweichen. Sie setzten sich auf die Gartenbank, Elfrida mit einem Buch, Emma hielt sich an Idas Schürze fest. Nur Amelie wollte nicht stillhalten. Sie saß aufgeregt auf Idas Schoß, fasste nach Idas Nase, zog an ihren Haaren und am Kopftuch und lachte. Ida blickte sie an und rieb ihre Nase an Amelies.

Da war das Bild auch schon gemacht, und Mamsell Agardh wurde zum Kaffeetrinken in die Laube gebeten. Sie blieb lange, alle unterhielten sich und lachten, tranken Kaffee und Punsch, und als der Abend kam, bekam sie auch noch ein Abendessen und übernachtete anschließend im Gästezimmer.

Ida war fasziniert. Die einzigen unverheirateten Frauen, die sie erlebt hatte, waren Mägde, Witwen und Bauerntöchter, die auf dem elterlichen Hof geblieben waren. Anna Agardh war dreiunddreißig, frei und selbstsicher. Sie verdiente ihr eigenes Geld und wusste, wie man fotografierte. Ihr Vater war gestorben, und weil sie keinen Onkel hatte, bekam sie eine besondere Genehmigung, um ihr eigener Vormund sein zu können, erklärte Ada. Sie war nicht einmal verlobt, und trotzdem wurde sie von Kellbergs respektiert und bewundert. Respektiert nur um ihrer selbst willen.

Am nächsten Morgen durfte Ida eine Tasse Kaffee ins Gästezimmer bringen. Anna saß im Unterkleid auf einem Stuhl und bürstete ihr Haar, als hätte sie alle Zeit der Welt.

»Bleib doch und erzähl ein bisschen, Ida!«, sagte sie. »Setz dich! Was passiert in Buttle? Passiert überhaupt etwas?«

Ida setzte sich auf den anderen Stuhl und dachte nach.

»Valborg aus Velinge hat letzten Monat vor dem Kirchenrat geklagt, dass ihr Mann Anders ihr ganz allein Tisch und Bett überlassen hat«, sagte sie. »Ihr Sohn hat den Hof übernommen und Anders wollte ganz einfach bei ihm bleiben und nicht aufs Altenteil gehen. Sie weinte und war ganz außer sich, zerschlug die Fenster und schrie, er sei ein Hurenbock. Sie behauptet, er würde sie hassen und wolle sie umbringen. Und der Sohn gibt ihr auch nicht das, was sie fürs Altenteil vereinbart hatten.«

»Oh!«, sagte Anne mit großen Augen. »Wie ging das denn aus?«

»Der Sohn erklärte, sie habe sich geweigert, das anzunehmen, was er ihr angeboten hatte, obwohl er zugeben musste, dass er ein wenig spät damit gekommen war«, fuhr Ida fort. »Dann sagte er, dass er seinen Eltern gewisse Dinge versprochen hatte, aber dass es schwierig ist, das alles zu teilen, jetzt wo sie nicht mehr zusammenwohnen. Er könne ja kein lebendiges Schwein halbieren, sagte er.«

»Und was sagte der Kirchenrat dazu?«

»Der Rat empfahl Valborg und Anders, sich und ihre Zungen im Zaum zu halten, und dem Sohn, er dürfe seine Pflichten als Kind nicht vergessen«, schloss Ida.

Anna lachte.

»Vielleicht ist es auch ein Glück, keinen Hof zu besitzen!«, sagte sie. »Das bringt nur Scherereien.«

Ida sah sie an und dachte nach.

Anna konnte etwas. Sie besaß besondere Kenntnisse. Wenn man die hatte, konnte man frei sein. Kühe melken, Feuer machen und Kinder hüten zählte dabei nicht so recht, auch wenn ihr das seltsam vorkam. Kinder gebären auch nicht. Aber Schuhe zu machen oder zu fotografieren war offensichtlich etwas anderes.

»Könnte Mamsell Agardh mir nicht das Fotografieren beibringen?«, hörte sie sich selbst fragen.

Anna wurde ernst. Sie saß eine ganze Weile da, ohne etwas zu sagen.

»Natürlich könnte ich das, aber wovon willst du mit Amelie leben?«, sagte sie. »Ich habe schon einen Laufburschen und ich habe nicht genug Geld, um mir noch einen Lehrling zu halten. Vielleicht später, wenn du Amelie bei deiner Mutter lassen kannst?«

Sie blickte Ida freundlich fragend an. Ida versuchte sich vorzustellen, ohne Amelie in Visby zu leben. Der Gedanke schien ihr leer und schwarz. Irgendwo in ihrem Innersten fühlte sie, dass es nicht richtig war, dass sie wählen musste. Dass es keinen Weg gab, die Dinge so zu ordnen, dass sie fotografieren lernen konnte und Amelie trotzdem bei ihrer Mama bleiben durfte. Aber sie fand keine Lösung.

Sie schüttelte den Kopf. Anna stand auf und fing an, sich anzuziehen.

»Das dachte ich mir«, sagte sie fröhlich. »Aber wenn du nach Visby kommst, dann besuch mich doch!«

Ida ging mit der Kaffeetasse nach unten. Lars lag auf dem Teppich im Salon und blätterte in der *Illustrerad Tidning*. Emma hatte Amelie im Arm, sie hatte Amelie von Anfang an gemocht. Manchmal hatte sie gefragt, ob Amelie in ihrem Bett übernachten dürfe. Jacob und Elfrida hatten das verboten, aber ab und zu durften die beiden kleinen Mädchen zusammen Mittagsschlaf halten.

Ida ging hinaus und setzte sich auf die Küchentreppe, in

Gedanken versunken beobachtete sie die Hühner bei den Stallungen. Die Luft war mild. Jetzt ist jetzt, dachte sie, genau wie damals bei Amelies Geburt. Sie wandte ihren Blick nach innen. Dort gab es zwei dunkle, schmerzende Lücken. Eine, die Papa hinterlassen hatte, und eine, die zu Robert gehörte, der nun nicht mehr auf Gotland war. Johannes hatte ihn fortgeschickt, aufs Festland, zum Studieren. Auf dem Hof lebten nun nur noch Johannes und seine Großmutter, jeder in seinem Haus. Er selbst hatte auch noch nicht geheiratet, aber das Dorf sprach von einer Bauerntochter aus Hemse.

Wie hängt das alles miteinander zusammen?, dachte Ida. Wie sollte sie all ihre Sehnsüchte mit den Sklaven in Amerika in Einklang bringen, mit der Gemeindeversammlung, mit Amelie, Mamas Einsamkeit, der Panik der Tiere, wenn sie geschlachtet wurden, Mamsell Bremers Verwegenheit? Anna Agardhs Freiheit? All diese Ereignisse, Schicksale, Farben, Erinnerungen, all diese Worte. Sie sah unsichtbare Bänder zwischen all diesen Dingen, die sie erlebt und gehört hatte, und denen, von denen sie noch nichts wusste. Sie wollte die Bänder fassen, an ihnen ziehen, sie erforschen. Verstehen. Aber noch immer wusste sie nicht, wo sie anfangen sollte.

Kellbergs Bursche hatte Mamsell Agardh in Visby abgeholt, und nun sollte er sie wieder zurückbringen. Der Junge, der ihr zur Hand ging, hatte auf dem Heuboden geschlafen. Jetzt stiegen beide auf den Wagen, gerade als die Kirchturmuhr zehn Uhr schlug, und quetschten sich lachend zwischen Kamera, Stativ und die schweren Kisten mit den Platten. Eine Menschentraube umringte sie fröhlich winkend.

Auch Ida winkte.

Das Pferd setzte sich in Bewegung, und langsam holperte der Wagen über die Auffahrt auf die Straße und verschwand hinter der nächsten Kurve.

14

Frank stand an der Reling und blickte über das Wasser. Er hatte schlechte Laune.

Er war zwar davongekommen, aber nichts war so gelaufen, wie er es geplant hatte. Als er zusammen mit einem Pferdebesitzer, den er kannte, auf der Trabrennbahn das Training verfolgt hatte, hatte er kein Glück gehabt, und auch der verbleibende Donnerstag mit Eva war unerfreulich gewesen. Nach dem morgendlichen Besuch der Polizei hatte es ihn Stunden gekostet, das Vertrauen zwischen ihnen wieder herzustellen.

Er konnte ihre jeweilige Stimmung nur schwer einschätzen, meistens orientierte er sich an ihrem Tonfall. In dem einen Jahr, das seit ihrer ersten Begegnung vergangen war, hatte er sich ein ganzes Handbuch zugelegt, wie man sie behandeln musste, welcher Tonfall was bedeutete und wie man schlichten konnte. Es kam nur äußerst selten vor, dass er spontan auf Eva reagierte, vielleicht ab und zu im Bett. Jetzt hatte er Pizza nach Hause bestellt, um ihre Laune zu heben. Sie hatte ihn angesehen und gesagt: »Es wäre netter gewesen, wenn du dich hingestellt und selbst gekocht hättest, wenn du nur ein einziges Mal eine Anstrengung unternommen hättest«, und er konnte nicht verstehen warum. Aber er speicherte die Bemerkung ab, um sie in seinem Handbuch notieren zu können. Wenn er das nächste Mal kam, würde er kochen, aber nicht, weil es ihn besonders interessierte, sondern weil es Resultate bringen konnte.

Am späten Nachmittag hatten sie miteinander geschlafen, und da wusste er, was er tun musste, um sie in Fahrt zu bringen und zu befriedigen. Für gewöhnlich fesselte er ihre Arme, das machte sie scharf, aber er hatte gelernt, dass er jederzeit darauf vorbereitet sein musste sie loszumachen, wenn sie es wollte. Es war keine richtige Vergewaltigung, nur eine Fantasie, die sie auslebte, und er war ihr Werkzeug. Das störte ihn nicht, denn es erregte ihn selbst, und er mochte das Gefühl, etwas gut und präzise machen zu können, genau wie den Truck perfekt zu fahren. Hinterher hatte er sorgfältig darauf geachtet, noch länger liegen zu bleiben und mit ihr zu reden, dem zuzuhören, was sie über das Mädchen zu erzählen hatte, über ihre Arbeit, ihre tote Mutter, den Frühling, die nächsten Veränderungen, die im Haus anstanden, über den kommenden Sommer, auf den sie sich freute. Als sie schließlich nach unten ging, um das Abendessen zu machen, war sie zufrieden gewesen. Bis zu diesen verdammten Nachrichten. Hinzu kam der zweite lästige Polizeibesuch am Freitagmorgen noch vor der Morgendämmerung, der sie verwirrt und weinend zurückgelassen hatte.

In einem Anfall von Paranoia hatte er sich weggeschlichen und den Laster nach einem GPS-Sender abgesucht, den die Polizei dort platziert haben könnte, aber obwohl er nichts gefunden hatte, traute er sich nicht, die Ladung aus dem verlassenen Haus zu holen, wo er sie deponiert hatte. Es war das erste Mal, dass er sie auf dem Heimweg nicht hinten im Laderaum untergebracht hatte, und es ärgerte ihn, dass er seine Pläne ändern musste. Er fürchtete, jemand könnte die Ladung entdecken, wenn er sie nicht beaufsichtigen konnte.

Um halb neun fuhr er an Bord der Fähre, parkte und versuchte herauszufinden, ob ihm ein Auto gefolgt war. Er konnte nichts Verdächtiges entdecken, nahm den Aufzug zum Restaurant und schaute hinunter zum Kai, bis das Schiff ablegte.

Der Himmel klarte auf. Eva rief ihn auf seinem Handy an und wünschte ihm eine gute Fahrt. Sie hatte sich ein bisschen beruhigt. Auch dieser Anruf zählte zu den Dingen, die er einfach nicht verstand: sie hatten sich doch vor zwanzig Minuten noch gesehen. Er wurde aus den Frauen nicht klug – sie schienen die ganze Zeit von Gefühlswellen beherrscht zu werden, die weder sie selbst noch jemand anders zu steuern vermochte.

Sie hatte ihm ein Frühstück gerichtet, aber als die Cafeteria öffnete, holte er sich trotzdem einen Kaffee. Es waren nicht besonders viele Passagiere an Bord. Vor ihm lag die dreistündige Überfahrt auf der Ostsee. Sowie er seinen Kaffee getrunken hatte, ging er an Deck um zu rauchen. Er lehnte sich wie immer an die Wand auf der Ostseite, wo die Sonne gerade ihre ersten blassrosanen Strahlen ausbreitete, und schaute über das graue Meer. Der Wellengang war nicht der Rede wert.

Eine Frau ging mit ihrem Jack-Russell-Terrier vorbei, der ungeduldig an der Leine zerrte. Zwei Mädchen saßen auf dem Boden und aßen Äpfel, die Hände zur Hälfte in den Ärmeln ihrer Jacken versteckt. Ein blasser Teenager stand an der Reling und hörte mit Kopfhörern Musik. Seine Jeans hing auf Halbmast und gab den Blick auf seine graublaue Unterhose frei.

Ein Stück weiter achtern stand ein anderer Mann, vielleicht Ende vierzig, dunkelhaarig, und rauchte. Er hatte Jeans an und eine schwarze Lederjacke. Er stand ein wenig abgewandt, so dass sein Gesicht nicht richtig zu erkennen war, aber Frank hatte das vage Gefühl, ihn schon mal irgendwo gesehen zu haben. Misstrauisch beobachtete er den Mann ein paar Minuten, ohne dass etwas anderes geschah, als dass er die Zigarette hob und senkte und dabei gedankenverloren auf das monoton schäumende Kielwasser starrte, ohne sich ein einziges Mal umzudrehen.

Frank beruhigte sich und kehrte zu seinen eigenen Gedanken zurück. Hier auf der Steuerbordseite hatte er auch während der Überfahrt am Donnerstag gestanden, damals nach Westen der untergehenden Sonne zugewandt, als die Frau, von der er jetzt wusste, dass es Davidsson gewesen war, um die Ecke gekommen und fast mit ihm zusammengestoßen war. Sie war größer als er, schlank und blond, und sie hatte ihn mit einem Blick angesehen, den er nicht zu deuten wusste. Zuerst hatte er geglaubt, sie wollte ihn vielleicht anmachen, ihr Blick war so durchdringend und intensiv gewesen, aber sie war nicht stehen geblieben, sondern weitergegangen und durch die Tür ins Restaurant verschwunden.

Er hatte eine ganze Weile gewartet, bevor er ihr nachgegangen war. Da war sie verschwunden gewesen. Als er sie eine halbe Stunde später wieder gesehen hatte, hatte sie an einem Tisch gesessen, Zeitung gelesen und nicht so ausgesehen, als wäre sie scharf auf Gesellschaft.

Er war stehen geblieben und hatte sich die Frau in Ruhe angesehen. Sie musste mindestens vierzig sein, auf unspektakuläre Weise gut aussehend. Hübscher Hintern, was ihr selbst vermutlich gar nicht bewusst war. Schwer abzuschätzen, wie die Brust unter dieser Jacke aussah. Vermutlich nicht sehr groß. Sie hatte etwas Lässiges und Gleichgültiges an sich, was sie attraktiv machte.

Als er sie am Donnerstag in den Fernsehnachrichten erkannt hatte, hatte er sich hintergangen gefühlt. Sie war bei der Polizei, verdammt, und sie hatte die Leiche in Buttle gefunden. Jetzt war er überzeugt, dass ihr Blick kein herausfordernder Flirt gewesen war, sondern blankes Misstrauen. Sie hatte keinen attraktiven Mann gesehen, sondern einen mutmaßlichen Verbrecher, und das hatte ihn rasend wütend gemacht. Als hätte sie ihn in vollem Bewusstsein verhöhnt, und er zweifelte keine Sekunde daran, dass sie es gewesen war, die die gotländische Polizei auf ihn aufmerksam gemacht hatte.

Vorhin hatte er das Morgenmagazin gesehen. Sie lebte noch. Er versuchte sich vorzustellen, was sie als nächstes tun würde. Sie hatte die Tote gefunden und war angegriffen worden, vermutlich war sie aufgebracht. Wenn sie nicht aufgab, wenn sie ihn kriegen wollte, dann würde sie nicht nach Stockholm zurückfahren, sondern auf Gotland bleiben und Beweise suchen. Und wenn sie nicht nach Hause fuhr, bedeutete das wiederum, dass sie allein in ihrer Hütte in Buttle sitzen würde.

Er war unzufrieden mit sich. Es war ganz nett, ihr einen Schrecken eingejagt zu haben, aber das genügte nicht. Er hatte einen kühlen Kopf bewahrt, und wieder war es ihr nicht gelungen, ihn zu identifizieren. Aber das würde nicht ewig so bleiben.

Er hatte sich das Weib in den Frühnachrichten ganz genau angesehen. Er wollte wissen, ob sie ein Mensch war, den man brechen konnte, ob sie fliehen würde oder ob sie ihren einsamen Kampf gegen ihn aufnehmen würde. Als sie die Journalisten wortkarg abwies, konnte man weder an ihrem Gesicht noch ihrer Stimme etwas ablesen. Aber sie war noch immer in Visby. Sie war noch immer ein Problem, mit dem er fertig werden musste.

Seine Gedanken begannen die Struktur zu verlieren. Er schnippte die Kippe auf den Boden und ging ins Warme zurück. Bilder von Davidssons Hintern, Evas Brust, von Angelica in ihrem Bett im Kinderzimmer, vom Laster und dem Bündel, das er darin transportiert hatte und von all dem, was danach geschehen war, mischten sich in seinem Kopf und ließen sein Blut pulsieren.

Einmal noch, dachte er. Er konnte es noch einmal tun, bevor er die Strategie ändern musste. Er wollte es wieder erleben. Und er würde das Problem mit dieser starrsinnigen Polizistin lösen.

Als Margareta am nächsten Morgen in Stefans Küche kam, in dem geliehenen Schlafanzug, mit zerzausten Haaren und schwerem Kopf, stand ein langbeiniges, vierzigjähriges Fotomodell vor ihr. Es war Jessica, und sie begrüßte ihren unerwarteten Gast mit einem warmen Lächeln.

Jessica trug hellblaue Jeans, einen weiten, weißen Pullover und sie richtete das Essen auf dem Küchentisch mit lässig-perfekter Eleganz. Zwei goldene Armreifen schaukelten im Takt ihrer Bewegungen um ihr schmales Handgelenk, und ihr kastanienbraunes Haar glänzte.

»Ich habe Ihren Trainingsanzug in die Waschmaschine gesteckt«, sagte sie. »Setzen Sie sich doch. Was möchten Sie essen? Cornflakes? Toastbrot? Haferbrei? Eier mit Speck?«

Eine Woge glühender Eifersucht stieg in Margareta auf. Polizisten hatten keine derartig blendend schönen Frauen. Das war ganz einfach nicht zulässig. Wo hatte er sich diese Frau geschnappt? Als er mit zwanzig bei einer Modenschau Wache geschoben hatte? Und wie konnte sie so überaus froh und zufrieden aussehen, obwohl sie auf Gotland geblieben war und einen Polizisten geheiratet hatte, statt als Model in Paris zu leben und Millionen zu verdienen?

»Ich habe von allem ein bisschen hingestellt, nehmen Sie sich einfach, was Sie wollen«, sagte Jessica.

Margareta lenkte den Blick von ihr auf den Küchentisch. Es war wie in einem kleinen Luxushotel gedeckt. Stefan müsste eigentlich so dick wie ein Schwein sein. Eigentlich sollte das sogar für beide gelten.

»Führen Sie ein Restaurant?«, entfuhr es ihr.

»Ja, tatsächlich. Es heißt Akvileja. Jetzt ist Nebensaison, aber in den Sommermonaten kommen wir dank der Touristen kaum noch zum Schlafen!«

Margareta setzte sich und begann, sich einen Teller zu füllen. Nicht etwa mit zwei Scheiben Melone und einer Scheibe Toast, wie man hätte vermuten können, sondern mit Eiern, Schinken, Wurst und Tomaten. Dann belegte sie sich zwei riesige Brote, eines mit Käse, das andere bestrich sie mit Honig.

Margareta dachte an Katrine Dahlman und ihren dünnen, ausgehungerten Körper. Was würde passieren, wenn sie diese beiden Frauen zusammenbringen würde? Würde Katrine entsetzt zurückweichen oder würde sie positiv beeinflusst werden?

»Honig von der Insel«, sagte Jessica, und ihr Blick wurde glasig und voll sinnlicher Wollust. »Und im Winter backe ich selbst. Nehmen Sie doch!«

Wenn die zwei genauso viel für Erotik wie für Essen übrig hatten, dann musste es ihnen unverschämt gut gehen. Jessica schenkte ihnen Kaffee ein und Margareta tat wie ihr geheißen. Sie griff zu.

»Entschuldigen Sie, dass ich frage, aber waren Sie mal Fotomodell?«, erkundigte sie sich.

Jessica nickte energisch.

»Aber ja. Ganze zehn Monate lang, als ich siebzehn war. Alle sagten, ich dürfe mir so eine Chance auf keinen Fall entgehen lassen, dass es das einzig Richtige wäre, aber ehrlich gesagt war es verdammt langweilig, und ich hatte nur Sehnsucht nach zu Hause. Rumstehen und sich vor einer Kamera räkeln, umgeben von reichen Typen mit dem Charme von Schlaftabletten, die die ganze Zeit versuchen, dich ins Bett zu kriegen! Und zu essen bekommt man auch nichts! Das war kein Leben. Irgendwann wollte ein Fotograf, dass ich mich zwischen lauter zersprengte Steine lege, voll geschmiert mit Theaterblut und mich tot stelle, eine Brust entblößt. Was für ein Schwachsinn! Müssen erwachsene Menschen so was tun? Ich bin einfach aufgestanden und gegangen.«

»Und dann sind Sie nach Hause in Stefans Arme zurückgekehrt?«, seufzte Margareta romantisch.

»Nein, ich habe an der Hotelfachschule in Stockholm angefangen. Stefan kam erst später. Aber wo wir gerade bei Stockholm sind, was haben Sie denn jetzt vor? Sie fahren doch sicher nach Hause, oder?«

Margareta schüttelte den Kopf.

»Nein, ich werde Ferien machen.«

»Das ist schön, aber wollen Sie die wirklich hier auf Gotland verbringen? Sind Sie sicher, dass das eine gute Idee ist?«

»Ja. Ich will nach Buttle. Ich habe den Ort nur fünfundzwanzig Minuten bei Tageslicht gesehen. Jetzt will ich ein paar Wochen dableiben.«

»Allein in diesem Häuschen?«

Sie sah Margareta aufmerksam an. Es bestand kein Zweifel daran, dass sie genau merkte, was los war. Eine ausgebrannte Polizistin, müde und kaputt, ganz und gar nicht voller Energie und Optimismus wie sie selbst. Und jetzt, nach der Messerattacke, auch noch äußerlich verletzt. Margareta fühlte sich schutzlos und angreifbar. Sie hatte den Eindruck, dass Stefans Frau sich schon um viele misshandelte Frauen gekümmert hatte, denen Stefan bei seiner Arbeit begegnet war, und es ärgerte sie ein wenig, in diese Kategorie einsortiert zu werden. Egal in welche. Sie wollte nicht kategorisiert werden.

Jessica bohrte nicht weiter.

»Na dann. Sie können bei uns wohnen, bis Sie ins Sommerhaus zurückziehen, hier fühlen Sie sich bestimmt sicherer. Es macht uns keine Mühe. Ich könnte jetzt gleich ins Hotel fahren und Ihre Sachen holen. Und danach machen wir irgendetwas, worauf Sie Lust haben – Sie können Ihre Ruhe haben und einfach schlafen oder auf dem Bett liegen und lesen, oder wir machen eine Spaziergang oder fahren auf der Insel herum. Ich habe noch ein paar Stunden frei.«

Sie war nett, und ihr Angebot klang ansprechend. Margareta dachte daran, wie schön es wäre, einfach nachzugeben. Die Augen schließen und mit dem Strom treiben, umsorgt werden. Aber sie hatte kein gutes Gefühl dabei, Gast im Leben dieser beiden Menschen zu sein.

»Vielen Dank. Das ist ein tolles Angebot, aber ich kann es nicht annehmen«, sagte sie. »Nehmen Sie es mir nicht übel, aber ich ziehe doch zurück in mein Hotelzimmer. Wenn Sie so lieb sein könnten, mich dorthin zu fahren? Sonst nehme ich natürlich ein Taxi.«

»Selbstverständlich fahre ich Sie«, sagte Jessica langsam und runzelte leicht die Stirn, nicht ganz zufrieden mit diesem Ergebnis.

Stefan kam die Treppe herunter. Er blieb einen Augenblick neben Margareta stehen und erkundigte sich, wie sie sich fühlte, ging dann zum Herd, warf einen Blick in die Töpfe, nahm sich eine Portion Haferbrei mit Preiselbeerkompott und Milch und begann zu essen.

Seine Anwesenheit ließ ihr warme Schauer über den Rücken laufen. Sie beugte sich über ihren Teller, um das zu verbergen. Verflixt nochmal.

»Margareta fährt wieder zurück ins Hotel«, sagte Jessica. »Glaubst du, sie ist dort sicher?«

»Falls die Polizei das auch noch weiterhin bezahlt«, warf Margareta ein.

»Ist doch klar, dass wir das übernehmen«, sagte er. »Aber ich weiß natürlich nicht, wie sicher Sie dort sind. Jedenfalls sieht es nicht danach aus, als käme einer der Hotelgäste als Täter in Betracht, es sind ja nur zehn insgesamt. Die Jungs, die zuerst am Tatort waren, haben ihre Namen überprüft. Drei davon sind Journalisten. Heute werden wir uns das Personal ansehen. Ich dachte, Sie wollten nach Stockholm zurück?«

»Nein.«

Sie sahen einander in die Augen.

»Machen Sie, was Sie wollen, aber der Messerstecher könnte auch ein alter Feind von Ihnen sein«, sagte er in vernünftigem Ton. »Jemand, den Sie irgendwann mal erwischt haben, der mittlerweile auf Gotland wohnt und Sie gestern in den Nachrichten gesehen hat. Und plötzlich flammt der alte Hass wieder auf. Wenn es sich so verhält, ist Buttle vielleicht nicht unbedingt der ideale Aufenthaltsort.«

Dazu gab es nichts zu sagen. Er wusste bereits, wie sie darüber dachte. Sie lächelte und zuckte mit den Schultern.

»Es kann doch sicher jemand zwischendurch nach ihr sehen?«, meinte Jessica.

Sie holte eine Garnitur ihrer eigenen Kleidung für Margareta, Jeans, die so lange Beine hatten, dass Margareta sie umkrempeln musste, ein T-Shirt und eine dicke, dunkelblaue Norwegerjacke. Margareta ging sich umziehen. Als sie in die Küche zurückkam, hatte Stefan fertig gefrühstückt und die beiden hatten besprochen, dass er sie ins Hotel bringen würde, da er ohnehin ins Präsidium musste.

Jessica begleitete sie zum Auto. Sie umarmte Margareta kurz zum Abschied.

»Rufen Sie einfach an, wenn etwas ist. Wenn Sie reden wollen oder so. Achten Sie auf sich. Denken Sie daran, dass niemand alles schafft. Sie können sich auf Stefan verlassen, er ist viel wütender auf Sannas Mörder und Ihren Messerstecher, als er es sich anmerken lässt.«

Auch heute schien die Sonne. Stefan fuhr aus der Einfahrt, und sobald sie um die Ecke gebogen waren, begann er zu reden.

»Okay, jetzt wo wir allein sind, muss ich es einfach sagen. Es ist eine absolut idiotische Idee hier zu bleiben. Jemand hat es auf Sie abgesehen, jemand hasst Sie abgrundtief und wir haben keine Chance, Sie zu beschatten. Außerdem will ich Sie nicht zwischen den Füßen haben, wenn ich hinter diesem Kerl und Sannas Mörder her bin, oder auch nur hinter diesem Kerl, falls es sich doch um ein und dieselbe Person handelt.«

»Ich verstehe ja, was Sie sagen, aber niemand kann mich beschatten, ganz egal wo ich bin«, sagte Margareta. »Das wissen Sie. Und ich werde Ihnen nicht in die Quere kommen. Außerdem glaubt Hans Elm, ich denke mir alles aus.«

»Ach was. Das sollten Sie selbst besser wissen. Unser Helm ist in Ordnung, er macht nur seinen Job.«

»Sind Sie denn seiner Meinung?«

»Ich kann nur so viel sagen, dass mich dieser Überfall auf Sie unglaublich wütend macht. Also, werden Sie nach Hause fahren?«

»Nein.«

Er seufzte.

»Diese Halsstarrigkeit ist einfach idiotisch. Ich habe keine Lust, Sie im Leichenschauhaus wiederzusehen.«

»Warum denn nicht? Weil Sie keinen Fleck im Protokoll haben wollen?«, fragte sie sarkastisch.

Sie wunderte sich über sich selbst. Dieser Kommentar war ihr aus purem Neid auf sein Leben herausgerutscht und war ein ungeschickter Versuch, ihn dazu zu bringen, etwas Persönliches zu sagen. Sie klang wie eine Sechzehnjährige. Er schwieg.

»Außerdem könnte ich ja den Lockvogel für Ihren Mörder spielen«, fügte sie hinzu.

Er warf ihr einen seitlichen Blick zu.

»Das war nicht witzig.«

»Ich meine das ernst. Verteilen Sie drei Jungs in den Büschen um das Sommerhaus und schlagen Sie zu, wenn er zurückkommt. Wenn Sie wirklich glauben, dass er das tut.«

Er schwieg eine Minute.

»Dafür haben wir nicht genug Leute. Sie bekommen morgen Auto und Haus zurück. Wenn wir bei den Gästen oder dem Personal etwas Verdächtiges finden, dann organisieren wir eine Gegenüberstellung, aber ich habe da Zweifel.«

»Wissen Sie, wie er reingekommen ist?«

»Er muss sich tagsüber oder am frühen Abend im Hotel versteckt haben. Wenn er Sie in den Nachrichten um halb acht gesehen hat und sich unmittelbar danach auf den Weg gemacht hat, könnte er unbemerkt hereinspaziert sein, während die Empfangsdame mit etwas anderem beschäftigt war. Wir werden uns später noch mit ihr unterhalten.«

Das Meer tauchte vor ihnen auf, weit und beruhigend.

»Haben Sie Kinder?«, fragte Margareta plötzlich.

»Eine Tochter. Ingrid. Sie ist zwanzig und arbeitet mit Jessica zusammen im Restaurant. Ich bin froh, dass sie sich für diesen Weg entschieden hat und nicht in meine Fußspuren getreten und Polizistin geworden ist. Ist ja doch gefährlicher. Aber anstrengend ist das Gaststättengewerbe auch.«

Seine Frau war nicht tot, im Gegensatz zu ihrem Mann, und er hatte ein Kind aufwachsen sehen. Wie schön für ihn. Sie gönnte es ihm wirklich, aber ihr waren diese Erfahrungen verwehrt geblieben.

Er bog durch das südliche Stadttor und stellte den Wagen hinter einer Mauer ab. Sie gingen zu Fuß zum Hotel, und dieses Mal begleitete er sie bis in ihr Zimmer. Er öffnete die Tür mit dem Schlüssel, den er letzte Nacht offensichtlich an sich genommen hatte, betrat als Erster das Zimmer und warf einen Blick ins Bad, den Garderobenschrank und sogar unter das Bett. Alles schien so zu sein, wie es sollte.

»Sonst alles okay?«, fragte er. Er schien nicht mehr so ärgerlich zu sein. Oder er hatte einfach aufgegeben.

»Ja. Vielen Dank für alles. Ihnen und Jessica.«

»Keine Ursache. Sie hatten eine Weile lang richtiges Pech, aber Sie werden sehen, das ändert sich jetzt. Schalten Sie einfach ab. Wir arbeiten hart an dem Fall, am Mord und an der Messerattacke. Wir kriegen den Kerl oder die Kerle, die dafür verantwortlich sind. Darauf können diese Typen Gift nehmen.«

Er nickte verbissen und ging. Die Tür war kaum hinter ihm zugefallen, da klopfte es und eine große Frau Mitte dreißig kam herein. Sie hielt einen riesigen Obstkorb im Arm, und ihr freundliches Gesicht sah müde, aber entschlossen aus. Sie stellte sich als Hoteldirektorin vor.

»Ich hörte, dass Sie zurück sind«, sagte sie. »Ich wollte Ihnen nur sagen, wie sehr ich bedauere, was Ihnen hier bei uns zugestoßen ist. Wie geht es Ihnen?«

»Es geht schon, danke«, antwortete Margareta. »Als Polizistin ist man Aufregung schließlich gewohnt.«

Die Frau stellte den Korb an.

»Wir arbeiten natürlich eng mit der Polizei zusammen. Als ich hörte, was passiert ist, bin ich sofort gekommen und habe das Hotel Zentimeter für Zentimeter untersucht. Der Mann ist nirgends eingebrochen und alles war abgeschlossen. Er muss sich am frühen Abend eingeschlichen haben. Wir haben einen Wachmann, aber Sie hatten extremes Pech. Nur fünf Minuten vor dem Überfall war er hier auf dieser Etage.«

»So etwas kann niemand verhindern. Es hätte zu jeder Zeit

und überall passieren können, auch bei mir zu Hause, zum Beispiel.«

Das beruhigte die junge Frau ein wenig.

»Danke, dass Sie das so sagen. Und ich freue mich, dass Sie es trotzdem gewagt haben, zu uns zurückzukommen. Auf jeden Fall durchsucht die Polizei jetzt jeden Raum und wird mit allen Angestellten sprechen. Wenn Ihre Kollegen auch unsere Wohnungen sehen wollen, sind sie auch dort willkommen. Kann ich Ihnen sonst noch irgendwie helfen? Brauchen Sie etwas hier auf dem Zimmer oder dürfen wir Sie irgendwo hinfahren?«

»Danke für Ihre Fürsorge, aber es ist alles in Ordnung. Ich werde mich nur ein wenig ausruhen. Morgen bekomme ich mein Auto wieder und kann ins Ferienhaus zurückkehren, dann fahre ich nach Buttle.«

»Gut. Zögern Sie nicht mich anzurufen, wenn etwas ist. Ganz gleich wann.«

Sie gab Margareta ihre Karte und verließ das Zimmer.

Das Telefon klingelte. Kalle war am Apparat, außer sich.

Er hatte in den Frühnachrichten von dem Überfall gehört und seitdem im Halbstundentakt angerufen, sowohl auf dem Zimmer, als auch an der Rezeption, bei der Polizei und der gotländischen Notrufzentrale. Niemand hatte gewusst, wo Margareta gewesen war. Er war abwechselnd erleichtert, weil sie weitgehend unbeschadet davongekommen war, und wütend darüber, dass sie ihr Handy ausgeschaltet hatte und weder selbst angerufen noch jemanden gebeten hatte, das für sie zu erledigen. Sie rekapitulierten mehrmals die Geschehnisse, und Kalle wollte sie partout davon überzeugen, mit dem ersten Flieger nach Hause zu kommen.

Margareta seufzte. Die hartnäckigen Bemühungen aller, sie aus Visby wegzubekommen, ermüdeten sie.

»Ich bleibe«, wiederholte sie noch einmal. »Frank ist aufs Festland zurückgefahren, wegen ihm musst du dir also keine Sorgen machen. Und sollte es ein alter Knastkunde gewesen sein, der sich gestern auf mich gestürzt hat, dann hat er sich vermutlich längst wieder beruhigt und hat Besseres zu tun, als mich noch ein zweites Mal anzugreifen.«

Zu guter Letzt war er damit einverstanden, dass sie blieb, wo sie war, aber er verlangte die Telefonnummer von irgendeinem anderen Menschen in Buttle. Margareta nannte ihm Ernst und Fanny Almgrens Nummer, denn sie waren die Einzigen, die sie bislang kannte.

»Aber ich verstehe nicht, warum du so dickköpfig bist«, sagte er. »Warum darf ich dir nicht wenigstens Gesellschaft leisten? Es kommt einem ja schon so vor, als wolltest du dich selbst quälen. Hast du etwa einen Schuldkomplex?«

Danach riefen Margaretas Chef Björn Alberg und Anne Danielsson mit der gleichen Botschaft an. Margareta saß eine gute Stunde am Telefon und kaute wieder und wieder den Mord durch, den Überfall, die Tatsache, dass sie Eva Viberg aufgesucht hatte, und ihren Gotlandaufenthalt überhaupt, bis sie endlich auflegen und den Stecker aus der Wand ziehen konnte. Die Journalisten würden ans Telefon stürzen sowie sie die Chance dazu bekamen, aber mit ihnen wollte sie ganz sicher nicht sprechen.

Es kehrte Stille ein, eine Stille, die ihr gefiel. Ihre Ohren klingelten noch von all den aufgeregten Stimmen. Und es hatte Kraft gekostet nicht nachzugeben.

Natürlich gab es auch einen, der nicht von sich hören ließ. Kent. Vielleicht hatte er versucht, sie auf dem Handy zu erreichen. Vielleicht aber auch nicht. Es lag noch in ihrem Zimmer, als die Polizei nachts an seine Tür geklopft hatte, um zu fragen, ob ihm etwas aufgefallen war. Jetzt war er jedenfalls auf dem Weg Richtung Festland.

Margareta legte sich aufs Bett, starrte an die Decke und ging den Überfall wieder und wieder in Gedanken durch, bis sie ihn von allen Seiten beleuchtet hatte. Wenn es nun doch nicht Frank gewesen war? Gab es jemand anderen, der sich rächen wollte? Und wenn ja, wofür? Sie war seit vielen

Monaten nicht mehr im Einsatz gewesen. Ein Versuch, sie zum Schweigen zu bringen? Aber sie hatte der Polizei schon alles gesagt, was sie wusste. Es tauchten keine neuen Ideen in ihrem Kopf auf.

Die Presse wartete in der Lobby. Als sie ein paar Stunden später nach unten kam, stürzten sie sich auf sie, als sie den Aufzug verließ. Die Fotografen drängelten, um ihre verletzte Seite zu erwischen. Sie schienen ein bisschen enttäuscht zu sein, weil nichts als ein kleines Pflaster zu sehen war, das sich auf den Bildern sicher nicht so gut machte. Margareta verbat sich alle Fragen nach ihrem Befinden. Sie hätte beim besten Willen nicht darauf antworten können. Sie wusste nicht, wie es ihr ging.

Ein paar Fotografen folgten ihr, als sie ziellos durch Visby spazierte, aber nach einer Weile ließen auch sie Margareta in Ruhe. Der restliche Freitag verlief friedlich. Die Stunden verstrichen. Sie aß zu Mittag, schaute auf das Meer hinaus, saß in den Ruinen. Nur einige Spaziergänger drehten sich flüchtig ein zweites Mal nach ihr um.

Stefan rief nicht mehr an, was darauf schließen ließ, dass die Mitarbeiter des Hotels wie erwartet unschuldig waren und dass man in den Zimmern der Gäste nichts gefunden hatte. Margareta aß zu Abend, ging ins Hotel zurück, legte sich früh ins Bett, las in den lokalen Zeitungen und machte gegen zehn das Licht aus, nachdem sie Kalle noch eine SMS geschickt hatte.

Er war überrascht und gekränkt, weil sie ihn auf Abstand hielt, aber sie konnte daran nichts ändern. Es war, als wäre ihr Leben in kleine Puzzlestücke zerfallen, die nur sie selbst wieder zusammensetzen konnte. Wenn sie mit anderen Menschen sprach, verlor sie auf merkwürdige Weise nicht nur ihre eigene Kontur, sondern auch den Kontakt zu den Ereignissen. Sie musste allein sein, damit ihre Erinnerungen nicht verwässerten und verschwanden. Es war ihr nie schwergefallen, sich einer Gruppe anzuschließen, aber jetzt war das anders.

Früh am Samstagmorgen kam Stefan mit dem Wagen und den Schlüsseln für das Ferienhaus. Er schien endlich geschlafen zu haben, und nur ein schwacher, abwartender Funke in seinen Augen verriet, dass er immer noch der Ansicht war, dass die Rückkehr nach Buttle eine gefährliche und dumme Idee war.

Auch Margareta selbst war ausgeruhter. Sie freute sich, ihn besserer Laune zu sehen, und sie gewöhnte sich an das Taubheitsgefühl, das die Schnittwunde umgab. Er brachte sogar ihren Trainingsanzug mit. Die Sachen waren trocken, ordentlich zusammengelegt und dufteten nach Waschpulver. Sie reichte ihm Jessicas Kleider. Die dicke Norwegerjacke gab sie ihm mit einem weinenden Auge zurück, sie war wie ein eigenes kleines Zuhause gewesen. Als sie nach unten in die Lobby fuhren, trug er ihren Rucksack und leistete ihr mit einer Tasse Kaffee Gesellschaft, als sie im Speisesaal frühstückte. Die Journalisten, die sich noch im Haus aufhielten, waren Gott sei Dank noch nicht aufgestanden. Im Hinblick auf die Ermittlungen schien sich nichts zu tun, vielleicht würden sie irgendwann im Laufe des Tages in den Flieger zurück ans Festland steigen. Auch Journalisten waren am Wochenende gern zu Hause bei ihren Familien.

»Ja, jetzt haben Sie Ferien«, sagte Stefan. »Sie wollen also in Buttle bleiben und beabsichtigen nicht, irgendeine Vendetta gegen Frank zu starten?«

»Nicht solange Eva Viberg nicht angerauscht kommt«, entgegnete Margareta.

Er lächelte und hob eine Augenbraue.

»Das glaube ich kaum. Sie war ziemlich empört, aber sicher in erster Linie, weil sie um eine Zimmervermietung betrogen wurde.«

Margareta war davon nicht ganz so überzeugt, aber sie lächelte zurück.

Plötzlich schlug seine Stimmung um. Der Wechsel vollzog sich schlagartig. Er beugte sich über den Tisch.

»Okay. Ich habe noch eine Frage an Sie. Wer ist Kent Johansson?«

Sie blinzelte überrascht.

»Kollege aus Stockholm. Fahnder«, sagte sie. »Wenn Sie so fragen, dann wissen Sie das sicher schon.«

»Was hat er hier gemacht?«

»Keine Ahnung.«

Er sah sie durchdringend an.

»Behaupten Sie. Der Fahnder Kent Johansson kommt mit dem letzten Boot hierher, checkt ein und sitzt die halbe Nacht im Wintergarten, das wissen wir von der Empfangsdame, der er ein bisschen unheimlich war. Sie geht auf die Toilette. Als sie zurückkommt, sitzen Sie ebenfalls unten und unterhalten sich leise und eindringlich mit ihm. Sie scheinen sich gut zu kennen. Schließlich steht er auf und geht, offensichtlich nach oben in sein Zimmer. Sie bleiben noch einige Minuten sitzen. Dann bitten Sie um etwas zu lesen und verschwinden ebenfalls, Sie fahren nach oben und werden mit einem Messer angegriffen. Woraufhin Kent Johansson mit der ersten Fähre wieder nach Hause fährt. Einfach so.«

Margareta sagte nichts.

»Wie um alles in der Welt konnten Sie glauben, dass wir das nicht erfahren würden? Warum haben Sie uns nicht schon in der Nacht davon erzählt?«

»Weil es nicht wichtig war. Ich musste über ein paar andere Dinge nachdenken, wie Sie wissen.«

Ungeduldig schnitt er eine Grimasse.

»Keine dieser ausgelutschten, dummen Phrasen bitte. Danke. Jetzt erzählen Sie schon, in Gottes Namen! Sie beide kennen sich also gut?«

»Seit vielen Jahren. Er hat gelegentlich auch an meinen Fällen gearbeitet. Aber privat haben wir nichts miteinander zu tun.«

»Sind Sie oder waren Sie ein Paar?«

»Nicht dass Sie das etwas angehen würde, aber nein.«

»Hat er Sie bedroht? Haben Sie Angst vor ihm?«

»Nein«, antwortet Margareta.

In ihrer Stimme schwang ein leiser, zögerlicher Unterton mit. Sie hatte keine Angst vor Kent, sie hatte Angst vor dem, wozu er fähig war. Aber es war unmöglich, Stefan das zu erklären.

»Warum sind Sie dann nicht gemeinsam nach oben gefahren?«, fragte er. »Haben Sie sich gestritten? Warum wollten Sie nicht mit ihm Aufzug fahren?«

»Ich musste nachdenken. Wir haben kein Verhältnis. Aber trotzdem ist das eine private Angelegenheit.«

»In einem Fall wie diesem gibt es nichts Privates. Hat er Sie überfallen?«

»Nein. Haben Sie sein Zimmer durchsucht?«

»Natürlich, unmittelbar nachdem wir die Aussage der Empfangsdame aufgenommen haben. Wir konnten nichts finden. Sind Sie sicher, dass er nicht auf Ihrer Etage war, als Sie nach oben gekommen sind?«

»Ich habe nichts gesehen.«

Er schaute weg. Von ihr enttäuscht, oder enttäuscht, weil ihm gerade eine einfache Erklärung für den Überfall durch die Finger rann. Wenn sie den Zugang zu ihm nicht ganz verlieren wollte, war sie gezwungen, wenigstens etwas preiszugeben.

»Also gut, wie Sie wollen«, sagte sie. »Es ist so: Kent hat mir letztes Jahr das Leben gerettet. Sie haben sicher davon gehört. Es war ein traumatisches Erlebnis, und jetzt hat er mich im Fernsehen gesehen und ist gekommen, um sich zu vergewissern, dass mit mir alles in Ordnung ist. Das ist alles. Ich habe ihm gesagt, dass es mir gut geht und ihn gebeten, wieder nach Hause zu fahren, was er offenbar auch getan hat. Wie Sie sicher auch schon überprüft haben, habe ich nicht versucht, ihn von Ihrem Haus aus anzurufen. Und er hat nicht versucht, mich zu kontaktieren, seit wir uns an diesem Abend getrennt haben.«

Stefan wirkte skeptisch. Kent sollte den ganzen Weg von Stockholm bis Visby zurückgelegt und sich im Wisby Hotel einquartiert haben, nur um zu hören, ob es Margareta gut ging? Ihr war klar, dass diese Geschichte sie einen beachtlichen Teil seines Goodwills kostete, nachdem er merkte, dass es Dinge gab, die sie ihm nicht erzählen wollte. Sie begann zu fürchten, er könne auf Hans Elms gegnerische Seite überlaufen. Aber es war unmöglich, ihm die Wahrheit zu sagen. Sie hatte sie nicht einmal Kalle erzählt.

Stefan begleitete sie zu ihrem Auto. Es war ein gutes Gefühl, wieder hinter dem Steuer zu sitzen. Die Kriminaltechniker hatten sich mit Fingerabdruckpulver, Staubsauger, Klebeband und Läusekamm darin zu schaffen gemacht, aber anschließend hatte eine freundliche Seele den Wagen gewaschen und sogar den Abfall weggeräumt, den sie liegen gelassen hatte. Die Polizei sorgte für die ihren. Das Auto glänzte in der Morgensonne.

»Dann machen Sie es gut und genießen Sie die Ferien«, sagte Stefan. Margareta drehte dankbar den Schlüssel im Zündschloss und legte den Gang ein.

Der Wagen setzte sich in Bewegung, und sie sah ihn im Rückspiegel verschwinden. Sie verließ Visby und kehrte, wie sie fand, in ihr eigenes Leben zurück.

Äcker, Wiesen und Wälder flogen draußen vorbei. Als sie auf die Straße nach Buttle abgebogen war und das kleine braune Haus sah, hatte sie das Gefühl, einen alten mürrischen Freund wiederzusehen, den sie einige Tage im Stich gelassen hatte. Sie parkte, stieg aus und fühlte sich ein wenig besser.

Endlich war sie wieder allein. Ein Zustand, den sie in dieser Situation in- und auswendig beherrschte, der so etwas wie eine Heimat für sie geworden war. Allein konnte sie manövrieren.

Der Frieden und die Stille hier waren wohltuend. Im Sonnenschein der letzten Tage war das Gras ein kleines Stück gewachsen, und rund um die Wasserpumpe wucherten Brennnesseln. Es roch würzig, warm und staubig, und der Duft verströmte eine kitzelnde Vorahnung auf den kommenden Sommer. Und das blauweiße Absperrband der Polizei flatterte träge zwischen den Baumstämmen um den Platz hinter dem Nebengebäude, an dem Sanna gelegen hatte. Dem Moos, den Steinen und dem Boden nach zu urteilen, hatte es die junge Frau nie gegeben.

Margareta ging ins Haus und öffnete zwei Fenster, um den Frühlingswind hereinzulassen. Während sie damit beschäftigt war, näherte sich ein brummender Kastenwagen dem Haus und hielt vor der Tür. Zwei Männer in dunkelblauen Overalls stiegen aus und klopften an den Türstock.

»Ja?«, sagte Margareta schlecht gelaunt. Sie legte keinen Wert auf Gesellschaft.

»Wir kommen von Telia«, sagte der eine. »Wir sollen hier ein Telefon installieren. Eine Anne Danielsson hat gestern angerufen. Sie ist wohl die Eigentümerin des Hauses?«

»Sie wollen mir weismachen, dass Sie an einem Samstag arbeiten?«

»Ja, es macht doch den Eindruck als wäre es, nach allem was passiert ist, sinnvoll, wenn Sie von hier aus telefonieren können«, sagte der andere und hielt ein Telefon hoch.

Margareta betrachtete den Apparat. Etwas derartig Absurdes hatte sie noch nie erlebt. Ein großes, kabelloses Gerät in knallrosa, das in einer Basisstation mit Leopardenmuster und grellblauen Knöpfen stand. Die Männer erröteten leicht, als sie ihren Blick bemerkten.

»Ist von Einundneunzig«, erklärte der Erste. »Eine echte Antiquität, wirklich. Frau Danielsson sagte, wir sollten eines nehmen, das Sie ein wenig aufheitern würde. Ein lustiges Telefon, und dieses hier stand schon eine Weile bei uns herum. Niemand … Wir dachten, es könnte passen.«

»Gut«, sagte Margareta. »Ist schon in Ordnung.«

Sicher. Wenn die Schurken jetzt brüllend anrückten, musste sie sie nur noch schnell bitten, sich einen Augenblick zu gedulden, um sie dann mit ihrem rosa Telefon in die Flucht zu schlagen. Aber Anne hatte es nur gut gemeint. Sie dachte wohl, dass Margareta gern mit Kalle sprechen würde, wenn sie sich einsam fühlte.

Die Männer werkelten eine Weile herum, zogen Leitungen und schraubten und wirkten schwer beschäftigt. Eine Stunde später waren sie fertig und verschwanden, zutiefst erleichtert, das schweinchenrosa Dschungelmonster losgeworden zu sein. Sie fragte sich, ob an dem Arbeitsplatz der Techniker wohl seit fünfzehn Jahren eine Wette lief, bei der soeben jemand den Hauptgewinn abgeräumt hatte – und wir haben es doch verkauft!

Sie war gezwungen, Anne anzurufen und sich zu bedanken. Es war Samstagmorgen, Anne meldete sich und Margareta hörte John und ihre Tochter Miriam im Hintergrund lachen. Aber dann war es endlich still. Richtig still. Abgesehen von dem Gesang der liebestollen Vögel.

15

Margareta überlegte, was sie jetzt tun sollte. Sie wünschte, Stefan hätte ihren Vorschlag ernst genommen und ein paar Männer in den Büschen versteckt. Aber das hätte natürlich bedeutet, mehrere Beamte für einige Tage aus dem Verkehr zu ziehen, ohne zu wissen, ob sich das auszahlen würde.

Alle warteten. Auf Spuren, Hinweise, Obduktionsergebnisse und die Analysen der Techniker. Währenddessen hatte Margareta das Gefühl, als wäre Sanna Westmans ganzes Leben in die Vergangenheit befördert worden, als wäre sie nichts als Erde. Nichts als eine Ansammlung von Atomen, die eine Weile zusammengehalten worden und jetzt in den ewigen Kreislauf zurückgekehrt waren.

In dem Moment, als ihr dieses Bild durch den Kopf ging,

verbannte Margareta es auch schon wieder. Sie wusste, wenn derartige Gedanken auftauchten, wie wahr sie auch sein mochten, war das ein Zeichen für eine Depression. Derartige Gedanken hatten außerhalb physikalischer Forschung keinerlei Nutzen. Im Alltag hatte man keine Freude daran. Es gab noch andere Dimensionen als nur Geologie und Atomphysik. In der Gesellschaft war Sanna viel mehr als nur das gewesen. Auch Margareta war ein Teil der Erdmasse, aber auch diese Tatsache war völlig unerheblich. Sie gehörte derselben Welt an, wie Sanna es getan hatte.

Sie suchte die topographischen Karten aus ihrer Tasche, breitete sie auf dem Tisch aus und versuchte, sich einen Überblick über die Gemeinde von Buttle zu verschaffen.

Wohnhäuser, Höfe, die Kirche, der stillgelegte Bahnhof, alles lag entlang eines langen, gewundenen Weges, inmitten von Mooren, Feldern und Wald, abrupt unterbrochen von der großen Straße im Süden. Es gab Zufahrten zu Höfen und Häusern mit klingenden Namen. Altajme, Hägsarve. Wenn man die Karte genau betrachtete, konnte man noch die alten, verschlungenen Pfade zwischen den Höfen erkennen.

Dieses Grundstück, das jetzt so nah an der breiten Straße lag, hatte vermutlich, lange bevor die Fabrik und die großen Häuser gebaut worden waren, an einem Waldweg gelegen. Nicht weit von der Kirche entfernt, aber doch ein Stück abseits.

Aus welcher Richtung konnte der Mörder, oder doch die Mörder, mit Sanna gekommen sein? Aus jeder x-beliebigen, lautete die niederschmetternde Antwort. Von der Landstraße, die sie selbst genommen hatte, aus der entgegengesetzten Richtung, wo der Weg nach Buttle in die andere Straße mündete, die von Visby an die Südostküste der Insel führte, oder aber von einer der kleineren Straßen rundherum. Er oder sie hatten vielleicht ein Stück entfernt auf dem Waldweg geparkt und Sanna das letzte Stück getragen. Wenn sie von Norden her gekommen waren, nachdem Margareta das Licht im Ferienhaus schon ausgemacht hatte, dann hätten sie vermutlich nicht einmal das Auto auf der Vorderseite des Hauses bemerkt, sondern geglaubt, dass die Hütte leer stand.

Aber warum ausgerechnet hier? Warum in Buttle? Und wenn sie sich schon die Mühe gemacht hatten, die Leiche von Visby hierher zu schaffen, warum hatten sie sie dann nicht versteckt? Margareta hatte die Tote so frühzeitig entdeckt, weil sie nachts aufgestanden war, aber spätestens am nächsten Morgen nach Sonnenaufgang wäre sie sehr bald von jemand anderem gefunden worden.

Margareta faltete die Karte zu einem handlichen Format zusammen, was ihr unter leisem Fluchen einiges an Geschick abverlangte, und ging zur Rückseite des Grundstücks. Sie stieg über den Drahtzaun und lief in den jungen Wald hinein. Sie versuchte sich vorzustellen, wie es war, eine tote Frau zwischen den Bäumen herumzutragen. Der Waldboden war eben und es lagen nicht viele Zweige auf dem Boden. Es war also durchaus denkbar, dass sie die Täter nicht gehört hatte. Vorausgesetzt, Vergewaltigung und Mord hatten nicht hier stattgefunden, sondern waren an einem anderen Ort verübt worden. Vorausgesetzt, die Täter hatten nicht miteinander geredet. Was wiederum bedeutete, dass zumindest der Transport nach Buttle geplant gewesen sein musste und dass die Mörder aller Wahrscheinlichkeit nach nicht gravierend unter Drogen- oder Alkoholeinfluss gestanden haben konnten.

Sie machte kehrt und ging zurück zum Absperrband. Ohne das Band wäre es unmöglich zu sehen gewesen, wo Sanna gelegen hatte. Margareta ging in die Hocke und sah sich die bemoosten Steine genauer an, die über dem Boden verstreut lagen. Einige waren bis zur Hälfte mit Gras und Erde bedeckt. Erst jetzt fiel ihr auf, dass sie ein Muster bildeten. Das einer alten Grundmauer, vielleicht dreieinhalb auf fünf Meter.

Das war interessant. Sie schaute zu Annes und Johns Grundstück hinüber. Hatten die beiden Gebäude zusammengehört? Vielleicht war dieses hier ein kleiner Stall gewesen, für eine Kuh und eine Ziege? Oder hatte hier wirklich jemand gewohnt? Wie lange mochte das her sein?

Margareta kratzte etwas Moos ab, darunter war der Stein schwarz, als wäre er einem starken Feuer ausgesetzt gewesen. Als sie daneben ein paar Zentimeter in der Erde grub, stellte sie fest, dass auch die Erde schwarz war. Irgendetwas zerrieb sie zwischen ihren Fingern. Verkohltes Holz, das wie eine feine, rußige Schicht direkt unter der Oberfläche lag. Hier hatte es vor langer Zeit gebrannt.

Hinter ihr lag ein größerer, flacher Stein, der ganz offensichtlich als Eingangstreppe gedient hatte. Sie wischte Laub, trockenes Gras und Moos beiseite. Es war ein schöner Stein, fast einen Meter breit, leicht unregelmäßig geformt. Die Kanten waren leicht abgerundet, und an den Seiten waren flache Riefen zu erkennen. In der Mitte war die Stufe von den unzähligen Schritten der Jahre ganz ausgetreten.

Margareta setzte sich auf die Stufe. Plötzlich fühlte sie sich wohl, als würde sie in einer Blase milder Luft schweben. Hoch über ihr flimmerte die Sonne durch die Baumkronen. Sie schloss die Augen und hatte das Gefühl, den Duft des warmen, sonnenbeschienenen Holzes der Hauswand zu riechen und das Surren der Fliegen zu hören. Irgendwann hat genau hier jemand gesessen und ist glücklich gewesen, dachte sie.

Margareta war überzeugt davon, dass die Toten für immer tot waren und dass man mit ihnen nicht mehr in Kontakt treten konnte. Aber manchmal überkam sie doch das Gefühl, dass sie ganz in ihrer Nähe waren. Seit vielen Jahren spürte sie die Anwesenheit ihres verstorbenen Mannes, und seine Nähe hatte sie immer getröstet.

Tief in Gedanken versunken ging Margareta die Straße entlang, am Saunahäuschen vorbei, an dem alten Dorfladen und der Abzweigung, die der Karte zufolge zu einem Hof namens Nygårds führte. Ein Pick-up überholte sie, der Fahrer warf ihr einen Blick zu. Als er verschwunden war, war es wieder still.

Hinter einer Kurve tauchte plötzlich ein paar Meter vor ihr ein schwarzweißes Huhn mit seinen Küken aus dem Gebüsch auf. Die Hühner gehörten offenbar zu Almgrens riesigem Grundstück, das an den Grund der Kirche grenzte. Als Margareta über das Leben des Federviehs nachdachte, entdeckte sie Ernst, der auf dem Hof war und einen großen Gemüsegarten umgrub. Auch er hatte Margareta bemerkt und winkte ihr zu, die Hand im Arbeitshandschuh. Hinter ihm stand ein halbfertiges Gewächshaus, offensichtlich ein weiteres Projekt.

Ernst Almgren baute. Zweifelsohne sowohl an seiner politischen Karriere als auch an seinem Leben in Buttle.

Sie winkte zurück und schlenderte weiter zur Kirche. Hier standen weitere Häuser auf der anderen Straßenseite, eine Art Gemeindehaus auf dem großen, offenen Platz und hohe Bäume, die ihre Schatten auf die Wege und den kleinen Friedhof warfen. Eine ältere Frau ging langsam mit ihrer Gießkanne zwischen den Grabsteinen entlang und blieb an einer Rabatte stehen. Auch Margareta spazierte über den Friedhof. Die Frauen lächelten sich kurz aus der Entfernung zu.

Die braune Holztür der Kirche war nur angelehnt. Sie ging hinein. Die kühle Luft, das Halbdunkel und der Kellergeruch alter Kirchen hatten für sie etwas Aufregendes. Mauern, Holzbänke, Malereien – als bliebe die Zeit für ein paar Augenblicke stehen und machte Platz für eine längst vergangene Epoche. Eine viel körperlichere. Jahrhundertelang waren die Menschen genau hierher gekommen, mit ganz unterschiedlichen Weltbildern, Geschichten und Zukunftsplänen, hatten genau diese Wände hier gesehen, genau diesen Geruch wahrgenommen. Sie hatten sich in Gruppen gedrängt oder waren allein gekommen, waren gläubig oder nicht gläubig gewesen, waren von sich aus gekommen oder gezwungen worden, ausgestoßen oder geschätzt. Die Mitglieder der Gemeinde waren nach dem Gottesdienst durch diese Tür gegangen und hatten ganz unterschiedliche Dörfer gesehen, als sie draußen auf dem Kirchplatz standen und sich unterhielten. Und für alle war es ihr Hier und Jetzt gewesen, begrenzt wie wir sind, auf unsere eigene, kleine Zeitspanne. Wie ihr toter Mann. Wie Sanna.

Margareta blieb in dem kühlen Kirchenraum stehen, sah sich um und träumte sich noch weiter zurück, in die Zeit, als die Kirche errichtet worden war. Hatte es vielleicht genau hier einen heidnischen Opferplatz gegeben?

Hinter der Orgel bewegte sich jemand. Leise verließ sie die Kirche, sie hatte keine Lust sich zu unterhalten. Die ältere Frau auf dem Friedhof war fertig und ging gerade an ihr vorbei. Sie war groß und hatte ein freundliches, leicht gebräuntes Gesicht unter stahlgrauen Haaren. Margareta wollte sie nicht stören, aber jetzt waren sie sich so nah, dass es unhöflich gewesen wäre, nicht zu grüßen. Manchmal fühlte sie sich bei Begegnungen mit fremden Menschen furchtbar ungeschickt, wenn sie sich nicht hinter der Identität der Polizistin verstecken konnte, aber jetzt war sie gezwungen, die Hand auszustrecken, noch während sie überlegte, ob das nicht vielleicht schon zu aufdringlich war.

»Guten Tag, ich heiße Margareta Davidsson und wohne im Haus der Danielssons.«

Die Frau schüttelte Margareta die Hand und nickte.

»Ich heiße Maj Blomgren. Ja, ich weiß schon, dass Sie dort wohnen. Schrecklich, was passiert ist.«

»Ja, ich habe gehört, dass das Mädchen, das ich gefunden habe, aus Visby kam. Sie hatte sicher keine Freunde hier?«

»Ich weiß es nicht. Wie hieß sie denn?«

»Sanna Westman. Sechsundzwanzig Jahre alt.«

»So jung! Nein, den Namen habe ich noch nie gehört. Und ich wohne hier schon mein ganzes Leben.«

»Hinter dem Grundstück, auf dem ich wohne, sind Reste einer steinernen Grundmauer zu finden«, sagte Margareta spontan. »Wissen Sie, wer früher dort gelebt hat?«

Maj Blomgren schüttelte den Kopf.

»Nein. In meiner Kindheit haben wir manchmal dort zwischen den Steinen gespielt, aber damals wusste auch schon niemand mehr richtig Bescheid. Es muss also schon sehr lange her sein, dass dort ein Haus gestanden hat. Ich habe gehört, dass es jemand angezündet hat. Aber das sind vielleicht nur Gerüchte. Es brannte oft, als die Leute noch offenes Feuer im Haus hatten, und es gibt immer jemanden, der die Geschichte noch ein bisschen ausschmücken möchte.«

Sie lächelte leicht ironisch.

»Damals gab es schließlich noch keine Fernseher. Aber wussten Sie schon, dass man vor einigen Jahren einen Toten in dem alten Bahnhofsgebäude gefunden hat?«

»Nein. Ist er auch ermordet worden?«

»Das wissen wir auch nicht. Und wir wissen nicht, wer er war. Er muss einige Zeit dort gelegen haben. Übrigens ist die Lyrikerin Sonja Åkesson dort geboren. Ich liebe ihre Gedichte.«

Sie ließ ihren Blick über die Straße, die hohen Bäume und den großen, freien Kiesplatz vor der Kirche schweifen.

»Ich muss jetzt zu unserem Nähkreis. Ich wünsche Ihnen einen angenehmen Aufenthalt hier.«

Sie ging und Margareta folgte ihr mit dem Blick.

Dann entdeckte sie etwas anderes. Ganz in der Nähe der Treppenstufen, die vom Friedhof hinunterführten, stand ein ungewöhnlich großer, ockerfarbener Grabstein, mit Schnörkeln und Blumengirlanden verziert, sicher eineinhalb Meter hoch.

Grabsteine zu betrachten gehörte zwar nicht unbedingt zu ihren Hobbys, aber diesen hier konnte man gar nicht übersehen. Wer hatte in Buttle ein solch pompöses Denkmal erhalten? Sicher irgendein Großbauer.

Der Stein sah alt aus. Das Sonnenlicht schien auf das verwitterte Relief. Neugierig trat Margareta näher und las die Inschrift.

HIER RUHT

IDA CATHARINA PETTERSSON

* 14. NOVEMBER 1848 IN BUTTLE

† 10. MAI 1862 IN BUTTLE

GELIEBTE TOCHTER

Ein kühler Wind wehte durch die Stille und den Sonnenschein.

Kein reicher Bauer, kein Priester. In dem Grab unter ihren Füßen lag ein junges Mädchen. Sie war nur vierzehn Jahre alt geworden.

16

Margareta sah sich um.

Dieses Mädchen, Ida, war 1848 geboren. Hier hatte sie als Kind gespielt. Und dann war sie 1862 im Alter von vierzehn Jahren gestorben. Vielleicht an einer Krankheit. Oder bei einem Unglück.

Hat sie den Katechismus in der Schule gelesen, im Winter in der Kirche an den Füßen gefroren? Was hatte sie gedacht? Hatte sie Buttle jemals verlassen, war sie vielleicht zum Markt gefahren? Wer hatte ihren Stein bezahlt, ihre wohlhabenden Eltern?

Margareta hörte imaginäre Wagenräder über den Kies knirschen und rechnete nach. In zwei Monaten war es 144 Jahre her, dass das Mädchen Ida gestorben war. Eine alte, vergessene Tragödie, ein Geheimnis, das unter diesem Grabstein verborgen lag. Und sie hatte keine Nachkommen hinterlassen können.

Zögernd wandte Margareta sich von dem Grab ab und ging langsam zum Ferienhaus zurück. Dieses Mal blieb das Huhn mit seinen Küken auf dem Hof, und auch Ernst war nicht mehr zu sehen, aber als sie an der Hofeinfahrt vorbeikam, stand ein glänzendes, dunkelblaues Auto zwischen dem Wohnhaus und dem rot gestrichenen Gebäude, in dem früher Viehstallungen gewesen waren. Von irgendwoher hörte sie zwei aufgebracht streitende Männerstimmen. Sie verlangsamte ihren Schritt und reckte den Hals, aber sie konnte nichts sehen. Möglicherweise standen sie im Stallgang.

Plötzlich kam Dennis Almgren aus eben dieser Richtung vorbei gelaufen, in Jeans und einem weiten marineblauen Pullover, unter dem er ein Hemd trug. Er sah richtig gut aus, aber sein Gesicht war vor Wut verzerrt und er stürmte mit raschen, wütenden Schritten zum Auto. Ernst folgte ihm auf dem Fuß.

»Niemals!«, schrie er.

Es sah so aus, als würde er seinen Vater angreifen, und Margareta fragte sich, ob sie dazwischengehen und eine Schlägerei verhindern musste. Aber Ernst beherrschte sich, machte auf dem Absatz kehrt, stürzte ins Haus und knallte die Tür hinter sich zu.

In dem Moment bemerkte Dennis sie. Dieses Mal lächelte er nicht. Er warf ihr einen düsteren Blick zu, setzte sich ins Auto, fuhr rückwärts auf die Wiese und wendete mit einem zornigen Griff um das Lenkrad, bevor er mit hoher Geschwindigkeit die Kurve nahm und verschwand.

Das hier ging Margareta nichts an. Aber Ernsts Ausruf war so verzweifelt gewesen, dass Margareta sich ernsthafte Sorgen machte. Also ging sie, auf alles vorbereitet, auch darauf, beschimpft zu werden, die Auffahrt hinauf und klingelte an der Tür.

Nichts geschah. Sie drückte gegen die Tür. Sie war unverschlossen. Margareta betrat das Haus.

Ernst saß, oder lag vielmehr, auf der Küchenbank, die Beine ausgestreckt, eine Hand auf der Rückenlehne, die andere auf dem Tisch. Er sah aus, als hätte er sich zornig und enttäuscht auf die Bank fallen lassen. Seine Haare standen zu allen Seiten vom Kopf ab, und in der Küche hing ein scharfer Schweißgeruch, vermischt mit dem Duft seines Deodorants. Als hätte der armselige Versuch der Zivilisation, den Geruch von Arbeit, Verzweiflung und Zorn zu vertreiben, der Kraft des Ursprünglichen weichen müssen.

Margareta blieb mitten im Raum stehen. Ernst sah sie sprachlos an. Er war viel zu aufgebracht, um etwas sagen zu können.

»Wie geht es Ihnen?«, fragte sie.

Die Frage war ziemlich überflüssig und er schnaubte nur bitter. Ihr fiel nichts ein, um ihn ein wenig zu besänftigen.

Sie unternahm einen neuen Versuch. »Soll ich Kaffee aufsetzen?«

»Nein, danke«, fauchte er.

Aber er hatte sie nicht aufgefordert zu gehen. Sie trat an den Tisch und setzte sich ihm gegenüber auf einen Stuhl. Er fuhr sich mit der Hand durch die Haare und rieb sich das Gesicht, versuchte, sich wieder zu beruhigen.

»Sie haben mit Ihrem Vater gestritten«, stellte Margareta fest.

Er starrte sie an.

»Ach ja, Sie sind ja Polizistin.«

»Ja, aber ich bin nicht im Dienst. Wenn irgendetwas ist...«

»So habe ich das nicht gemeint. Können Sie schweigen?«

»Darüber, dass Sie sich gestritten haben? Natürlich. So lange das nichts mit den Ermittlungen zu tun hat.«

Er lachte auf.

»Das wäre überhaupt das Allerbeste! Man hätte die Welt schon längst von diesem Drecksack befreien sollen!«

»Warum das?«

Er setzte sich mit einem Ruck auf und lehnte sich über den Tisch. Plötzlich strömten die Worte ohne Unterlass in einem unaufhaltsamen Fluss aus seinem Mund.

»Warum? Off the record, unter uns, weil er ein verfluchtes Schwein ist!«

»Wieso das?«

»Wieso, wieso! Er hat meine Mutter verprügelt, er hat mich verprügelt. Die Polizei hat ermittelt, aber man konnte ihm nichts nachweisen. Ja, Sie müssen entschuldigen, aber gelegentlich sind Ihre Kollegen richtig faule Trottel. Sie haben meine Mutter im Stich gelassen. Was sollte sie tun? Als ich drei Jahre alt war, hat sie mich geschnappt und ist mit mir nach Kalmar geflohen. Er hat sie mit Hilfe dieser gottverdammten Sozialbehörde gefunden. Sie ist weiter nach Hälsingland geflohen. Wieder hat er sie gefunden und hat sie verklagt. Das Gericht kam zu dem Urteil, dass sie den Umgang zwischen meinem Vater und mir zu behindern versuchte. Also haben sie ihr das Sorgerecht abgesprochen – das komplette Sorgerecht! – und haben mich zu ihm zurück nach Visby geschickt. So geht man hier mit Frauen um, die versuchen, ihr Kind zu beschützen. Die werden bestraft. Die Polizei hat mich aus ihren Armen gerissen, ich habe gebrüllt wie am Spieß. Da war ich fünf.«

Er holte tief Luft. Seine Augen waren fast schwarz vor Verbitterung, und tief in ihnen lag etwas Totes. Er wusste es und wandte den Blick ab.

»Als ich fünfzehn war, hatte ich die Nase voll. Niemand konnte mich zwingen, länger bei ihm zu bleiben. Ich habe meine Tasche gepackt, habe meine Skrupel überwunden, ihm tausend Kronen gestohlen und bin nach Hause zu meiner Mutter gefahren. Das war das Beste, was ich je getan habe, abgesehen von meiner Hochzeit mit Fanny. Dennis hat Himmel und Hölle in Bewegung gesetzt, aber er konnte nichts mehr ausrichten. Ich hatte ein Jahr mit Mama. Ein Jahr, das mir gezeigt hat, wie es hätte sein sollen. Dann starb sie.«

»Und warum sind Sie nach alledem hierher zurückgezogen?«

Ernst lehnte sich zurück. Die Holzbank knarrte.

»Weil Gotland meine Heimat ist. Warum sollte er gewinnen? Warum sollte ich ins Exil gehen? Und warum sollte er die Politik für sich allein haben? Aber Fanny und ich halten uns von ihm fern. Er soll seine fetten Pranken von meinen Töchtern lassen. Ab und zu kommt er angefahren, will Familie spielen und erwartet, dass ich ihm verzeihe. Zusammen einen trinken, wie ein echter Kerl, und ihm auf den Rücken klopfen. Niemals! Dann fährt Fanny mit den Kindern weg, während ich hier bleibe und ihn verjage.«

»Haben Sie sonst keine Verwandtschaft?«

»Einen Cousin mütterlicherseits, aber der wohnt in Strömstad. Und dann noch eine alte Tante von Dennis. Sie mag mich nicht. Ich nehme an, sie ist wie er.«

Er schaute düster aus dem Fenster in den sonnendurchfluteten Garten.

»Können Sie das für sich behalten? Ich hätte das alles gar nicht erzählen dürfen, aber es liegt wohl daran, dass Sie Polizistin sind, das ist so ähnlich wie mit einem Pfarrer. Ich rege mich einfach jedes Mal furchtbar auf, wenn er hier auftaucht, und ausgerechnet dann sind Sie hier reingekommen.«

»Aber wie können Sie denn vor diesem Hintergrund politisch mit ihm zusammenarbeiten?«

»Das ist etwas anderes. Er ist ein Feind, gegen den ich angehe, den ich zu verdrängen versuche. Da kann ich mich sammeln und einen kühlen Kopf bewahren. Weder die Welt noch Gotland oder die Partei braucht einen alten, moralisch verkommenen Knacker wie ihn!«

»Aber die Bürger sollten davon erfahren«, fand Margareta. »Wie kann er sich überhaupt als Politiker halten?«

Ernst lachte auf, als fände er die Frage furchtbar naiv.

»Wie? Weil der Schweinehund zäh ist! So einfach ist das. Er hat eine enorme Autorität und einen unerschütterlichen Platz in der männlichen Hierarchie. Die Menschen schaffen es nicht, gegen einen zu kämpfen, der einfach reglos wie ein steinernes Standbild stehen bleibt und alles leugnet. Sie werden zu unterwürfigen Hunden, sie bewundern ihn. Und die Polizei bleibt bei ihrer Meinung, dass schließlich nichts bewiesen ist. Sie glauben jetzt vielleicht, ich bin auf Rache aus, aber so ist es nicht. Ich tue nur, was getan werden muss. Manchmal denke ich, er will mich provozieren, damit ich zuschlage, denn dann wäre *meine* Karriere beendet! Aber ich werde ihm niemals auch nur ein Härchen krümmen. Ich bin hier das Opfer, und ich werde nicht zulassen, dass er mich noch einmal zu Fall bringt.«

Margareta dachte an den Schwarm bewundernder Männer, der im Restaurant um Dennis herumgeflattert war. Eine harte Aufgabe für Ernst, ihm die Stirn zu bieten.

Ernst unternahm einen schuldbewussten Versuch, sich zusammenzureißen, stand auf, ging in die Küche und lehnte sich gegen die Bank, die Arme vor der Brust verschränkt.

»Ja, das war das. Sie haben etwas von Kaffee gesagt. Das lässt sich machen. Möchten Sie eine Tasse?«

»Danke, das ist nicht nötig. Es tut mir wirklich furchtbar leid. Kein Kind sollte das durchmachen müssen, was Sie erlebt haben.«

Er lächelte und hob die Schultern. Der Gefühlssturm war abgeflaut, jetzt wirkte er ruhiger. Margareta stand ebenfalls auf.

»Warum kommen Sie heute nicht zum Abendessen zu uns?«, schlug er vor. »Dann können Sie uns auch mal im Normalzustand erleben. Ohne Ermittlungen, Flaschen und Streiterei. Kommen Sie gegen halb acht! Dann sind die Mädchen im Bett und wir können ein bisschen zusammensitzen und uns unterhalten.«

Das war ein unerwartetes Angebot, und der Teil in Margareta, der Ernst als Verdächtigen in dem Mordfall betrachtete, protestierte. Aber der andere Teil, der sich aus derselben Ermittlung ausgeschlossen fühlte, der Teil, der neugierig war und mehr über ihn wissen wollte, gewann.

»Danke, ich komme gern«, sagte sie.

Als sie ging, klingelte das Telefon und er nahm sofort ab. Vermutlich Fanny, die wissen wollte, ob die Luft wieder rein war. Draußen auf der Treppe konnte sie noch seine Stimme hören, als er mit seiner Frau sprach. Sie hatte jetzt einen ganz anderen Ton, heller und lebendiger.

Das war es also, was unter der friedlichen Oberfläche schlummerte. Hoffnungen, Enttäuschungen und Hass, genau wie überall. Margareta fragte sich, ob Dennis später noch einmal geheiratet hatte oder ob Ernst sein einziger naher Verwandter war. Hatte er bereut, was er seinem Sohn angetan hatte? Wahrscheinlich nicht. Die meisten Täter fanden immer neue Entschuldigungen und spielten ihr Verhalten herunter.

Es sei denn, Ernst hatte sie angelogen. Vielleicht war er der gerissene Manipulator und nicht sein Vater. Der Gedanke gefiel ihr nicht, sie tendierte immer dazu, der Version des Kindes Glauben zu schenken. Aber Ernst war natürlich schon lange kein Kind mehr. Andererseits war der Streit mit Dennis um das Sorgerecht eindeutig zu belegen. Es gab ein Gerichtsverfahren, Akten, Dokumente. Er hätte kaum versucht, sie mit einer Lüge hereinzulegen, die man so leicht überprüfen und aufdecken konnte.

Aber es gab noch einen dritten Aspekt. Was hatte Ernsts Kindheit für einen Einfluss auf seine heutige Persönlichkeit?

Die Frau aus dem Dorfladen war inzwischen nach draußen gekommen. Sie trug weite gestreifte Tischlerhosen und war gerade damit beschäftigt, einen Stuhl blau zu lackieren. Neben ihr spielte der kleine blonde Junge, kickte einen Ball weg und rannte hinter ihm her. Auf der Treppe saß eine kleine schwarze Katze und putzte sich das Fell.

Die Frau hielt inne und schaute zu Margareta auf, unentschlossen, ob sie grüßen sollte oder nicht. Margareta lächelte und winkte, die Frau kam an den Bordstein. Der kleine Junge rannte ihr nach und blinzelte neugierig hinter ihren Hosen hervor. Margareta stellte sich vor.

»Ich weiß, wer Sie sind, ich habe von Ihnen in der Zeitung gelesen und Sie im Fernsehen gesehen«, sagte die Frau. »Ich heiße Hanna Alvin und das ist mein Sohn Jonas. Wie furchtbar für Sie, unter solchen Umständen hierher zu kommen!«

»Ja, man hätte sich einen besseren Start denken können.«

»Das kann ich mir vorstellen. Ich wünschte, ich hätte in dieser Nacht etwas gehört und könnte der Polizei helfen, aber ich schlafe leider wie ein Stein und mein Schlafzimmerfenster geht in die andere Richtung. Wie schrecklich, dass niemand dieses arme Mädchen retten konnte. Dass es wirklich Menschen gibt, die so etwas tun! Man kann es kaum glauben.«

In ihrem Blick lagen Wärme und Mitgefühl. Margareta hatte die Frau gleich gemocht, schon als sie sie in der Mordnacht das erste Mal in ihrem chinesischen Morgenmantel gesehen hatte, und der Eindruck bestätigte sich. Vor allem, wurde ihr plötzlich klar, weil Hanna keine neugierigen Fragen stellte. Weil sie nicht versuchte, Sensationslüsternheit und Nervenkitzel für sich aus der Sache zu ziehen.

»Möchten Sie reinkommen?«, fragte Hanna spontan.

Margareta nickte und Hanna ging vor ihr durch die Hintertür, die von einem Spalier umrankt war.

»Wohlriechende Gartenwicke«, erklärte sie im Vorbeigehen.

Von der Straße aus wirkte das Haus ziemlich klein, aber von innen war es geräumig, es war ausgebaut und mit einem großen Dachboden im ersten Stock versehen worden. Als Hanna sie durch Gästezimmer, Kinderzimmer, Tischlerwerkstatt, Wohnzimmer, Esszimmer, Küche und diverse andere Kammern geführt hatte, hatte sie insgesamt neun Zimmer gesehen. Die Werkstatt war ein ehemaliger Geschäftsraum, in dem eine Staffelei, Bilder und eine Nähmaschine standen.

»Ich beschäftige mich gerne mit Tischlerarbeiten«, erzählte Hanna. »Ich habe einen Schaukelstuhl für das Saunahaus gemacht. Aber es ist nicht so toll, wenn man die Sägespäne im selben Raum hat, in dem man malt, deshalb will ich mir das alte Lager zu einem Atelier umbauen. Das heißt, wenn ich irgendwann genügend Geld habe, um dort drinnen ein paar ordentliche Fenster einzubauen.«

»Wie gehen denn die Geschäfte?«

»Eigentlich ganz gut. Es gibt viele Leute, die sich alte Häuser auf Gotland kaufen, und die wollen richtig gut gemachte Holzmöbel haben. Sehen Sie mal!«

Sie zeigte einen halbfertigen Holzstuhl, dessen Teile sorgfältig mit Zapfen verbunden und geschliffen waren. Margareta strich über die Oberfläche. Seidenglatt.

»Was für ein wunderbares Stück«, sagte sie.

»Ja, ist er nicht schön? Es ist fantastisch, solche Dinge machen zu dürfen. Haben Sie sonst schon jemanden hier in Buttle kennen gelernt?«

»Ja, Fanny und Ernst Almgren. Wer wohnt denn außerdem noch im Ort?«

»Oh, einige. Ich kenne nicht alle persönlich, ich wohne selbst erst seit zwei Jahren hier. Manche haben hier schon ihr ganzes Leben verbracht, vielleicht sogar schon seit Generationen, wie Arne aus Velinge und Anders von der Mühle – haben Sie die Mühle gegenüber der Kirche schon gesehen?«

»Nein ... fährt Anders einen weinroten Pick-up?«, fragte Margareta einer plötzlichen Eingebung folgend und dachte an den Mann, der sie im Vorbeifahren gemustert hatte, als hätte er die Aufsicht über alle, die sich in der Gemeinde bewegten.

»Ja, er ist hier sicher der Energischste. Dann gibt es noch einige Familien, die erst vor kurzem zugezogen sind. Wir haben einen Maler und Lotte, die die Tageskinder betreut, Majken und Robert, die Pferde besitzen, Autoschrott, Lamm und Biene ...«

»Lamm und Biene?«

»Sie haben Lämmer und Bienen. Verkaufen Felle und Honig in Nygårds. Und dann wohnt hier noch die netteste Frau der Welt, Maj.«

»Ich glaube, ihr bin ich vor kurzem auf dem Friedhof begegnet.«

»Ja, sie besucht immer das Grab ihres Mannes, bevor sie zum Nähkreis geht. Sie ist meine beste Freundin.«

Das Wohnzimmer war eine gemütliche Stube mit Büchern, Sofas, Teppichen und diversen originellen Sesseln, die Hanna mit bunten Stoffen bezogen hatte. Jonas ließ sich auf das Sofa fallen, die kleine schwarze Katze sprang ihm sofort auf den Schoß und rieb ihren Kopf an seinem Kinn. Er hatte offenbar entschieden, dass Margareta ungefährlich war, denn er fragte schüchtern, ob sie wirklich Polizistin sei. Sie nickte und Hanna fuhr ihm liebevoll mit der Hand durch das blonde Haar – ein wenige gedankenverloren, als wollte sie nicht all zu offen zeigen, wie vernarrt sie in ihren kleinen Sohn war.

Plötzlich wurde sie ein wenig verlegen.

»Ich sollte Sie vielleicht darauf vorbereiten, dass Sie wohl Besuch bekommen haben.«

»Besuch?«

»Ja. Zwei Frauen, sie sind schon seit einer Weile da. Ich glaube, sie sind unten bei der Absperrung.«

»Oh. Das müssen Katrine und Gun sein, die beste Freundin der Toten und ihre Mutter.«

Hanna runzelte bekümmert die Stirn, als ahnte sie, dass ihr Gast müde war und lieber seine Ruhe gehabt hätte. Margareta bedankte sich für den Rundgang und Hanna begleitete sie zur Tür.

»Kommen Sie vorbei, wann immer Sie wollen«, rief sie hinter ihr her. »Wir können zusammen essen!«

Margareta drehte sich um.

»Gerne! Das gilt auch für Sie«, rief sie zurück. Und das meinte sie auch so.

Katrine und Gun hatten diskret ein Stück vom Ferienhaus entfernt geparkt und waren in das Waldstück vor der Absperrung gegangen. Katrine hatte ihre Hände in die Jeanstaschen gesteckt. Vor ihr hockte eine Frau, das Gesicht in den Händen vergraben.

Margareta ging zum Zaun und blieb in einiger Entfernung stehen. Katrine kam zu ihr.

»Hallo. Entschuldigen Sie, dass wir ohne Vorwarnung hier auftauchen. Ich habe versucht, Sie anzurufen, aber ihr Handy hat anscheinend keinen Empfang.«

»Hier ist ein Funkloch«, bestätigte Margareta. »Aber ich habe mittlerweile einen Festnetzanschluss im Haus, ich gebe Ihnen die Nummer. Bleiben Sie, so lange Sie wollen. Kommen Sie rein, wenn Sie möchten. Ich setze schon mal Kaffee auf.«

»Ich habe in den Nachrichten gehört, dass Sie überfallen worden sind, wie furchtbar! Sie müssen vorsichtig sein! Hat der Überfall etwas mit dem Mord zu tun? Sollte die Polizei Ihnen keinen Personenschutz bieten?«

»Wir wissen nicht, wer es war und warum. Man hat mich gebeten, nach Stockholm zurückzufahren, aber ich wollte hier bleiben. Es ist meine eigene Entscheidung gewesen, und ich glaube nicht, dass jetzt noch mehr passiert. Aber die Polizei hat Wichtigeres zu tun, als mich zu beschützen.«

Gun legte ihre Handflächen auf den bemoosten Stein, als wollte sie ihre Tochter zu den Lebenden zurückholen. Dann stand sie widerwillig auf und trat an den Zaun.

Sie war jünger, als Margareta erwartet hatte, nur ein paar Jahre älter als sie selbst. In den Jeans und der Jeansjacke wirkte sie jugendlich. Sie hatte kurze, braune Haare, von ein paar weißen Strähnen durchzogen, ihre Bewegungen waren entspannt und leicht. Margareta konnte sich gut vorstellen, dass sie eigentlich eine lebhafte, fröhliche Person war, und sie überlegte, ob Katrine möglicherweise daran dachte, das Geschäft zusammen mit Gun weiterzuführen. Nachdem Sanna kinderlos war, hatte Gun sie wohl beerbt, so dass ihr jetzt zur Hälfte die Boutique gehörte. Die beiden Frauen schienen sich gut zu verstehen. Sie waren froh, dass sie einander noch hatten.

Guns Gesicht war vom vielen Weinen der letzten Tage gerötet und verquollen. Ihre Trauer umschloss sie wie eine dunkle Welle. Sie selbst war nicht hundertprozentig anwesend. Ihre Stimme zitterte und sie konnte sie nur mit Mühe unter Kontrolle halten.

»Sie müssen Margareta sein. Gun Westman«, sagte sie und streckte die Hand aus. »Hier haben Sie sie also gefunden?«

Margareta schüttelte ihre Hand.

»Ja, sie lag auf dem Bauch und hatte den Kopf zur Seite gedreht, in Richtung Wald.«

»Aber sie ist nicht hier getötet worden, oder?«

»Nein, die Polizei geht nicht davon aus.«

Gun nickte mehrmals und konnte den Blick nicht vom Fundort abwenden. In ihrem Inneren musste ein einziges Chaos herrschen. Sie sammelte sich und stieg über den Zaun. Auf der anderen Seite nahm Margareta sie in den Arm und wieder kamen Gun die Tränen. Sie weinte verzweifelt und hoffnungslos. Ihre Trauer entsprang einer Finsternis, die nur sie selbst sah und in der sie ganz allein war.

Die drei Frauen standen im Frühlingswind, bis Gun sich beruhigt hatte. Sie löste sich aus Margaretas Armen und schaute zum Waldrand. Sie war erschöpft vom Weinen und atmete stoßweise.

»Wenn die Polizei jemals herausfindet, wer das getan hat, dann erschieße ich ihn«, sagte sie. »Ich erschieße ihn. Ich besorge mir eine Magnum und erschieße diesen erbärmlichen Scheißkerl. Einmal muss Schluss sein.«

Margareta schwieg. Katrine schwieg.

Sie verstanden sie.

17

Margareta setzte Kaffee auf. Sie toastete Brot und stellte Käse und Marmelade auf den Tisch. Katrine und Gun tranken Tasse um Tasse schwarzen Kaffee. Gun schmierte sich ein Brot, aß aber nur die Hälfte. Sie stand noch immer unter Schock und hatte keine Ruhe, um etwas zu essen. Guns Rastlosigkeit war in der ganzen Küche zu spüren.

Katrine verzichtete auf Butter und Käse und kaute nur eine trockene Scheibe Toast. Sie bemerkte Margaretas Blick.

»Ich weiß, dass ich magersüchtig bin«, sagte sie, als würde durch den Mord an Sanna alles andere an Bedeutung verlieren. »Ich bin inzwischen wieder bei achthundert Kalorien am Tag, aber es ist verdammt schwer. Der Kopf weiß es, aber das Gefühl begreift es nicht.«

Gun riss sich zusammen. Sie hörte mit halbem Ohr, was Katrine gerade gesagt hatte.

»Du hast mit Sanna darüber gesprochen«, sagte sie in einem Versuch, das Leben und die Menschen wieder interessant zu finden.

»Ja, sie war hinter mir her wie ein Luchs. Ich fand sie wahnsinnig anstrengend. Für mich ist die Nahrungsaufnahme vergleichbar mit einem ekligen, nach Kautabak stinkenden, fetten Onkel, und dann stehen alle Ärzte, Verwandte und Freunde da und behaupten fröhlich, er wäre ein schöner Traumprinz, den man einfach küssen *muss*. Da fragt man sich doch, ob die noch ganz bei Trost sind! Ein großes, schmieriges Käsebrot zu essen, ist gerade so, als würde dieser eklige Fettsack einen umarmen, man fühlt sich so – unrein. Schmutzig.«

Eine vergleichbare Beschreibung von Magersucht hatte Margareta bisher nicht gehört. Katrine klang wie ein Vergewaltigungsopfer, das das Gefühl beschrieb, erniedrigt und misshandelt worden zu sein. Katrine betrachtete ihren Toast und biss hinein.

»Das hier sind fünfzig Kalorien«, sagte sie. »Wenn ich nach Hause komme, nehme ich mir noch eine Banane, dann sind nur noch sechshundert übrig. Hört mich an«, fügte sie voller Selbstverachtung hinzu. »Sanna ist tot und wird nie wieder etwas essen, und ich sitze noch immer hier und rechne Kalorien zusammen! Entschuldigt!«

Tränen liefen ihr die Wangen hinunter. Gun legte ihre Hand auf Katrines.

»Sanna hätte gesehen, wie absurd das ist, und hätte darüber gelacht«, sagte sie.

Katrine kicherte unter Tränen, sie sah Gun an und beide erinnerten sich an die lachende Sanna. Aber Gun lächelte nur flüchtig, ihr Lächeln konnte jeden Augenblick wieder in Weinen umschlagen.

»Ich habe keine Kinder, deshalb kann ich nur erahnen, durch welche Hölle Sie gehen«, sagte Margareta. »Aber ich habe vor fast sechs Jahren meinen Mann verloren. Es war furchtbar. Aber die friedvollen Momente wurden immer länger, und schließlich konnte ich damit anfangen, mich an all das Schöne und Lustige zu erinnern, dass ich mit ihm zusammen erlebt habe. Es wird nie mehr dasselbe, aber es ist immerhin etwas.«

Gun blickte sie an.

»Wenn man ein Kind verliert, verliert man sein ganzes Zentrum«, sagte sie. »Das Herz. Den Atem. Was bleibt, ist nur noch die Peripherie. All das Drumherum, das so unwichtig ist. Das Einzige, was Bedeutung hatte, ist für immer verschwunden. Ich würde töten, um sie zurückzubekommen. Ohne zu zögern! Lassen Sie mich mit ihren Mördern allein und ich werde sie zerstückeln. Männer sind Schweine. Ich verstehe nicht, warum wir nicht zurückschlagen. Stellt ein Hinrichtungskommando gegen Vergewaltiger, Frauenmörder und Männer, die ihre Frauen misshandeln, auf und ich bin dabei!«

Margareta beugte sich vor.

»Darf ich Ihnen ein paar Fragen stellen?«, sagte sie, damit Gun sich ein paar Minuten auf etwas anderes konzentrieren konnte.

Gun rieb sich die Wangen.

»Fragen Sie. Sie sind schließlich Polizistin, wenn Ihnen etwas einfällt, ist das nur gut.«

»Danke. Nur, dass Sie meine Fragen nicht als Andeutung verstehen und glauben, ich wüsste etwas, denn das tue ich nicht. Kennen Sie Ernst Almgren, der hier in Buttle wohnt?«

Die beiden sahen verblüfft aus.

»Dieser Politiker?«, fragte Katrine. »Wohnt der hier? Ja, er war ein paar Mal im Laden und hat Kleider für seine Frau gekauft. Ziemlich schleimig. Erst hat er versucht, mich einzuladen und dann Sanna, aber wir wussten ja, dass er verheiratet ist und haben abgelehnt. Außerdem waren wir beide nicht sonderlich interessiert. Er scheint ganz schön von seiner Anziehungskraft überzeugt zu sein.«

Margareta war verwundert und enttäuscht. Der Gedanke, dass Ernst seine sympathische Frau betrügen könnte, war niederschmetternd.

»Und es ist undenkbar, dass Sanna doch mit ihm ausgegangen ist?«, fragte sie.

»Ja, das hätte sie mir erzählt. Und außerdem war sie vollauf mit Tobias beschäftigt.«

»Haben Sie der Polizei erzählt, dass Ernst versucht hat, Sie anzubaggern?«

Katrine war diese Frage unangenehm.

»Nicht direkt. Sie haben sich erkundigt, ob es irgendjemand darauf abgesehen hatte, sich mit ihr zu treffen. Und das trifft ja auf Ernst Almgren nicht so direkt zu. Und ein Politiker – die stehen doch überall im Rampenlicht, die tun doch so etwas nicht. Er machte auch überhaupt keinen gefährlichen Eindruck. Wirkte höchstens ein bisschen lächerlich.«

Sie wurde rot.

»Obwohl ich das natürlich besser gesagt hätte, nehme ich

an. Jetzt kommt es mir dämlich vor, dass ich es nicht getan habe. Können Sie nicht …?«

»Doch, natürlich, ich werde Stefan Simonsson davon berichten, dann kann er Sie anrufen und genauer nachfragen, wenn er es für nötig hält. Kein Problem. Dann habe ich mich noch gefragt, ob Sanna einen LKW-Fahrer kannte? Oder eine Pensionswirtin?«

Sie schüttelten den Kopf.

»Eine Pensionswirtin?«, wiederholte Gun, und plötzlich umspielte ein leichtes Lächeln ihren Mund. »Ist das schlechte Gesellschaft? Ich dachte, Sie würden nach Drogenabhängigen und Gewalttätern fragen.«

»Es war lediglich ein Gedanke aus einer ganz anderen Richtung.«

Gun hob die Hand.

»Warten Sie. Warum fragen Sie nach diesen Leuten? Die Polizei hat keinen von ihnen erwähnt. Irgendeinen Grund müssen Sie schließlich haben.«

»Eigentlich nicht. Ich kann Ihnen keine Namen nennen, es sind nur Strohhalme. Glauben Sie mir. War Sanna in der letzten Zeit traurig oder beunruhigt? Abgesehen von der Sache mit Tobias?«

»Nicht, dass ich wüsste. Und sie hat mir normalerweise nichts verheimlicht. Aber wenn etwas gewesen wäre, dann hätte sie es sicher in ihren Computer geschrieben. Und den hat die Polizei.«

»Ich habe sie auf der Fähre gesehen«, sagte Margareta. »Sie schien sich wegen irgendetwas Sorgen zu machen. Aber dann war das sicher wegen Tobias.«

Es sei denn, auf dem Festland wäre etwas ganz anderes passiert, das sie ihrer Mutter und ihrer besten Freundin nicht mehr hatte erzählen können. Etwas, das sie in Västerhaninge oder Stockholm gesehen oder erlebt und worüber sie auf der Heimfahrt nachgegrübelt hatte.

Gun ließ ihren verzweifelten Blick auf Margareta ruhen.

»Dann sind Sie die Letzte, die sie lebend gesehen hat. Die sie lebend gesehen hat und ich meine wirklich *gesehen*.«

Es wurde still. Die Sonne schien durch das Fenster. Eine der ersten Fliegen des Jahres surrte an der Scheibe. Die Frauen versanken in Gedanken und blieben schweigend sitzen.

Vermutlich musste Katrine fahren, deshalb schenkte Margareta nur Gun noch ein Glas Sherry ein und umarmte beide zum Abschied. Katrines Körper erinnerte sie an einen kleinen zarten Vogel, Guns dagegen strahlte Wärme und Geborgenheit aus. Margareta konnte sich vorstellen, wie es für Sanna gewesen sein musste, ihre Mutter zu umarmen.

Der Schatten ihrer Trauer blieb zurück und mischte sich mit dem Echo der anderen Sorgen, die es zu allen Zeiten in Buttle gegeben hatte. Um sich zu beschäftigen und ihr inneres Gleichgewicht wiederzufinden, hantierte Margareta in der Küche herum, umschwirrt von der hellwachen Fliege. Machte Wasser heiß, spülte die Kaffeetassen und wischte Krümel weg.

Ab und zu fuhren Neugierige am Haus vorbei. Sie fuhren langsamer, gafften und verschwanden. Ein Motorradfahrer blieb nur zehn Meter vom Haus entfernt stehen, stieg ab und ging unverfroren vor bis zum Zaun, wo er in seiner Ledermontur stehen blieb und starrte. Dann trollte er sich wieder zu seinem Motorrad, legte einen penetranten Kavaliersstart hin und verschwand hinter der Biegung.

Margareta hob den Hörer ab, wählte Stefans Handynummer und machte sich darauf gefasst, gleich seine Stimme zu hören. Es war zwar Wochenende, aber sie hoffte, dass er trotzdem im Dienst war und sie nicht Jessicas und sein Privatleben störte.

Nach drei Freizeichen nahm er ab. Er war im Freien unterwegs, sie hörte den Wind in der Leitung.

»Hallo, hier ist Margareta Davidsson. Störe ich?«

»Nein, überhaupt nicht. Ich bin gerade auf dem Flugplatz in Bromma gelandet. Wir sind eben erst aus dem Flugzeug gestiegen und haben die Handys wieder eingeschaltet. Ich will noch mit dem Gerichtsmediziner sprechen. Alles in Ordnung? Geht es Ihnen gut in Buttle?«

Er war in Stockholm. Ihr Mut sank.

»Ja, es ist wirklich wunderschön hier«, sagte sie. »Ein paar Schaulustige fahren vorbei, aber die sind ja nicht gefährlich. Katrine Dahlman und Gun Westman waren gerade bei mir und haben sich den Fundort angesehen. Die beiden sind bewundernswert.«

»Ja, sie zeigen wirklich Stärke.«

»Da ist noch eine Sache, die Sie vielleicht wissen sollten. Katrine hat mir eben erzählt, dass Ernst Almgren versucht hat, erst mit ihr und dann mit Sanna anzubändeln. Allerdings ohne Erfolg.«

»Wirklich, das hat sie gesagt?«

»Ja, keine der beiden ist darauf eingegangen, und sie haben es auch eher scherzhaft aufgenommen, deshalb hat sie Ihnen nichts davon berichtet. Sie dachte, das sei nicht weiter wichtig.«

»Na gut. Sie wissen ja wie das ist. Ganz gleich wie man die Fragen stellt, man kann immer missverstanden werden. Sie dachte an den Mord und versuchte vermutlich, sich an Dinge zu erinnern, die zu etwas so Entsetzlichem passen, aber da war nichts. Woher sollte sie auch wissen, dass Mörder manchmal zwei Gesichter haben? Ich werde mich noch mal mit ihr unterhalten, wenn wir zurück sind.«

»Wann wird das sein?«

»Montagabend. Wir werden hier eine gründliche Vernehmung durchführen.«

»Und mit Tobias reden?«

»Ja. Ist Ihnen noch mehr eingefallen?«

»Ich habe von Ernsts Kindheit und der Sache mit seinem Vater erfahren. Dennis hat ihn heute besucht, und die beiden haben sich draußen auf dem Hof angebrüllt, als ich gerade vorbeiging. Ernst war allein zu Hause, also habe ich geklingelt und mich ein bisschen mit ihm unterhalten, nachdem Dennis wieder weg war.«

Im Hörer begann es zu glucksen. Margareta starrte erstaunt das Telefon an, ehe sie begriff, dass es Stefan war, der lachte.

»Was ist daran so komisch?«, fragte sie gekränkt.

»Sie, wenn ich das sagen darf, Sie machen einfach nur einen harmlosen kleinen Spaziergang und stolpern dabei direkt in die privatesten Angelegenheiten der Nachbarn. Das muss ein ganz besonderes Talent sein.«

»Privat und privat – Ernst war kurz davor, seinem Vater draußen auf der Auffahrt an die Kehle zu gehen. Wie hätte ich das übersehen sollen?«

»Schon, aber dass es ausgerechnet passiert ist, als Sie vorbeigegangen sind! Aber im Ernst, ich weiß natürlich von der Sache damals mit der Anzeige gegen Dennis und was danach geschah. Einer von meinen Jungs hat sich gestern die ganze Akte durchgelesen. Leider muss ich jetzt aufhören, Margareta, wir müssen ins Taxi. Aber rufen Sie mich an, wenn es etwas gibt ist. Und wenn Ihnen etwas verdächtig vorkommt, dann verständigen Sie sofort die Kollegen im Präsidium. Seien Sie vorsichtig!«

Sie murmelte eine Zustimmung und gab ihm ihre neue Telefonnummer, in der Hoffnung, dass er sich melden und sie in alles einweihen würde, woran er natürlich keinen einzigen Gedanken verschwendete. Sie beendeten das Gespräch.

Margareta fühlte sich einsam. Sie wollte ihn in Reichweite haben. Aber sie wusste, dass die Verliebtheit vielleicht nur das Resultat der bedrohlichen Situation war, in der sie sich befand. Das Gefühl würde langsam verklingen, sobald die Situation sich änderte, so gesehen war es also eigentlich ganz hervorragend, dass Stefan verreist war. Das machte es leichter, den Abstand zu wahren. Nichts war passiert und nichts war gesagt worden, also brauchte das alles auch nicht allzu quälend werden.

Margareta hatte Hunger. Als Gun und Katrine da gewesen waren, hatte sie nichts mitgegessen. Also nahm sie eine Dose Ravioli aus dem Kühlschrank, wärmte den Inhalt auf, schnitt sich eine Tomate und ein wenig Lauch dazu und gab alles auf einen Teller. Beim Essen versuchte sie, ihre Gedanken neu zu ordnen.

Stefan und Elm waren in Stockholm. Einige Kollegen waren vermutlich zeitgleich damit beschäftigt, den Mann zu finden, der sie überfallen hatte. Eigentlich sollten sie am Wochenende dienstfrei haben, aber wenn ein Kollege oder eine Kollegin überfallen wurde, war das eine Notfallsituation. Das war nicht gerecht, aber es war auch nicht zu leugnen.

Weder Gun noch Katrine hatten eine Erklärung dafür, warum Sanna auf der Fähre so bekümmert ausgesehen hatte. Wenn sie die Trennung von Tobias nicht nennenswert belastet hatte, dann musste in der Zeit, die sie auf dem Festland verbracht hatte, etwas anderes vorgefallen sein – was immer es gewesen sein mochte. Auch wenn der Mord auf Gotland verübt worden war, der Schlüssel zu seinem Geheimnis schien irgendwo in der Nähe von Stockholm zu liegen.

Was konnte geschehen sein? Was hatte sie gesehen oder gehört, das so gefährlich war, dass jemand beschloss, sie zum Schweigen zu bringen? Und warum hatte sie sich niemandem mehr anvertrauen können? Wenn sie etwas Verbotenes beobachtet hatte, hätte sie unmittelbar die Polizei verständigen müssen und anschließend ihre Mutter sowie ihre beste Freundin. Zumindest hätte das viel eher ihrer Person entsprochen.

Sanna hatte nicht angerufen, weil das, was sie auf dem Festland bemerkt hatte, ihr nicht wichtig genug vorgekommen war, beantwortete sich Margareta ihre Frage selbst. Es hatte sie irritiert und verwirrt, aber akute Gefahr hatte erst bestanden, als sie noch etwas anderes auf Gotland beobachtet hatte. Es musste die Kombination aus beiden Ereignissen gewesen sein. Sie hatte eins und eins zusammengezählt und war einem Geheimnis auf die Spur gekommen, einem derart kriminellen Geheimnis, dass jemand bereit gewesen war, dafür zu töten.

Sie musste Frank auf dem Festland gesehen haben. Und danach auf Gotland. Als er irgendetwas tat.

Konnte es so gewesen sein? Oder war nur der Akku ihres Handys leer gewesen?

Margareta schüttelte den Kopf und konzentrierte sich auf die Gegenwart. Es war sinnlos, hier herumzusitzen und wild zu spekulieren. Entweder entschloss sie sich, unter die Privatdetektive zu gehen, nach Västerhaninge zu fahren, herumzuschnüffeln und die ganze Zeit einen Schritt hinter den echten Ermittlern herzuhinken, oder aber sie nahm endlich Vernunft an und begann ihre Ferien zu genießen, was sie ja ohnehin vorgab zu tun. Die bittere Wahrheit war die, dass Stefan und sein Team alle Ressourcen zur Verfügung hatten und sie keine einzige.

Sie spülte ihren Teller ab, ging nach draußen in den Tischlerschuppen und nahm sich Annes Fahrrad. In den nächsten Stunden erkundete Margareta gemütlich die Gegend um Buttle herum. Sie sah sich das stillgelegte Bahnhofsgebäude an, sah Pferde und Schafe auf ihren Weiden und warf einen Blick in das Fell- und Honiggeschäft in Nygårds. Sie besuchte die Mühle, die, obwohl es Samstag war, eifrig klapperte, und fuhr dann den langen, geraden Weg nach Altajme hinunter. Die kleinen weiß verputzten Häuschen sahen wie eine eigene kleine Stadt aus, die inmitten von Feldern und Wiesen vor ihr in der Sonne lag. Zwei neugierige Hunde liefen ihr entgegen, und die Menschen, die draußen in ihren Gärten arbeiteten, grüßten freundlich, beschwingt von dem schönen Frühlingstag.

Sie fuhr wieder zurück, weiter Richtung Osten und blieb an einem kleinen Haus stehen, vor dem ein älterer Mann in aller Ruhe seine Büsche beschnitt. Sie kamen ins Gespräch.

Es stellte sich heraus, dass der Mann Arne aus Velinge war, von dem Hanna erzählt hatte, und Margareta erfuhr, dass er nicht nur Landwirt gewesen war, sondern auch im Landesarchiv in Visby gearbeitet hatte. Er war angenehm zurückhaltend, aber ebenso wissbegierig wie Margareta, und so begannen sie sich über das alte Buttle zu unterhalten und sie erkundigte sich nach dem Grabstein der jungen Ida.

Leider wusste er nichts über ihr Leben. Aber er lud Margareta freundlich auf eine Tasse Kaffee ein und zeigte ihr eine arabische Silbermünze aus dem 10. Jahrhundert, die zu dem großen Silberschatz gehörte, der auf der anderen Straßenseite im Ackerboden gefunden worden war. Sie saß in seinem Arbeitszimmer, drehte die dünne, abgegriffene Silberscheibe in ihren Fingern und dachte daran, wie viele Menschen sie schon in der Hand gehalten hatten und wie viel Wissen über die Zeit aus unserem Horizont verschwunden war. Er zeigte ihr auch eine kleine eiserne Axt und eine schöne türkisfarbene Glasperle, die irgendwann einmal eine Kette geziert hatte. Es war faszinierend.

Gesättigt mit Kaffee und Kuchen und mit neuen Erkenntnissen radelte Margareta zurück bis zur Kirche. Während der Fahrradtour hatte sie sich entschieden. Sie würde in Buttle bleiben und Stefan die Ermittlungen überlassen, wenigstens so lange bis Behlin auf die Insel zurückkam. Sie fühlte sich fast schon heimisch im Ort. Alles was sie tun musste um zu erfahren, wann das so weit sein würde, war ein geschickt geführtes Telefongespräch mit Bergenheims Transport am Montag.

Aber ihre Rastlosigkeit blieb. Das junge Mädchen unter dem ockerfarbenen Grabstein kam ihr wieder in den Sinn. Vielleicht konnte sie sich ein paar Tage damit beschäftigen und anstelle des Mordes an Sanna den Fall Ida Catharina Pettersson untersuchen. Herausfinden, wo sie gewohnt hatte und vielleicht sogar, wie es ihr ergangen war. Auf diese Weise konnte sie sich in einer anderen Welt bewegen als die Ermittler. Sie würde Stefan nicht stören, ihm nicht in die Quere kommen, sie würde sich in einem anderen Jahrhundert befinden. Gleich morgen wollte sie nach Visby fahren und in der Bibliothek nach Literatur suchen.

Den restlichen Vormittag verbrachte Margareta auf dem Sofa und las ein Buch aus den Beständen der Familie Danielsson. Ein Streifenwagen fuhr vorbei, hielt demonstrativ vor dem Haus an und der fünfundzwanzigjährige Kollege, den sie aus der Mordnacht kannte, klopfte bei ihr um zu hören, ob alles in Ordnung war. Gegen fünf rief Jessica Simonsson mit derselben Absicht an.

Kurze Zeit später meldete Margareta sich bei Kalle. Er war niedergeschlagen, aber nicht nur, weil sie sich so lange nicht gemeldet hatte. Ein neuer Fall quälte ihn.

»Dieser Raubmord in Tumba war verdammt fies«, sagte er.

Sie erinnerte sich vage daran, dass er etwas davon erwähnt hatte. Er machte den Eindruck, als müsse er sich etwas von der Seele reden.

»Was ist passiert?«, fragte sie.

»Ein Mann um die fünfzig ist überfallen worden. Er war offenbar auf dem Weg nach Hause, in einer Gegend, die nur dünn besiedelt ist, ein Auto muss angehalten und ihn gestoppt haben. Er versuchte sich zu wehren, aber er wurde k. o. geschlagen, erwürgt und in den Wald geschleppt. Brieftasche und Personalausweis sind weg, aber Inger glaubt ihn zu kennen. Er könnte vor vielen Jahren in einen alten Pädophiliefall verwickelt gewesen sein, an dem sie gearbeitet hat. Wir werden seine Fingerabdrücke checken. Er hat vermutlich allein gelebt, niemand hat ihn als vermisst gemeldet. Sowie wir wissen, wer er ist, werden wir seine Wohnung ausfindig machen und reingehen.«

»Ein Pädophiler? Könnten ihn aufgebrachte Eltern der betroffenen Kinder umgebracht haben? Oder eines seiner Opfer, das inzwischen erwachsen ist und sich jetzt rächen wollte?«

»Das wäre sehr ungewöhnlich. Es ist schon möglich, wie du sagst, dass es sich gar nicht um einen Raubmord handelt, aber auf den ersten Blick sieht das alles sehr improvisiert aus. Am Straßenrand ermordet, so weit wir wissen. Man hat sofort die Vision von ein paar angetrunkenen Teenagern. Ach verflixt, es ist schön mit dir zu reden!«

»Auch schön, mit dir zu reden. Was habt ihr sonst noch?«

»Ein verschwundenes Kind. Petra Lennartsson. Sie lebt in Midsommarkransen, seit Mittwoch unauffindbar. Hast du das nicht in der Zeitung gelesen?«

»Ich habe schon seit Tagen keine überregionale Zeitung mehr in den Fingern gehabt.«

»Ach so. Jedenfalls, die Eltern haben sie gegen sieben als vermisst gemeldet, und nachdem sie seither nicht wieder aufgetaucht ist, ist der Fall gestern an uns gegangen. Das Mädchen ist fünf Jahre alt, und die Eltern dachten, sie hätte eine Kindergartenfreundin nach Hause begleitet. So war es jedenfalls abgesprochen gewesen, aber es gab irgendein Missverständnis. Die Freundin musste wegfahren, und beide Eltern dachten, ihre Tochter hätte abgesagt.«

»Also hat niemand das Kind abgeholt?«

»Nein. Die Erzieher wussten von nichts. Als sie sie nicht mehr gesehen haben, haben sie nachgeschaut, ob ihre Jacke noch am Garderobenhaken hing, und nachdem die auch weg war, sind sie davon ausgegangen, dass sie schon abgeholt worden ist.«

»Unverantwortlich!«

»Ja, aber alle waren müde und erschöpft. Da geht irgendeine Erkältungsepidemie um und es gibt keine Vertretungen. Jedenfalls wissen wir nicht, ob es sich um einen Unglücksfall handelt, um Entführung oder Mord. Verdammt unschön.«

Tote Kinder, entführte Kinder.

»Und dein toter Pädophiler kann nichts mit ihrem Verschwinden zu tun haben?«, fragte Margareta.

»Der? Der ist schon seit vielen Jahren nicht mehr aktiv

geworden, jedenfalls nicht so, dass er Spuren hinterlassen hätte. Und er ist am selben Tag ermordet worden, in einem Vorort, der eine ganze Ecke weiter weg liegt.«

»Wozu gibt es Autos? Und wenn er sie doch entführt und in seiner Wohnung eingeschlossen hat, dann ist sie vielleicht noch immer dort.«

Es entstand gespannte Stille.

»Verdammt nochmal! Wir vergessen diese elendigen Fingerabdrücke und fahren direkt in seine Bude. Ich kann mir nicht vorstellen, wie das alles zusammenhängen soll. Es wäre schon ein enormer Zufall. Aber keins der anderen beiden Kinder ist wieder aufgetaucht. Was wäre, wenn das wirklich die Chance ist, wenigstens ein Mädchen zu retten?«

»Es ist drei Tage her. Die Chance ist minimal.«

»Aber es lohnt sich, sie zu nutzen. Danke!«

Sein Ermittlerspürsinn war geweckt. Er legte auf, und sie sah vor sich, wie er mit seinem Handy erst Alberg und dann ihre Kollegin Inger anrief, während er schon ins wochenendleere Präsidium eilte. Sie war froh, dass sie nicht dort war.

18

Ida

Der Oktoberwind wehte durch Visby und trug den Geruch von Pferdemist, von nasser Erde aus den Lehmgruben vor den Mauern der Stadt und den Rauch von tausend Schornsteinen durch die Straßen.

Ida stolperte fast über das Kopfsteinpflaster, mit Lars im Schlepptau, unterwegs durch die Gassen. Sie hatte ihn von der Schule abgeholt und dazu überredet, mit ihr hinunter zum Hafen zu gehen. Sie hatte ihn davon überzeugt, dass er dringend frische Luft brauchte, aber eigentlich hatte sie selbst das Bedürfnis an die Luft zu kommen, denn Ada hatte einen Verlobten, der immerzu in der Küche saß und sich gern damit die Zeit vertrieb, Ida zu necken. Sie war es wirklich leid. Außerdem machte es Ada wütend, und eine wütende Ada war nicht sehr großzügig, was das Essen anging.

Sie gingen durch das Donners-Tor, am Park vorbei, der an den alten Hafen grenzte. Das reglose Wasser stank nach den Abwässern der Gerberei, aber der Anblick des Meeres faszinierte Ida noch immer wie an dem Tag, als sie zum ersten Mal hierher gekommen war.

Drüben am Pulverturm lagen die Fischerboote an Land, und zwischen ihnen stolzierten ein paar Schwäne würdevoll umher. Wenn man das Durcheinander, das sie umgab, nicht beachtete, sah es richtig schön aus.

»Letztes Jahr war Prinzessin Eugenie hier in Länna, und da haben sie ihr beim Pulverturm einen Pavillon gebaut«, erzählte Lars.

Sie gingen weiter, und bald schlug ihnen der Geruch von Hafen und Werft entgegen – Fäkalien, Sägespäne, rußige Feuer, Heringsfässer, Abfallhaufen. Ein dürrer alter Mann kam ihnen langsam entgegen, beladen mit Abfallholz, das er beim Bootsbau aufgesammelt hatte. Sie sprangen zwischen Wasserpfützen hin und her, liefen an dem Blockhaus unten am Strand vorbei, weiter zu dem eckigen Platz, wo sich das neue Badehaus befand, umgeben von kleinen, zarten, frisch gepflanzten Bäumchen. Überall standen Schuppen und lag Gerümpel verstreut, und oben auf dem steilen Hügel direkt gegenüber, in der Nähe des großen, düsteren Gefängnisses, entdeckte Ida eine Silhouette, die sie kannte. Es war Anna Agardh, die hinter ihrem Kamerastativ stand, daneben ihren erschöpften Träger.

Anna entdeckte die Kinder durch ihr Objektiv und winkte ihnen zu. Ida und Lars kehrten um und kletterten zu ihr hinauf. Sie strahlte, trug einen Hut auf dem Kopf und hielt ihren weiten Rock, der sich im Wind bauschte.

»Guten Tag! Nun bist du also doch nach Visby gekommen!«, begrüßte sie das Mädchen.

»Sie ist jetzt unser Kindermädchen«, erklärte Lars.

»Wirklich? Und Klein-Amelie ist auch bei dir?«

»Ja, das ist sie«, sagte Ida. »Darf ich wohl einmal durch die Kamera schauen?«

»Natürlich! Aber du bist kleiner als ich, Evert muss dich hochheben.«

Das Gesicht des Trägers hellte sich auf. Er kam zu ihr und legte den Arm um Idas Taille. Sie genierte sich, aber die Lust durch die Kamera zu sehen war stärker. Und während sie seine Arme spürte und seine Brust an ihren Po drückte, schaute sie unter dem schwarzen Tuch auf das Meer, das Badehaus, den Platz, den Schuppen und die Telegrafenleitung, die in der Luft zu schweben schien. Der Träger stand ganz still, versuchte, sich nicht an sie zu schmiegen, und für ein paar Sekunden vergaß Ida ihn. Wie aufregend es war, die Wirklichkeit verkleinert und begrenzt wie ein Bild in einem Rahmen zu sehen! Wenn Anna das Bild aufgenommen hatte, dann würde es für immer bleiben, ganz gleich wie sehr der Strand sich verändern würde.

Evert ließ sie vorsichtig herunter. Anna verschwand mit dem Auslöser in der Hand unter dem Tuch und drückte ab. Sie wechselte die Platte, gab Evert die alte, der sie sorgfältig in einem Fach in der Holzkiste verstaute, und drückte wieder den Auslöser. Dann lud Evert alles auf den Handkarren und ging vor ihnen her zurück in Annas Atelier, das in der Nähe des Stora Torget mit seiner riesigen Klosterruine lag, bei den Stallungen und dem Haus der Stadtwache, das von allen nur Wurstkessel genannt wurde.

»Ich hätte am liebsten ein richtiges Fotoatelier mit Glasdach«, sagte Anna, als sie die enge Treppe nach oben stiegen. »Aber früher wohnte hier ein Maler, der große Fenster eingesetzt hat, es geht also auch so.«

Sie schloss die Tür auf und ließ Evert eintreten. Erschöpft

lud er seine Last in einem großen, hellen Raum ab, dessen riesige, schräge Fenster von der Decke bis zum Boden reichten, auf dem kreuz und quer zerschlissene Teppiche übereinander lagen. Anna gab ihm eine Münze und er polterte die Treppe wieder hinunter. Während Ida und Lars mitten im Atelier standen und sich umsahen, ging sie zu einer kleinen Nische. Dort stand ein neuer Eisenherd, der über ein Rohr mit demselben Schornstein verbunden war wie die offene Feuerstelle.

»Ein bisschen primitiv, aber dieser Maler, von dem ich erzählt habe, wollte hier oben nicht frieren, deshalb hat er die Feuerstelle gemauert, und den Eisenherd habe ich selbst angeschafft«, erklärte sie stolz. »Im Winter ist es hier immer warm. Natürlich stehe ich nicht hier und koche, ich denke ja gar nicht daran, hier drinnen Hühner zu rupfen und Fische zu putzen. Ich esse unten bei Mamsell Nilsson. Aber ihr sollt natürlich Tee und Kuchen bekommen!«

Anna hatte sich hier ihr eigenes Reich geschaffen. Durch die fantastischen Fenster mit ihren dünnen, weißen Vorhängen, die dazu dienten, das grelle Sonnenlicht auszusperren, wenn sie fotografierte, konnte man weit über die benachbarten Dächer sehen. Der Rauch stieg aus den Schornsteinen in wogenden Schlingen nach oben, und dahinter schimmerte der Horizont über dem Meer. Mindestens zehn Schiffe waren zu sehen, viele hatten ihre Segel gehisst. Eines davon war sogar ein kleines Dampfschiff.

Mitten im Raum stand ein Podest für die Kundschaft. In einer Ecke war hinter einem Vorhang ein gemachtes Bett zu erahnen, in einer anderen stand eine kleine Bank mit einem ovalen Tisch. Es gab Topfpflanzen, die auf Sockeln standen, und überall an den Wänden hingen Fotografien. Zusammengerollt neben einem Bücherregal lehnten Stoffbahnen, die als Hintergrund für die Porträtaufnahmen dienten.

»Und wie kommt es, dass ihr beiden da draußen herumspaziert?«, fragte Anna neugierig, als sie an dem ovalen Tisch saßen.

»Nur weil Ida Adas Verlobten nicht leiden kann«, sagte Lars dumpf.

»Er sieht aus wie ein Elch«, sagte Ida. »Ein wütender, überraschter Elch, der glaubt, ein Heubüschel geschnappt zu haben und stattdessen einen salzigen Hering im Maul hat.«

Anna lachte.

»Ich kann ihn richtig vor mir sehen! Nimm ein Stück Kuchen. Erzähl weiter.«

»Er versucht immer, mir unter dem Tisch das Bein zu tätscheln, wenn keiner hinsieht«, sagte Ida. »Eines schönen Tages werde ich mir eine Schüssel Grütze auf den Schoß stellen, dann kann er die tätscheln.«

»Oder Schmalz«, sagte Lars. »Oder noch besser Leim.«

Anna beugte sich zu ihm.

»Schmeckt dir der Kuchen?«

»Ja, danke, Mamsell Agardh.«

»Dann solltest du eines wissen: wenn du ein andermal mehr davon haben möchtest, dann darfst du kein Sterbenswörtchen von dem weitersagen, was Ida und ich hier reden. Hier dürfen sich die Zungen frei bewegen.« Und zu Ida sagte sie: »Eines schönen Tages wird dieser Junge sonst noch ein Buch über das schreiben, was wir hier gesagt haben.«

»Ich schreibe gar nichts«, protestierte Lars. »Aber Papa schreibt ›Szenen des Alltags‹. Eine davon stand im Frühjahr sogar in der Zeitung. Er nennt sich ›Die spitze Feder‹. Er hat es ein paar Mal laut vorgelesen, aber Mama hat es gar nicht gefallen, dass er sie darin ›meine zerbrechliche Fee‹ genannt hat.«

»Das war vielleicht nicht so wohl bedacht von ihm. Nimm dir noch ein Stück, Ida, und erzähl mir mehr von dem, was in der Stadt passiert!«

Ida trank ihren Tee und erzählte von der Katze, die ihre Jungen in der Küche abgelegt hatte, von Fuhrmännern und Marktfrauen, von der Stadtwache, die beim Marschieren auf die Nase gefallen war, und als sie Lars schließlich dazu gebracht hatten, sich mit einer Zeitung auf das Bett zu legen, erzählte sie von den kleinen Katastrophen in der Küche kurz bevor die Gäste eintrafen und von all dem anderen, das sich hinter den Kulissen abspielte, erzählte all das, worüber in den Straßen, Salons und Gesindekammern geredet wurde, über den Schein, den alle zu wahren versuchten, und was sie wirklich taten, wenn sie glaubten, dass niemand sie sah.

Anna beugte sich vor und lauschte mit leuchtenden Augen.

19

Margareta sah auf die Uhr. Es war erst sieben, und sie hatte noch eine halbe Stunde Zeit, bis sie zum Abendessen bei Fanny und Ernst erwartet wurde.

Was sollte sie mitnehmen? Sie ging davon aus, dass weder eine halbvolle Flasche Sherry noch ein drei Tage alter Hefekranz Begeisterungsstürme auslösen würde, und sie konnte sich auch nicht vorstellen, ihnen ein Sträußchen frische grüne Brennnesseln zu überreichen. Aber man geht nicht das erste Mal zu seinen neuen Nachbarn – jedenfalls nicht zur ersten Einladung – ohne irgendetwas mitzubringen. Schon gar nicht auf dem Land, dachte sie.

Sie hatte keine Zeit mehr, noch schnell irgendwo etwas zu kaufen. Also durchsuchte sie den Schrank, in der vollen Absicht ihren Freunden, wenn es sein musste, auch einen Aschenbecher zu klauen, aber dann entdeckte sie einen ungelesenen Krimi im Bücherregal und schlug ihn auf. Es war keine Widmung hineingeschrieben worden, sie konnte also später problemlos ein neues Exemplar besorgen. Sie zog sich eine frische Bluse und ihre blauen Jeans an, hängte sich die Jacke über die Schultern und trat in die Dämmerung hinaus.

Zum vierten Mal senkte sich die Dunkelheit über den Platz,

an dem sie Sannas Leiche gefunden hatte. Margareta ließ ihn hinter sich und ging in Richtung Kirche.

Vom Dorfladen klangen leise Stimmen durch die Stille. Auf der Treppe leuchtete eine Kerze, und eine Zigarette glühte in der Dunkelheit. Hanna saß neben Maj Blomgren auf einem Lammfell an die Hauswand gelehnt und rauchte. Die Frauen unterhielten sich. Neben der flackernden Kerze standen zwei halbleere Weingläser. Jonas kam im Schlafanzug aus der Küchentür, den Daumen im Mund, und zog eine Decke hinter sich her. Hanna wickelte ihn in den weichen Stoff, nahm ihn auf den Schoß, griff nach der Zigarette und winkte Margareta zu. Während sie an diesem Abend draußen saßen und sich unterhielten, würde Jonas in ihrem Arm einschlafen, von ihrer und Majs Stimme sanft in den Schlaf gewiegt. Bei den Almgrens brannte Licht. Margareta ging die Vortreppe hoch und klingelte. Fanny öffnete mit glühenden Wangen, sie trug ein langes rotes Kleid, und ein zarter Duft nach Eau de Cologne umgab sie.

»Kommen Sie rein!«, sagte sie und ihre Augen strahlten.

Margareta trat ein. Fanny nahm ihr die Jacke ab und streifte das Pflaster an Margareta Hals kurz mit dem Blick, sagte aber nichts. Irgendwo erklang leise Jazzmusik und es duftete nach Essen. Ernst stand in der Küche und klapperte mit dem Geschirr, während ein Gratin im Ofen gebräunt wurde. Er hatte sich frische Jeans angezogen und ein weißes Hemd, die Ärmel aufgekrempelt und sich eine dunkelblaue Schürze umgebunden.

»Willkommen!«, empfing er Margareta, wischte sich die Hände an der Schürze ab und reichte ihr die Hand.

»Hallo. Es duftet wunderbar. Ist das ihre Speziallasagne?«, fragte Margareta.

»Ganz genau! Wenn man schon so angibt, dann muss man seinen Gästen hinterher auch etwas bieten.«

Fanny nahm einen Stapel Teller und verschwand damit im Esszimmer. Ernst öffnete geschickt eine Flasche Wein und schenkte zwei der drei Gläser voll, die vor ihm auf dem Küchentisch standen.

Margareta betrachtete ihn und dachte daran, dass er hinter dem Rücken seiner Frau versucht hatte, mit zwei jungen Mädchen zu flirten. Sie versuchte sich vorzustellen, wie er dabei ausgesehen hatte, besonders als er gemerkt hatte, dass er keinen Erfolg mit seiner Masche hatte. War er plötzlich explodiert, hatte sich der Zorn über die Abfuhr einen anderen Weg gebahnt? Er war in der Nacht, in der Sanna ermordet wurde, mehrere Stunden außer Haus gewesen. Er hätte Sanna irgendwo aufgabeln und mit ihr in den Wald fahren können, er konnte sie vergewaltigt und ermordet haben. Oder Frank hatte sie in Visby gekidnappt und sich später mit Ernst getroffen. Es wäre nicht das erste Mal, dass ein Mann sich an der Frau rächt, die ihn abgewiesen hat.

Er interpretierte Margaretas Schweigen als Sorge über seinen Umgang mit Alkohol. Er zwinkerte ihr zu, stellte die Flasche ab und füllte das dritte Glas mit Apfelsaft.

»Ich bin Quartalstrinker, ich könnte also sogar ein Glas mit euch trinken und es dann gut sein lassen. Aber ich möchte, dass Sie abschalten können und nicht auf glühenden Kohlen sitzen, vor Sorge, ich könnte mich betrinken. Also, prost und willkommen!«

Sie lächelte ihn an. Fanny kam zurück und sie stießen alle drei miteinander an. Margareta überreichte das Buch. Fanny war begeistert. »Sue Grafton! Ich liebe Krimis und den hier kenne ich noch nicht. Vielen Dank!«

Margareta murmelte ein bescheidenes »ist doch nicht nötig« und dachte daran, dass sie das Buch genau genommen gestohlen hatte. Stolz wie ein Kind zog Ernst die Lasagne aus dem Ofen, und sie gingen hinüber ins Esszimmer. Auf einem schön gedeckten Tisch brannten dunkelblaue Kerzen neben einem Blumenstrauß. Eine Glasschüssel mit Salat und ein Korb mit Knoblauchbrot standen bereit. »Wie geht es den Kindern?«, fragte Margareta.

»Sehr gut«, sagte Fanny. »Wir waren den ganzen Nachmittag unterwegs, und sie hatten keine Gelegenheit, ihren Mittagsschlaf zu machen, also haben sie schon vor einer knappen Stunde gegessen und sind in ihren Betten eingeschlafen wie drei kleine Murmeltiere. Vielleicht wachen sie später noch einmal auf.«

»Dann sind Sie sicher selbst jetzt auch ganz müde?«

»Ja, das war ich, aber nun bin ich wieder munter. Nehmen Sie sich doch!«

Die beiden sahen Margareta erwartungsvoll an, als sie gedankenverloren eine Gabel voll Lasagne in den Mund schob. Sie schmeckte unwahrscheinlich gut, und sie ließ sich die cremige Käsesoße, die großen Spinatblätter, die Hackfleischfüllung mit Knoblauch, die Tomaten und den Salbei auf der Zunge zergehen.

»Fantastisch!«, sagte sie. »Sie haben wirklich etwas gelernt in diesem Kurs. Und was für ein wunderbarer Wein!«

»Schön, dass es Ihnen schmeckt«, sagte er zufrieden. »Fühlen Sie sich langsam ein bisschen normaler hier? Entwickeln Sie allmählich herzlichere Gefühle für Buttle?«

»Die hatte ich schon die ganze Zeit! Erzählen Sie mir etwas über Gotland!«

»Macholand«, sagte Fanny. »Ein bisschen wie Norrland. Man hilft einander, aber die Kerle gehen raus und saufen auf dem Heuboden. Auf einer Insel zu leben ist schon etwas eigenwillig.«

»Aber es muss trotzdem herrlich sein«, seufzte Margareta. »Als ich hierher kam, dachte ich, das Einzige, was in Buttle fehlt, ist eine nette Kneipe.«

Fanny strahlte bei dem Gedanken.

»Eine Kneipe? Was für eine tolle Idee. Wir sollten eine Kneipe in Buttle haben! Einen Ort, an dem man sich spontan treffen kann, ohne dass man sich gleich gegenseitig einladen muss. Das fehlt wirklich. Wir haben zwar das Blockhaus und unser Lammgrillen, aber nichts, was es immer gibt.«

»Meinst du, die Leute würden da wirklich hingehen?«, sagte Ernst.

»Warum nicht? Es muss ja kein riesiges Angebot geben. Bier, Tee und Butterbrote. Aber wahrscheinlich hätte ohnehin niemand Zeit, sich darum zu kümmern.«

Sie schenkte Margareta Wein nach.

»Buttle liegt abseits der Landstraße und genau in der Mitte der Insel«, sagte sie. »Hier ist es im Winter am kältesten und im Sommer am wärmsten. Und man kann nicht gerade behaupten, dass hier das wilde Leben tobt.«

»Das ist es ja gerade, was mir gefällt«, sagte Margareta. »Die Ruhe.«

»Die Kinder fühlen sich hier wohl, für sie ist es hier genau richtig. Sie sind tagsüber bei Lotten, kennen alle anderen Kinder und wohnen nah beieinander. Ich liebe den Morgen hier, die Stille, die Vögel, die frische Luft und die Sonne im Morgendunst. Auf die Treppe hinauszugehen und durchzuatmen – das ist durch nichts zu übertreffen. Aber an den Winterabenden werde ich manchmal schwermütig und würde lieber in Visby wohnen. Oder Stockholm.«

»Man kann auch in Stockholm schwermütig werden. Und das Stadtleben ist ziemlich stressig und niemals wirklich still.«

Ernst spielte mit seinem Saftglas und schaute den Gast an.

»Das kann ich mir vorstellen. Wie sieht denn der Alltag einer Polizistin normalerweise aus?«

»Genau so hektisch wie der eines Politikers, vermute ich.«

»Hier ist es für die Polizei im Augenblick jedenfalls ziemlich hektisch. Ihre Kollegen haben geredet und geredet und Fingerabdrücke genommen und DNA-Proben und haben die Kleider abgeholt, die ich in der Nacht anhatte. Man hat in vielfacher Hinsicht das Gefühl, die Hosen herunterzulassen. Ziemlich hilflos im Würgegriff des Gesetzes.«

Er lächelte, aber in seinen Augen glühte noch die Wut über die Demütigung.

»Die Kollegen sind leider dazu gezwungen«, erwiderte Margareta.

»Ja, da muss man wohl durch. Sie machen auch nur ihre Arbeit. Immerhin lebe ich noch, im Gegensatz zu diesem armen Mädchen.«

»Aber es haben viele Dorfbewohner angerufen und dich unterstützt«, erinnerte ihn Fanny. »Lennart hat angerufen und gesagt, du solltest dir das alles nicht zu sehr zu Herzen nehmen. Du glaubst immer, du wärst eine Art Hauptperson in dieser Ermittlung – in Wahrheit bist du nichts als ein unbedeutender Statist!«

Er lachte. Sie aßen in aller Ruhe auf. Ernst zeigte Margareta das andere Zimmer im Erdgeschoss, das sie sich als Arbeitszimmer eingerichtet hatten, dann zogen sie in das große Wohnzimmer im ersten Stock um. Der Raum hatte mehrere Fenster in den dicken, weiß verputzten Wänden, und vor einem großen, offenen Kamin standen zwei Sofas von der Sorte, aus der man nie wieder aufstehen will. Um die Jahrhundertwende herum musste sich hier oben die Lehrerwohnung befunden haben, während die Kinder der Gemeinde in den beiden Räumen im Erdgeschoss unterrichtet worden waren. Jetzt gab es im ersten Stock neben dem Wohnzimmer noch drei Schlafzimmer und ein großes Bad.

Ernst verschwand im Kinderzimmer, um nach den Mädchen zu sehen, während Fanny Kaffee, warmen Obstsalat und Eis holte. Und während sich die Dunkelheit über Buttle und ganz Gotland legte, saßen sie noch eine gute Stunde vor dem Feuer und unterhielten sich über dies und das.

Ernst sank immer tiefer in das Sofa, und mit jeder Minute, die verstrich, wurde er entspannter und schläfriger. Wenn er ein Mörder war, musste er eine ausgeprägte Doppelnatur haben. Jemand, der seiner Frau, den Kindern und Arbeitskollegen ein normales Gesicht zeigte, aber in Gegenwart seines Opfers vollständig die Persönlichkeit veränderte. Sich in einen hasserfüllten Gewalttäter verwandelte.

Dass er rasend vor Wut werden konnte, hatte sie selbst erlebt, dass er seine Frau hintergehen konnte, wusste sie auch. Und in seiner Kindheit hatte er genau jene Kränkungen erfahren, die eine gewalttätige Persönlichkeit erklären konnten. Andererseits hatte er natürlich eine Mutter gehabt, die nicht einfach geschwiegen und eingesteckt, sondern für ihn gekämpft hatte, wenn auch erfolglos. Am Ende seiner Kindheit hatte er selbst sein Leben in die Hand genommen und war zu ihr zurückgekehrt. Das hatte ihm sicher viel bedeutet. Aber im Grunde hatte ihn die Gesellschaft dennoch im Stich gelassen und ihm gezeigt, dass Frauen und Kinder Bürger zweiter Klasse waren. Diese Erfahrung konnte nicht spurlos an ihm vorübergegangen sein.

Sie fragte sich, wo er Frank Behlin begegnet sein konnte, gesetzt den Fall, dass sie sich wirklich kannten. Wenn die beiden tatsächlich irgendwo aufeinander getroffen waren und Frank wirklich der war, für den sie ihn hielt, war es durchaus möglich, dass er eine latente Gewaltbereitschaft bei Ernst geweckt hatte.

Plötzlich registrierte Margareta, dass Fanny sie nachdenklich ansah. Sie war schön, wie sie in ihrem roten Kleid auf dem Sofa saß, aber ihr Gesicht verriet eine abwartende Haltung.

»Sie sind gerade weit weg, nicht wahr«, sagte sie. »Es muss furchtbar gewesen sein, erst eine tote Frau im Wald zu finden und dann auch noch selbst überfallen zu werden. Wissen Sie denn, warum sie angegriffen wurden?«

Margareta schüttelte den Kopf.

»Keine Ahnung.«

»Das ist ja noch schlimmer! Wenn Sie heute Nacht nicht allein in ihrem Häuschen schlafen wollen, dann können Sie gerne bei uns auf der Couch übernachten. Das macht überhaupt keine Umstände.«

»Danke, aber das ist nicht nötig. Die Kollegen kommen ab und zu vorbei und sehen nach dem Rechten.«

»Aber das dürfte doch wohl kaum ausreichen?«

»Vielleicht nicht hundertprozentig, aber ganz gleich, wer auf mich losgegangen ist, er wäre ziemlich dumm von ihm, es noch einmal zu versuchen.«

Sie verzichtete auf nähere Erklärungen, was genau sie damit meinte, aber es konnte nicht schaden, wenn Ernst wusste, dass sie jetzt besser vorbereitet war.

Ein paar Minuten später stand sie widerstrebend auf, um sich zu verabschieden. Ernst bot an, sie auf dem Heimweg zu begleiten, aber sie lehnte auch das ab.

Außer ihr schien niemand mehr unterwegs zu sein. Nach der Wärme vor dem Kamin fühlte sich die Nacht angenehm kühl an. Der Himmel war dunkel und wolkenlos, und Millionen von Sternen funkelten über den Tannenspitzen und den schwarzen Feldern. Im Dorfladen brannte nur noch in einem Fenster Licht. Jonas schlief sicher schon lange, und Margareta stellte sich vor, wie Hanna im Bett lag und las.

Es war ein gutes Gefühl nach Hause zu kommen und neutralen Boden zu betreten. Margareta machte das Licht an und kramte in dem kleinen Nebenzimmer. Mit ein bisschen Glück würde das die erste Nacht in Buttle sein, in der sie friedlich durchschlafen konnte.

Als sie das Bett betrachtete und überlegte, ob es nicht klüger wäre, sich zur Sicherheit einen anderen Schlafplatz zu suchen, klingelte das Telefon.

Es war nicht Kalle, sondern Kent. Sie war nicht im Geringsten darauf vorbereitet, von ihm zu hören, aber jetzt meldete er sich so selbstverständlich, als arbeiteten sie jeden Tag zusammen.

»Ich habe von dem Überfall gehört. Wie geht es dir?«, fragte er.

»Danke, war nicht wirklich gefährlich. Es waren nur drei Stiche nötig. Woher hast du diese Nummer?«

»Ich war mir ziemlich sicher, dass in dieser Situation irgendjemand einen Telefonanschluss für dich einrichten lassen würde, und danach war es nicht weiter schwierig, an die Nummer zu kommen. Hast du den Täter gesehen?«

»Nein, keine Chance. Er hat mir aufgelauert und mich angefallen, als ich gerade mein Zimmer aufschließen wollte. Ich musste den ganzen Weg den Flur entlang und die Treppe hinunter bis zum Notausgang rennen.«

»Welche Ironie des Schicksals. Da war ich im Haus und habe nichts geahnt. Ich habe im Krankenhaus angerufen, nachdem die Polizei vor meiner Tür stand, aber du warst nicht mehr dort. Ich dachte mir schon, dass es nichts Ernstes war. Jedenfalls nicht physisch.«

Seine Stimme klang merkwürdig dumpf und metallisch, als telefonierte er in einem Schrank. »Stefan und seine Frau haben mich zu sich nach Hause genommen«, sagte sie abwartend.

»Nett von ihnen. Glaubst du, dass es Frank war?«

Seine Stimme war so ruhig, als würde ihn das alles völlig kalt lassen. Sie setzte sich und überlegte, ob er sich nicht doch zu sehr in den Fall hineinsteigerte. Andererseits gab es sonst niemanden, mit dem sie hätte reden können, niemanden, der ständig mit den Gedanken woanders war oder ihr die ganze Zeit widersprach.

»Es würde mich nicht wundern, wenn es tatsächlich Frank war«, sagte sie.

»Okay. Ich bin gerade an ihm dran.«

Margareta blinzelte.

»Wie bitte?«

»Er ist in einem Pub in Västerhaninge. Möchtest du, dass ich ihm etwas ausrichte, wo ich schon mal hier bin?«

Ihr fiel fast der Hörer aus der Hand. Unter seiner Gleichgültigkeit verbarg sich eine kontrollierte Kälte, die sie erst jetzt bemerkte, und sie sah ihn gestochen scharf vor sich, in seinem Wagen vor irgendeiner Vorstadtkneipe und drinnen Frank, ein Glas in der Hand, selbstgefällig, großspurig, brutal.

Bei dem Gedanken an einen feixenden, Bier trinkenden Frank stiegen Hass und ein Gefühl von Demütigung plötzlich mit unerwarteter Heftigkeit in ihr auf. *Ja!*, dachte sie. *Hol ihn da raus, drück ihn an die Wand und prügel ihm die Wahrheit aus dem Leib! Wie kann er es wagen, da drin zu sitzen und weiterzuleben, wenn Gun den Rest ihres Lebens trauert? Schaff ihn da raus! Schaff dieses Monstrum für immer aus dieser Welt!*

Dann sah sie vor sich, wie Kent ihm eine Pistole an die Schläfe hielt und abdrückte, wie Franks Lächeln erstarb und die Angst sich auf seinem Gesicht breit machte, wie sein Kopf explodierte, wie er zu Boden fiel und starb, und sie wusste, dass Kent imstande war, so etwas zu tun, und sie wusste, dass sie selbst imstande war, sich so etwas vorzustellen und sich mit aller Macht danach zu sehnen.

Ihre Stimme stockte. Die Wunde an ihrem Hals pochte.

»Nein! Lass ihn in Ruhe«, sagte sie. »Warum bist du überhaupt in seiner Nähe?«

Es entstand eine kurze Pause. Kent überlegte, wie er darauf antworten sollte.

»Purer Zufall. Ich habe gestern ein bisschen Sightseeing in den südlichen Vororten gemacht und bin spazieren gefahren. Bin noch nicht so oft da gewesen, deshalb habe ich gleich damit angefangen, als ich von Bord der Fähre gegangen bin. Es sah so aus, als wollte dieser Laster in dieselbe Richtung, da habe ich mich an ihn drangehängt. Rein zufällig habe ich gesehen, wie er zu einem Fuhrunternehmen namens Bergenheims gefahren ist, und da ist ein Typ ausgestiegen, der tatsachlich so aussah, wie der, den du beschrieben hast. Hatte das Gefühl, dass er ein ziemlich aufgeblasener Kerl ist. Als er zum Mittagessen verschwunden ist, bin ich rein und habe mich ein bisschen mit seinem Boss unterhalten. Nächsten Donnerstag gibt es übrigens eine neue Fuhre nach Gotland. Leider hatte ich danach ein paar Probleme mit dem Wagen. Musste ihn in die Werkstatt bringen und mich beschweren, weil mir ein Typ, dessen Name glaube ich mit T anfing, den Bremsschlauch nicht ordentlich repariert hatte. Er war natürlich nicht da, weil seine Freundin gestorben ist, aber sein Chef war nicht sehr verwundert über die schlechte Reparatur. Macht ganz den Eindruck, als würde er diesen Tobias für ziemlich labil und unzuverlässig halten. Ja, und dann hatte ich abends Lust, einfach mal eine neue Kneipe auszuprobieren. Ist ja schließlich Samstag. Und hoppla, da sitzt doch glatt auch der Herr Fahrer drin.«

Es war so typisch für Kent, seine unaufgeforderte Fahndung, zwei anstrengende Tage an Behlins Fersen, auf diese etwas schräge Weise zu präsentieren. Margareta dachte mit Wehmut daran zurück, wie gut sie früher zusammengearbeitet hatten.

»Ja, ja, das wissen wir schon«, sagte sie ungeduldig, um seinen Redefluss zu bremsen. »Stefan ist in Stockholm und wird in den nächsten Tagen mit Tobias reden.«

»Schön. Dann kann er ihn bei der Gelegenheit ja gleich fragen, was er und Frank miteinander zu schaffen haben.«

»Wie bitte?«

»Die beiden sitzen zusammen da drinnen«, sagte er gelassen.

Margareta traute ihren Ohren nicht.

»Jetzt? In diesem Augenblick? Du siehst jetzt Frank und Tobias?«

»Ja.«

»Woher willst du wissen, dass es Tobias ist?«

»Der Tankstellenboss hat mir ein Amateurfoto gezeigt, um herauszufinden, wer das mit dem Bremsschlauch verbockt hat. Die Bilder hängen in seinem Büro. In der Mittagspause spielen sie in der Werkstatt wohl Dart oder so was.«

Das klang fast zu gut, um wahr zu sein. War das endlich die Wende?

»Dann gibt es also eine Verbindung«, sagte sie.

»Ja, aber ich bezweifle, dass der Junge den Fahrer wirklich angeheuert hat. Der Typ sieht ganz so aus, als würde er von so einem Milchbubi höchstens dann Aufträge annehmen, wenn er einen ordentlichen Batzen locker macht. Und der Junge ist völlig fertig. Der sitzt bloß da und heult in sein Bier.«

»Und was macht Frank?«

»Tätschelt ihn. Wie ein Fuchs das Kaninchen. Ich war heute Mittag im Büro und habe ein bisschen im Computer gestöbert, ob sich noch etwas über Frank finden lässt. Er wohnt in einer Dreizimmerwohnung in Högdalen und ist unverheiratet. Keine Kinder. Ich habe gerade acht Bilder von ihm und dem Jungen mit der Digitalkamera gemacht.«

»Okay. Dann verschwinde jetzt und mail mir eins der Fotos, es kann nicht schaden, zu wissen, wie Tobias aussieht. Dann brenn alles auf CD und leite das Material an Stefan Simonsson weiter. Er braucht jede Information, die er kriegen kann.«

»Wird erledigt.«

Er legte rasch auf, noch ehe Margareta Luft holen konnte, um ihm noch mehr Verhaltensregeln mit auf den Weg zu geben. Sie hoffte von ganzem Herzen, dass er jetzt nicht die Gelegenheit beim Schopf packte und in diese Kneipe stürmte, um Frank die Revanche für ihren Messerschnitt zu verpassen.

Frank und Tobias kannten sich also. Vermutlich durch das Fuhrunternehmen und die Autowerkstatt. Aber es musste noch eine weitere Verbindung zwischen ihnen geben, wenn sie jetzt gemeinsam in einer Kneipe saßen, Bier tranken und Tobias ihm sein Herz ausschüttete. Was konnte das sein? Frank würde sich kaum für Tobias an Sanna rächen, vermutlich kümmerten ihn die Herzensangelegenheiten des Jungen einen Dreck.

Aber wenn man herausfinden konnte, was Tobias und Frank verband, dann gab es vielleicht noch eine dritte Verbindung. Zu Ernst.

Also, was hatten sie für gemeinsame Interessen? Dart? Ornithologie? Briefmarkensammeln? Pornofilme? Das Ganze begann, ein Muster zu bilden, wie eine Landschaft, die langsam aus dem Nebel trat.

»Was meinst du dazu?«, fragte Margareta nach oben gewandt ihren toten Mann. »Was soll ich jetzt tun?«

Aber es war Stefans Sache, auf diese Fragen die Antworten zu finden. Er würde das Material dafür bekommen. Und außerdem kam Frank frühestens nächsten Mittwoch wieder auf die Insel zurück. Gun und Katrine waren bei Margareta gewesen, sie konnten sich gegenseitig trösten und stützen.

Sie wusste, was ihr Mann geantwortet hätte. Genau das, sie stützten sich gegenseitig. Du kannst dir nicht Guns Trauer aufladen und du kannst dich nicht in Katrines Leben einmischen und versuchen, ihre Magersucht zu heilen. Auch wenn du das gerne tun würdest. Genauso wenig kannst du Ernsts und Fannys Ehe retten und ihn vom Lügen abbringen. Es gibt noch mehr Menschen auf dieser Welt, die Verantwortung übernehmen können, nicht nur dich. Also pack das alles für eine Weile beiseite und konzentriere dich auf dich selbst.

Er hatte Recht. Und vor allen Dingen brauchte sie erst einmal Schlaf.

Zur Sicherheit zog sie die Matratze auf den Boden, richtete sich ihr Bett in der Ecke hinter dem Esstisch, machte sich bettfertig, erneuerte das Pflaster auf ihrer Wunde und kroch unter die Decke. Es war nicht einfach, im Licht der Stehlampe zu lesen, aber es ging.

Gegen halb zwölf löschte sie das Licht.

Fünf Minuten später hörte sie, dass irgendwo ein Auto angelassen wurde. Es kam näher und schien oben auf der Straße vor dem Ferienhaus anzuhalten.

Eine Minute lang lauschte sie, aber es war keine Wagentür zu hören.

Dann wurde das Motorengeräusch lauter. Jemand nahm den Fuß von der Bremse und gab Gas. Das Auto fuhr weiter, an der Fabrik vorbei auf die große Straße zu. Das Geräusch verebbte.

Margareta blieb reglos liegen und horchte angespannt. Totale Stille.

Sie sagte sich, dass es wohl ein nächtlicher Tatorttourist gewesen sein musste, drehte sich mit dem Gesicht zur Wand und fiel sofort in einen tiefen Schlaf.

20

Am nächsten Morgen wachte Margareta gegen halb sieben auf. Durch die offene Schlafzimmertür konnte sie sehen, wie das Sonnenlicht auf den Boden fiel. Durch das Fenster, das einen Spalt breit offen stand, sog sie den Duft des taunassen, jungen Grases ein. Drüben bei Ernst und Fanny krähte der Hahn, und ein einsamer kleiner Singvogel zwitscherte in der Nähe. Sonst war es still. Wunderbar still.

Sie zog sich die großen Gummistiefel an und trat im Trainingsanzug, in dem sie auch geschlafen hatte, auf die Straße. Keine Menschenseele war an diesem frühen Sonntagmorgen zu sehen. Der Frühnebel lag wie dünner Rauch über der Kurve, und ein Schimmer von hellgrünen Blättern umgab die große Baumkrone in der Ecke hinter Hannas Haus. Margareta ging ein wenig auf und ab, lauschte ihren eigenen Schritten und atmete die klare, kalte Luft ein, bevor sie sich die beiden Plastikeimer holte und mit Wasser füllte. Die Pumpe knirschte in der Stille. Vollkommen durchgefroren eilte Margareta zurück ins Haus, zog sich ihre Jacke an und setzte Kaffee auf.

Während es im Wasserkocher blubberte, pfiff sie in voller Lautstärke den »Gefangenenchor«. Sie fing immer zu hoch an, und wenn sie an die Stelle mit dem Wechsel gelangte, brachte sie keinen Ton mehr heraus und musste wieder von vorne anfangen. Mit »Memories« ging es ihr genauso. Ihr fiel auf, dass sie schon sehr lange nicht mehr gepfiffen hatte, und was das betraf, auch nicht mehr gesungen.

Vollauf mit diesen glücklichen und alltäglichen Gedanken beschäftigt, frühstückte sie. Dann stellte sie sich in die große Plastikwanne, wusch sich von Kopf bis Fuß, zog sich an, spülte die Wanne aus und weichte ein paar Kleider ein. Nachdem das Wasser im Haus noch immer nicht angestellt war, würde es wohl noch eine Weile bei Wannenbad und Wannenwäsche bleiben.

Ida Catharina Pettersson. Wer war sie gewesen? Wie erfuhr man etwas über ein Mädchen, das seit hundertvierzig Jahren tot war? Margareta schloss die Augen und versuchte, sich Ida und ihre Welt vorzustellen, ihre Stimme zu hören, doch das Bild blieb verschwommen. Aber sie war hier die Wege entlanggerannt, hatte gelacht, geredet, gespielt, hatte die Schule besucht, vielleicht gearbeitet. Sie glitt wie ein Schatten vorbei, lebensfroh und eifrig, ohne zu ahnen, dass fast eineinhalb Jahrhunderte später am selben Ort eine fremde Frau an sie dachte.

Margareta schloss das Haus ab, machte einen Spaziergang zum Friedhof und schrieb sich Geburts- und Todestag des Mädchens auf. Ein befremdlicher Gedanke, dass sie tatsächlich dort ein paar Meter unter der Erde lag. So nah und doch in unüberwindlicher Entfernung.

Vermutlich öffnete die Bibliothek nicht vor zwölf. Sie entschied sich für einen langen Waldspaziergang. Dann machte sie die Wäsche fertig und hängte die Sachen zum Trocknen auf eine Leine zwischen zwei Bäume, legte die Matratze ins Bett zurück und las ein wenig. Bisweilen fuhr ein Auto oder ein Traktor oben auf der Straße vorbei.

Um halb elf rief Kalle an und berichtete von den Entwicklungen im Mordfall in Tumba. Margareta hatte die Sache völlig verdrängt.

Die Neuigkeiten waren niederschmetternd. Sie hatten die Identität des Opfers klären können, hatten seine Wohnung ausfindig gemacht und aufgebrochen. Sie war leer gewesen, abgesehen von verwelkten Topfpflanzen und stinkendem Müll. Kein verstecktes Kind, weder dort noch in seinem Kellerbüro. Keine Spur von dem Mädchen.

In seinem Computer hingegen war jede Menge widerwärtige Kinderpornographie gespeichert. Das Gerät war jetzt bei der Kriminaltechnik, wo es gründlich untersucht wurde. Sie versuchten, seine gesamten Kontakte ausfindig zu machen, zum Beispiel all die, mit denen er über Mail in Verbindung gestanden hatte. Der nächste Schritt würde darin bestehen, mit seinen Arbeitskollegen zu sprechen und nach möglichen Freunden zu suchen.

»Entschuldige, dass ich dich da mit reinziehe«, schloss Kalle düster. »Du hast mit dir selbst schon genug zu tun.«

»So schlimm ist es gar nicht. Langsam fange ich an, wirklich wieder ich selbst zu werden. Ich hatte einen schönen Vormittag und für heute habe ich mir vorgenommen, mich auf die Suche nach Fakten über ein junges Mädchen zu machen, das hier vor hundertvierzig Jahren gestorben ist.«

»Oh. Ist das nicht ein bisschen spät? Wenn sie ermordet worden ist, dürfte der Mörder der Sachlage nach wohl auch schon tot sein.«

»Es ist ja gar nicht gesagt, dass sie ermordet wurde. Du bist viel zu sehr auf deine eigene zwielichtige Welt fixiert. Vielleicht ist sie an Keuchhusten gestorben oder unter ein Pferd geraten.«

Er wünschte ihr viel Erfolg, aber sie hörte an seiner Stimme, dass er nicht wirklich verstehen konnte, was sie an dieser Geschichte interessierte.

Um halb zwölf stieg sie ins Auto und fuhr nach Visby, hielt vor dem Einkaufszentrum, in dem sie schon am ersten Abend eingekauft hatte, und fragte ein junges Mädchen nach dem Weg zur Bibliothek. Sie bekam die Wegbeschreibung zur Almedalsbibliothek und fuhr über den Hafen dorthin. Langsam kannte sie sich in Visby zwar ein bisschen aus, aber sie hatte bestimmt nicht vor, sich in das Gewirr der Gassen innerhalb der Stadtmauer zu begeben, so lange sie nicht dazu gezwungen war.

Diese Bibliothek war ganz bestimmt einer der schönsten Orte der Welt, ein großer Glasbau dicht am Park unten am Meer, angegliedert an einen flachen Teil der Stadtmauer, die auf der anderen Seite verlief. Es waren viele Spaziergänger unterwegs, und es war schwierig, einen Parkplatz zu finden, aber schließlich hatte sie doch noch Glück.

Nachdem Margareta das luftige Foyer durchquert hatte, stellte sie sich zuerst in der Schlange am Informationsschalter an, um sich einen Benutzernamen geben zu lassen, damit sie die Internetcomputer benutzen konnte. Es war etliche Jahre her, dass sie so viele Tage in Folge ohne Zugang zu einem Rechner verbracht hatte, aber sie hatte es nicht einmal vermisst.

Vor Montag waren keine Internetplätze mehr frei. Margareta reservierte sich einen und widmete sich dann der Suche nach schriftlichen Zeugnissen, die mit Ida in Zusammenhang stehen konnten. Sie gab Idas Namen in den Bibliothekskatalog ein, aber offensichtlich hatte niemand ein Buch über Ida geschrieben, denn ihr Name ergab keine Treffer. Sie versuchte es mit allen möglichen anderen Begriffen, die ihr einfielen. Bei jedem Wort tauchte eine Reihe von Buchtiteln auf. Sie handelten von Gotland im 18. Jahrhundert und von der letzten Jahrhundertwende, aber das Interesse an Buttle in der Mitte des 19. Jahrhunderts schien nicht übermäßig ausgeprägt gewesen zu sein.

Beim dritten Suchbegriff tat sich etwas. Ihr Blick glitt an einer langen Liste von Buchtiteln entlang und plötzlich machte ihr Herz einen Satz. »Register der häuslichen Katechese im Kirchspiel Buttle 1800–1865«, hieß eine kleine Schrift, die irgendein gesegneter Mensch herausgegeben hatte. Wunderbar! Schließlich waren alle gezwungen gewesen, an der Bibelstunde des Pfarrers teilzunehmen, die ja auch eine Art Volkszählung gewesen war. Das bedeutete, dass Margareta zumindest erfahren würde, wie Ida mit dem Lesen des Katechismus zurechtgekommen war oder was auch immer der Pfarrer die Gemeindemitglieder gefragt haben mochte.

Und dass sie erfuhr, auf welchem Hof Ida gelebt hatte.

Sie klickte den Titel auf dem Bildschirm an, und die Seite mit der Bibliotheksinformation öffnete sich. Es gab nur ein Exemplar und das war verliehen. Bis nächsten Donnerstag.

Um Margaretas Geduld war es alles andere als gut bestellt. Sie brummte leise und klickte eine Seite zurück, beugte sich näher an den Bildschirm und ging die Liste noch einmal Titel für Titel durch. Sollte jemand ein Opus mit dem Titel »Nistkästen im Kirchspiel Buttle« verfasst haben, beabsichtigte sie, es zu lesen. Vielleicht hatte Ida Nistkästen getischlert.

Weiter unten auf der Liste entdeckte sie ein Buch, das 1885 von einem gewissen Jacob Kellberg herausgegeben worden war. Es hieß »Gottes Jahreszeit in Buttle. Bilder eines gotländischen Dorfes im Lichte der Erinnerung.«

Ob er sich noch bis zu Idas Zeit zurückerinnern konnte?, fragte sich Margareta. Und was hatte es mit »Gottes Jahreszeit« auf sich? War er religiös oder meinte er ganz einfach den Sommer? Sie klickte die Seite an. Es gab ein Exemplar, das in der Abteilung Gotlandica im Regal stehen sollte.

Sie stürzte sich auf einen Lageplan der Bibliothek, fand die richtige Abteilung und sprang die Treppe hinauf. Fuhr mit dem Finger das Regal entlang. Es gab einen Kallman und einen Kindström, aber keinen Kellberg. Auch nicht auf dem Wagen mit den kürzlich erst zurückgebrachten Büchern.

Es war wie verhext. Enttäuscht stiefelte sie zur Information zurück, mit der Absicht, die unschuldige Dame hinter dem Tresen zur Rede zu stellen. Selbige hörte sich geduldig Margaretas Anliegen an und gab Kellbergs Buch in ihren Computer ein.

»Ach so, das«, sagte sie schließlich. »Das ist eben ausgeliehen worden.«

»Jetzt gerade?«

»Ja, gerade eben, glaube ich. Es ist schwer zu ...«

Margareta starrte sie böse an. Die Bibliothekarin schaute auf, und in ihren Augen flackerte ein unsicheres Erkennen.

»Äh, sind sie die Polizistin, die ...?«, hob sie an. »Buttle? Dann brauchen Sie das Buch für ihre Ermittlungen?«

»Man weiß nie, wozu etwas gut sein kann«, sagte Margareta.

»Ja, also wenn das so ist ... Die Dame, die es ausgeliehen hat, heißt Cecilia Bradford«, erklärte die Dame hinter dem Tresen hilfsbereit. »Falls Sie es ganz dringend brauchen, meine ich.«

»Bradford? Ist sie Engländerin?«

»Nein, wieso? Sie stammt von der Insel, genau wie ich. Sie ist eine feine alte Dame, über achtzig, glaube ich. Sie liest viel. Ausgesprochen wach und intelligent. Und interessiert am alten Gotland. Sie wohnt in einem Seniorenheim in der Nähe des Krankenhauses. Västbacka heißt es.«

Und vergoldet sich jetzt ihren Ruhestand mit meinem Buch, dachte Margareta grimmig.

Sie bedankte sich, machte auf dem Absatz kehrt und verließ im Laufschritt die Bibliothek. Draußen auf der Straße sah sie sich nach Cecilia Bradford um. Wenn die Dame in der Nähe des Krankenhauses wohnte, dann hatte sie einen ziemlich langen Heimweg. Margareta ließ alle Passanten unter zweiundachtzig außer Acht und suchte die Straße in alle Richtungen ab.

Nachdem sie die nähere Umgebung in Augenschein genommen hatte, wurde ihr klar, dass sie Cecilia Bradford auf diese Weise nicht finden würde. Sie ging zurück in die Bibliothek und schritt jede Abteilung und jeden Gang ab, aber niemand sah älter als achtzig aus oder hatte eine Tasche dabei, die ein Buch verstecken konnte. Wahrscheinlich hatte jemand

Mrs Bradford zur Bibliothek gefahren und sie gleich wieder nach Hause gebracht, nachdem sie das entliehen hatte, was sie gesucht hatte.

Margareta stieg in ihr Auto, ließ den Motor an und fuhr zum Seniorenheim Västbacka. Um keine Zeit damit zu verschwenden, sich durch die kleinen Sträßchen innerhalb der Ringmauer zu fransen, wendete sie, fuhr an einem Sportplatz und einem Busbahnhof vorbei und erreichte das Krankenhaus, das auf einem Hügel lag, der den Blick zum Meer freigab. Der Anblick weckte unschöne Erinnerungen an das Leichenschauhaus, aber auch an die Nacht nach dem Mord, an Neonlicht und die unangenehme Betäubungsspritze in der Notaufnahme. Und es weckte die Erinnerung an Stefan. Sie hatte das Gefühl, als wäre mindestens eine Woche seit ihrer letzten Begegnung vergangen, dabei war nur etwas mehr als ein Tag verstrichen. Und an dem war er misstrauisch gewesen.

Okay, Stefan, mach was du willst, ich halte mich da raus, dachte sie.

Margareta fragte einen älteren Mann nach Västbacka. Er erklärte ihr den Weg, und fünf Minuten später hatte sie vor einem großen, rechteckigen Backsteinbau aus den Fünfzigern geparkt, der von einem ziemlich fantasielosen, aber ordentlichen Garten umgeben war.

Als sie aus dem Auto stieg, merkte sie, dass ihre Beine nach dem vielen ungewohnten Fahrradfahren und Spazierengehen ganz steif waren. Und sie hatte noch nicht zu Mittag gegessen. Margareta betrat das Haus, und das Erste, was ihr entgegenschlug, war der abgestandene, deprimierende Geruch von scharf gebratener Wurst und Kartoffelbrei, der aus dem Speisesaal links neben dem Eingang waberte. Eine Frau Mitte vierzig war gerade dabei, einen Küchenwagen mit benutztem Geschirr zu beladen.

»Zweiter Stock«, antwortete sie auf die Frage, wo Cecilia Bradford zu finden sei.

Der Aufzug war groß genug für Rollstühle, Rollatoren und fahrbare Betten und in tristem Taubengrau gehalten. Es war eigentlich fast schon bedauerlich, dass Senioren für gewöhnlich keine Graffitis sprayten. Die Flure hingegen waren zur Abwechslung in tristem Lindgrün gestrichen, und in einem Fenster am Ende des Ganges standen zwei Pelargonien. Margareta erinnerte sich daran, dass in ihrer Kindheit beinahe alle alten Menschen Pelargonien gehabt hatten, aber das war ja schon ein Weilchen her. Waren heutige Achtzigjährige wirklich immer noch so vernarrt in diese Pflanzen?

Es dauerte, bis Cecilia Bradford auf Margaretas Klingeln die Tür öffnete. Sie ging leicht gebückt, und das Gehen fiel ihr ganz offensichtlich schwer, aber die braunen Augen unter dem weißen Haar funkelten voller Lebenswillen und Humor. Man sah ihr an, dass sie im Grunde genommen auch im Alter noch immer derselbe Mensch war wie als Teenager und als erwachsene Frau. Zu Margaretas Überraschung trug sie Jeans und ein schwarzes T-Shirt mit einem leuchtenden, pinkfarbenen Aufdruck, der eine stilisierte Rose darstellte. Margareta überlegte, ob es vielleicht aus der Boutique Caprice stammte.

Sie stellte sich vor, und Cecilia bat sie herein. Ihr Zimmer war groß, sie hatte ein Bett mit rot eingefasstem Überwurf, eine kleine Sitzgruppe aus Korbmöbeln mit weißem Markisenstoff, einen antiken Schreibtisch vor dem einen Fenster und einen bequemen Lesestuhl vor dem anderen. Eine ganze Wand war mit Bücherregalen bedeckt. An der Wand gegenüber hing über dem Sofa das einzige Bild, ein großes, abstraktes Gemälde in Schwarz und Weiß. Auf dem Schreibtisch stand zu Margaretas Erstaunen ein Computer. Das Fenster hatte breite Holzjalousien und bot einen fantastischen Ausblick auf das Meer.

»Ja, das ist schön, besonders da unten vom Garten aus, aber ich gehe jede Wette ein, dass die vorhaben, genau gegenüber zu bauen«, sagte Cecilia hinter ihr. »Hoffe, sie warten wenigstens, bis ich weitergezogen bin. Leider gibt's in diesem

Kasten keine Schlafzimmer, so dass man das verflixte Bett immer ordentlich machen muss. Und keine Kochnische, deshalb kann ich Ihnen auch keinen Kaffee anbieten. Setzen Sie sich!«

Ein kleines Buch, in braunes, abgewetztes Leder gebunden, lag auf dem Schreibtisch, vielleicht war es das Exemplar mit dem Licht von Jacob Kellbergs Erinnerungen. Margareta riss den Blick davon los und setzte sich auf das knarrende Sofa. Ihr fiel auf, dass alles im Zimmer bis auf den Schreibtisch neu war, wenngleich alle Möbel mit einer dicken Staubschicht überzogen waren. Putzen war hier offensichtlich nicht besonders beliebt.

»Es hat ewig gedauert, bis ich hier ein Zimmer bekommen habe«, sagte Cecilia und ließ sich in einen Sessel sinken. »Zuerst war ich zu jung und zu frisch und dann zu alt. Und man will ja nun nicht sein Zuhause verlassen und sofort ins Ferienlager für Pensionäre. Das kommt einem so albern vor. Aber irgendwann muss man ja doch hierher, also wollte ich es mir wenigstens genauso herrichten, wie es mir gefällt. Ich habe alles neu gekauft und mich nach Herzenslust ausgetobt. Und jetzt gedenke ich, hier herumzusitzen und meinen wohlverdienten Ruhestand zu genießen.«

Sie beugte sich vor und nagelte Margareta mit dem Blick fest. Ihre Augen blitzten vor Neugier.

»Und Sie, was wollen Sie von mir? Ich habe Sie im Fernsehen gesehen, ich weiß, dass Sie diese Polizistin sind, die das tote Mädchen gefunden hat und dann selbst überfallen wurde, es ist also recht spannend, Sie hier zu haben. Geht es Ihnen denn besser?«

Margareta war noch keine Sekunde zu Wort gekommen.

»Danke der Nachfrage, es war nicht so schlimm«, sagte sie. »Aber ich bin nicht wegen des Mordes hier, sondern weil ich mich für ein anderes totes Mädchen interessiere. Ihr Grabstein steht auf dem Friedhof in Buttle, und ich dachte mir, dass sie vielleicht in diesem Buch von Jacob Kellberg erwähnt wird, dass Sie sich gerade ausgeliehen haben. Sie hieß Ida Catharina Pettersson.«

Die alte Dame schwieg. Margareta hatte den Eindruck, dass sie enttäuscht war, weil man ihre Hilfe für die laufenden Ermittlungen nicht benötigte.

»Ach so?«, sagte sie schließlich. »Nun, ich habe es noch nicht gelesen, also weiß ich auch nicht, ob sie erwähnt wird. Warum ist das so wichtig?«

»Ich weiß es nicht. Der Gedanke an sie fasziniert mich einfach. Sie ist so jung gestorben und hat dann diesen fantastischen Grabstein bekommen.«

Cecilia saß in ihrem Sessel und betrachtete eingehend ihre Besucherin.

»Dieses Buch ist der Bibliothek gerade erst gestiftet worden und es gehört zum Präsenzbestand«, erklärte sie. »Ich durfte es ausleihen, weil ich – ja, vertrauenswürdig bin. Ich bin eine alte Journalistin, müssen Sie wissen. Ich habe Visby vor vielen Jahren verlassen, arbeitete und lebte in den USA und habe dort einen anderen Journalisten geheiratet. Er hieß Ian Bradford. Wir haben nie Kinder bekommen, aber wir hatten trotz allem ein göttliches Leben mit allen Höhen und Tiefen. Wir waren eingefleischte Demokraten und haben gegen religiöse Bigotterie und Rassismus geschrieben, dass die Schreibmaschinen nur so qualmten. Nachkriegszeit, Bürgerrechtsbewegung, John Kennedy, Nixon – alles durften wir miterleben! Nun ist Ian von uns gegangen, und ich habe getan, was ich immer vorhatte, bin nach Gotland zurückgekommen, um in Ruhe und Frieden zwischen Blumen und Blättern alt zu werden. Ich bin jetzt seit fünf Jahren wieder in Visby und vergnüge mich damit, in Gotlands Geschichte zu forschen.«

»Dann wird daraus vielleicht ein Buch?«, fragte Margareta und warf einen Blick in Richtung Computer.

Cecilia wischte die Idee mit einer Handbewegung weg.

»Das weiß man nie. Aber dieser Mord an Sanna Westman –

ich habe alles darüber gelesen und viel darüber nachgedacht. Wer das getan hat, kann ja nur ein Mensch mit großen Problemen sein, die weit bis in die Kindheit zurückreichen. Haben Sie eine Ahnung, wer der Täter gewesen sein könnte?«

»Ich bin nicht an den Ermittlungen beteiligt«, sagte Margareta.

»Oh, bullshit!«, platzte Cecilia mit unerwarteter Heftigkeit heraus. »Natürlich schnüffeln Sie herum! Journalisten sind Journalisten und Polizisten sind Polizisten. Wenn Sie nicht glauben, dass ich etwas damit zu tun habe, dann können Sie es mir doch wohl erzählen?«

Bei dem Gedanken an Cecilia als Gangsterkönigin musste Margareta lächeln. Andererseits, wäre es um ein anderes Verbrechen gegangen, wäre ihr der Gedanke gar nicht so abwegig erschienen. Sie war zwar gebrechlich, aber offenbar noch sehr willensstark.

»Leider. Wir müssen uns beide mit dem begnügen, was die Polizei erzählt.«

Es schien die alte Dame einige Anstrengung zu kosten, ihre Enttäuschung zu schlucken. Sie ärgerte sich und atmete geräuschvoll aus. Margareta versuchte, das Gespräch auf ein anderes Thema zu lenken.

»Die Bibliothek ist ja ein ganzes Stück von hier entfernt, wie kommen Sie denn dorthin?«, fragte sie.

Cecilia Bradford lächelte triumphierend.

»Da sehen Sie, Sie können das Fragen gar nicht lassen. Aber ich werde Ihnen antworten. Ich habe noch ein paar Verwandte hier, einer von ihnen fährt mich einmal pro Woche. Wir mögen uns nicht besonders, aber er traut sich wohl nicht, nein zu sagen.«

Margareta sah einen eingeschüchterten Urgroßneffen vor sich, gleichermaßen eifersüchtig auf seine alte Tante und beeindruckt von ihr.

»Wenn ich mit dem Buch fertig bin, dann bekommen Sie es«, sagte Cecilia edelmütig. »Wenn Sie vorsichtig damit umgehen. Sie können herkommen und es hier lesen. So dick ist es ja nicht. Ich kann dann auch irgendwie einen Kaffee organisieren. Und eine Kleinigkeit zu zwitschern.«

»Etwas zu zwitschern kann ich mitbringen«, bot Margareta großzügig an.

Cecilia sah sie an und schien sehr sorgfältig abzuwägen.

»Während Sie auf Kellbergs Buch warten, könnten Sie sich Anna Agardhs Fotografien ansehen«, schlug sie schließlich vor. »Sie war eine der ersten berühmten Fotografinnen auf Gotland. Das Zunftwesen sorgte dafür, dass Frauen von vielen Handwerksberufen ausgeschlossen waren, aber als die Fotografie aufkam, war sie neu und offen für alle. Unzählige Frauen begannen zu fotografieren und eröffneten Ateliers. Oft hatten sie Töchter, die dann in ihre Fußstapfen traten. Wussten Sie das?«

Margareta schüttelte den Kopf und erinnerte sich plötzlich an etwas.

»Agardh ... steht dieser Name nicht an einer Hauswand?«

»Aber ja, sie hatte ihr Atelier in dem höchstgelegenen Haus der Stadt. Es gibt ein Buch in der Bibliothek mit über hundert Bildern von ihr. Schauen Sie es sich an. Man kann nie wissen.«

Sie warf ihrem Gast einen ironischen Blick zu, und Margareta überkam plötzlich das Gefühl, manipuliert zu werden. Als spielte die Frau auf dem Sessel ein Spiel mit ihr.

Sie konnte nur nicht erkennen wie oder warum. Vor einer Viertelstunde hatte Cecilia Bradford noch keine Ahnung davon gehabt, dass sie sich je begegnen würden. Und wenn sie sich einen Scherz mit Margareta erlaubte, was dann? Es war verständlich, dass eine alte Journalistin ärgerlich und enttäuscht darüber war, dass sie nicht alles über den Mord in Buttle erfuhr. Auch wenn das ärgerlich war, sollte es ihr doch wohl vergönnt sein, ab und zu jemanden zu veralbern. Viel Abwechslung gab es im Västbacka Altenheim sicher nicht.

Margareta bedankte sich, brachte in Erfahrung, ob Cointreau zum Zwitschern möglicherweise recht wäre und nahm den Aufzug nach unten.

21

Sie besorgte sich Anna Agardhs Buch in der Bibliothek und ging zu Fuß zurück in die Stadt ins Café Hedberg. Und wirklich, an einer verputzten Hauswand über der engen Straßenkreuzung neben dem Café, war der Name Agardh in schwarzen Buchstaben auf die Wand gemalt, genau wie sie es in Erinnerung gehabt hatte. Oben unter dem Dach waren große Atelierfenster, die nach Westen zeigten.

Das Café war fast voll. Margareta zwängte sich mit dem Buch in eine Ecke neben zwei junge, vielleicht zwanzigjährige Frauen, die sich lebhaft unterhielten, holte sich eine Tasse Kaffee und ein Stück Kuchen und begann, in Annas Bildern zu blättern. Dass sie vermutlich nur ein paar Häuser weiter aufgenommen worden waren, verlieh den Dingen eine ganz neue Perspektive.

Die meisten der frühen Bilder zeigten Damen und Herren in vornehmen Kleidern vor dem Hintergrund eines drapierten Vorhangs. Manchmal hatte Anna einen abgesägten Birkenstamm daneben gestellt, der auf eine Holzplatte montiert worden war. Steif und ernst standen oder saßen ihre Modelle da und blickten in die Kamera. Die meisten Kleider waren dunkel, wahrscheinlich schwarz oder lila, lange Krinolinen mit schmalen Taillen und langen Keulenärmeln, eng an den Handgelenken und am Oberarm aufgeplustert. Sie waren allesamt bis zum Hals zugeknöpft und trugen jede Menge Falten und Bänder als Schmuck.

Was für eine Arbeit es gewesen sein musste, so etwas zu nähen. Und so unbequem zu tragen. Wie oft waren die Sachen gewaschen worden? Möglicherweise nie. Wahrscheinlich hatte man nur die Unterwäsche gewechselt. Sie fragte sich, wonach es wohl dort oben bei Anna gerochen hatte. Nach Chemikalien, Kaffee, Staub und Schweiß. Vielleicht auch nach Eau de Cologne oder Rosenwasser. In einer Zeit ohne Elektrizität, Autos, Busse, Deodorant und Fertigmahlzeiten hatten die Menschen vermutlich tausend kleine Erfindungen, die ihnen den Alltag erleichtert und angenehmer gemacht hatten, Erfindungen, die längst in Vergessenheit geraten waren. Im Winter zum Beispiel hatten die Marktverkäufer ihre Füße in Holzkästen gesteckt, die mit Heu gefüllt waren, das hatte Margareta irgendwann einmal auf einem alten Bild gesehen, und man konnte auf der Straße warme Milch kaufen, wenn die Temperaturen sanken.

Fasziniert blickte sie in die Gesichter dieser unbekannten Menschen, die einst in Visby gelebt hatten. Sie starrten stumm zurück. Sogar die Älteren hatten eine bewundernswert glatte Haut. Margareta nahm an, dass die Bilder sorgfältig retuschiert worden waren. Darunter standen alle Informationen, die der Redakteur hatte ausfindig machen können – die Namen der Fotografierten, das Datum und die Anschrift.

Es machte den Eindruck, als wären Anna diese Atelierbilder irgendwann langweilig geworden. An den langen Belichtungszeiten gab es nicht viel zu ändern, aber sie hatte versucht, ein paar neue Elemente einzuführen. Ein Sofa und einen Kaffeetisch. Eine Fotografie zeigte, dass sie wohl auch vergeblich versucht hatte, die Haustiere der Familien mit ins Bild zu nehmen: Alle drehten den Kopf in dieselbe Richtung, hin zu einem unscharfen Strich, der am Bildrand die Proportionen eines kleinen Hundes annahm, der gerade aus dem Bild verschwand.

Margareta blätterte weiter und schlug ein neues Kapitel auf. Zuletzt war Anna mit ihrer schweren Kamera ins Freie gegangen. Häuser standen still, also konnte man auch sie portraitieren. Es gab eine ganze Reihe von Menschen, die Anna im Sonnenschein vor ihren Wohnhäusern verewigt hatte. Auf einer Seite hatte der Redakteur die Originalbilder und die retuschierten Endergebnisse nebeneinander gestellt. Verschwommene Flecken vorbeigehender Personen, Tiere und sogar neugierig zuschauende, barfüßige Kinder waren entfernt worden, so dass der Auftraggeber in einem seltsam leeren Milieu auf dem Bild zurückgeblieben war. Sie hatte auch – vielleicht zu ihrem eigenen Privatvergnügen – den Hafen fotografiert. Schäbige Hütten, Holzspeicher, ein Wirrwarr von Segelschiffen und kleinen Booten an den Kais, eine Schiffswerft, ein Gebäude, das sich Badehaus nannte, und etliches mehr.

Margareta vergaß ihren Kaffee und versank in dieser anderen Welt. Es kam ihr so vor, als wären Visby und ganz Schweden seit Annas Zeit chemisch gereinigt worden. Saniert, geputzt, gefegt, gemalt, geräumt, geschmückt. Aber sie wusste, dass die Armut im Begriff war zurückzukehren. Sie kam aus den Ecken und Winkeln angekrochen, in dem Schmutz und dem schlechten Essen des Västbacka Altenheims, in der Vernachlässigung von Alten, die wochenlang nicht gewaschen wurden, in der Gleichgültigkeit gegenüber psychisch Kranken, die in den Straßen herumirrten, in der miserablen finanziellen Situation allein erziehender Mütter.

Aber Anna war nicht nur ins Freie gegangen, sie hatte die Kamera auch auf den Wagen geladen und war in andere Dörfer gefahren. Einige Bilder zeigten wohlhabende Bauernfamilien, die sich mit Mann und Maus vor dem Wohnhaus aufgebaut hatten, in der Mitte die Bauersfamilie mit Söhnen und Töchtern, links und rechts von ihnen Knechte und Mägde. Manchmal hatte man sogar einen klapprigen Tisch aus der guten Stube geholt und zwischen Mutter und Vater aufgestellt. Im Hintergrund war oft ein doppelter Holzzaun zu erkennen.

So viele Menschen hatten in einem Haushalt gelebt. So viele Menschen, die tagsüber draußen gewesen sein mussten.

Das fünfte Dorfbild war über eine Doppelseite gedruckt. Die Rubrik lautete »Der Bürger Jacob Kellberg aus Visby mit Familie, Buttle im Sommer 1861«.

Gesegnete Cecilia! Margareta wurde von einem Triumphgefühl ergriffen. Jacob Kellberg war also wirklich in Buttle gewesen, als Ida noch gelebt hatte. Er hatte sie gesehen, vielleicht sogar getroffen.

Neugierig beugte sie sich über das Bild. Jacob und seine Frau Elfrida saßen zur Abwechslung auf einer Gartenbank statt auf den üblichen Holzstühlen. Jacob sah zufrieden und sorgenfrei aus, hatte sich bequem zurückgelehnt, die Beine übereinandergeschlagen, in der Hand eine Pfeife. Den anderen Arm hatte er um einen etwa zehnjährigen Jungen gelegt, vermutlich sein Sohn. Elfrida neben ihm trug eine Krinoline und hielt ein Buch in der Hand, als wollte sie ihre Bildung demonstrieren. Neben ihr stand ein kleines Mädchen, vielleicht vier Jahre alt, die eine Hand umfasste das Knie ihrer Mutter, die andere hielt mit festem Griff die Schürze eines älteren Mädchens fest.

Hinter der Bank stand auf Jacobs Seite ein Mann, ganz offensichtlich der Knecht, auf Elfridas Seite standen drei Frauen mit schmucken Schürzen. Alle Erwachsenen auf dem Bild machten einen jungen Eindruck, zwischen zwanzig und fünfunddreißig, und nicht einmal die dicken Kleider in der wärmenden Sonne konnten ihren Zukunftsglauben und die Energie ihrer Blicke erschüttern. Man hatte das Gefühl, dass der Sommerhaushalt der Kellbergs sehr glücklich gewesen sein musste.

Alle blickten in die Kamera, mit Ausnahme des älteren Mädchens, an dessen Rockzipfel die kleine Tochter hing. Sie hatte ein weiteres Kind auf dem Arm, ein einjähriges Mädchen. Sie war im Profil zu sehen, wie sie sich lächelnd dem kleinen Gesicht zuwandte. Es sah aus, als gäbe sie dem Kleinkind einen Nasenstüber, das mit einer Hand vergnügt winkte. Das Kind war zweifellos wichtiger als die Fotografie, die dennoch eine kleine Sensation im Leben dieser Magd gewesen sein musste.

Margareta hatte das Gefühl, auf etwas Wichtiges gestoßen zu sein. Sie nahm einen Schluck ihres kalten Kaffees, biss in den Kuchen und beugte sich wieder über das Buch. Dieses Mal formte sie die Hand zu einem Zylinder, schaute mit einem Auge hindurch, schloss das andere und blendete alles um sich herum aus. Sie hatte irgendwann herausgefunden, dass sie auf diese Weise die Einzelheiten auf Fotografien viel besser erkennen konnte. Plötzlich nahm man einen Gesichtsausdruck wahr, Passanten im Hintergrund, Gesichter hinter einer Autoscheibe, ein Paket, das jemand in der Hand hielt, eine Reisetasche vor einer Tür. Das Bild wurde geradezu dreidimensional.

Jetzt konnte sie das Haus hinter der Gruppe genauer erkennen. Es war weiß und hatte zwei Stockwerke mit ganz kleinen Fenstern und eine Veranda vor dem Eingang. In einer Ecke stand ein Blumenkübel mit einem dürren Fliederbusch. Hinter dem Haus wuchsen hohe Bäume, aber sonst war das Grundstück ziemlich kahl, Blumenbeete gab es keine. In den Fenstern hingen Gardinen, hinter denen sie Topfpflanzen ausmachen konnte. Ein niedriger Zaun mit einem kleinen Gartentürchen rechts im Bild verwirrte Margareta, bis sie begriff, dass es sich vermutlich um einen kleinen Küchengarten handelte. Auf der linken Seite war eine Holzwand zu erkennen, die entweder zu einem Flügelbau oder einem Schuppen gehören musste.

Hinter dem Haus ragte eine dunkle Reihe von Nebengebäuden auf. Margareta betrachtete sie eine ganze Weile, bis ihr klar wurde, dass sie diese Dächer kannte. Es waren die Stallungen, die zum Lehrerhaus gehörten. Tatsächlich studierte sie gerade das Haus, in dem sie gestern zu Abend gegessen hatte, das Haus von Ernst und Fanny Almgren. Nur die beiden Flügel und der eingezäunte Küchengarten waren mittlerweile verschwunden.

Konnte das wirklich dasselbe Gebäude sein? Die Fenster stimmten nicht, ebenso wenig wie der Winkel des Dachgiebels. Margareta hatte geglaubt, sich in einem Haus zu befinden, das Ende des 19. Jahrhunderts als Schulhaus gebaut worden war. Also hatte man Kellbergs Haus entweder abgerissen und durch ein neues ersetzt, oder aber es war erst dreißig Jahre nachdem Anna Agardh das Bild gemacht hatte, erbaut worden.

Aber was immer damit geschehen war, es war doch derselbe Ort. Plötzlich wurde ihr bewusst, dass sie sich in der fernen Zukunft der Menschen auf dem Bild befand, die sich diese Welt nicht im Entferntesten vorstellen konnten. Ebenso wenig, wie Margareta sich ein Bild vom Leben im Jahr 2140 machen konnte.

Sie bewegte ihre gewölbte Hand weiter über das Bild und sah sich die Familie näher an. Der Knecht lächelte unter dem Schatten seiner Schirmmütze. Welches Buch Elfrida in der Hand hielt, war nicht zu erkennen, aber Jacob hatte eine Taschenuhr in der Weste und ein Strumpf des Sohnes war heruntergerutscht. Eine der erwachsenen Mägde hatte die Arme verschränkt und umfasste ihre Ellenbogen, während die andere die Hände vor dem Bauch gefaltet hatte.

Das Dienstmädchen mit der Einjährigen war wesentlich jünger, fast selbst noch ein Kind. Sie hatte blondes Haar, das unter ihrem Kopftuch im Nacken zu einem Knoten gesteckt war. Sie war zierlich und schmal, aber sie hielt das Kind mit festem Griff auf dem Arm. Margareta betrachtete lange die lächelnden Profile der beiden. Sie sahen so lebendig aus, als könnte man jeden Moment ihr Lachen hören.

Zögernd blätterte sie um und stieß zu ihrem Entzücken auf ein Faksimile von Annas Aufzeichnungen in brauner Tinte, auf dem sie festgehalten hatte, wer auf dem Bild zu sehen war. Und dort, ganz unten stand unglaublicherweise der Name, nach dem Margareta die ganze Zeit gesucht hatte:

»Ida Catharina Pettersson, Magd, mit ihrer Tochter Amelie Therese.«

Dieses Mädchen mit dem Kind auf dem Arm war Ida. Hier war sie. Es war fast wie ein Wunder, hier zu sitzen und sie anzusehen. Margareta hatte nicht geglaubt, diesem jungen Mädchen je näher als bis zu ihrem Grabstein zu kommen. Aber hier war sie, 1861, und erfreute sich bester Gesundheit. Und sie hatte eine Tochter.

Aber nur knapp ein Jahr später war sie auf dem Friedhof in Buttle beerdigt worden. Wie war sie gestorben? Und was war aus dem Kind geworden? Und wer hatte den pompösen Grabstein über dieser Vierzehnjährigen aufstellen lassen, die ihr Dasein als Magd gefristet hatte? Margareta überlegte, ob der Junge der Vater des Kindes sein konnte. Oder sogar Jacob Kellberg selbst. Aber hätte Elfrida dann so zufrieden ausgesehen wie auf diesem Bild, und hätte sie zugelassen, dass Ida mit dem Kind auf dem Foto dabei war, das für alle Zeiten in einem Album kleben würde?

Wenn das möglich gewesen wäre, wäre Margareta am liebsten in das Bild gestiegen, um Ida vor dem Schicksal, das ihr bevorstand, zu warnen. Aber sie schlug das Buch zu. Es gab noch mehr Bilder von anderen Orten und anderen Zeiten, bis Anna sich um Neunzehnhundert herum zur Ruhe gesetzt hatte, aber daran war Margareta im Augenblick nicht interessiert.

Die Mädchen an ihrem Tisch waren verschwunden, ohne dass sie es bemerkt hatte. Ihr gegenüber saß nun ein grauhaariger Mann und las in aller Ruhe Zeitung. Irgendwo in der Vergangenheit bedankte sich Anna Agardh für die Geduld, und die Fotografierten zerstreuten sich in alle Richtungen. Elfrida und Jacob lächelten einander an, die Mägde verschwanden in die Küche, um das Abendessen zu bereiten, Ida setzte Amelie ab und die Kellbergschen Kinder hüpften davon, um sich die Ausrüstung der Fotografin anzuschauen. War es so gewesen?

Margareta aß gedankenverloren ihren Kuchen auf. Das war es also, was Cecilia ihr zeigen wollte. Hatte sie sich wirklich an Idas Namen unter all den anderen Namen im Buch erinnert, oder hatte sie nur noch gewusst, dass ein Bild aus Buttle darin war? Vielleicht war es aber auch genau diese Aufnahme gewesen, die Cecilia zu Kellbergs Buch geführt hatte. Zu dem Buch, das Margareta selbst hatte ausleihen wollen, in dem Kellberg auf eben diese Zeit im Licht seiner Erinnerungen zurückschaute. Cecilia hatte sie nur um ein paar Minuten geschlagen.

In der Nachmittagssonne trat sie wieder auf die Straße und merkte erst jetzt, wie müde sie war. Die Ereignisse der letzten Tage und der Ausflug in ein anderes Jahrhundert waren nicht spurlos an ihr vorübergegangen.

Lustlos und mit beginnenden Kopfschmerzen ging sie zurück zur Bibliothek, holte das Auto, fuhr zum Einkaufszentrum, um den Kühlschrank wieder zu füllen, und machte sich auf den Heimweg nach Buttle. Als sie zu Hause war, räumte sie mit letzter Kraft ihre Einkäufe aus, nahm eine Kopfschmerztablette, zog das Telefon aus der Dose und ließ sich auf das Bett sinken.

Margareta wachte erst gegen sieben Uhr abends auf, fröstelnd und hungrig.

Im Westen war die Sonne hinter dem Fabrikgebäude untergegangen, aber der wolkenlose Himmel war noch immer hell. Ohne Licht zu machen, tapste sie zur Küchenzeile, setzte Wasser auf, um sich zu waschen, schenkte sich einen kleinen Sherry ein und zündete eine Kerze auf dem Tisch an. Das schwache flackernde Licht fiel auf die Wände, die Bank und das Bücherregal, ohne die Dämmerung zu vertreiben. Das kleine Haus hüllte sich ein in Geborgenheit und Wehmut zugleich, war Gleichklang und Kontrast zu der Dunkelheit und der Stille des Waldes in einem.

Sie setzte sich ungelenk an den Tisch und ließ ihren Gedanken freien Lauf. Kümmerte sich nicht mehr um die ständig fortlaufende, wiederkehrende Anstrengung zu beobachten, Erklärungen zu finden, neue Erkenntnisse zu formulieren. Es kam selten vor, dass sie einfach so abschalten konnte. Das machte ihr ein wenig Angst.

In den letzten Tagen hatte sie viel zu viele Menschen kennen gelernt. Sie hatte über Sanna und Ida nachgegrübelt, und auf diese Weise waren ihr die Gedanken über sich selbst und ihre eigenen Gefühle, oder das, was davon noch übrig war, abhanden gekommen. Seit dem Samstagnachmittag vor fast sechs Jahren, an dem sie ihrem Mann die Hand gehalten hatte, als er starb, hatte Margareta sehr oft abgeschaltet. Ihr Kopf steuerte die Aufgaben, die einfach erledigt werden mussten – arbeiten, Körperpflege, putzen, kochen – und schützte den empfindsamsten Teil, das verletzte Ich, das die Augen geschlossen hatte und in einem schützenden Nebel versunken war.

Alles, was zu tun war, tat sie, darüber hinaus ließ sie die Dinge geschehen, ohne sie zu analysieren. Das erkannte sie jetzt. Die Liebesgeschichte mit Kalle zum Beispiel, in die sie einfach hineingestolpert war, in einer stressigen Nacht, in der sie beide mit ihren Kräften am Ende gewesen waren. Zunächst verband sie nur die erotische Anziehung miteinander, dann die Sehnsucht nach Wärme und Zusammensein. Nach gemeinsamen Sonntagvormittagen, nach einem wirklich vertrauten Freund.

Sie mochte Kalle. Und es gab auch Momente, in denen sie in ihn verliebt war, in denen sie das ganze alte Gerümpel vergessen und das Hier und Jetzt endlich gewinnen lassen wollte. Warum auch nicht? Er hatte unmissverständlich deutlich gemacht, dass ihr Alter für ihn völlig zweitrangig war. Vielleicht war es ein bisschen schade, dass sie nicht ganz derselben Generation angehörten, aber er meinte, sie müsse darüber hinwegsehen. Er war oft voller Energie und Ungeduld, aber er hatte seinen Ärger über ihr Zögern bezwungen. Er hatte eine Reife bewiesen, die sie ihm ehrlich gesagt nicht zugetraut hatte.

Erotisch waren sie auf einer zweiten Ebene angelangt. Das Neue war verschwunden, aber umso größer und inniger war die Intimität geworden, und damit war auch die Erregung gewachsen. Es kam vor, dass sie nach Luft schnappte, wenn er nur den Raum betrat. Jeder Teil von ihm war mit einer zärtlichen oder sexuellen Erinnerung verknüpft.

Gleichzeitig beschlich Margareta das nagende Gefühl, dass sie ihm seine Zeit stahl. Er sollte sich mit einem Mädchen seines Alters zusammentun, denn ihre Verbindung würde kaum lange halten. Trotz aller Vertrautheit gab es etwas an ihm, mit dem sie sich nicht anfreunden konnte. Eine Männlichkeit der halsstarrigen Art. Sie hatte so viel Wärme bei ihm erlebt, aber Wärme und Sanftheit schienen bei ihm im Verborgenen zu blühen, wie Gräser und Blumen in einer Felsspalte. Ihr Mann war anders gewesen. Er hatte nie auch nur eine Sekunde an seiner eigenen Männlichkeit gezweifelt, und er war wie ein Garten gewesen, in dem Humor und Lachen gediehen, ein Garten, in dem es natürlich auch Felsen gegeben hatte, aber sie hatten sich meist im Verborgenen gehalten.

Trotzdem. Margareta hatte keine Kinder. Sie hatten sich nach Kindern gesehnt und keine bekommen. Kalle würde ihr Kinder schenken können. Er würde es wollen. Sie war vierundvierzig, sie hatte einen regelmäßigen Zyklus und war gut in Form, sie hatte doch wohl noch eine Chance? Es war spät, das ließ sich nicht leugnen, aber es war noch nicht *zu* spät.

Sie sah Kalle vor sich, mit ihrem Baby im Arm. Das Bild versetzte ihr einen Stich in die Magengrube. Er wäre überglücklich und er würde ein guter Vater sein, und mehr Blumen würden auf diesem Berg Wurzeln schlagen. Warum nicht? Nichts ist perfekt, aber dennoch würden sie es besser haben als viele andere.

Vor ihrem inneren Auge drehte sich das Baby plötzlich und streckte die Arme nach ihr aus. Margareta sah in die Augen des Kindes. Das tat weh. Sie stand vom Tisch auf, riss die

Haustür auf und lief barfuß und ohne Jacke in den Märzabend hinaus.

Hier also sollte sie zur Ruhe gezwungen werden, sich mit ihren halbvergessenen Qualen konfrontieren?, dachte sie, während sie über das Gras ging und die Kälte unter den Fußsohlen brannte. War es das wirklich wert? Und was sollte sie mit diesem neuen, heftigen Verlangen nach Stefan anfangen?

Sie war auf dem Weg, sich selbst zu treffen, eine Person, von der sie sich vor vielen Jahren freundlich verabschiedet hatte und ohne die sie seither in Frieden lebte. Aber jetzt stand sie dieser Frau aus ihrer eigenen Vergangenheit wieder gegenüber – lebend, fühlend, vertraut, ihr sechs Jahre jüngeres Ich, das mit klarem Blick verlangte, wieder heraustreten zu dürfen.

Margareta bog um die Hausecke und wollte in den Wald laufen, bis der Sturm ihrer Gefühle sich wieder gelegt hatte. Aber sie war nur wenige Meter weit gekommen, als sie in die Wirklichkeit zurückgerissen wurde und wie angewurzelt stehen blieb.

Sie war nicht allein. Ein schwarzer Schatten, ein fremder Mann, stand auf der Stelle, an der Sanna gelegen hatte. Er trug eine Ledermontur und einen Helm, ein Stück abseits stand sein Motorrad, das er zwischen die Bäume geschoben hatte. Es musste derselbe Mann sein, der zuvor schon direkt bis zum Drahtzaun gegangen war.

Sie starrte ihn einige Sekunden reglos an, bis ihr klar wurde, was er da tat. Er onanierte an der Stelle, an der eine tote Frau gelegen hatte, erregt von dem Gedanken an den Mord. Seine Art, Sannas Tragödie für sein eigenes triviales Sexleben zu missbrauchen, war so Ekel erregend, dass sie sich am liebsten auf ihn gestürzt und ihn verprügelt hätte, aber irgendetwas ließ sie zögern. Wieder blickte sie zu dem Motorrad. Irgendetwas sandte eine Warnung an ihr Unterbewusstsein.

Da war es. Etwas Helles auf dem Gepäckträger, das sie kannte. Sannas große Ledertasche.

Die Übelkeit verwandelte sich in rasenden Zorn. Der Motorradfahrer war viel zu sehr mit seiner Fantasie beschäftigt, um sie zu hören, aber eine Bewegung im Augenwinkel riss ihn aus seinen Träumen. Er drehte den Kopf und sah sie. Noch während er sich zu ihr umdrehte und anfing, seine Hose zuzuknöpfen, stürmte sie auf ihn zu. Sie hörte, dass sie ihn anschrie, dass sie einen unartikulierten Laut ausstieß, der einem urzeitlichen Instinkt entsprang, ihren Gegner erstarren zu lassen, und sei es nur für die Sekunden, die sie brauchte, um ihn zu erreichen.

Margareta traf ihn mit einer Energie, die er nicht erwartet hatte, packte die Ledermontur unter seinem Kinn und zerrte mit der anderen Hand an seinem Helm. Er wusste nicht, gegen welche Hand er sich zuerst wehren sollte, und er hatte Angst, sie könnte ihm den Hals brechen, wenn sie ihm den Helm vom Kopf riss. Er ließ sie los und griff mit beiden Händen nach oben, um nicht verletzt zu werden. Aber sie riss ihm den Helm unsanft vom Kopf und schleuderte ihn auf die Erde, wo er zwischen die Steine rollte. Ein junges, männliches Gesicht kam zum Vorschein.

Er war etwa fünfundzwanzig, erschrocken und zornig. Er ging sofort zum Angriff über. Margareta stolperte zwischen den Steinen und fiel nach hinten, krümmte sich instinktiv, um ihren Hinterkopf zu schützen. Er stürzte sich auf sie, aber seine Motorradkluft behinderte ihn. Sie hatte schon beide Beine angewinkelt und trat ihn kräftig in den Bauch.

Er stolperte rückwärts. Zu ihrem Erstaunen gab er sofort auf, drehte sich um, hielt sich mit beiden Armen den Bauch und rannte zu seinem Motorrad.

Sie sprang auf und lief hinter ihm her. Den Boden unter ihren eiskalten Füßen spürte sie nicht. Er schwang sich auf das Motorrad und versuchte, es zu starten. Wieder bekam sie seine Kluft zu fassen, klemmte die Finger in den Halsausschnitt und zog. Er stand zu unsicher, um parieren zu können. Das Motorrad rollte über die Wurzeln und den unebenen Boden, kippte und begrub sein rechtes Bein unter sich.

Margareta riss den Schlüssel aus der Zündung, ließ sich mit beiden Knien auf ihn fallen, drehte ihm den Arm auf den Rücken und zischte ihm ins Ohr.

»Du Dreckskerl. Du mieser, kleiner Haufen Scheiße!«

Er wimmerte. Vor Wut und Abscheu brachte sie kein Wort mehr heraus. Während er vergeblich versuchte, sich unter dem Motorrad hervorzuarbeiten, suchte sie nach einer Schnur, um ihn zu fesseln. Aber sie hatte keinen Schal, keine Handschellen und keine Pistole, um ihn in Schach zu halten.

Doch vielleicht hatte er ja etwas. Er war relativ wehrlos und stand unter Schock, also durchsuchte sie die Taschen seiner Kluft und fand ein Messer. Er hätte es ziehen können, als er sie bemerkte, aber er war zu sehr mit seiner Hose beschäftigt gewesen, um seine herausragende Männlichkeit zu verstauen. Das hatte sie gerettet.

Ein Messer. Hatte sie sich bei Frank geirrt? War es dieses Messer gewesen, das bei dem Mordversuch im Hotel benutzt worden war? Hatte sie vor sich auf der Erde Sannas Mörder liegen?

Nun, damit durften sich die Kriminaltechniker beschäftigen. Sie nahm Sannas Tasche und hängte sie sich quer über die Brust, hob das Motorrad auf und befahl ihm aufzustehen und ins Haus zu gehen. Sie dachte, er würde versuchen sie zu überwältigen, aber es fiel ihm schon schwer genug, auf die Füße zu kommen. Als er endlich aufgestanden war, sah sie, dass er sich sein Bein verletzt hatte.

Er hinkte vor ihr her ins Haus. Als sie drinnen waren, liefen ihm vor Schmerzen Tränen die Wangen hinab. Margareta machte die Herdplatte aus, auf der das Wasser längst kochte, und er warf dem heißen Topf ängstliche Blicke zu, als fürchtete er, sie würde ihn mit kochendem Wasser übergießen.

Margareta zwang ihn, sich jedes einzelne Kleidungsstück auszuziehen, was er umständlich tat. So würde ihm ein Fluchtversuch sicher weit weniger verlockend erscheinen. Sie beförderte die Sachen mit einem Tritt unter den Tisch und befahl ihm, sich auf den Boden zu legen. Er befolgte ihre Worte zitternd. Sein Knie war rot und schwoll zusehends an. Wahrscheinlich würde er operiert werden müssen. Sie griff zum Telefon und verständigte Polizei und Krankenwagen. Dieses Mal unterbrach sie die Verbindung zur Notrufzentrale nicht, sondern blieb mit dem Hörer in der Hand sitzen.

Der Junge lag auf dem Boden und versteckte die Hände zwischen den Knien.

»Ich habe nichts getan«, jammerte er. »Ich werde Sie verklagen. Dafür werden Sie bezahlen! Es ist saukalt und ich bin verletzt. Das hier ist Misshandlung und sexuelle Belästigung!«

Margareta nahm Sannas Tasche und starrte ihn an. Sein Blick flackerte schuldbewusst, als hätte sie ihm vorgeworfen, einen Schokoladenkeks gemopst zu haben.

Sie sah ihn eindringlich an, versuchte sich diesen Knaben im Hotel vorzustellen, im Wald mit Sanna und einem Komplizen. Sie hatten sie vermutlich im Park überfallen und nur zufällig in Buttle in den Wald geworfen. Vielleicht hatten sie nie vorgehabt, sie zu töten, und erst als es ihnen nicht mehr gelungen war, sie wiederzubeleben, hatten sie sie in ihrer Panik einfach loswerden wollen. Vermutlich sahen sie selbst sich gar nicht als Vergewaltiger und Mörder.

Der Junge krümmte sich, die Hände umschlossen das verletzte Knie. Schweigend warteten sie auf den Krankenwagen und die Polizei.

22

Am späten Montagabend saßen Margareta und Stefan in seinem Büro im Polizeipräsidium, er zurückgelehnt auf seinem Stuhl, sie im Besuchersessel auf der anderen Seite des Schreibtischs. Die Sonne hatte sich noch nicht blicken lassen, der Himmel war den ganzen Tag über bewölkt gewesen.

Stefan und Elm hatten ihren Stockholmaufenthalt verkürzt und sich vollauf der neuen Wendung gewidmet, die der Fall genommen hatte. Sie hatten den jungen Motorradfahrer vernommen, der in Visby im Krankenhaus lag, und später im Präsidium mit Margareta gesprochen. Sie hatte den Tag über mehrere Stunden Wartezeit gehabt, die sie mit Kaffeetrinken und einem Besuch in der Bibliothek überbrückt hatte, um sich das Foto von Tobias anzusehen, das Kent ihr gemailt hatte, dann hatte sie kurz mit einem aufgebrachten Kalle telefoniert und Zeitung gelesen.

Jetzt am Abend war Stefan in einer Stimmung, die sie nicht richtig deuten konnte. Er wirkte müde, stand aber zugleich unter Strom. Als ob er auf etwas wartete.

»Der Bursche, den Sie geschnappt haben, heißt Emil Johan Brisberg«, sagte er. »Ein alter Bekannter. Wir sind in seinem Zimmer gewesen und haben uns seinen Rechner geholt. Er hat massenweise sadistische Pornografie gespeichert, mehrere hundert Bilder. Mit achtzehn hat er versucht, eine Klassenkameradin zu vergewaltigen. Wir bekommen sicher problemlos einen Haftbefehl gegen ihn. Haben Sie irgendwelche Schwingungen von ihm empfangen? Ich weiß, ich habe Sie schon danach gefragt, aber ich tue es noch einmal. Haben Sie ihn wiedererkannt? War er der Mann im Hotel?«

»Ich habe wirklich keine Ahnung. Hat er irgendetwas zugegeben?«

»Nichts. Er behauptet, er habe die Tasche irgendwo in Buttle gefunden, aber er will nicht sagen wo. Entweder weil es irgendwelche Verbindungen zu einer Schweinerei gibt, die er da vorhatte, oder weil es ganz einfach nicht stimmt.«

Er trommelte mit den Fingern auf die Tischplatte.

»Dann werden Sie die Ermittlungen jetzt sicher ausweiten und Emil unter die Lupe nehmen«, sagte Margareta. »Was wissen Sie über ihn?«

»Tja, wie gesagt, er ist ein alter Bekannter. Er ist inzwischen dreiundzwanzig und arbeitslos. Kein geregeltes Leben. Wohnt bei den Eltern und nimmt wechselnde kleine Jobs an. Das Motorrad hat ihm zum Großteil seine Mutter finanziert. Vater Seemann. Nicht viele Freunde, aber drei gleichaltrige Kumpels, mit denen er Videospiele spielt. Natürlich kann er sich nicht mehr daran erinnern, was er Mittwoch- oder Donnerstagabend gemacht hat. Möglicherweise war er irgendwo mit den Jungs einen trinken. Das ist sehr wahrscheinlich, denn das tut er ohnehin meistens.«

»Ist er Alkoholiker?«

Stefan lachte auf und zuckte mit den Schultern.

»Was soll man darauf antworten? Heutzutage ist es schwer, da eine Grenze zu ziehen, die jungen Leute schlucken ja allesamt wie die Schwämme. Ab und zu trinkt er einen über den Durst und dann darf er hier seinen Rausch ausschlafen. Wir wollen nicht, dass er in diesem Zustand zu Hause über seine arme Mutter stolpert. Wenn er am Mittwoch allerdings irgendwas ausgefressen hat, dann wird er darüber natürlich so lange wie möglich Stillschweigen bewahren. Es ist so ermüdend, dass alle immer das Maul zusammenkneifen, wenn es um ihre lächerlichen Kleinigkeiten geht. Jetzt werden wir wohl das Ergebnis der Spurensicherung abwarten müssen.«

»Kennt er Sanna?«

»Das müsste er eigentlich. So groß ist die Stadt schließlich nicht. Sie sind sich zumindest sicher irgendwann in der Kneipe begegnet. Und auf dem Gymnasium war er ein paar Klassen unter ihr. Wir werden morgen Katrine und Gun dazu befragen.«

»Dann wäre der Tatort also auf Gotland begrenzt«, sagte Margareta. »Wenn es wirklich so war, dass er Sanna im Park überfallen und bewusstlos geschlagen hat, um sie dann zu vergewaltigen und auf dem Motorrad nach Buttle zu transportieren. Klingt schon ein bisschen merkwürdig.«

»Es muss ja nicht das Motorrad gewesen sein. Er könnte

das Verbrechen zusammen mit einem Kumpel begangen haben, der ein Auto hat.«

Er sah auf die Uhr, was Margareta ein wenig beunruhigte, denn ganz offensichtlich musste er nicht zu einem brandeiligen Termin. Oder aber er war der Meinung, der Fall nähere sich seiner Lösung, und wollte nach Hause zu Jessica. Margareta fragte sich, woran er gerade dachte.

»Das hier könnte durchaus das Ende der Geschichte sein. Ich sollte erleichtert sein, aber ich glaube, Sie haben den falschen Mann«, sagte sie.

»Ach ja?«, sagte er und warf ihr einen vieldeutigen Blick zu. »Dachte mir schon, dass Sie auch damit ein Problem haben würden. Warum haben Sie ihn dann geschnappt?«

»Weil ich die Tasche gesehen habe. Aber als er mich angegriffen hat und nicht sofort erfolgreich war, hat er versucht abzuhauen. Der Angreifer aus dem Hotel hätte nicht so schnell aufgegeben. Außerdem war es ja wohl nicht besonders clever, sich so früh am Abend am Fundort zu schaffen zu machen, oder?«

»Der Mörder muss nicht zwingend übermäßig clever sein. Vielleicht hat auch sein Komplize Sie im Hotel überfallen, wenn es denn einen gab. Oft ist es ein ganz spezieller Menschentyp, der Gewaltverbrechen begeht, ein krankhaft aggressiver Typ, und die anderen hängen sich nur dran. So könnte es auch in diesem Fall gewesen sein. Er hatte ja ein Messer. Und wenn sich mikroskopisch kleine Reste Ihres Blutes an dem Schaft finden, dann ...«

Er wurde abrupt unterbrochen, als die Tür hinter Margareta aufflog und Elm ins Zimmer kam. Zu ihrer Verblüffung steuerte er direkt auf den Schreibtisch zu und tauschte wortlos mit Stefan den Platz. Stefan setzte sich auf den Stuhl am Fenster.

Sie hatte gedacht, die heutigen Verhöre wären, zumindest was sie betraf, beendet, aber Elm knallte einen Ordner auf den Tisch, schaltete ohne weitere Erklärungen das Tonbandgerät ein und richtete seinen düsteren Blick auf sie. Sie hatte nicht damit gerechnet, ihm noch einmal zu begegnen, und das hier gefiel ihr absolut nicht. Insbesondere, weil die beiden das Ganze offenbar schon im Vorfeld abgesprochen hatten.

Sie blickte von einem zum anderen. Stefans Gesichtsausdruck verriet nichts.

»Gewalt und Blutvergießen säumen Ihren Weg«, hob Elm schroff an. »Sie entdecken Blut an einem Laster, finden eine tote Frau neben dem Haus, das Sie gemietet haben, werden im Hotel von einem Mann mit dem Messer verletzt, und jetzt prügeln Sie sich mit einem jungen Kerl, der sich am Fundort daneben benimmt, und das endet mit einem gebrochenen Knie und einer Notoperation. Ziemlich viel Aktivität für eine Frau im Urlaub, wie ich finde.«

Seine schonungslose Attacke überrumpelte Margareta, und seine Zusammenfassung war so ungerecht, dass sie ganz außer sich geriet. Sie starrten sich über den Tisch hinweg an. Plötzlich kam ihr ein altes Lehrbuch über Verhörtechniken in den Sinn, das sie vor langer Zeit gelesen hatte. Schaffe Vertrauen zwischen dir und dem, den du verhörst, verletze nicht seine Würde, zeige ihm, dass du zuhören willst! Elm beabsichtigte offensichtlich, dieses Kapitel zu überspringen.

Die Situation war so absurd, dass sie lachen musste. Er registrierte das, aber es beeindruckte ihn nicht. Er hatte wirklich etwas gegen sie. Das alles war bizarr, aber ganz gleich wie bizarr es auch sein mochte, es verhieß nichts Gutes. Margareta entschied sich, einen kühlen Kopf zu bewahren, abzuwarten und sich anzuhören, was er sich zusammengeschustert hatte.

»Der Fahnder Kent Johansson ist in der Nacht, in der Sie überfallen worden sind, im Hotel und sie führen ein langes, möglicherweise intimes Gespräch in der Bar«, fuhr er fort. »Derselbe Kent Johansson verfolgt Frank Behlin bis nach Stockholm, macht Aufnahmen von ihm in einer Kneipe und schickt sie an uns. Sie beide sind sich offenbar einig darüber, wohin wir unseren Blick richten sollen, was den Mord an Sanna und den Überfall auf Sie betrifft. Nun frage ich mich: Wer sagt uns, dass Johansson nicht auch Mittwochnacht hier gewesen ist? Wer sagt uns, dass sie beide nicht doch ein intimes, möglicherweise stürmisches Verhältnis miteinander haben und dass Sie versuchen, ihn zu schützen?«

Sie traute ihren Ohren nicht.

»Aber ich dachte, Sie würden diesen Emil überprüfen?«

»Wir gehen mehreren Spuren nach.«

»Sie verdächtigen Kent der Vergewaltigung und des Mordes an Sanna Westman? Und ich soll ein selbstzerstörerisches Verhältnis mit ihm haben und ihn trotzdem schützen, obwohl er mich betrügt?«, fragte sie misstrauisch.

»Es sind schon seltsamere Dinge vorgekommen«, erwiderte Elm, »das wissen Sie so gut wie ich. Eine leidenschaftliche Frau kann von einem Mann misshandelt und betrogen werden und will ihn dennoch schützen und behalten. Es gibt zutiefst destruktives menschliches Verhalten.«

Sein Blick bohrte sich in ihren. Sie hatte das Gefühl, auf einen donnernden Expresszug geworfen worden zu sein, und brauchte dringend die Notbremse.

»Nun mal langsam. Warten Sie«, protestierte Margareta. »Diese Unterredung hat Löcher, die so groß wie Fußballfelder sind. Sie werden Kent vor Donnerstag auf keiner Passagierliste finden. Das würde ja bedeuten, er wäre in der Absicht, jemanden zu vergewaltigen und zu ermorden, unter falschem Namen hierher gekommen, hätte dann Sanna überfallen und auf meinem Grundstück abgelegt? Und ich soll bereit gewesen sein, ihn schon im Vorfeld zu decken und Frank Behlin eines Verbrechens zu beschuldigen, das noch gar nicht begangen worden war? Finden Sie wirklich, dass das besonders wahrscheinlich klingt? Und woher hat Emil Sannas Tasche?«

Elm antwortete nicht und starrte sie an.

»Und warum sollte Kent nach Stockholm zurückgefahren sein, nur um dann wieder herzukommen? Und warum sollten wir ein intimes Gespräch in der Bar geführt haben? Wären wir ein Paar, hätten wir das doch wohl besser auf dem Zimmer getan und uns nicht von der Empfangsdame dabei beobachten lassen?«

»Vielleicht hatten Sie Streit«, entgegnete Elm ungerührt. »Das ist ohnehin am wahrscheinlichsten. Sie wollten ihn nach dem Mord nicht zu sich reinlassen, darüber haben Sie unten in der Bar geredet. Die Empfangsdame beschrieb ihn als aufdringlich und Sie als distanziert. Sie sagt, die Stimmung ist geladen gewesen. Er ist vor Ihnen nach oben gefahren, und Sie haben sich geweigert, mit ihm zusammen den Aufzug zu nehmen. Er hat Sie oben vor ihrem Zimmer im Flur überfallen, aus Rachlust und Enttäuschung, und ist am nächsten Morgen Frank Behlin gefolgt, um den Verdacht gegen ihn zu erhärten. Und Sie haben uns kein Wort davon gesagt, dass Sie und Johansson sich getroffen haben.«

»Aber lieber Himmel, hören Sie auf! Woher nehmen Sie all diese schrägen Ideen?«

»Wir sprechen hier über einen Mann, der schon früher getötet hat und der monatelang in psychiatrischer Behandlung war, nachdem er Ihnen in einer sehr gefährlichen Situation das Leben gerettet hat«, erklärte Elm kühl. »Er könnte sehr wohl das Gefühl haben, dass Sie in seiner Schuld stehen. Er könnte von Ihnen besessen sein und versuchen, sich durch das Verbrechen an Sanna zu rächen, durch ein Verbrechen, das in Ihren Augen abscheulich ist, das Sie quält. Wir unterhalten uns hier über ein sehr kompliziertes Verhältnis. Ich bin ihm in Stockholm begegnet. Wollen Sie behaupten, Kent Johansson sei nicht in der Lage zu töten?«

»In einer Notwehrsituation kann er das ganz sicher«, sagte Margareta, und die halbe Lüge brannte in ihrem Hals.

Das also war passiert. Elm hatte ihr sofort misstraut, von der ersten Sekunde an. Dann hatte er Kent getroffen, als der ihm in Stockholm die Fotos aus der Kneipe übergeben hatte,

hatte Kents beunruhigende Ausstrahlung registriert und den intuitiven Rückschluss gezogen, dass zwischen ihm und Margareta etwas lief. Dem hatte er noch die Tatsache hinzugefügt, dass Kent hier gewesen war sowie den Umstand, dass sie wenige Minuten, nachdem man sie zusammen gesehen hatte, überfallen worden war. Und wenn Kent sie überfallen hatte, dann konnte er auch Sannas Mörder sein. Elm war überzeugt davon, dass hier so mancher toter Hund begraben lag.

»Sie sind mehr oder weniger von Stockholm hierher gezogen«, fuhr er fort. »Sie sind ausgebrannt und haben persönliche Probleme, die nicht näher erklärt worden sind. Offiziell geht es um die Schussverletzung aus dem letzten Jahr, die Sie umtreibt. Aber was ist damals wirklich passiert? Die Einzigen, die das wissen, sind Sie selbst, ein toter Mann und Kent Johansson. Wer garantiert uns, dass er nicht damals schon die Pistole in der Hand hatte?«

Er war wirklich gut darin, die Wahrheit so lange zu drehen und zu wenden, bis sie völlig entstellt war. Das Blut pochte in Margaretas Schläfen.

»*Ich* garantiere das!«, sagte sie. »Soll das hier vielleicht eine seriöse polizeiliche Ermittlung sein? Sie spekulieren!«

»Und was tun Sie, wenn Sie so energisch mit dem Finger auf Behlin zeigen?«, schnauzte er. »Sie und Johansson?«

»Die einzigen Zeugen der Schießerei im letzten Jahr sind der tote Mann und ich selbst«, sagte Margareta. »Kent kam erst später. Wir haben und wir hatten nie ein Verhältnis. Er hat sich mir nie auch nur im Geringsten aufgedrängt, wenn man davon absieht, dass er hierher gekommen ist. Er ist nie bei mir zu Hause gewesen. Ich habe ihn gebeten, umgehend nach Stockholm zurückzufahren. Was er auch getan hat.«

»Ah, ja. Und warum haben Sie ihn aufgefordert, umgehend abzureisen?«, fiel Elm ihr ins Wort wie ein bissiger Terrier. »Warum wollten Sie ihn nicht hier haben?«

Sie hätte sich auf die Zunge beißen können. Es war so schrecklich einfach, sich in Erklärungen zu ergehen, die ihm nur noch mehr Gelegenheiten boten, in dem herumzustochern, was sie als privat betrachtete. Sie hätte Kalle erwähnen können, aber sie wollte ihn nicht auch noch in diese Albernheiten mit hineinziehen, und es hätte Elm wohl auch kaum bewogen, seine Meinung zu ändern.

»Ich habe ihn gebeten, nach Hause zu fahren, weil er sich um sich selbst kümmern soll und nicht um mich. Dann hat er sich inoffiziell an Behlins Fersen geheftet, nachdem niemand sonst das getan hat. Das ist alles. Und noch einmal – warum sollte ich im Voraus Blut von Behlins Laster kratzen? Und wie, ich frage auch das noch einmal, wie passt Emil in dieses Bild?«

Elm sah sie düster an. Es gefiel ihm nicht, in der Defensive zu sein, und er mochte es nicht, wenn man seinen Überzeugungen widersprach.

»Dass Sie sich den Laster angesehen haben, muss nicht unbedingt mit dem Mord in Zusammenhang gestanden haben«, sagte er. »Aber im Verlauf des Geschehens stellte es sich als sehr nützlich heraus, nämlich genau in dem Moment, als das Verbrechen ein Faktum war und Sie die Ermittlungen von Johansson ablenken wollten.«

»Dann hätte er doch gar nicht zurückkommen dürfen?«

»Wir sprechen hier von Leidenschaft. Nicht von rationalen Überlegungen.«

Gegen ihren Willen sah sie das Ganze mit seinen Augen. Er zeichnete einen Handlungsverlauf vor, der einzigartig, aber nicht unbedingt unmöglich war. Kent war gefährlich, Elm hatte das gespürt und auf dem Präsidium in Stockholm zweifelsohne bestätigt bekommen. Und wenn er erst anfing, tiefer zu graben, würde er vermutlich weitere Einsichten über Gewalt in Kents Vergangenheit gewinnen.

Aber nicht gegen Frauen. Davon hatte sie nie etwas gehört. Niemals.

»Nun, dann werden Sie wohl Kents Alibi am Mittwoch überprüfen müssen«, sagte sie. »Und seine Fingerabdrücke,

DNA und das ganze Paket. Er wird sich bestimmt freiwillig zur Verfügung stellen.«

Elm musterte sie, und Margareta stellte sich vor, wie er sich ausmalte, dass Kent Sanna ins Auto zerrte, sie im Wald vergewaltigte und ermordete und sie dann als Teil eines finsteren und gewaltsamen Spieles zwischen ihnen beiden neben dem Ferienhaus ablegte. Vielleicht sah er vor sich, wie Kent und Margareta sich stritten. Es war ein Film, der da in seinem Kopf ablief.

Er erinnerte sich sicher auch daran, dass sie sofort wieder aufgelegt hatte, nachdem sie die Notrufzentrale über Sannas Leiche informiert hatte. Und dass sie darauf bestanden hatte, den nackten Körper des Opfers im Leichenschauhaus zu sehen.

Plötzlich drehte sich ihr der Magen um. Sie begriff, dass es ein mikroskopisch kleines Risiko gab, dass Kent auf der Fähre am selben Platz wie Sanna gesessen hatte und Fasern ihrer Jacke oder ein Haar vom Polsterstuhl an ihm hängen geblieben waren. Die Spuren wären vermutlich nicht eindeutig genug, um ihn zu verurteilen, aber sie wären da.

Elm registrierte den vagen Stimmungswechsel und ging wieder zum Angriff über.

»Was war das? Was haben Sie eben gedacht?«

»Dass das Ganze dünn wie Milchsuppe ist«, antwortete sie kalt. Langsam wurde sie wütend. »Sie haben sich ganz einfach geirrt. Das hier ist der größte Schrott, den ich je gehört habe. Eine Mixtur von Ideen, die nicht mal für fünf Öre einen Zusammenhang haben. Ich begreife nicht, wie Sie überhaupt dazu kommen, das als Theorie zu bezeichnen! Und wie passt dieser Emil ins Bild? Das ist jetzt das dritte oder vierte Mal, dass ich das frage? Können Sie mir das erklären?«

Er ignorierte ihre letzte Frage, machte ein verbissenes Gesicht, beendete das Verhör, warf Stefan einen raschen Blick zu und verschwand. Das einzig Positive an diesen letzten zwanzig Minuten war immerhin, dass Margareta nicht klein beigegeben hatte.

Stefan stand auf.

»Wie sind Sie hergekommen?«, fragte er.

»Ein Streifenwagen hat mich abgeholt. Was zum Teufel war das eben für ein Überraschungsverhör? Ist das hier Guantanamo?«

Er machte eine abwehrende Geste und schüttelte den Kopf, aber blieb ihr die Antwort schuldig. Natürlich war er Elms Verbündeter, nicht ihrer.

»Ich fahre Sie nach Hause. Wenn Sie wollen.«

Sie nickte. Sie verließen das Büro und gingen zu seinem Wagen. Margareta hatte das Gefühl, eben durch den Fleischwolf gedreht worden zu sein. Dieser ganze Fall war im Begriff, ihr aus den Händen zu gleiten. Im Augenblick schien es, als wäre alles offen – vielleicht würde Elm es wirklich schaffen, alles so aussehen zu lassen, als hätten Kent und sie Sanna gemeinschaftlich in einer sadistischen Sexorgie getötet und aus purer Arroganz beschlossen, den Mord selbst anzuzeigen, um den Verdacht von sich abzulenken. Die Tasche hatten sie selbst bei Emil platziert.

Nein, so konnte es nicht gehen. Diese so genannte Spur musste ja am Ende fallengelassen werden. Aber Elms Fantasie drang langsam tiefer in ihren Kopf ein. Er hatte Bilder in ihr zum Leben erweckt, gegen die sie wehrlos war. Während sie nach Buttle zurückfuhren, kämpfte Margareta darum, ihre eigenen Erinnerungen zu bewahren.

Die Stimmung im Auto war gedrückt. Stefan hatte schweigend zugesehen, wie Elm sie überrumpelt hatte, ohne einzugreifen. Er hatte das Ganze sogar mitgeplant.

»Dann gibt es jetzt also zwei Sanna-Ermittlungen«, sagte Margareta.

»Eine. Wir gehen nur allen Richtungen nach. Ich weiß, dass das eben unangenehm war, aber nehmen Sie es nicht zu ernst. Oder persönlich. Betrachten Sie es als Routine.«

»Ziemlich merkwürdige Routine. Sie haben einen Kerl mit der Tasche des Mordopfers und saugen sich trotzdem diesen Blödsinn aus den Fingern. Für Hans Elm scheint es im Übrigen mehr als nur Routine zu sein, er ist davon aus tiefstem Herzen überzeugt. Was glauben Sie denn überhaupt? Haben Sie mich auch im Verdacht, einen Verbrecher zu decken und Beweise zu fälschen?«

»Ich würde sicher nicht allzu viel Geld auf dieses Szenario verwetten, nein.«

»Aber warum fällt er so über mich her? Wo ist der berühmte Korpsgeist? Wenn wir uns schon bekämpfen müssen, warum fangen wir dann nicht bei denen an, die wirklich schlechte Polizisten sind?«

»Elm kann ja nicht aufhören, diese Spur zu verfolgen, nur weil wir Kollegen sind. Das müssen Sie doch verstehen.«

»Ach so, hier drückt der Schuh! Er soll ein Exempel statuieren! Er hat ein schlechtes Gewissen, weil auf eurem schönen Gotland irgendwas vorgefallen ist – irgendetwas hat er selbst verbockt oder zumindest nicht angezeigt. Worum geht es? Schikane? Hat jemand von einem Polizisten Prügel bezogen? Und dann lenkt er das Interesse auf uns, weil wir vom Festland sind! Aber übrigens, Frank Behlin kommt auch vom Festland.«

»Obwohl Behlin im Unterschied zu Ihnen keine toten Frauen gefunden hat, in Messerstechereien verwickelt war oder einem jungen Kerl das Knie gebrochen hat«, entgegnete Stefan ruhig. »Und er hat niemanden getötet, war nicht in psychiatrischer Behandlung oder ist wegen einer Schlägerei in einer Kneipe festgenommen worden wie Kent Johansson. Von außen besehen, was die Persönlichkeit angeht, ist Kent Johansson ein sehr viel wahrscheinlicherer Täter als Frank Behlin oder dieser Spargeltarzan Emil.«

»Sie wissen überhaupt nichts über Kents Persönlichkeit. Er hat keinen Hass gegen Frauen. Er misshandelt keine Frauen.«

»Sind Sie sich da so sicher?«

»Alles eine Frage der Interpretation, oder wie?«, schnappte sie und schaute auf die dunklen Felder hinaus.

Stefan warf ihr einen kurzen Blick zu.

»Jetzt reißen Sie sich mal zusammen! Ich bin nicht Ihr Feind.«

Er wirkte seltsam teilnahmslos. Sie schwieg.

»Eins verstehe ich einfach nicht. Warum haben Sie nie den Laster untersucht? Warum stürzen Sie sich auf Kent und mich?«

»Das habe ich doch schon gesagt.«

»Wo waren Sie am Mittwochabend, Stefan?«, fragte sie, ohne ihn anzusehen.

Er machte eine Pause.

»In der Loge«, antwortete er dann.

»Loge? Was ist das?«

»Eine Art Orden. Wir hatten Mittwochabend eine Cocktailparty. Wohltätigkeitsauktion.«

»Cocktail? Ist das Ihr Stil?«

»Nicht so ganz.«

»War Hans Elm auch da?«

»Natürlich war er da. Wir leben hier auf einer Insel, Margareta. Wir kennen uns. Aber Elm und ich sind in dieser Loge vielleicht ein bisschen fehl am Platz. Wir hatten kein antikes Silber oder moderne Kunst, um es für diese Auktion zu spenden. Und wir konnten auch keins kaufen.«

Stefan und Elm in einem Orden. Das klang eher abwegig. Margareta fragte sich, wann sie dort weggegangen waren. Sie fragte sich, was sie danach getan hatten. Hatten sie Sanna im Park getroffen?

Sie wollte es nicht wissen. Sie konnte nicht mehr, sie würde später darüber nachdenken. Außerdem war es eine paranoide Idee, dass Stefan etwas mit der Sache zu tun haben könnte.

Schweigend fuhren sie weiter. Als sie das Haus erreichten, bat sie ihn mit hinein. Er wollte keinen Sherry, schließlich musste er noch fahren, und nach allem was geschehen war, war auch nicht mehr übermäßig viel in der Flasche. Sie holte zwei Dosen Bier aus dem Kühlschrank, und sie setzten sich damit auf das Sofa.

Sie schwiegen sich an. Es war schwierig, wütend und enttäuscht zu sein, wenn der andere dem völlig ohne Aggressionen begegnete. Sie spürte, wie sich die Verstimmung zwischen ihnen auflöste und wie etwas von der früheren Wärme zurückkehrte.

»Dann läuft also nichts zwischen Ihnen und diesem Kent?«, fragte Stefan schließlich.

»Nein, wirklich nicht.«

»Okay. Ich nehme an, dass es dennoch jemanden in Ihrem Leben gibt?«

Sie gab keine Antwort. Er trank sein Bier und ließ seinen Blick zur Küchenecke wandern.

»Und was hat der Gerichtsmediziner in Solna über Sanna gesagt?«, fragte sie.

»Das Blut vom Laster stammt nicht von ihr. Davon abgesehen verhält es sich so, wie wir vermutet haben. Sie wurde misshandelt, vergewaltigt und erwürgt. Keine Hautreste unter den Nägeln, und der Täter hat offenbar ein Kondom benutzt, was natürlich ziemlich ungewöhnlich ist. Deutet auf eine geplante Tat hin. Dann gibt es eine ganze Reihe von Fasern, die noch näher zu untersuchen sind. Sieht nach Fusseln von einer Decke aus, und Sanna hatte einen kleinen Holzsplitter in der Hüfte.«

»Bearbeitetes Holz?«

»Ja, es scheint von einer Bohle oder etwas Vergleichbarem zu stammen.«

Margareta runzelte die Stirn.

»Eine Decke und ein Brett? Meinen Sie, sie war in einem Haus?«

»Schwer zu sagen, aber es hat uns gewundert. Man könnte sich vorstellen, dass sie irgendwo in ein Versteck gezerrt und dann in eine Decke gewickelt hierher gebracht worden ist. Das macht natürlich alles noch komplizierter. Wo war sie zwischen der Fährüberfahrt und Buttle?«

»Dann müssen Sie jetzt also nach Decken und Verstecken suchen. Was sagen Sie eigentlich dazu, dass Tobias und Frank sich kennen?«

»Auch das kam überraschend.«

»Das bedeutet, dass Frank gelogen hat, als er behauptete, noch nie von Sanna gehört zu haben«, erläuterte Margareta.

»Naja, das kommt schließlich ganz darauf an, wie gut er und Tobias vor dem Mord miteinander bekannt waren. Vielleicht haben sie sich auch erst nach Sannas Tod ausführlicher miteinander unterhalten. Vielleicht sind sie sich zufällig in der Kneipe begegnet, wäre ja denkbar, dass Tobias dann plötzlich einem Mann seine Gefühle offenbart hat, den er bislang nur oberflächlich kannte.«

»Ziemlich viele Vielleichts in diesem Fall.«

»Ja, es ist reichlich verworren. Aber ich habe nicht vor, diesen Mord und den Überfall auf Sie auf dem Stapel der ungelösten Fälle enden zu lassen.«

Er drehte sich zu ihr.

»Sie sollten wissen, dass ich diese letzte halbe Stunde auf dem Präsidium nicht besonders lustig fand, und es hat mir nicht gefallen, Sie da durchzwingen zu müssen. Aber es ließ sich nicht umgehen. Es hätte komisch ausgesehen, wenn ich Sie nach dieser Sache mit Kent da rausgehalten hätte.«

Die elektrisierte Luft zwischen ihnen rollte in einer riesigen Welle zurück. Margareta verspürte einen starken Impuls, Stefan einfach festzuhalten, ihn zu lieben und neben ihm einzuschlafen. Die Arme nach ihm auszustrecken und umarmt zu werden.

Sie bewegte sich nicht. Er wandte den Blick ab und wartete ein paar Sekunden, ehe er das beredte Schweigen brach. Es schien, als müsse er seine Atmung erst wieder in den Griff bekommen.

»Es wird das Beste sein, wenn ich jetzt fahre und mich schlafen lege, damit ich morgen wieder fit wie eine Lerche bin«, sagte er. »Geht es Ihnen jetzt besser?«

Sie nickte.

»Passen Sie auf sich auf.«

Er stand auf, warf die leere Dose in den Mülleimer – die Geste war fast intim – und ging hinaus.

Margareta folgte ihm. Sie hätte im Haus bleiben sollen, aber sie konnte nicht anders, sie musste ihn begleiten, als wären sie durch ein Seil verbunden. Er lehnte den Ellenbogen gegen das Autodach, sie stand daneben. Versuchte, den Abschied so lange wie möglich hinauszuzögern.

»Sie haben den falschen Mann«, sagte sie. »Es war natürlich nicht Kent und es war auch nicht Emil. Frank Behlin und ein zweiter Mann sind die Schuldigen. Hätten Sie den Laster untersucht, dann wüssten Sie jetzt, was für einen Bodenbelag er hat. Wenn Sie das nicht überprüfen, werde ich es tun.«

Er holte Luft, als wollte er etwas sagen, aber er entschied sich anders. Sie streckte die Hand nach ihm aus. Er nahm sie und drückte sie. Sie standen im eiskalten Abendwind vor der offenen Autotür, es war dunkel und sie konnte sein Gesicht kaum erkennen. Regen lag in der Luft.

Schließlich ließen sie los. Er setzte sich ans Steuer, schloss die Tür und fuhr zur Straße hoch. Kurz darauf war er in der Dunkelheit verschwunden.

Fröstelnd ging sie ins Haus zurück, schloss sorgfältig die Tür ab, machte Licht und zog sich ihre Daunenweste über. Wie gut, dass sie die Wäsche reingeholt hatte, bevor das Wetter umgeschlagen war.

Die Erinnerung an diese Minuten der Erregung und Zusammengehörigkeit kurz bevor er gefahren war, glühte noch in ihr. Es ist immer schlimmer zurückzubleiben, zu fahren ist immer leichter. Margareta schenkte sich den letzten Schluck Sherry ein, nahm entschlossen den Telefonhörer ab und rief Kalle an.

Er klang erschöpft und hörte ihr nicht sehr aufmerksam zu. Sie hatten tagsüber miteinander telefoniert, aber es war unmöglich gewesen, irgendetwas genauer zu besprechen. Er machte auch jetzt nicht den Eindruck, als hätte er große Lust dazu.

»Ich wusste nicht, ob ich dich anrufen sollte«, sagte er, »ich will dir nicht auch noch den letzten Rest guter Laune verderben. Ich war gezwungen, die Kinderpornobilder des Tumba-Opfers durchzugehen, um zu sehen, ob es darauf Hinweise auf den Mörder gibt. Sie sind so entsetzlich. Ich sitze nur hier herum und weiß nicht, wohin mit mir. Man kann vor den Fotos nicht weglaufen, es ist als hätten sie sich in die Netzhaut eingebrannt. Ich verstehe sehr gut, warum Inger die Abteilung verlassen hat. Männer sind die letzten Schweine, wenn ich das selbst sagen darf. Ich begreife nicht, warum ihr Mädels uns nicht einfach alle über den Haufen schießt. Warum rächt ihr euch nie? Warum tun sich nicht alle Frauen zusammen und machen kurzen Prozess mit Mördern, Vergewaltigern und Männern, die ihre Ehefrauen misshandeln? Wenigstens manchmal? Das passiert ja nie!«

»Ich erinnere mich an eine Frau in Deutschland, die den Mörder ihrer kleinen Tochter im Gerichtssaal niedergeschossen hat«, sagte Margareta.

»Gut so! Aber wann war das? In den Siebzigern? Warum ertragt ihr diesen ganzen Mist?«

»Ich habe nicht die geringste Lust, dich umzubringen. Es wird schon genug geschossen.«

»Aber wenn ihr uns erst ausgemerzt habt, dann ist ja Schluss mit der Schießerei! Keine Bomben mehr. Ohne Männer würden Frauen nie auf so etwas verflucht Destruktives wie zum Beispiel Selbstmordattentate kommen. Und ihr würdet auch nie zu Hunderttausenden auf ein Schlachtfeld marschieren und euch gegenseitig die Köpfe einschlagen. Ihr könntet aufhören zu rüsten, das Geld für wichtigere Dinge ausgeben und in Ruhe und Frieden ein Leben ohne Angst führen.

Alle Kriege wären innerhalb einer Minute zu Ende, wenn wir aufhörten zu existieren. Die Kinder wären in Sicherheit, jedenfalls die meisten von ihnen. Ihr könntet ein paar richtig nette, feminine Schwule zum Kinderkriegen behalten«, fügte er hinzu. »Ein paar scharfe Innenarchitekten.«

Sie musste an Manne denken, einen korpulenten Kollegen, der erst vor einem halben Jahr sein Coming-Out gehabt hatte, und prustete vor Lachen. Kalle fasste sich wieder.

»Ja, das war der Schrei der Wildnis«, sagte er. »Wie geht es dir? Ich wünschte du wärst hier, dann könnte ich dich in den Arm nehmen und dich aufmuntern. Kannst du mich nicht auf andere Gedanken bringen? Erzähl! Was ist aus deinem Motorradfahrer geworden?«

»Der ist an einer komplizierten Kniefraktur operiert worden. Kriminaltechnische Untersuchung läuft.«

»Es wäre zu schön um wahr zu sein, wenn er der Mörder wäre und hinter Schloss und Riegel landen würde. Ich wünschte, du wärst nicht auf ihn losgegangen. Warum konntest du nicht die Kollegen rufen?«

»Das hätte ich vielleicht tun können, aber dann hätte er mich zu früh bemerkt. Besser zuerst angreifen. Aber es gibt ein anderes Problem. Kent war kurz hier, und jetzt haben sie ihn auf dem Kieker. Sie wissen, dass er einen Zusammenbruch hatte und in psychiatrischer Behandlung war, und dieser Elm hat für sich beschlossen, dass Kent der Mörder ist und ich auch in die Sache verwickelt bin.«

Sie konnte es ebenso gut gleich sagen. Genau wie sie befürchtet hatte, explodierte Kalle sofort.

»Du? Was für eine kranke Idee!«

»Ja, der Ansicht bin ich auch.«

»Er muss total verrückt sein. Sie haben den Kerl doch! Aber warte … Davon hast du mir gar nichts erzählt. Kent war da? *Ich* durfte nicht kommen, aber *Kent* war da?«

»Er kam am Donnerstag. Ohne vorher anzurufen. Wir haben uns an dem Abend zehn Minuten lang unterhalten, und ich habe ihm gesagt, er solle nach Hause fahren, was er am nächsten Morgen auch getan hat. Kalle, verdammt, jetzt sei nicht eingeschnappt.«

»Eingeschnappt? Ich bin erstaunt! Ich verstehe nicht, was mit dir los ist. Wie kann es sein, dass Kent auf Gotland ist, ohne dass du mir davon erzählst? Was hat er gesagt? Was wollte er? Ich kriege Angst, wenn ich daran denke, dass dieser unberechenbare Spinner in deiner Nähe ist. Warum redest du nicht mit mir? Sind wir noch zusammen, oder hast du Schluss gemacht, ohne mich davon in Kenntnis zu setzen?«

»Natürlich sind wir zusammen. Kent wollte nur sehen, ob alles in Ordnung ist. Müssen wir das jetzt ausdiskutieren? Ich bin ziemlich müde.«

»Und was ist mit mir? Was meinst du, bin ich? Du verzapfst eine wahnsinnige Sache nach der nächsten und dann schaffst du es nicht, mit mir darüber zu reden!«

Sie waren kurz davor sich anzuschreien. Das war nicht gut. Das war überhaupt nicht gut.

»Wir besprechen das, wenn ich nach Hause komme«, sagte Margareta. »In einer langen Nacht nach einem guten Abendessen. Was du fühlst und was ich fühle und was dieser abscheuliche Fall mit uns gemacht hat. Bis auf weiteres können wir doch einfach ab und zu telefonieren und uns gegenseitig unterstützen? Das Letzte, was wir beide jetzt brauchen, ist, das gegenseitige Vertrauen zu verlieren. Ich habe das Vertrauen in dich nicht verloren.«

Es wurde still am anderen Ende der Leitung. Er war verletzt und verunsichert, aber er wusste, dass ein Streit das Ganze jetzt nur noch schlimmer machen würde.

»Okay«, sagte er schließlich. »Dann muss ich wohl ins Fitnessstudio und mir einen Punchingball suchen.«

»Schmeiß einen Topf auf den Boden«, sagte Margareta. »Den alten, hässlichen.«

Er lachte.

»Dieser Elm soll sich mal nicht so aufblasen«, sagte er. »Pass auf dich auf!«

Die Spannung hatte sich nicht gelöst, aber sie beendeten das Gespräch so harmonisch wie möglich.

In dieser Nacht zog Margareta die Matratze nicht auf den Boden im großen Zimmer. Es kam ihr unnötig vor. Sie aß ein hart gewordenes Brot mit Hering, das sie fertig gekauft hatte, spülte den Fisch mit einem zweiten Bier hinunter und ging ins Bett.

Aber sie konnte nicht einschlafen. Arme und Beine begannen vor Rastlosigkeit zu kribbeln und sie wälzte sich im Bett hin und her. Die Stille, die vorher so wohltuend gewesen war, ging ihr jetzt auf die Nerven. Die ganze Zeit lauschte sie auf etwas oder jemanden, aber das Einzige, was sie hörte, waren ein paar Autos und ein Fahrradfahrer, die oben auf der Straße vorbeifuhren.

Schließlich versank sie in eine merkwürdige schwarze Traumwelt.

Sanna glitt in der Dunkelheit an ihr vorbei, wieder und wieder. Margareta streckte die Arme aus und versuchte, das Mädchen festzuhalten, aber es gelang ihr nicht. Sanna schwebte mit weit aufgerissenen Augen davon. Sie sah auch Ida, in der Ferne, lächelnd und halb zur Seite gewandt.

Dann kam Stefan ins Bild, sah sie teilnahmslos an, stellte sich ihr in den Weg und verdeckte die Mädchen. Er streckte die Arme nach ihr aus, sie wich ihm aus, wusste nicht, ob er sie streicheln oder schlagen wollte.

Sie musste etwas tun, tastete nach einer Erkenntnis, aber sie konnte sie nicht finden. Ihr Herz pochte vor Angst, Anstrengung und Eile. Sie ruderte durch die Luft über einem See und entdeckte tote Kinder weit unter sich, sie versuchte bis auf den Grund zu tauchen, um sie zu retten, und hielt die Luft an, bis ihr Körper vor Sauerstoffmangel schrie. Sie wachte auf, starrte an die Wand und atmete keuchend, als wäre sie gerannt.

Voller Angst vor den Schatten der Dunkelheit. Allein mit ihren Alpträumen.

23

Ida

Kleine Schneeflocken rieselten aus dem grauen Himmel vor Kellbergs Fenster herab. Ida saß oben im Kinderzimmer und schaute nach draußen. Lars war in der Schule und die Mädchen schliefen.

Es war kalt, immer kalt. Der Kachelofen und der Küchenherd wärmten zwar, aber die Wärme drang nie bis in die Ecken vor, und die Kälte fraß sich durch die dünnen Glasscheiben nach innen. In den kleinen verfallenen Hütten in den Gässchen rann die Feuchtigkeit von den Wänden, und die Schweine und Kühe siechten in den dunklen stinkenden Ställen dahin. Der Rauch, der aus den Schornsteinen aufstieg, hing über der Stadt und durchdrang alles.

»Wenn der Schnee liegen bleibt, dann wird es besser«, sagte Ada.

Der Hund von gegenüber bellte. Er schwänzelte im Garten um einen Mann mit dickem Pelz herum, der anfing Holz zu hacken. Jemand hatte die Tür hinter ihnen sofort wieder zugeschlagen. Bald begann es zu dämmern. In ein paar Tagen wurde Ida vierzehn. Vierzehn Jahre – das kam ihr alt vor.

Zu Weihnachten würde sie nach Hause fahren. Idas Mutter hatte nun ein bisschen mehr Sicherheit, nachdem Roberts Großmutter gestorben war und ihr das Häuschen vermacht hatte. Außer dem Haus hatte sie eine Flasche Wein, Papier und Stifte bekommen, so dass sie Ida Briefe schreiben konnte. Roberts Großmutter war nicht so reich gewesen, wie alle dachten, aber sie war stark wie ein Fels in der Brandung gewesen und hatte sich nie vor tratschenden Zungen gefürchtet. Sie hatte eine große Leere hinter sich zurückgelassen.

Ida trauerte. In ihr herrschte ein graues Schweigen, grau wie ein Teich mit schmutzigem Wasser.

Unten schlug die Tür zu, als Ada und das andere Hausmädchen mit Körben in der Hand aus dem Haus traten, um einkaufen zu gehen. Das hieß, dass niemand mehr in der Küche war. Ida wickelte sich fester in den Schal, steckte die kalten Hände in die Ärmel ihres Kleides und rannte die Treppe hinunter.

In der Küche war es warm, auf dem Herd stand immer ein Kessel mit Wasser. Die Kaffeekanne war leer, also goss sie sich warmes Wasser in einen Becher und setzte sich an den Tisch. Sie blätterte in der Zeitung vom Vortag und las die Anzeigen.

Carolina Ridelii und Geschwister, Leihbibliothek, Katalog nur 25 Öre, illustrierte Zeitungen und Zeitungen für Kinder zu verleihen. Erteile Gitarrenunterricht. Sau, weiß mit schwarzen Flecken, großen Ohren und anscheinend von großer Rasse in Länna aufgefunden, wird gegen Beschreibung und Erstattung angefallener Kosten an den Besitzer übergeben. Fundsache: auf dem Weg zwischen Hejde und Guldrupe wurde am 5. dieses Monats ein Kleiderbündel gefunden, das gegen Beschreibung samt Erstattung angefallener Kosten bei Lars Altajme abgeholt werden kann.

Die letzte Annonce machte Ida ganz schwermütig vor Heimweh.

Jacob war im Büro. Ida hörte, wie sich draußen im Salon etwas rührte, und Elfrida kam herein. Auch sie fror und schlich sich so oft in die Küche, wie es der Anstand erlaubte. Ida stand auf, aber Elfrida gab ihr ein Zeichen, sitzen zu bleiben, ging zur Speisekammer, holte eine Dose mit Gebäck und setzte sich an den Tisch.

»Bitte sehr, Ida, nimm«, sagte sie. »Schlafen die Kinder?«

Ida nickte und kaute an einer trockenen kalten Plunderschnecke. Auch Elfrida wirkte etwas melancholisch. Sie plauderten eine Weile, und zum ersten Mal hatte Ida das Gefühl, eine Erwachsene zu sein, die sich mit einer Erwachsenen unterhielt. Elfrida war ruhig und entspannt. Wenigstens dieses eine Mal schlug sie nicht ihren üblichen Ton an, der sich für die Dame des Hauses ziemte, wenn sie mit einem unwissenden Dienstboten sprach. So musste Ida ihrerseits nicht die Dumme spielen, um in dieses Bild zu passen.

Sie kamen auf die Armut in der Stadt zu sprechen, auf den Krieg in Amerika, auf den König und seine Familie, auf den ersehnten neuen Reichstag, der Jacobs bevorzugtes Steckenpferd war, auf die Debatte, ob auch verheiratete Frauen, auf eigenen Wunsch hin, mündig werden konnten, und nicht wie bisher nur unverheiratete.

»In Buttle sitzen die Männer in der Gemeindeversammlung, während die Frauen sich um das Haus kümmern«, sagte Ida. »Sie sind im Kirchenrat und im Reichstag. Aber wenn die Frauen beisammen sitzen und miteinander reden, dann finden sie oft die besseren Lösungen als die Männer, finde ich. Und trotzdem dürfen sie nicht mitbestimmen.«

»Da müssen sie ihren Männern wohl ein bisschen mehr um den Bart gehen«, sagte Elfrida und lächelte. »Oder die Pfannkuchen rationieren!«

»Und wenn das nicht hilft?«, sagte Ida. »Warum sollen nur die Grundbesitzer etwas zu sagen haben? Ihre Beschlüsse betreffen uns doch auch, und wir haben gar nichts. Wir sind diejenigen, die am meisten arbeiten. Wahlby und Björkquist, Kollmodin und Johannes bekommen keine Milch, wenn niemand melkt, kein Brot, wenn niemand die Felder mäht!«

»Vielleicht sind sie schlauer?«, schlug Elfrida vor.

»Das glaube ich nicht«, widersprach Ida energisch. »Wer hat gesagt, dass jemand Wälder, Felder und Tiere besitzen darf? Das gibt es doch nur in den Köpfen, nicht in Wirklichkeit! Und warum sollten die, die schon alles entscheiden, auch noch darüber bestimmen dürfen, ob andere etwas zu sagen haben oder nicht? Wer hat überhaupt gesagt, dass es so sein muss?«

Diese Frage blieb in der Luft hängen. Elfrida biss sich auf die Lippe, aber nicht so wie damals, als sie entdeckte, dass Ida die Bücher schon gelesen hatte. Dieses Mal war sie nicht beleidigt. Sie schwieg nachdenklich.

»Winstanley«, murmelte sie.

»Was?«, fragte Ida.

»Winstanley war ein Mann, der im 17. Jahrhundert gelebt hat, und er hat gesagt, dass niemandem die Welt allein gehört. Du bist eine utopische Sozialistin, Ida. Wie alt warst du, als du Mamsell Bremers Buch gelesen hast?«

»Zwölfeinhalb. Und ich habe jedes Mal nur einen kleinen Absatz gelesen.«

»Dann warst du wohl noch ein bisschen zu jung. Du solltest ihre Bücher noch einmal lesen und auch andere. Viele deiner eigenen Gedanken wirst du dort wiederfinden, nur viel besser formuliert und durchdacht. Außerdem werde ich dir ein Tagebuch geben, in dem du alles aufschreiben kannst. Du kannst mittwochnachmittags lesen und schreiben, wenn du frei hast und wenn die Mädchen ihren Mittagsschlaf halten. Aber du darfst nicht hochmütig werden und dich schlecht betragen, denn dann hat das sofort ein Ende.«

Das war ein so großartiges Angebot, dass Ida beinahe die Fassung verlor. Sie schauten einander an. Elfrida öffnete den Mund, um etwas zu sagen, und schloss ihn wieder. Sie tätschelte Ida den Arm, nahm die Zeitung und verschwand wieder in ihren Salon.

Ein stiller Jubel stieg in Ida auf. Sie war zu jemandem durchgedrungen, sie hatte gesagt, was sie dachte, und man hatte ihr zugehört. Sie hatte sich nicht verstellen müssen. Sie hatte eine von all diesen unsichtbaren Grenzen überschritten, die sie einengten, und stand nun unversehrt auf der anderen Seite. Das würde vielleicht nie wieder vorkommen, aber jetzt, nachdem es passiert war, ließ es sich nicht mehr ungeschehen machen.

Sie nahm einen Arm voll Holz mit nach oben, um den Kachelofen im Kinderzimmer anzuheizen. Die Mädchen schliefen ruhig. Amelies blondes Haar fiel schräg über ihre Stirn, und sie nuckelte am Daumen. Ida suchte zwischen Lars' Sachen nach einem Bleistift und einem Buch mit linierten Seiten. Nach kurzem Zögern riss sie vorsichtig zehn Blätter heraus, so sorgfältig, dass sie sicher war, dass niemand es bemerken würde. Dann setzte sie sich an den Tisch, machte Licht und fing an zu schreiben.

Stille, Ruhe und das prasselnde Feuer rückten die Gegenwart in die Ferne. Bilder stiegen in Ida auf. Sie erinnerte sich an eine heftige Meinungsverschiedenheit, die sie unten am Hafen mit angehört hatte, und an eine andere an einem Marktstand. Sie schrieb scharfzüngige Kommentare dazu, ohne sich von dem beirren zu lassen, was andere vielleicht darüber dachten. So, als redete sie mit ihrer Mutter oder Anna Catharina darüber. Sie sah ihre amüsierten Gesichter vor sich.

Als Lars nach Hause kam, machte sie ihm eine heiße Schokolade und ein Butterbrot, dann zog sie ihn unter seinem lautstarken Protest mit festem Griff hinter sich her nach draußen. Sie stapften durch den Schneematsch zur Zeitungsredaktion, wo sie ihm das zusammengefaltete Papier in die Hand drückte.

»Geh rein und sag ihnen, eine unbekannte Dame hätte das hier geschrieben, und sie dürften es abdrucken, wenn sie wollen«, erklärte sie.

Er schaute auf das Bündel.

»Die hast du aus meinem Buch gerissen!«, sagte er verdrießlich. »Und außerdem bist du überhaupt keine unbekannte Dame!«

»Für die da drinnen schon«, sagte sie. »Jetzt schimpf nicht, sonst verpetze ich dich bei deiner Mutter!«

»Womit denn?«, fragte er misstrauisch.

»Wenn es nötig wird, fällt mir bestimmt etwas ein, das man petzen könnte. Wenn sie es annehmen und auch noch dafür bezahlen, dann bekommst du einen Sahnebonbon. Los jetzt!«

Er verschwand in der Tür. Nervös blickte sie zu den zur Hälfte mit Eisblumen zugefrorenen Scheiben hinauf und fragte sich, wie es wäre, dort hineingehen zu dürfen, dort sitzen zu dürfen und eine Notiz über gefundene Schweine entgegenzunehmen. Oder sogar über den amerikanischen Krieg schreiben zu dürfen.

Zwanzig Minuten vergingen, und Idas Zehen wurden ihr in den Stiefeln ganz taub vor Kälte. Sie hopste auf und ab. Endlich kam Lars wieder zurück und hatte zu ihrer Erleichterung keine zusammengefalteten Blätter mehr in der Hand. Er sah ein bisschen eingeschüchtert aus.

»Nun?«, fragte sie.

»Sie fanden es kühn, aber lustig. Du bekommst einen Reichstaler dafür«, sagte er und gab ihr das Geldstück.

Einen Reichstaler! Ida starrte verwundert in ihre blau gefrorene Hand. Sie hatte Spaß gehabt und obendrein einen Reichstaler dafür bekommen.

»Sie haben gefragt, ob die unbekannte Dame noch mehr schreiben möchte«, fügte er hinzu. »Und dann haben sie aus dem Fenster geschaut und überlegt, ob die unbekannte Dame möglicherweise einen grau karierten Schal trägt und an den Füßen friert.«

Ida wurde rot, aber dann musste sie lachen. Die Journalisten der Zeitung hatten ihr dabei zugesehen, wie sie albern herumgehüpft war, aber die Vorstellung war ihr weniger peinlich, als sie erwartet hatte. Jetzt hatte sie etwas anzubieten.

Sie gingen zusammen zum Krämer, und Lars bekam sein Bonbon. Für sich selbst kaufte sie auch eins.

Es war dunkel geworden. Schweigend gingen sie im Schneeregen nach Hause. Jetzt ist jetzt, dachte sie. Kalte Füße in den Stiefeln und die Wehmut eines Winternachmittags, der Geruch von Schnee und das eiskalte Meer, das Klappern der Absätze auf dem Kopfsteinpflaster. Bald würden wieder Schlitten durch die Gassen sausen, flackernde Feuer in den Häusern brennen und Glut, die im Holzofen glomm, brennende Kerzen und Dunkelheit, Amelie, die nachts neben ihr lag, unter der Decke in der Mädchenkammer. Und dann kam Weihnachten und weit in der Zukunft der nächste Sommer.

24

Der Dienstagmorgen dämmerte durch den bewölkten Himmel. Frank spürte die kühle Luft, als er in Trainingshosen und mit nacktem Oberkörper auf seinem Balkon stand und rauchte.

Er betrachtete den leeren Spielplatz und das ferne Licht drüben im Zentrum. Noch parkten überall Autos, nur der eine oder andere frühe Morgenarbeiter stieg in seinen Wagen, ließ den Motor an, schaltete das Licht ein und verließ seinen Parkplatz.

Er setzte sich in die Küche, trank Kaffee und aß ein Vollkornbrot mit Käse. Er hatte im Wohnzimmer ein paar Gewichte gestemmt und anschließend geduscht. Durch die Wände hörte er die gedämpften Stimmen der Nachbarn, die gerade aufgewacht waren und ebenfalls frühstückten. Leise Musik drang aus der einen Richtung, Frühnachrichten drangen aus der anderen. Nur in seiner eigenen Zweizimmerwohnung war es still. Über dem Esstisch hatte er die Lampe angemacht, sonst war es überall dunkel. Er hielt nicht viel von Stromverschwendung.

Bisweilen wurde er sich der Tatsache bewusst, dass er ein einsamer Mann war, der ein gewöhnliches Leben in einer gewöhnlichen Zweizimmerwohnung lebte und trotzdem anders war als die anderen. Er konnte sich unter ihnen bewegen, aber er verstand sie nicht. Er konnte nicht so fühlen wie sie. Manchmal war er davon überzeugt, dass alle so empfanden und dachten wie er, und verachtete sie für ihre Heuchelei und Feigheit. Aber manchmal begriff er auch, dass er sich irrte. Eine Einsicht, die ihm nicht gefiel.

Morgen würde es eine Woche zurückliegen, dass er die letzte Fuhre nach Gotland gebracht hatte. Er dachte daran, wie er auf der Ladefläche des Lasters gestanden und auf das Mädchen hinuntergeschaut hatte, das in eine Decke gewickelt neben der Kiste mit der Ausrüstung gelegen hatte.

Sie hatte geschlafen. Die grauen Augen, die ihn eine ganze halbe Stunde zuvor fixiert hatten, waren nicht mehr zu sehen gewesen.

Sie hatte sich gewundert, als er ihre Straße entlanggekommen war, sie an der Schulter gefasst und mitgenommen hatte. Er hatte genug über ihre Familie in Erfahrung gebracht, um ihr Vertrauen zu gewinnen. Zögernd hatte sie ihre Hand in seine gelegt und war mitgegangen. Gemeinsam waren sie um die Ecke gebogen, und er hatte sie in die Fahrerkabine steigen lassen. Sie hatte Jeans und eine rosafarbene Jacke mit kleinen aufgestickten Blumen getragen. Er hatte sie hochgehoben, ohne Eile zu zeigen, hatte sie gefragt, ob sie es spannend fand. Sie hatte sich nicht getraut, den Kopf zu schütteln. So war es oft, und es wunderte ihn jedes Mal, dass es so lange dauerte, bis sie begriffen, dass etwas nicht stimmte. Sie war die vierte, und jedes Mal war der Abstand zwischen den Kindern kürzer geworden.

Später hatte sie gegen die Fensterscheibe geschlagen. Als sie endlich weit genug von der Wohngegend entfernt gewesen waren, um kein Aufsehen mehr zu erregen, hatte er ihr die Beruhigungsspritze gegeben. Sie hatte in seinen Armen wie ein Tintenfisch gezappelt, und ihre verzweifelte Widerspenstigkeit hatte ihn ungeduldig gemacht. Aber nach ein paar Minuten war sie bewusstlos neben ihm auf dem Sitz gelegen. Dann war er in den schneidenden Märzwind hinausgetreten, hatte sich vergewissert, dass niemand in der Nähe war, sie in die Decke gerollt und auf die Ladefläche hinter die Paletten getragen. Dann war er nach Gotland zu seinem Kontaktmann gefahren.

Petra. Ihre Namen vergaß er nie. Petra.

Er wollte, dass es so war, er wollte, dass es immer so blieb und sich nie änderte. Aber jetzt musste es sich ändern. Sein Kontakt hatte die einsame Polizistin in der Hütte im Blick, sie würden sich noch heute um das Problem kümmern. Aber sie würden auch noch ein Mädchen holen. Ein letztes Mal, jedenfalls zum letzten Mal auf diese Weise.

Er zog sich an, machte das Bett, spülte das Geschirr und ging zum Parkplatz. Er wusste, dass kein Polizist in der Firma gewesen war und hatte deshalb den Laster gestern am späten Abend noch geholt und ihn am äußersten Ende auf dem Parkplatz des Supermarktes neben ein paar hohen Büschen, die an die Tankstelle grenzten, abgestellt. Bevor er zum Laster ging, beobachtete er einige Minuten die Umgebung und lief aufmerksam an jedem geparkten Auto vorbei. Sie waren alle leer. Kein Fahnder observierte ihn.

Er untersuchte den Truck gründlich und warf einen Blick unter das Chassis. Niemand hatte einen Peilsender angebracht. Zufrieden stieg er in seinen PKW und fuhr die fünf Kilometer zu der Kindertagesstätte, die er bereits ausgekundschaftet hatte. So nah an seiner Wohnung hatte er noch nie operiert, aber heute blieb ihm keine andere Wahl.

Die Kita war ideal. Ein grün gestrichener Bungalow, der ein wenig abseits in einem Vorort lag, auf einem grasbedeckten Hügel hinter hohen Kiefern, die ihn von den flachen Dreifamilienhäusern des Wohnviertels abschirmten. Hier lebten vor allem Schweden, was bedeutete, dass es kaum Hausfrauen gab. Vielleicht gab es ein paar Mütter oder Väter, die Erziehungsurlaub hatten und zu Hause waren, aber meist waren die Wohnungen leer. Die Eltern waren bei der Arbeit.

Er hatte die Einrichtung einen ganzen Monat lang immer wieder überwacht. Der Großteil der wenigen Angestellten kam zu Fuß oder mit öffentlichen Verkehrsmitteln. Er hatte überlegt, ihre Anzahl weiter zu reduzieren, indem er ihre Autos sabotierte oder einen der Vorschullehrer krankenhausreif schlug, aber er war zu dem Schluss gekommen, dass das nicht nötig war. Fast immer fehlte jemand, ohne dass ein Ersatz einsprang, und die drei Kindergruppen waren ohnehin schon sehr groß. Es war unmöglich, ständig alle Kinder im Blick zu haben.

Die Eltern waren gerade dabei, sich von ihren Kindern zu verabschieden. Er kannte sie inzwischen schon alle vom Sehen. Morgens herrschte meist ein ziemlich großes Chaos, die Erwachsenen hatten es eilig und die Kinder waren noch nicht ausgeschlafen. Die etwas älteren tobten und kabbelten sich. Er wusste, welche Kinder ruhiger und welche lebhafter waren, welche still und schüchtern waren und welche vorlaut.

Eigentlich sollten die Kinder im Haus sein und auf den Morgenkreis warten, aber noch bevor alle da waren, spielten viele von ihnen im Garten. Das Außengelände war nur von einem niedrigen Zaun umgeben. Wenn er sich an die beiden kleinen Häuser in der einen Ecke des Grundstücks hielt, ein Spielhäuschen und eines, in dem Gartengeräte lagerten, konnte er vom Hauptgebäude aus nicht gesehen werden. In der Richtung lag nur ein Naherholungsgebiet mit dichten Büschen.

Er stieg aus dem Wagen und ging ohne Eile zu dem nicht einsehbaren Winkel hinüber. Nicht nur ihn lockte dieses kleine, abgelegene Areal. Wie er erwartet hatte, spielte schon ein kleines fünfjähriges Mädchen in diesem Versteck zwischen den beiden Häuschen. Das war ihr Lieblingsplatz, hier saß sie oft, redete mit sich selbst und erfand lange Geschichten. Er hatte ihr einige Male dabei zugehört. Er wusste auch, dass ihre Eltern geschieden waren und dass das Mädchen in seinen Papa vernarrt war.

Sie sah ihn überrascht an. Er hatte ihr ein paar Mal zugewinkt und im Vorbeigehen ein paar Worte mit ihr gewechselt, er war also kein ganz Fremder für sie.

»Hallo, Jenna«, sagte er freundlich.

Sie schlug schüchtern die Augen nieder. Er ging vor dem flachen Zaun in die Hocke.

»Dein Papa hat mich geschickt, um dich abzuholen. Super, dass du schon deine Jacke anhast, wir sollen nämlich jetzt gleich zu ihm fahren.«

»Aber heute ist doch gar nicht Samstag«, flüsterte sie.

»Nein, aber er hat frei bekommen, und deshalb haben deine Mama und er beschlossen, dass du heute schon zu ihm darfst.«

Sie blickte zu Boden und zögerte. Sie schien genau zu spüren, dass es jetzt genau darauf ankam, was sie antwortete, aber es fiel ihr nichts ein.

»Ich muss Lena Bescheid sagen«, meinte sie schließlich.

»Das habe ich schon gemacht.«

Er stand auf und streckte die Arme aus.

»Papa hat Sehnsucht nach seiner Prinzessin«, sagte er und benutzte den Kosenamen, den er von ihr gehört hatte.

Sie traute sich nicht, sitzen zu bleiben, und er hob sie entschlossen über den Zaun und ging mit ihr zum Auto, wo die Spritze schon wartete.

Er merkte, dass ihre Hände kalt waren. Er sah zum Himmel und fragte sich, ob es bald regnen würde.

Er setzte sie auf den Beifahrersitz, zeigte auf den Rücksitz und sagte:

»Hast du das Kätzchen da schon gesehen?«

Als sie sich umdrehte und neugierig nach hinten schaute, nahm er die Spritze und verabreichte ihr das Mittel, noch bevor sie reagieren konnte. Sie drehte sich erschrocken um und sah ihn verwirrt, überrascht und enttäuscht an, aber schon ein paar Sekunden später war sie bewusstlos. Er legte eine Decke über sie, setzte sich ans Steuer und fuhr ruhig zum Laster zurück.

Er merkte, dass er müde war. Er war die halbe Nacht wach gewesen und hatte sich brutale Pornos im Internet angesehen. Es gab tausende von diesen Seiten. Es gab Listen und Links zu gefesselten Frauen, halb ertränkt, vergewaltigt. Es gab besondere Seiten, auf denen gefolterte Schwangere zu sehen waren, Seiten mit Inzestbildern, Mädchen in Schuluniformen, Übergewichtige, Großbrüstige, was immer er sich wünschte, hier fand er es. Zeichnungen von Frauen, die mit Haken an den Brüsten aufgehängt waren, mit festgenagelter Zunge, Flaschen, die in den Unterleib eingeführt waren. Gefesselte Kinder. Auf den Pornoseiten des Internets galten keine gesellschaftliche Normen, gab es kein Mitgefühl. Die Verkäufer wollten verkaufen, und das taten sie so reißerisch wie möglich, mit Rubriken, die zahllose Kunden anlockten. Er hatte nie eine glückliche Frau oder glückliche Kinder auf diesen Bildern gesehen, es ging immer um Angst, Schmerz, Macht und Unterwerfung. Aber sie machten ihn an, und das war die Hauptsache. Manchmal wurde er der ganzen Sache überdrüssig, hatte sich selbst satt und sogar die Erregung. Aber manchmal bekam er nicht genug davon.

Er hatte sich auch schon gefragt, woher diese extreme männliche Aggressivität kam. Aber eigentlich war es ihm egal. Ihn interessierte einzig und allein, dass es funktionierte. Und er hatte den Schritt von der Fantasie zur Wirklichkeit gewagt. Es hatte ein paar Jahre gedauert, so weit zu kommen, aber als er sein Ziel erreicht hatte, hatte er alles Weitere äußerst geschickt eingefädelt. So, als ginge es gar nicht um ihn selbst. Hier, wie bei so vielen anderen Gelegenheiten, hatte er einen Teil von sich ausgeklinkt. Um die Kontrolle zu behalten.

Verschwommene Bilder zogen vor seinem inneren Auge vorbei, Bilder von dem, was sie das letzte Mal getan hatten und was sie dieses Mal tun würden. Der atmende kleine Körper lag neben ihm unter einer Decke auf dem Beifahrersitz, seine Anwesenheit beschleunigte seine Atmung.

Er fuhr zum Laster, versteckte das Mädchen auf der Ladefläche und fuhr weiter nach Nynäshamn. Als er den Fährterminal erreicht hatte, parkte er, kontrollierte das Kind noch einmal, ging auf die Herrentoilette und rief Eva an.

Sie klang müde. »Wo bist du?«, fragte sie.

»In Uppsala, hab eine Morgentour. Alles in Ordnung?«

»Geht so. Es ist jemand hier«, sagte sie.

Er erstarrte. Das hatte er nicht erwartet.

»Was heißt ›jemand hier‹«, fragte er. »Hast du die Polizei im Zimmer? Kannst du frei sprechen?«

»Was meinst du damit, ob ich frei sprechen kann? Ich kann ja wohl immer frei sprechen. Nein, so jemanden meine ich nicht. Ich habe ein Zimmer vermietet. Das Giebelzimmer.«

»Vermietet? An wen denn?«

»Einen Stockholmer.«

Verdammt nochmal. Wie konnte man so dämlich sein?

»Eva, verflixt, niemand mietet im März ein Zimmer in Visby. Wer ist das? Wie kannst du nur auf eine dermaßen plumpe Finte reinfallen? Er ist ganz sicher nicht aus Stockholm. Er ist Polizist, verdammt! Genau wie deine liebe Dichterin!«

»Er ist nett«, sagte sie matt.

»Klar ist er nett. Hat er versucht dich auszufragen?«

»Er ist ja gerade erst angekommen. Ich glaube, er ist unglücklich verliebt oder so was. So was spürt man. Er ist so traurig.«

»Scheiß drauf, ob er traurig ist. Was würdest du von ihm halten, wenn er wirklich Polizist wäre?«

»Dann würde ich verdammt sauer werden. Aber das glaube ich nicht.«

»Okay. Ich schwöre dir, er ist ein Bulle. Hättest du etwas dagegen, wenn ich ihm irgendwo auflauere und ihm eine kleine Lektion erteile?«

»Einfach so? Du hast doch nicht vor, ihn zu verprügeln, oder?«

»Nein, aber ein bisschen Angst einjagen könnte ich ihm schon. Willst du diesen Mistkerl wirklich im Haus haben?

Ein practical joke. Du sagst ihm, was ich dir sage. Ich denke mir etwas aus und rufe später wieder an, dann passe ich ihn ab und werfe ihn auf der Trabrennbahn in den Misthaufen oder so was. Okay?«

Sie zögerte, aber er merkte, dass sie gegen diesen Vorschlag nichts einzuwenden hatte. Gesetzt den Fall, der Traurige war wirklich bei der Polizei. Auf Davidsson war sie rasend wütend gewesen.

»Also gut«, sagte sie. Ihr gleichgültiger Tonfall bestätigte ihm, dass sie nicht vorhatte, für seinen practical joke auch nur die geringste Verantwortung zu übernehmen. Sie würde ihn nicht hindern, aber auch nicht zu ihm halten, wenn er wegen Misshandlung angezeigt werden würde. Sie gehorchte dem Gesetz.

»Gut. Aber wundere dich nicht, wenn er schon heute Nacht abhaut. Tut er das, dann weißt du mit Sicherheit, dass er ein schnüffelnder Bulle war. Dann hat er eingesehen, dass er von dir nichts erfährt.«

Sie knurrte etwas, aber er wusste, dass er sie überzeugt hatte.

Frank schaute auf die Uhr, verließ das Terminalgebäude und suchte sich ein Stück abseits einen ruhigeren Platz. Dann wählte er die andere Nummer auf Gotland.

Der Dienstag dämmerte nasskalt über Buttle. Margareta erwachte schlecht gelaunt aus einem beunruhigenden, halb erotischen, halb Furcht einflößenden Traum. Regen prasselte dumpf und trostlos auf das Dach, und Wolken trieben tief über den Himmel. Durch das Fenster fiel ihr Blick auf die Brennnesseln, die mit nassen Blättern um die Pumpe herum wuchsen.

Sie stand auf, wankte über den kalten Boden in die Küchenecke und zog sich ihre Jacke über den Trainingsanzug. Kochte Kaffee, machte sich ein Käsebrot mit geschnittenem Porree und hörte die Nachrichten im Radio.

Emils Festnahme, die schon am Montag die erste Meldung gewesen war, wurde noch immer zuerst gesendet. Die Medien wollten wissen, warum er mit einem gebrochenen Knie im Krankenhaus gelandet war. Stefan hatte eine kurze Erklärung abgegeben, die besagte, dass eine Polizistin früheres Eigentum von Sanna Westman in den Händen des jungen Mannes erkannt hatte und dass der Festgenommene bei der nachfolgenden Jagd mit dem Motorrad umgekippt war. Vielleicht hatte jemand am Sonntagabend den Notarzt und den Streifenwagen in Buttle gesehen, aber niemand schien die Presse informiert zu haben, und so war es Stefan bis auf weiteres gelungen, Margaretas Namen außen vor zu halten.

Natürlich würde das nicht lange so bleiben. Die Journalisten spekulierten wild, ob der Verdächtige im Untersuchungsgefängnis misshandelt worden war. In den Zeitungen vom Vortag hatten sie ihrem Unmut über das Schweigen der Polizei Luft gemacht, und heute würde es sicher nicht besser werden. Noch vor dem Abend würde Stefan gezwungen sein zu berichten, was es mit der Verhaftung von Emil auf sich hatte, der bisher unter dem Künstlernamen »Kleinkrimineller« geführt wurde. Aber bis es so weit war, blieben Margareta noch ein paar friedliche Stunden. Sie beabsichtigte, diesen Frieden zu wahren, auch wenn sie das Gefühl nicht loswurde, sich einsam in einer Traumwelt zu bewegen.

Sie zog sich warm an, Strumpfhosen unter den Jeans, einen dicken Pullover und ihre Windjacke mit Kapuze, schlüpfte in die Gummistiefel und begann ihren mehrstündigen Spaziergang. Erst ging sie am Dorfladen vorbei, bog dann vor der Kirche nach links und folgte einem schmalen Schotterweg, der an der Mühle vorbei in den Wald führte.

Das musste irgendwann der Hauptweg in die Nachbargemeinde, nach Vänge, gewesen sein. Sie hatte nicht daran gedacht, die Karte mitzunehmen, aber sie hatte die Gegend einigermaßen im Kopf.

Der Regen ließ ein wenig nach und fiel nur noch als kühler Nieselregen durch die Tannen. Es roch nach nasser Erde, Moos und Pilzen. Gelegentlich begegneten ihr Schafe, auf deren fetthaltiger Wolle die Wassertropfen wie Perlen schimmerten. Sie kam an einem düsteren Kahlschlag vorbei und als sie sich wieder der Straße näherte, bog sie nach Osten ab und ging auf den fast vergessenen Pfaden weiter.

Es war schön, einfach durch die Natur zu wandern und den Gedanken freien Lauf zu lassen. Bilder und Stimmen lösten einander ohne erkennbares Muster ab. Margareta beachtete sie nicht weiter und hörte nur auf das Geräusch ihrer Schritte über Steine, Moos und Sandboden und auf ihren Atem.

Nach einer Stunde war ihr warm und sie schwitzte. Sie setzte sich hin, öffnete ihre Jacke, rollte den Halsausschnitt ihres Pullovers hinunter und genoss die kühle Waldluft. Eine Thermoskanne mit heißer Schokolade, eine Orange und eine Welt ohne Kummer und Mord wären jetzt genau richtig gewesen.

Allmählich erreichte sie wieder die Straße, östlich der Kirche, wo sie am Samstag mit dem Rad unterwegs gewesen war. Sie sah Arnes Haus, aber dieses Mal aus der anderen Richtung. Er selbst ließ sich nicht blicken. Der Regen hatte endlich aufgehört und der Himmel hellte sich auf, silbrig glänzende Wolkenstreifen, die ein gleißendes Licht über sein Dach fließen ließen, über die Blumenbeete, den Apfelbaum und das Feld dahinter.

Die Straße glänzte vom Regenwasser. Margareta folgte ihr die letzten drei Kilometer bis nach Hause. Der Weg schlängelte sich hier in leichten Windungen zwischen Feldern, Weiden, Höfen und einzelnen Häusern entlang.

Als sie sich Buttle näherte, hörte sie Kinderlachen aus einem eingezäunten Garten, der von einer hohen Hecke umgeben war. Das musste Lottens privater Kindergarten sein, von dem Fanny gesprochen hatte. Man konnte keines der Kinder sehen, aber man hörte sie herumtoben und spielen.

Kein Motor, keine Maschine, kein Verkehr störte das Geräusch ihrer hellen Stimmen.

Fünfhundert Meter weiter tauchte die Kirche auf. Und dahinter flackerte ein blaues, unheilvolles Licht gegen Himmel und Baumstämme.

Margareta blieb stehen. Der Einsatzwagen. Es war wieder etwas passiert.

Ihr wurde schwindelig, und sie hatte das Gefühl, gar nicht hier auf der Straße zu stehen, sondern ermordet in ihrem Haus zu liegen, ohne es begriffen zu haben. Wenn sie den Ort erreichte, würde sie eine Ansammlung von Streifenwagen und Schaulustigen rund um Danielssons Haus vorfinden und zusehen, wie ihr eigener Körper in einem schwarzen Plastiksack aus dem Haus getragen wurde.

Das würde jedenfalls das Gefühl von Unwirklichkeit erklären, dachte sie düster.

Sie begann zu rennen, an den Häusern, an der Kirche und dem Gemeindehaus vorbei. Aber die Wagen standen nicht vor ihrem, sondern vor Almgrens Grundstück. Mehrere schwarz gekleidete Beamte überwachten die Umgebung, und einer von ihnen sperrte das Gelände ab. Die Einwohner standen in verstreuten Grüppchen auf der Straße und verfolgten empört und erschrocken das Geschehen.

Margareta suchte mit dem Blick. Zu ihrer Erleichterung war kein Notarzt zu sehen, aber auf der Treppe vor dem Eingang stand Fanny mit der jüngsten Tochter auf dem Arm. Sie redete aufgebracht mit Stefan, neben ihr wartete ein großer, muskulöser Machopolizist, die Hand abführbereit auf ihre Schulter gelegt. Es war ein brutales Bild mit all den bewaffneten Männern in Schwarz, die eine junge, wehrlose Frau und ihr Kind umringten, und Margareta begriff, warum die Umstehenden so schockiert und aufgebracht waren.

Ernst war nirgends zu sehen. Entweder saß er schon in einem der Autos oder sie hatten ihn in seinem Büro in Visby festgenommen.

Jemand kam mit einem Mantel aus dem Haus und legte ihn Fanny um die Schultern. Eine Polizistin gab ihr eine Tasche und ein Paket Windeln, dann führte der Machopolizist sie zu einem der Streifenwagen und öffnete die Tür zur Rückbank. Stefan schaute ihr nach. Man konnte ihm deutlich ansehen, wie sehr er die Situation verabscheute. Als die Tür hinter Fanny zuschlug, blickte sie auf die Straße. Sie war flammend rot im Gesicht, sie hatte geweint und fühlte sich gedemütigt.

Margareta versuchte, zu Stefan vorzudringen, aber ein großer, resoluter Mann in Uniform stellte sich ihr sofort in den Weg und drängte sie zurück. Der Wagen mit Fanny und ihrer Tochter rauschte dicht an ihnen vorbei. Sie warf Margareta einen Blick zu.

»Sie als Polizistin, können Sie nicht reingehen und nachsehen, was zur Hölle da los ist?«, fragte eine empörte Stimme hinter Margareta.

Jetzt hatte Stefan sie bemerkt. Ohne größeren Enthusiasmus machte er ein paar Schritte über den Rasen auf sie zu und nickte in Richtung Stallungen. Margareta begrüßte ihn, und sie traten in den Stallgang. Es war ein komisches Gefühl, Stefan nach den spannungsgeladenen Minuten des letzten Abends hier wieder zu treffen.

»Sie wissen doch, wie schwer so etwas ist. Hätten Sie die Leute auf der Straße nicht ein bisschen beruhigen können, statt wie eine Furie angerannt zu kommen?«, knurrte er unzufrieden.

»Schwer? Was machen Sie denn hier überhaupt? Erst fassen wir Emil, gestern wollten Sie mich und Kent einlochen und jetzt sind Sie hier! Was ist denn passiert, Stefan? Es muss ja etwas höchst Wichtiges sein, wenn Sie Fanny öffentlich festnehmen.«

»Ich kann Ihnen in diesem Stadium noch nichts darüber sagen«, brummte er verschlossen.

»Aber Sie können doch nicht wie eine mittelgroße Armee

hier einmarschieren und eine junge Mutter mit ihrem Kind abführen. Wo ist Ernst?«

»Ich weiß, es sieht schlimm aus, aber glauben Sie mir, diese Variante war noch die erfreulichste. Wir denken an die Kinder, deshalb haben wir Ernst in Visby festgenommen und sind hergekommen, so lange die beiden großen Mädchen noch bei der Tagesmutter sind. Sie ist informiert, und die Kinder können bis auf weiteres bei ihr bleiben. Aber wir mussten ins Haus und wir mussten mit Fanny reden. Ihre Schwester und eine Sozialarbeiterin sind auf dem Weg ins Präsidium, um sich um die Kleine zu kümmern, so lange wir mit ihr reden.«

»Glauben Sie, dass Ernst doch etwas mit dem Mord an Sanna zu tun hat?«

Er seufzte.

»Emil hat letzte Nacht endlich den Mund aufgemacht. Wir wissen jetzt, wo er die Tasche gefunden hat.«

»Hier?«, sagte Margareta und sah sich um.

»Ich kann Ihnen nicht sagen, wo. Hören Sie, wie wäre es, wenn Sie uns zur Abwechslung einmal ein bisschen unterstützen würden, anstatt bei jedem Schritt, den wir machen, gleich in die Luft zu gehen?«

Sie sah ihn an. Was immer sich hinter seiner Stirn regte, er hatte Recht.

Margareta beruhigte sich.

»Hier geht es nicht nur um die Tasche. Sie suchen etwas anderes, aber Sie haben es noch nicht gefunden. Was bedeutet, dass Ihre Leute schon heute Nacht hier gewesen sein müssen, um nicht gestört zu werden. Was ist es?«

Sie merkte ihm an, dass er am liebsten alles erzählt hätte. Er war hin und her gerissen zwischen der Pflicht, Stillschweigen zu bewahren, und dem Bedürfnis, die Sache mit allen zu diskutieren, die ihm hilfreich sein konnten. Immerhin war sie die Ermittlerin eines Morddezernats. Oder er hatte ganz andere Gründe.

»Es ist schlimm, sehr schlimm sogar, aber vielleicht hat es gar nichts mit unserem Mord zu tun«, sagte er. »Andererseits gibt es sehr wahrscheinlich doch einen Zusammenhang. Ich glaube nicht an Zufälle.«

Beamte gingen ins Haus und kamen wieder heraus, zwei Kollegen begannen, die Stallungen zu durchsuchen. Margareta und Stefan standen im Weg, er verzog das Gesicht und ging vor ihr her auf die Rückseite des Gebäudes, wo der Kastenwagen der Spurensicherung mit offener Seitentür stand.

»Steigen Sie ein«, sagte er.

Sie kletterte in den Wagen, er folgte ihr. Er griff nach einer großen, flachen Plastiktüte.

Als Margareta erkannte, was darin lag, blieb ihr vor Trauer und Entsetzen fast das Herz stehen. Eine Kinderjacke, eine weinrote Jacke, auf deren Vorderseite kleine rosafarbene Blümchen aufgestickt waren. Die Jacke eines kleinen Mädchens. Sie war vollkommen blutverschmiert.

Sie sah Stefan fragend an. Er senkte die Stimme.

»Wir haben sie zwischen den Balken im Stallgang gefunden. Ganz nahe bei der Stelle, wo Emil, wie er behauptet, die Tasche gefunden hat. Er beharrt darauf, in der Absicht ein Auto zu stehlen hier herumgeschlichen zu sein. Dann habe er die Tasche gefunden und begriffen, dass sie dem Mordopfer gehörte. Ihr Führerschein und ihr Filofax waren noch darin. Diese beiden Sachen hatte er noch bei sich, aber ihr Handy ist nach wie vor verschwunden. Er behielt die Tasche, einerseits als Trophäe, weil ihn der Gedanke an den Mord faszinierte, andererseits mit dem vagen Plan, Ernst damit zu erpressen. Er ging davon aus, dass Ernst der Mörder ist, weil er die Tasche auf seinem Grundstück gefunden hat. Aber er hatte noch nicht genug Mut aufgebracht, zur Tat zu schreiten, als Sie ihn vor Ihrem Haus überwältigt haben. Ein Mann, der einmal gemordet hat, könnte ja auch noch ein zweites Mal morden, und Emil gefiel der Gedanke an Schmerzen überhaupt nicht. Zumindest nicht, so lange sie ihm zugefügt wurden. Und außerdem wollte er sich wohl auch nicht so gerne von seinem neuen Schatz trennen.«

»Emil behauptet also, unschuldig an dem Mord an Sanna zu sein. Glauben Sie ihm?«

»Das kann ich noch nicht sagen. Zum Beispiel haben wir das Handy auch bei ihm zu Hause nicht gefunden. Wir werden bei seinen Freunden weiterforschen.«

Margareta nahm die Plastiktüte und befühlte die weiche Jacke. Dort wo das Blut geronnen war, war die Wolle hart und brüchig. Sie dachte an ihren ersten Besuch in Almgrens Küche und an Ernsts Hand am Bein seiner jüngsten Tochter, als er mit ihr auf der Küchenbank gesessen hatte. Was hatten seine Hände noch getan? Wessen Tochter hatte diese Jacke gehört?

»Fanny sagt mit aller Entschiedenheit, dass diese Jacke keiner ihrer Töchter gehört«, fuhr Stefan fort. »Sie wird das schon wissen, ist schließlich ein ungewöhnliches Stück mit diesen kleinen, gestickten Blumen. Ich hatte die leise Hoffnung, dass sie einfach weggeworfen wurde, weil eins der Mädchen Nasenbluten hatte. Aber so war es leider nicht.«

Vorsichtig nahm er die Jacke in die Hand.

»Wir werden mit der Fürsorge reden und herausfinden, ob ein Kind fehlt, ohne dass es vermisst gemeldet wurde. Obwohl das schon verflucht ungewöhnlich wäre. Wir kontaktieren die Krankenhäuser, ob ein kleines Mädchen dort behandelt worden ist. Vielleicht lebt sie noch.«

»Petra Lennartsson aus Midsommarkransen«, sagte Margareta.

»Wie bitte?«

»Midsommarkransen, südlich von Stockholm. Letzten Donnerstag irgendwann zwischen drei und fünf ist dort ein kleines Mädchen aus einer Tagesstätte verschwunden. Unsere Abteilung ermittelt in dem Fall. Natürlich müssen Sie nach misshandelten Kindern auf der Insel suchen, es ist ja sehr wahrscheinlich, dass die Jacke von hier stammt, aber rufen Sie auch Inger Levin oder Kalle Jensen an. Sie bekommen die Nummer von meinem Chef. Björn Alberg.«

»Vom Festland? Nein, das geht zu weit. Kommen Sie mir jetzt nicht mit so etwas und behaupten, sie wäre in dem Laster gewesen!«

»Ich behaupte gar nichts. Außer, dass es nichts extra kostet, das Blut von der Jacke mit dem Blut von Frank Behlins Fahrzeug zu vergleichen.«

Energisch legte er die Plastiktüte beiseite. »Wir werden alles untersuchen, aber das muss mit Methode passieren. Wir werden Ernst und Fanny bis ins Detail überprüfen und zeitgleich versuchen herauszufinden, wem diese Jacke gehört. Ich stelle jemanden für die Fürsorge ab, für die Krankenhäuser und für Midsommarkransen. Die Gerichtsmedizin müsste sowohl die DNA von Sanna als auch die des verschwundenen Mädchens haben. Außerdem müssen wir die Fähren von Donnerstag bis heute noch einmal unter die Lupe nehmen und prüfen, ob es einen Überwachungsfilm vom Terminal in Stockholm gibt. Hans ist schon dabei.«

Um zu sehen, ob er Kent entdeckt, wenn er unter falschem Namen an Bord geht, dachte Margareta. Aber sie sagte nichts.

»Ich kann keine Verbindung zwischen Sanna und dieser Jacke erkennen«, sagte Stefan.

»Vielleicht hat Sanna Ernst als Pädophilen enttarnt und ist deshalb umgebracht worden.«

Er sah sie zweifelnd an.

»Schon. Aber warum war er dann so dumm, sie hier liegen zu lassen und hat sie nicht beseitigt? Und wo ist das Mädchen, dem sie gehört? Außerdem wissen wir noch gar nicht, wie lange die Jacke hier schon liegt. Vielleicht müssen wir ein paar Wochen oder sogar Monate zurückgehen.«

»Es ist sicher das Beste, wenn Sie jetzt mit den Schaulustigen sprechen«, sagte Margareta. »Die glauben, dass Sie hier mit Stalin-Methoden vorgehen.«

Sie diktierte ihm Albergs Nummer.

»Muss wohl ein Bild von der Jacke nach Midsommarkransen schicken«, murmelte er, als er aus dem Wagen stieg.

Sie begleitete ihn zur Absperrung und stieg darüber. Stefan beantwortete freundlich die Fragen, auf die er eine Antwort geben konnte, was im Prinzip bei keiner einzigen der Fall war, aber das tat er immerhin auf sehr entwaffnende Art.

Dann leerte sich der Schauplatz langsam wieder. Margareta nickte Stefan zu, er ging zu seinem Auto, um nach Visby zurückzufahren, wo er Ernst und Fanny verhören und die weiteren Ermittlungen in die Wege leiten musste. Sie selbst kehrte in ihr Ferienhaus zurück.

Margareta kroch aus den warmen Kleidern, wusch sich an der Plastikschüssel und zog sich um. Einigermaßen erfrischt setzte sie sich mit Stift und Papier an den Tisch und versuchte nachzudenken. Sie kritzelte Strichmännchen auf das Blatt, schrieb die Namen der verschiedenen Personen auf und umrahmte sie mit üppigen Wolken. Sie hatte trotzdem keinen Geistesblitz.

Ein junger Politiker, der versuchte, zwei Mädchen aufzureißen. Ein Lkw-Fahrer, der den abservierten Freund des Mädchens zu kennen schien. Zwei Polizisten, die alles daran setzten, seinen Laster nicht auf Spuren zu untersuchen. Eine Pensionswirtin, die Freundin des Fahrers, und ihre fünfjährigen Tochter. Eine blutgetränkte Kinderjacke. Ein Mord und ein Überfall.

Margareta stockte. Eine fünfjährige Tochter. Angelica, Eva Vibergs Tochter. Wie hatte sie sie vergessen können? Sie griff sofort zum Telefon, um Stefan anzurufen, aber mitten in der Bewegung zögerte sie. Sie war sich nicht mehr sicher, ob er ein verlässlicher Beamte war. Wenn er korrekt arbeitete, dann hatte er Angelica im Blick. Er würde selbst daran denken nachzusehen, ob es ihr gut ging. Ob es Eva Viberg gut ging.

Wenn sie ihn anrief, bewirkte sie damit gar nichts. Mit gerunzelter Stirn zwang sie sich, den Hörer wieder aufzulegen.

Frank Behlin würde mit aller Wahrscheinlichkeit morgen auf die Insel kommen. Das war ein beunruhigender Gedanke. Tobias, Frank, Ernst, Emil. Sie hätte sie gerne zu einem Pädophilenring zusammengeschlossen, aber die Männer wollten einfach nicht zusammenpassen, sie ergaben kein komplettes Puzzle. Emil hatte keine Kinderpornographie – oder viel mehr Kinderfolterungen – gespeichert, und Sanna, eine erwachsene Frau, war vergewaltigt worden. Tobias war kindlich und unreif, aber soweit sie wusste, hatte er nie jemanden misshandelt. Ebenso wenig Ernst, nicht einmal Frank. Außerdem war eine Verbindung zwischen ihnen alles andere als offensichtlich.

Und doch, eine Antwort, die nicht alle miteinander in einen Zusammenhang stellte, war eine verkehrte Antwort. Davon war sie überzeugt. Und Frank blieb trotz allem die Achse ihrer Überlegungen. Er war die Verbindung zwischen Gotland und dem Festland.

Das Telefon klingelte so unerwartet, dass sie zusammenfuhr. Es war Stefan.

»Hallo, ich bin eben nach Roma zum Kloster gefahren«, sagte er. »Ich war so in Gedanken, dass ich gar nicht daran gedacht habe, dass Sie sich wahrscheinlich ziemlich mitgenommen fühlen. Deshalb wollte ich mich nur kurz melden und hören, wie es Ihnen geht.«

Gegen ihren Willen freute sie sich, seine Stimme zu hören. Aber sie musste ihre Gefühle für Stefan unter Kontrolle halten.

»Es geht schon. Ich habe heute Morgen einen langen Spaziergang durch den Wald gemacht. Ausgezeichnet für die Nerven.«

»Das freut mich! Die ganze Geschichte muss so lästig für Sie sein, Sie müssen sich ja wie das Zentrum einer Welle von unerklärlicher Gewalt fühlen. Ich wollte nur, dass Sie wissen, dass ich Sie nicht vergessen habe, nur weil so viel zu tun ist.«

»Das ist schön.«

»Gut. Und, was haben Sie im Wald gesehen?«

»Jede Menge Regen. Zwei Spechte. Drei Ameisen, die die Fühler aus ihrem Haufen gestreckt haben und sie sofort wieder eingezogen haben.«

Er lachte.

»Wie klug von ihnen! Wo in Stockholm wohnen Sie überhaupt?«

Sie stutzte bei der Frage. Aber ihre Adresse konnte er natürlich problemlos in Erfahrung bringen, wenn er denn wollte.

»In einer großen Zweizimmerwohnung in Vasastan. Sonne in der Küche und im Wohnzimmer, Schatten im Schlafzimmer. Reichlich Restaurants im ganzen Viertel. Und ein Café mit hervorragenden Kuchen.«

»Das klingt nicht übel.«

Sie unterhielten sich ein wenig über dies und das, dann legte er auf.

Zum Mittagessen war es noch zu früh. Sie rief Katrine an und erzählte ihr in groben Zügen von den letzten Entwicklungen, aber setzte hinzu, dass die Polizei längst nicht alle Fakten kannte.

Katrine schien sich über Margaretas Anruf zu freuen und erzählte, dass Gun immer noch von Zeit zu Zeit zusammenbrach, aber dass sie darüber sprachen, das Geschäft gemeinsam weiterzuführen. Allerdings beunruhigte es sie, wie aggressiv und hasserfüllt Gun war, auch wenn das natürlich eigentlich niemanden überraschte. Sie wollte den Mörder ihrer Tochter umbringen. Katrine hatte ihr darauf mit den üblichen Phrasen geantwortet, dass Sanna dadurch auch nicht wieder lebendig wurde, aber Gun hatte nicht zugehört. Das war ihr egal.

»Natürlich muss sie ihren Zorn irgendwo loswerden«, sagte Katrine. »Das muss ich auch. Ich würde auch mit Begeisterung Nadeln in das Bild des Mörders bohren und darauf herumtrampeln. Und ich würde kein bisschen trauern, wenn sie ihn erschießen würde. Aber sie würde damit doch ihr eigenes Leben zerstören. Nicht nur, weil sie dann ins Gefängnis käme, sondern weil ich mir nicht vorstellen kann, dass man über so eine Tat jemals hinwegkommt, es sei denn, man ist ein Psychopath. Und Gun ist die netteste Frau der Welt.«

»Lassen Sie sie reden, versuchen Sie nicht, ihr vernünftige Ratschläge zu geben«, sagte Margareta. »Vermutlich gibt sich das von ganz allein, wenn sie den Kerl gefasst haben und Gun ihn sehen kann. Nicht der Hass, aber das Bedürfnis, ihn umzubringen. Mörder sind meistens traurige, triviale Menschen. Weder die Aufmerksamkeit noch das Opfer wert.«

»Danke für den Rat«, sagte Katrine und seufzte.

»Wie geht es mit der Magersucht?«

»Ich weiß nicht. Gestern habe ich drei Fleischbällchen gegessen, zu meiner eigenen Überraschung. Es war mir gleichgültig, wie viele Kalorien das waren. Ich hätte nicht noch mehr davon essen können, aber es hat mir nichts ausgemacht, dass sie da unten in meinem Magen lagen. Fast so, als ginge mich das nichts an.«

»Das klingt ja großartig!«

»Ja – stellen Sie sich vor, all das Entsetzliche würde auch etwas Gutes mit sich bringen? Aber das ist schwer zu glauben. Magersucht heilt sicher nicht von selbst?«

»Aber heilbar ist sie auf jeden Fall.«

»Ich werde es mit einem Schinkenbrot zu Mittag versuchen – ohne Butter natürlich. Stellen Sie sich vor, Essen wäre die Antwort der Magersüchtigen auf die Appetitlosigkeit der Trauernden. Ich mache es einfach umgekehrt!«

Sie lachte auf, skeptisch gegenüber ihrer Reaktion.

»Trinken Sie eine Tasse heiße Schokolade dazu«, schlug Margareta vor. »Ohne Zucker. Und wenn Sie es nicht schaffen, so viel auf einmal zu essen, dann könnten Sie vielleicht einfach öfter am Tag essen? Denken Sie daran, dass der Magen ein paar Stunden nachdem Sie gegessen haben, wieder leer ist. Leer, sauber und rein.«

Das war zwar ein recht naiver Rat, aber etwas anderes fiel Margareta nicht ein. Katrine versprach, darüber nachzudenken, ob sie es ertragen konnte, mehrmals am Tag zu essen.

Als sie ihr Gespräch beendet hatten, war Margareta zum Umfallen müde und erschöpft. Sie brauchte eine Pause. Sie nahm ihre Jacke, steckte ihr Handy in die Tasche, ging zum Auto und hielt Kurs auf Visby.

25

Es war noch immer trocken, und der Himmel war grau. Margareta machte das Autoradio an, wechselte zwischen den Sendern hin und her und fand einen, auf dem gerade Annie Lennox lief. Mit dröhnender Musik in den Ohren fuhr sie weiter. Die Strecke nach Visby schien mit jedem Mal kürzer zu werden.

Das Meer tauchte blaugrau am Horizont auf, und weit draußen steuerte ein einzelnes Schiff nordwärts. Seine Konturen verschwammen im Nebel. Statt zum Hafen abzubiegen, entschied sie sich mutig für den Weg durch die Innenstadt. Sie war hier mit Stefan entlanggefahren, aber wie er sich durch die Gassen geschlängelt hatte, wusste sie nicht mehr. Sie kämpfte sich durch, fand am Donners Platsen schließlich etwas, das aussah wie ein freier Parkplatz, und stellte den Wagen ab. Sie hatte nicht den Eindruck, den Verkehr auf diese Weise irgendwie zu behindern. Sie schloss das Auto ab und ging zu Fuß weiter, bis sie ein Restaurant gefunden hatte, dass nicht zu teuer aussah.

Das Lokal war zur Hälfte besetzt. Diesmal bat sie niemand, sich neben einen Pfosten zu setzen. Eine Bedienung kam, um die Bestellung aufzunehmen, und Margareta wählte fantasielos eines der Tagesgerichte – Janssons Versuchung mit Schnittlauch – dazu ein Bier. Als die Bedienung wieder verschwunden war, holte sie sich einen Salat, Brot und Butter am Buffet.

Tagesgericht. Das hatte etwas Vertrautes an sich, fast so als wäre sie bei der Arbeit. Während sie aß und von leiser klassischer Musik in der Kaufhausversion berieselt wurde, betrachtete sie die Kunstausstellung an der Wand. Große Bilder in matten Farben – rot, grün, gelb. Der Anchovisauflauf kam und schmeckte überraschend gut, nichts Aufgewärmtes und nichts, was bloß aus der Packung kam. Anchovis, Kartoffeln, Butter, Sahne, Zwiebeln und Schnittlauch. Einfach, aber superb.

Der gute Auflauf freut den Kenner, der schlechte wird bestimmt kein Renner, dachte sie begabt und dichtete weiter. Guter Fisch, gut für den Magen, schlechter Fisch, kein Wohlbehagen. Gute Kartoffeln den Gaumen erfreuen, schlechte Kartoffeln den Esser bald reuen!

Erst als sie beim Kaffee angelangt war, entdeckte sie Cecilia. Sie saß allein mit einer Zeitung am Tisch und sah verärgert aus. Auch sie war schon beim Kaffee, eine Kellnerin deckte gerade einen Suppenteller und ein Bierglas ab und stellte dafür ein Schokoladentörtchen auf den Tisch. Margareta konnte sehen, wie das faltige Gesicht sich ein wenig aufhellte. Schokolade ist für vieles gut.

Sie stand auf und trat an den Tisch der alten Dame. Cecilia blickte von ihrer Zeitung auf und hob leicht die Augenbrauen.

»Hallo, ich bin es, Margareta Davidsson.«

»Ja, ich sehe, wer Sie sind. Und, alles gut bei Ihnen?«, fragte Cecilia kühl.

»Kann nicht klagen. Darf ich mich setzen?«

Cecilia zögerte einen Augenblick mit der Antwort. Sie hätte offensichtlich lieber ihre Ruhe gehabt, aber die Journalistin in ihr gewann. Sie war viel zu interessiert und neugierig, um nein zu sagen.

Margareta holte ihren Kaffee und setzte sich. Cecilia legte ihre Zeitung beiseite, aber nicht die Kuchengabel.

»Ja, und es gibt schon wieder schlimme Ereignisse in Buttle«, sagte sie. »Ich habe es in den Nachrichten gehört. Wo Sie auftauchen, passiert etwas, möchte man meinen.«

»So wird es behauptet. Ich selbst würde es vorziehen, wenn das alles ein Ende hätte. Was wissen Sie über Ernst Almgren?«

Das war eine sehr direkte Frage, aber Ernst war ein bekannter Politiker, und Cecilia hatte bis dato nicht den Eindruck vermittelt, als würde sie für gewöhnlich ein Blatt vor den Mund nehmen. Jetzt schnellten ihre Augenbrauen in die Höhe. Dann lächelte sie ironisch.

»Was ich über Ernst weiß? Abgesehen davon, dass er mein Großneffe ist?«

Das war eine Neuigkeit, die Margareta nicht erwartet hatte. Ungläubig starrte sie über den Tisch.

Cecilia lächelte bissig und genoss die Wirkung ihrer Worte.

»Ihr Großneffe?«, wiederholte Margareta. »Sie meinen, Sie sind miteinander verwandt? Sie und Ernst?«

»Großneffen werden gemeinhin zur Verwandtschaft gerechnet, ja. Ich dachte, das wüssten Sie. Sie sind also doch nicht so besonders gut informiert.«

»Sie sind Dennis Almgrens Tante?«

Plötzlich fiel Margareta wieder ein, dass Ernst von einer alten Tante gesprochen hatte. Aus irgendeinem Grund hatte sie sich nicht richtig klar gemacht, dass diese Tante wirklich aus Fleisch und Blut bestand und irgendwo existierte. Es hatte so nebensächlich und bedeutungslos geklungen, als lebte sie am anderen Ende der Welt. Was sie natürlich in rechtem Licht besehen auch den Großteil ihres Lebens getan hatte.

Cecilia begann zu erklären.

»Dennis' Vater hieß Carl. Es gab nur uns zwei Geschwister, und wir waren selten einer Meinung. Er ruhe in Frieden, aber er war ein furchtbarer Mensch, wenn man bei der Wahrheit bleiben will. Es war schön, von hier wegzukommen. Die große Auswandererzeit nach Amerika war schon vorbei, als ich jung war, aber ich bin trotzdem gegangen, glücklich und frei. Schön! Diesen Bruder loszuwerden! Nun, zum Teil war es natürlich Vaters Fehler, dass Carl war, wie er war. Mein Vater war ein harter Mann und er heiratete eine Frau, die er nicht liebte. Sie war eine so genannte gute Partie. Reiches Mädchen. Wir zogen nach Stockholm und lebten dort, so lange wir Kinder noch klein waren. Aber dann kam der Krügercrash, und alles Geld war weg, Vater nahm sich das Leben und Mutter zog mit uns zurück in ihre Heimat, hierher. Sie hatte es nicht leicht.«

Margareta wusste nicht, was sie zu dieser dramatischen Geschichte, zusammengefasst in einer einminütigen Konversation, sagen sollte. Cecilia machte eine Pause und aß einen Bissen Kuchen.

»Nein, Mama hatte es nicht einfach. Und trotzdem musste ich sie verachten. Sie hat sich nie gegen ihren Mann aufgelehnt, wenn er uns verprügelt hat. So ist es oft – die Väter schlagen zu und die Mütter werden verachtet. Gott sei Dank ist körperliche Züchtigung heutzutage verboten.«

»Aber Ernsts Mutter hat sich gegen ihren Mann gestellt«, sagte Margareta. »Gegen Dennis.«

Cecilia trank ruhig ihren Kaffee, offensichtlich fest entschlossen, sich nicht von irgendeinem Gefühlsstrudel mitreißen zu lassen.

»Ach, diese Geschichte kennen Sie?«

»Ja, ich habe Ernst unter vier Augen gesprochen. Ich war sogar zum Abendessen bei ihm und Fanny. Er scheint es als Kind mit seinem Vater auch schwer gehabt zu haben. Wo waren Sie damals?«

»In Amerika. Natürlich hatten wir einen mehr oder weniger losen Kontakt. Ich dachte, die Sache wäre geregelt, als die Mutter mit dem Jungen aufs Festland gezogen ist. Als auch das in die Binsen ging, versuchte ich anzurufen und zu schreiben und vernünftig mit Dennis zu reden, aber es war, als rede man gegen eine Wand.«

Sie beugte sich zu Margareta vor.

»So, so. Dann waren Sie also bei den beiden zu Hause. Das hätte ich mir denken können, so neugierig wie Sie sind. Was halten denn Sie von alldem, was da passiert ist? Im Radio haben sie angedeutet, dass man Funde gemacht hat und dass die der Grund für Ernsts Festnahme sind. Was haben die denn gefunden? Glauben Sie, dass er irgendetwas angestellt hat?«

Sie wartete auf eine Antwort. Es war klar, dass diese Unterhaltung tief ging, auch wenn der Ton leicht war.

»Müssen Sie mich das fragen?«, sagte Margareta. »Hatten Sie keinen Kontakt? Er hat es sein ganzes Leben lang schwer gehabt, soweit ich ihn verstanden habe – konnte er denn nicht wenigstens mit Ihnen reden?«

Cecilia zuckte leicht zusammen.

»Die Sache ist die«, sagte sie zugleich beschämt und ungeduldig, »die Sache ist die, dass ich den Jungen nie mochte. Er ist ein Feigling.«

»Ernst ist ein Feigling?«

»Ja, er hat so etwas Zerbrechliches an sich. Etwas, das mich immer auf die Palme gebracht hat. Das war sicher falsch von mir, und ich weiß auch nicht recht, was es eigentlich ist – aber ich kann ihn einfach nicht ausstehen.«

Sie schwiegen einen Augenblick, und Margareta dachte über das nach, was sie eben gehört hatte. Sie konnte dem Urteil über Ernst nicht recht beipflichten. Er war schon als Fünfzehnjähriger auf eigene Faust aufs Festland zu seiner Mutter geflohen. Als Erwachsener war er auf die Insel zurückgekehrt, hatte Fanny geheiratet, ein Haus in Buttle gekauft und eine Karriere als Politiker gestartet. Er hatte ein Alkoholproblem, aber er schien auf dem Weg zu sein, das in den Griff zu bekommen. Er war wohl kaum ein Feigling.

Aber er war verletzlich. Verletzt und verletzlich. Es war

gut vorstellbar, dass er Cecilia aufgesucht hatte, in der Hoffnung auf Trost und Hilfe, und dass sie sich von diesem mehr oder weniger fremden jungen Mann bedrängt gefühlt hatte, von seinem Bedürfnis nach einem Erwachsenen, der auf seiner Seite stand.

Alles was Margareta bislang von Cecilia kennen gelernt hatte, war der Charakter einer starken Frau. Vielleicht konnte sie Ernst ganz einfach nicht verstehen. Oder aber seine verletzte Seele war ein Echo ihrer eigenen, und sie schob ihn weg, weil er ihre eigenen verdrängten Erinnerungen an eine furchtbare Kindheit mit einem brutalen Vater weckte. Sie war darüber hinweggekommen und hatte sich ihr eigenes Leben aufgebaut, und nun wollte sie nicht mehr an Vergangenes erinnert werden.

Cecilia bemerkte Margaretas musternden Blick und schnitt eine Grimasse.

»Sicher ist das ein übler Schlamassel.«

»Ich denke, Ernst wird das schon selbst schaffen«, sagte Margareta. »Es scheint ja auch bislang alles ganz gut gegangen zu sein. Aber es würde sicher nicht schaden, wenn Sie im Ring hinter ihm stehen würden.«

»Es schaffen? Heißt das, Sie halten ihn für unschuldig?«

»Darauf kann ich Ihnen keine Antwort geben. Aber dann ist es gar nicht Ernst, der Ihnen hilft, Sie in die Bibliothek fährt und all das?«

»Nein, das macht Dennis. Einmal im Monat. Aber heute bin ich mit dem Taxi gekommen. Das ist teuer, aber man muss sich ja ab und zu mal bewegen und unter Leute kommen.«

Also ging der prügelnde Vater und Kommunalpolitiker seiner alten Tante zur Hand. Die Menschen legen die erstaunlichsten Eigenschaften an den Tag.

Sie tranken ihre Kaffeetassen aus, bezahlten und Margareta rief ein Taxi für Cecilia. Als sie auf die Straße hinaustraten, hatte ein heftiger Wind zu wehen begonnen. Er pfiff und heulte durch die engen Gassen.

»Das ist der Märzgeist«, erklärte Cecilia und schaute hoch in den grauen Himmel.

»Der Märzgeist?«

»Ein kalter Wind, der hier im März weht.«

Das Taxi kam, und sie stieg mit einiger Mühe ein. Der Fahrer und Margareta halfen ihr. Der Wind zerrte an dem rosafarbenen und weinroten Schal der alten Dame, der Fahrer schlug die Tür zu und sie winkte ihrer zufälligen Kaffeegesellschafterin durch die Scheibe nach.

Margareta sah dem Auto nach, setzte sich die Kapuze auf und überlegte, was sie nun tun konnte.

Stefan war im Präsidium, Kalle war zu Hause in Stockholm vollauf beschäftigt und mit Katrine hatte sie schon gesprochen. Der Gedanke, nach Buttle zurückzufahren und Hannas Tischlerei einen Besuch abzustatten, war verlockend, aber morgen würde Frank mit einer neuen Ladung nach Visby zurückkommen, und sie musste darüber nachdenken, wie sie damit umgehen sollte. Die Erkenntnis, dass sie eigentlich noch immer nicht wusste, wonach sie überhaupt suchte, schob sie energisch beiseite.

Stefan hatte nicht genügend Männer, um Frank Behlin zu observieren, nicht einmal dann, wenn er wollte, und schon gar nicht jetzt, wo er einer anderen Spur nachgehen musste. Es gab nur einen Menschen, der Zeit hatte, und einen Menschen, der daran interessiert war, und das war beide Male sie selbst. Und sie hatte ein eigenes Auto. Sie konnte bei jeder Fähre, die aus Nynäshamn kam, nach dem Laster Ausschau halten, ihn finden und sich dann an seine Fersen heften.

Vermutlich würde er erst am Nachmittag auftauchen, genau wie letztes Mal. Es konnte ein langer Tag werden. Und als Erstes musste sie den Hafen auskundschaften – wo konnte sie essen, wo auf die Toilette gehen? – dann musste sie sich eine neue Ankunftstabelle der Schiffe besorgen, nachdem sie sich nicht sicher war, ob sie ihre alte wiederfinden würde. Außerdem musste sie einen Vorrat an Lebensmitteln und Getränken im Auto lagern. Und eine große Karte von Gotland zu haben, wäre auch nicht verkehrt.

Beim Mittagessen mit Cecilia war ihr Handy ausgeschaltet gewesen. Sie verspürte noch immer kein Bedürfnis, mit den Medien, Alberg, Anne oder Kalle zu sprechen. Und während sie jetzt durch die Straßen schlenderte und nach dem Platz suchte, wo ihr Wagen parkte, schaute sie nach, ob jemand versucht hatte, sie zu erreichen.

Margareta hatte zwei SMS bekommen. Die erste war von Kalle: »Hallo Liebling. Pass auf dich auf! Wir treten hier auf der Stelle. Melde mich heute Abend. Kuss!«

Margareta lächelte. Anfangs hatte er ihr immer mit unzähligen Abkürzungen geschrieben, von denen er glaubte, dass jeder sie verstehen würde, aber er hatte sich ihrem Widerwillen, sich derartige Kenntnisse anzueignen, beugen müssen, und inzwischen verfasste er richtig altmodische, kurze Briefe an sie. Sie schrieb ihm eine Antwort, von der sie hoffte, dass sie ihn aufheitern konnte.

Die andere Nachricht kam überraschender. »Ruf nicht an. Kent.« Das war alles. Keine Erklärungen, keine Information.

»Verdammt!«, entfuhr es ihr.

Die Nachricht war nicht nur unverständlich, sie war auch ein schlechtes Zeichen. Sie bedeutete schlicht nichts anderes, als dass Kent in irgendeine Aktion verwickelt war, bei der der Anruf eines Kollegen alles zunichte machen konnte und ihn vielleicht sogar in Gefahr brachte. Hoffentlich hatte es mit seiner Arbeit in Stockholm zu tun, hoffentlich saß er in irgendeiner Kneipe und belauschte das Gespräch irgendwelcher Krimineller. Aber die Wahrscheinlichkeit, dass er plötzlich, nachdem er so lange beurlaubt gewesen war, einen solchen Fahndungsauftrag bekommen hatte, war nicht sehr groß. Ebenso unwahrscheinlich war es, dass er in diesem Zusammenhang ausgerechnet an sie denken würde. Also musste es, und das war wirklich beunruhigend, etwas mit dem Mord an Sanna Westman zu tun haben.

Unklare Alarmsignale begannen sich tief in Margaretas Unterbewusstsein zu melden. Es ärgerte sie, dass sie keine Möglichkeit sah herauszufinden, was er gerade am Wickel hatte. Kent war ein einsamer Wolf, er hatte sich bestimmt niemandem anvertraut. Und jetzt wollte er plötzlich ein ganz neutrales Telefon, auf dem niemand verräterische Nachrichten von ihr finden konnte.

Ungeduldig steckte sie ihr Handy in die Tasche zurück und stellte fest, dass sie zweimal um denselben Häuserblock gelaufen war. Schließlich fiel ihr wieder ein, dass sie das Auto vor einem roten Holzhaus aus dem 17. Jahrhundert am Donners Platsen abgestellt hatte, der ganz in der Nähe der Ringmauer an einem kleinen Durchgang zum Almedalen gelegen war, praktisch neben dem Hotel Wisby.

Sie kam zu weit nördlich an der Stadtmauer heraus und ging die Strandpromenade entlang nach Süden, bis sie den kleinen Platz erreichte. Von hier aus war es nicht weit bis zum Hafen, und sowie sie auf den Kai gefahren war, konnte sie, nur wenige hundert Meter entfernt, das Fährterminal erkennen. Sie parkte nicht weit von den Glastüren entfernt, nahm die Rolltreppe nach oben zur Abfahrtshalle und holte sich einen neuen Ankunftsplan.

Fünf Schiffe würden am Donnerstag einlaufen. Es gab ein Café, Toiletten, einen Kiosk und ein Stück weiter den Kai hinunter ein Restaurant. Das war alles überschaubar.

Sie fuhr wieder hinunter und orientierte sich. Vermutlich würde Frank mit demselben Laster wie beim letzten Mal kommen. Natürlich könnte sie die Reederei kontaktieren, ihre Dienstmarke zeigen und darum bitten, einen Blick auf die Passagierlisten zu werfen. Aber sie war sich nicht sicher, ob Frank nicht auf irgendeine Weise tricksen und unter falschem Namen reisen oder erst in letzter Minute an Bord fahren würde. Es war sicherer, einfach vor Ort zu sein.

Der Wind blies eisig über den Asphalt, und auf den Wellen tanzten weiße Schaumkronen. Mit rot gefrorener Nase flüchtete sie sich zurück in die Wärme des Wagens und fügte ihrer Ausrüstungsliste in Gedanken noch etwas hinzu. Mütze, Handschuhe und eine Thermoskanne mit heißer Schokolade.

Sie würde also hier im Auto sitzen. Und was würde Frank tun? Abladen, Eva treffen, ein Bier trinken gehen? Es war überhaupt merkwürdig, dass er so viel Zeit auf Gotland verbringen konnte. Mit LKWs, die stillstehen, verdient man schließlich kein Geld.

Es blieb noch eine Sache zu tun. Margareta fuhr ins Einkaufszentrum, deckte sich mit Proviant ein und kaufte dunkle Blockschokolade, die sie morgen in warmer Milch schmelzen wollte. Sicherheitshalber versorgte sie sich auch mit einer Thermoskanne. Sie ging in einen Schreibwarenladen und kaufte eine Karte von Gotland. Zum Schluss besorgte sie sich noch einen blauen Schal und ging auf die Damentoilette eines Cafés. Dort legte sie Make-up auf, kämmte die Haare zurück und band sich den Schal in Fünzigerjahremanier fest um den Kopf. Es war keine perfekte Verkleidung, aber jemand, der sie im Fernsehen nur kurz gesehen hatte, würde sie nicht sofort erkennen.

Sie ging zurück zum Auto, legte die Tüten auf den Rücksitz, ließ den Motor an und rollte gemächlich nordwärts in das alte Wohngebiet, in dem Eva Viberg wohnte. Nur wenige Autos standen auf dem Parkplatz hinter ihrem Haus. Margareta hielt etwa fünfzig Meter von der Villa entfernt, zog widerwillig ihre Jacke aus, die vielleicht jemand wiedererkannt hätte, begab sich in die Kälte und spazierte den Bürgersteig entlang. Um ein Alibi für ihr langsames Gehen zu haben, nahm sie ihr Handy und tat so, als schreibe sie eine SMS.

Während der Märzgeist boshaft durch ihr dickes Poloshirt blies, ging sie augenscheinlich gedankenverloren weiter und tippte beliebige Buchstaben in ihr Telefon. Aus dieser Richtung verdeckte eine hohe Nadelbaumhecke Evas Haus.

Die Bäume waren alt und zerzaust, die knorrigen Stämme waren umeinander gewachsen und bildeten eine dicke, undurchsichtige Mauer. Margareta warf einen verstohlenen Blick zu einem Fenster im ersten Stock hinauf, in der Hoffnung, Angelica zu sehen. Kein Gesicht ließ sich blicken, aber durch den Garten entdeckte sie ein Auto auf der Vorderseite des Hauses, vermutlich Evas. Also war sie wohl doch zu Hause.

Als sie näher kam, hörte sie Stimmen im Garten. Vielleicht hatte Eva eine Sitzgruppe unmittelbar hinter der Hecke stehen, wo es windstill war. Die Stimmen waren eigentümlich gedämpft, klangen durch den Wind wie aus einer anderen Welt. Es waren zwei. Eine der Stimmen erkannte sie als Evas und die andere, die eines Mannes, war ihr ebenfalls vertraut. Kent.

Hier steckte er also. Das war auf gewisse Weise schön, aber es ärgerte sie, dass er das tat, was sie vorgehabt hatte. Er schlich sich in Evas und Franks Leben ein, und es ärgerte sie mindestens ebenso sehr, dass er klug genug gewesen war, das zu tun, bevor Frank zurückkommen würde. Er hatte ihre Idee geklaut.

Wirre Gefühle flammten in ihr auf und rangen miteinander. Eifersucht, weil nicht sie diese Aufgabe erledigen konnte, Wut darüber, dass er sein Vorhaben geheim gehalten hatte, Sorge, dass es schief gehen konnte. Und gleichzeitig die Erleichterung, dass er in der Nähe war.

Sie blieb stehen, schob den Schal vom Ohr und versuchte zu verstehen, worüber die beiden sprachen.

»Was für ein widerwärtiges Benehmen«, sagte Evas Stimme. »Hierher zu kommen und sich unter falschen Angaben einzuschleichen. Dichterin, was? Das soll jetzt nicht heißen, dass sie nicht in der Lage wäre, sich alles Mögliche zurechtzulügen. Was für ein grässlicher, falscher Mensch, man kann kaum glauben, dass sie Polizistin ist!«

»Ja, manchmal ist es wirklich unfassbar, was die sich alles herausnehmen«, stimmte Kent ihr zu.

»Ich sollte sie wirklich anzeigen!«

Margareta zog sich ein wenig zurück, gab dabei noch immer Buchstaben in ihr Telefon ein und versuchte, einen Blick auf Eva und Kent zu erhaschen. In dem Wirrwarr aus Zweigen und Nadeln war eine Stelle etwas weniger dicht, und sie konnte die große Wiese sehen, die uralten Obstbäume und die welken Büsche.

Eva saß halb abgewandt auf einem Holzstuhl, in der Haltung, die so typisch war für viele Frauen – zurückgelehnt, die Steppjacke fest um sich geschlungen, die Arme vor der Brust verschränkt und eine Zigarette in der Hand. Eine Körpersprache, die Unabhängigkeit, Distanz und gleichzeitig Herausforderung demonstrierte. Komm und nimm mich, wenn du kannst – ich bin nicht leicht zu haben, aber vielleicht gefällst du mir ja.

Kent saß ihr gegenüber auf einer Bank, nach vorn gebeugt, die Hände gefaltet. Ein gutmütiges Lächeln spielte auf seinem herben Gesicht. Sie hatte seine volle Aufmerksamkeit, und seine ruhenden Hände signalisierten, dass sie in seiner Nähe gut aufgehoben war. Solange sie das wollte.

Es bestand kein Zweifel daran, dass sie von ihm fasziniert war. Dennoch verhielt sie sich reserviert. Vielleicht hatte der Widerstand etwas mit dem noch nicht ganz verrauchten Zorn nach dem Besuch der falschen Poetin zu tun, vielleicht war es Respekt vor ihrem Verhältnis mit Frank.

Es lag eine Spannung in der Luft, als wäre ihre Unterhaltung eine Art Tennismatch. Margareta fragte sich, wie weit Kent gehen würde, um etwas in Erfahrung zu bringen. Wie sah die männliche Variante der honey trap, der süßen Verführung aus? War das vielleicht ebenfalls die honey trap? Er hatte jedenfalls keine Zeit zu verlieren. Morgen würde Frank hier sein. Dieser Gedanke war nicht sehr erfreulich.

»Sie haben ein fantastisches Haus«, sagte Kent. »Ganz besonders das Zimmer, das ich bekommen habe, mit dem Kuhfell auf dem Boden und den Rattanmöbeln. Das hat echt Stil.«

»Ich liebe Innendekoration«, sagte sie. »Interessieren Sie sich auch dafür? Männer machen sich ja meist nicht so viel daraus.«

»Aber man merkt doch, wenn es hübsch ist. Ich fühle mich sehr wohl dort.«

Sie nickte gnädig. »Wie lange bleiben Sie?«

»Vielleicht eine Woche.«

»Sie arbeiten in der Versicherungsbranche, sagten Sie?«

»Ich mache Untersuchungen. Unter anderem bei Versicherungsbetrug«, erklärte Kent wahrheitsgemäß. »Aber deswegen bin ich natürlich nicht hier.«

Es wurde einen Augenblick still. Die Spannung zwischen ihnen wuchs.

»Sicher wollen Sie in Ruhe über irgendetwas nachdenken?«, sagte sie prüfend. »Man sieht es Ihnen an. Vielleicht Herzensangelegenheiten.«

»Vielleicht.«

»Unglückliche Liebe?«, schlug sie forsch vor.

Er ließ sich nicht aus der Ruhe bringen.

»Liebe ist keine einfache Sache«, entgegnete er. »Schwierig, damit umzugehen. Man kann jemanden lieben und gleichzeitig wissen, dass es nicht funktioniert. Und doch ist die Liebe da. Oder die Leidenschaft.«

»Ganz genau so ist es!«, sagte sie, vergaß plötzlich ihre Distanziertheit, wurde leise und ein wenig betrübt. »Ganz genau so ist es. Man kann gar nicht begreifen, dass die Gefühle so eine große Macht über einen haben. Es gibt jemanden, der einen in Höhen trägt, von denen man gar nicht wusste, dass es sie gibt, und dann knallt man mit einem Schlag auf einen … einen zugefrorenen See. Auf Eis. Kalt und hart. Manche Menschen haben mehrere Gesichter. Man weiß es und doch kann man nicht loslassen.«

»Vielleicht schafft man es irgendwann doch«, sagte er. »Vielleicht erreicht man irgendwann doch eine gewisse Sättigung und kann weitergehen.«

Margareta fühlte sich unwohl dabei, einem Gespräch zu lauschen, das eine so private und direkte Wendung genommen hatte. Aber trotzdem war es absolut unmöglich, nicht zuzuhören, denn es war so geschickt eingefädelt, dass Margareta fast die Luft wegblieb. Kent gelang es wahrhaftig, alles aus Eva herauszulocken, was er wissen wollte, und zugleich bereitete er sie darauf vor, dass auch eine Zeit ohne Frank kommen konnte. Obwohl er war, wie er war, sah er den Menschen in Eva, sah ihr Wesen, das Margareta nicht erkannt hatte, und ein Teil von ihm machte sich Sorgen um diese Frau.

Es wurde still. Zuerst dachte Margareta, die beiden blickten sich schweigend in die Augen, aber das taten sie nicht. Sie beobachteten etwas Rotes, das sich ein Stück entfernt bewegte. Es war Angelica, eingehüllt in eine rote Jacke, auf dem Kopf eine Mütze. Sie musste ganz in der Nähe gespielt haben. Jetzt war sie vor die Gartenmöbel getreten und blickte stumm und schüchtern zu den Erwachsenen hinüber.

Kent sah sie an. Margareta fragte sich, was in seinem Kopf vorging. Soweit sie wusste, hatte er wie sie keine Kinder.

»Hallo, Angelica«, begrüßte er sie. Ruhig und ohne die aufgesetzte Fröhlichkeit, die Erwachsene so oft in der Gegenwart von Kindern an den Tag legten.

»Sie ist so schüchtern«, entschuldigte sich Eva, und Margareta wünschte sie dorthin wo der Pfeffer wächst. Man beurteilt sein eigenes Kind nicht gegenüber anderen Menschen, solange es zuhört.

»Das ist doch kein Problem«, sagte Kent. »Das muss man sogar sein.«

Angelica kam näher. Zu Margaretas großer Überraschung krabbelte sie vorsichtig neben Kent auf die Bank, aber sie hielt zu ihm Abstand und lehnte sich gegen die Armlehne. Offensichtlich vertraute sie ihm, ein wenig zumindest. Er rührte sich nicht, versuchte nicht, den Arm um sie zu legen oder ihr die Wange zu tätscheln, aber er hatte seine Aufmerksamkeit auf sie gerichtet und musterte ihre kleine Gestalt, um zu sehen, ob es ihr gut ging.

»Mama, ich habe Hunger«, sagte Angelica mit ängstlicher, dünner Stimme.

»Das habe ich auch«, sagte Kent und kam Eva zuvor. »Vielleicht ist es ja schon Essenszeit!«

Er stand auf, lächelte Eva an und ging ins Haus. Sie sprang sofort auf und folgte ihm.

Margareta war schon zu lange stehen geblieben. Sie steckte das Handy in die Tasche, ging zum Auto zurück, stieg ein und fuhr nach Buttle.

Fürs Erste waren Eva und Angelica jedenfalls in Sicherheit, das war immerhin ein Vorteil. Es war sogar ein riesiger Vorteil. Dann musste sie sich keine Gedanken um die beiden machen. Andererseits war sie völlig ahnungslos, was Kents weitere Pläne betraf. Hatte er vor, sich auf die Rolle des Mutter-und-Kind-Beschützers zu beschränken oder hatte er etwas anderes im Sinn? Das war die beunruhigende Seite des Ganzen. Außerdem konnte es spätestens dann gefährlich werden, wenn Frank morgen wieder auftauchte. Mit Kent wurde man nicht so leicht fertig, aber er war nicht unverwundbar. Und er hatte vermutlich seine Pistole nicht mitgenommen. Hatte er sie doch dabei, dann war sie vermutlich ordnungsgemäß ungeladen irgendwo eingeschlossen. Möglicherweise hatte er sie sehr gut in seinem Auto versteckt.

Sie hätte Stefan informieren müssen, aber ihr Instinkt riet ihr, Kent in Frieden zu lassen. Er hatte sich lediglich ein Zimmer gemietet. Vielleicht würde er ja später noch einen kleinen Spaziergang machen und dann die Gelegenheit nutzen, sie anzurufen.

Es war inzwischen so bewölkt, als wäre dieser Frühlingstag bereits in den Abend übergegangen. Das Ferienhaus lag düster und einsam da, als Margareta nach Hause kam. Sie zog ihre Jacke aus und ließ sie auf der Erde liegen, und um einen klaren Kopf zu bekommen und ihre Schwermut zu zerstreuen, packte sie ein Baguette und einen guten Käse ein und ging zu Hanna, ihrer Nachbarin.

Hanna war zu Hause, sie arbeitete an einem weiteren Stuhl, und hatte nichts gegen eine Pause einzuwenden. Sie hatte ihren dunkelblauen Overall an und roch nach Sägespänen. Ihr Sohn war noch bei seiner Tagesmutter Lotten. Hanna brühte Kaffee auf, und sie setzten sich in ihre Küche, brachen große Stücke von dem frischen Brot ab und aßen sie mit dicken Käsescheiben. Sie plauderten über ihre Kindheit, ihre Eltern und ihren Bruder, über Jonas' Vater, Margaretas verstorbenen Mann, und wie sie ihre Wohnung in Stockholm eingerichtet hatte. Hanna stellte ein paar Fragen zu Ernst, aber als sie merkte, dass Margareta nichts über seine Verhaftung wusste, wechselte sie das Thema.

Mit gesättigtem Leib und gestärkter Seele ging Margareta wieder nach Hause, machte Licht und begann, die Gotlandkarte zu studieren.

Zunächst sah sie nur ein Gewimmel von Straßen mit den fantasievollsten Namen, aber nach einer Weile konnte sie ein System darin erkennen. Von Visby aus an der Westküste gingen die großen Straßen sonnenstrahlenförmig ab, nach Sundre im Süden und Fårö im Norden. Bebauung und Felder lagen unregelmäßig über die Insel verteilt, unterbrochen von breiten Waldkorridoren, an dessen Rändern sich Straßen und einzelne Höfe befanden. Ein Waldgürtel schien sich von Hall im Norden bis Gothem im Osten zu erstrecken, ein anderer quer über die Insel von Östergarn im Osten nach Klintehamn im Westen. Sie entdeckte ein paar größere Seen im nördlichen Teil der Insel, in der Mitte der Insel das Tingstäde-Moor, Bäste-Moor und Fardume-Moor, die so aussahen, als wären sie einst ein Teil der Meeresbuchten gewesen.

Nach einer Weile schob Margareta die Karte beiseite und holte sich die Karte von Buttle und Umgebung, die sie von zu Hause mitgebracht hatte. Die Karte umfasste genau die

Taille der Insel, wie Margareta jetzt feststellte. Ein breiter Abschnitt quer über die Insel, mit Meer im Osten und Meer im Westen. Sie beugte sich darüber und betrachtete die Gegend genauer.

Das Waldgebiet wurde von Mooren und ein paar steilen Anhöhen unterbrochen. Im Osten lagen Torsburg und Herrgardsklint, beide mit Fluchtburgen. Es gab alte Grundmauern, Kalköfen und Grabfelder. Die Geschichte der Insel ruhte überall unmittelbar unter der Oberfläche. Es gab kleine Moorseen, die sich zwischen zahllose Steilhänge schmiegten. Sie konnte das Schloss von Lojsta ausmachen, nicht weit davon das Wildpferdgehege und Hoxelmyr, dann begann wieder das Meer.

Eine ganze Weile saß Margareta da und blickte über die Landschaft, als warte sie darauf, dass ein kleiner Geist aus der Karte springen und ihr alle Fragen beantworten würde. Sie wünschte, sie hätte sich für die Zeit, die sie im Wisby Hotel verbracht hatte, ein Auto gemietet und wäre auf der Insel herumgefahren, um sie besser kennen zu lernen, oder hätte Jessicas Angebot angenommen, ihr Fremdenführer zu sein.

Gegen drei rief Kent endlich an.

»Hallo, ich bin in Visby«, sagte er kurz angebunden. »Ich habe ein Zimmer bei Eva Viberg gemietet und jetzt bin ich in einem Einkaufszentrum in der Nähe und war am Geldautomaten. Sie nimmt keine Karten.«

»Ich weiß, wo du bist«, sagte Margareta spitz. »Ich bin heute Mittag bei Eva vorbeigegangen und habe euch reden hören.«

»Ach ja, das habe ich mir fast gedacht. Wie auch immer, soweit ich sehen kann, geht es der kleinen Angelica gut. Ich weiß, dass du dir ihretwegen Sorgen gemacht hast. Und ich habe Neuigkeiten. Ich fand es merkwürdig, dass Frank sich in Visby austoben konnte, während der Laster herumstand, deshalb habe ich ein paar Nachforschungen angestellt. Er ist Teilhaber der Transportfirma. Göran Bergenheim, der das Unternehmen mal gegründet hat, ist nicht sonderlich erfreut über diese Gesellschaft, aber er hatte keine Wahl. Die Geschäfte gingen schlecht, und plötzlich stand Frank Behlin mit einem Haufen Kohle da. Ich frage mich nur: Woher hatte er die? Hier geht es auf jeden Fall auch um Geld. Glücksspiel, Betrug oder Einbruch.«

»Hast du Eva deshalb erzählt, du wärst ein Versicherungsangestellter?«

»Ach, das hast du gehört? Na ja, ganz so direkt habe ich es wohl nicht gesagt. Aber ich habe angedeutet, dass ich finanzielle Angelegenheiten überprüfe, um Eva Gelegenheit zu geben, ihre Bedenken über Franks Einnahmequellen zu äußern, falls sie welche hätte. Bislang hat sie noch nicht angebissen. Aber da ist noch etwas. Der Typ ist nicht sauber. Er ist vor zwanzig Jahren wegen Körperverletzung verurteilt worden. Sechsundachtzig.«

Margaretas Herz stockte.

»Meinst du, Stefan hat das übersehen, oder hat er es verschwiegen?«

Sie hörte die Enttäuschung und Beunruhigung in ihrer Stimme. Auch Kent registrierte sie. Er machte eine kurze Pause, ehe er antwortete.

»Das hat Simonsson sicher nicht selbst untersucht. Vermutlich hat er irgendeinen Grünschnabel da drangesetzt. Dieses Register ist eine ganze Weile, nachdem das Urteil gegen Behlin damals gefällt worden ist, umgestellt worden, da kann man schon mal etwas übersehen. Wie auch immer, er war mit einer allein stehenden Mutter mit Kind zusammen und hat sie krankenhausreif geprügelt, das Kind musste alles mit ansehen. Er hat zwei Monate bekommen.«

»Widerlicher Kerl. Er und Eva waren kurz davor, sich in die Wolle zu kriegen, als ich dort gewesen bin«, sagte Margareta. »Er hat sich im letzten Moment noch zusammengerissen. Wenn sie wollen, können sie sich immer beherrschen, diese Schweine, oder dann, wenn sie glauben, es könnte ihnen nützlich sein. Und natürlich wenn sie jemand sieht.«

»Ich habe gehört, dass sie Ernst Almgren festgenommen haben. Weißt du warum?«

»Der Motorradfahrer, den wir Sonntag gefasst haben, hat ausgesagt, dass er Sannas Tasche in den Stallungen bei Fanny und Ernst gefunden hat. Stefan ist nachts hingefahren und hat noch etwas anderes gefunden. Eine blutige Mädchenjacke. Also war er leider gezwungen, mit Ernst und Fanny zu reden.«

Sie berichtete ohne zu zögern. Kent würde sich ohnehin nicht aus dem Fall raushalten, ganz egal was sie sagte, und je mehr er wusste, umso besser konnte er mit der Situation umgehen. Ihn in Unwissenheit zu belassen, würde die ganze Sache nur schlimmer machen.

»Oh, verdammt«, sagte er schließlich. »Hat das etwas mit dem verschwundenen Mädchen aus Midsommarkransen zu tun?«

»Daran habe ich auch sofort gedacht. Stefan schickt ein Bild rüber, damit die Eltern sich die Jacke ansehen können. Und natürlich nehmen sie eine DNA-Probe von dem Blut. Entweder ist es das des Kindes oder das des Täters. Dann gibt es noch einen merkwürdigen Zufall, ein alter Pädophiler ist ermordet worden, nicht so weit von Stockholm entfernt, entweder unmittelbar bevor oder nachdem das Mädchen entführt wurde.«

»Der Tumba-Mann?«, fragte er.

»Genau der. Du weißt natürlich, was ich davon halte, dass du hier auf der Insel bist?«

»Ist angekommen. Aber da gab es nicht viel nachzudenken. Wenn Frank gefährlich ist und dich überfällt und die Kollegen auf Gotland nichts unternehmen, dann kann man dich nicht allein da herumspazieren lassen.«

»Frank ist kein Anfänger. Er wird dich durchschauen.«

»Kann schon sein. Aber wenn dem so ist, dann weiß er wenigstens auch gleich, dass er dich besser in Ruhe lässt.«

»Sei vorsichtig. Er ist schnell wie ein Wiesel.«

»Und ungefähr genauso schlau. Was wirst du morgen tun?«

»Mich an ihn dranhängen.«

Es wurde still.

»Das ist *mein* Job«, sagte Kent.

»Du scheinst dir deinen Job ja schon ausgesucht zu haben. Was hast *du* vor?«

»Abgesehen davon, dass ich ein Auge auf das Mädchen habe, gedenke ich mit Eva zu reden und mir das Haus anzusehen. Es ist ein ziemlich großer Kasten mit Keller und Dachboden, und Gott weiß, was man hier alles verstecken kann. Es könnte auch interessant sein zu wissen, zu welchen anderen Orten und Lagerräumen er und Eva auf dieser Insel Zugang haben.«

»Versuch, irgendwelche Zusammenhänge zwischen ihm, Ernst und Tobias zu finden. Möglicherweise auch zu Emil. Frag Eva, was Frank für Hobbys hat.«

»Wird gemacht. Das wird ein langer Abend in der Villa. Ich melde mich. Wenn ich die Chance habe, aus dem Haus zu gehen, sobald Eva ins Bett gegangen ist, rufe ich dich heute Nacht nochmal an.«

»Ach so, warte!«, setzte er noch hinzu, als sie gerade den Hörer auflegen wollte. »Ein Hobby von Frank weiß ich schon. Eva hat mir gerade erst davon erzählt. Streetracing.«

26

Es klickte in der Leitung und Kent war weg.

Streetracing? Streetracing faszinierte Frank? War es möglich, dass das die Männer, gegen die ermittelt wurde, miteinander verband? Sie trafen sich an hellen Sommerabenden mit ihren Autos irgendwo auf dem Land – oder im schlimmsten Fall auch in der Stadt – und fuhren jeweils zu zweit Rennen gegeneinander. Es wurden Wachen aufgestellt, die die anderen warnten, wenn die Polizei auftauchte. Meistens konnten die Kollegen nichts anderes tun, als die Versammelten wegen unerlaubten Parkens am Straßenrand oder auf Feldern zu verwarnen, das Rennen selbst sahen sie nur selten. Margareta erinnerte sich dunkel, dass es Bemühungen gegeben hatte, die Straßenrennen zu legalisieren, und dass es sogar Vereine gab.

Margareta kämpfte mit ihrem Misstrauen, aber sie war gezwungen, mit Stefan zu reden. Außerdem wollte sie wissen, ob die Gerichtsmediziner inzwischen mehr herausgefunden hatten und ob die Eltern in Midsommarkransen die Jacke als die ihrer Tochter identifiziert hatten.

Margareta wählte Stefans Durchwahl. Er klang gehetzt. Sie hätte viel darum gegeben, sich mit ihm über erfreulichere Dinge unterhalten zu können.

»Was ist das eigentlich für ein Idiot?«, sagte er verärgert, als sie ihn davon in Kenntnis gesetzt hatte, dass Kent zurückgekommen war. »Ich habe noch nie von einem Kollegen gehört, der auf eigene Faust abhaut und anfängt, in einem fremden Bezirk seine eigenen Ermittlungen anzustellen! Das können wir unmöglich akzeptieren. Würden Sie ihm das bitte endlich klar machen?«

»Er weiß, dass Sie ihn hier nicht sehen wollen und auch, dass ich ihn hier nicht sehen will, aber das scheint ihn nicht sonderlich zu beeindrucken.«

»Er hat auch keinen bleibenden Eindruck auf mich gemacht, als ich ihn gesehen habe, so viel ist klar«, knurrte Stefan. »Haben Sie denn überhaupt keinen Einfluss auf ihn?«

»Im Augenblick nicht.«

»Das ist schade. So lange er nicht als Beamter im Dienst auftritt und Zwangsmaßnahmen gegen irgendjemanden ergreift, kann ich auch nicht viel tun. Ich habe nicht die Zeit, mich hinzusetzen und mit ihm zu reden. Aber ich muss seinen Chef in Stockholm anrufen und ihn bitten, den Herrn umgehend nach Hause zu beordern. Wer ist sein Vorgesetzter?«

»Er heißt Georg Kallman.«

»Gut, dann rufe ich Kallman jetzt an. So kann es jedenfalls nicht weitergehen, das ist ja das reinste Chaos, mit lauter Polizisten, die in verschiedene Richtungen ermitteln, ganz ohne Leitung und ohne Zusammenarbeit. Ich muss die Kontrolle über das behalten, was passiert. Wissen Sie noch mehr?«

»Eva hat Kent erzählt, dass Frank sich für Streetracing interessiert.«

»Ach ja, das. Das Streetracing auf der Piste von Bro.«

»Wie bitte?«

»Es gibt eine Rennstrecke zwischen Skäggs und der Kirche in Bro, wo die Typen sich manchmal abends im Sommer treffen, allerdings habe ich davon schon länger nichts mehr gehört. Scheint sich ein bisschen beruhigt zu haben. Bro liegt ein Stück nördlich von Visby. Die Rennstrecke ist ein breiter Straßenabschnitt, der auch als Notlandebahn fungiert.«

»Dann wird dort in den nächsten Tagen kein Rennen stattfinden?«

»Nicht, das ich wüsste. Und es ist die falsche Jahreszeit. Die Burschen haben es gerne hell, wenn sie fahren, und das tun sie nur abends. Sind meistens ziemlich viele Männer dort. Die Motorradjungs fahren da auch mit.«

»Aha. Eine Sache noch, Kent hat gesagt, dass es Angelica offenbar gut geht. Ich hatte zwischenzeitlich Angst, es könnte ihre Jacke gewesen sein, die Sie gefunden haben.«

Stefans Laune verdüsterte sich.

»Glauben Sie ja nicht, mir wäre dieser Gedanke nicht auch schon gekommen. Aber wir haben nicht endlos Kollegen zur Verfügung, und es besteht unseres Wissens auch keine Verbindung zwischen Ernst, Emil und Frank.«

Warum?, dachte sie. Warum vermeidet er es die ganze Zeit, über Angelica zu sprechen?

»Ich weiß«, sagte sie. »Und ich will Kent nicht verteidigen, ich gebe das nur weiter. Ich kann ihm nicht vergessen, dass er mir das Leben gerettet hat. Ohne ihn wäre ich jetzt nicht hier, um Ihnen das Leben schwer zu machen.«

»Sie machen mir das Leben ganz und gar nicht schwer! Und ich verstehe gut, dass Sie das Gefühl haben, in seiner Schuld zu stehen.«

»Darum geht es nicht. Ich würde niemals aus Dankbarkeit etwas Zweifelhaftes mitmachen, ich hoffe, das ist Ihnen klar. Aber für Kent stellt es sich so dar, dass mich jemand überfallen hat – eventuell Frank – und dass Sie keine Ressourcen haben, um ihn im Auge zu behalten. Oder keine Lust. Das ist der einzige Grund, weshalb Kent hier ist. Und bedenken Sie auch, dass er viele Möglichkeiten hat, die Ihnen nicht zur Verfügung stehen, und abgesehen davon ist er verdammt gut. Eva ist ganz hingerissen von ihm.«

Stefan holte tief Luft und atmete wieder aus, als versuche er, seine Einwände hinunterzuschlucken.

»Soso. Und was hat er nun vor, Ihr Kent?«

»Im Haus bleiben. Überprüfen, was es dort gibt. Alle Informationen aus Eva herausholen, die er bekommen kann, mit Samthandschuhen. Übrigens hat Frank sich in dieses Transportunternehmen eingekauft, mehr oder weniger gegen den Willen des Gründers. Kent hat das herausgefunden und fragt sich, woher der Kerl das Geld dafür genommen hat.«

»Und was haben *Sie* vor?«

»Frank im Auge behalten. Er kommt morgen.«

Seine Stimme wurde noch besorgter.

»Das ist eine *verdammt* schlechte Idee, Margareta. Davon halte ich überhaupt nichts. Erstens brauchen Sie Ruhe und sollten nicht in einem Auto sitzen, um diesen schrägen Vogel zu verfolgen. Zweitens könnte er Sie entdecken und wütend werden. Ich traue ihm nicht sehr viel weiter als Sie, und wenn er sonst nichts tut, kann er Sie zumindest wegen Belästigung anzeigen.«

»Ich werde mich ruhig verhalten.«

»Natürlich, aber ich bitte Sie inständig, es einfach ganz bleiben zu lassen. Auf jeden Fall möchte ich, dass Sie sich morgen ab und zu melden, damit ich weiß, wo Sie sind. Würden Sie das bitte tun?«

»Okay. Danke für Ihre Fürsorge. Werden Sie Kallman anrufen?«

»Vermutlich schon.«

»Allerdings wäre es natürlich nicht sehr geschickt, wenn ein Kollege gerade dann am Telefon herumkrakeelt, während Kent Eva umgarnt.«

»Für dieses Problem wird Kallman sicher eine clevere Lösung einfallen«, entgegnete Stefan trocken. »Offenbar ist Kent teilzeit-krankgeschrieben, und das bedeutet zumindest, dass sein Chef darüber entscheidet, was er während seiner Arbeitszeit zu tun hat. Ich kann mir nicht vorstellen, dass Herumschnüffeln auf Gotland dazu gehört!«

»Ich möchte ihn nicht in Schwierigkeiten bringen.«

»Das hat er schon selbst erledigt«, knurrte Stefan und legte auf, bevor sie ihn noch nach der Jacke fragen konnte oder danach, was Ernst ausgesagt hatte.

Margareta überlegte, ob es ein großer Fehler gewesen war, Stefan zu informieren. Sie wollte das nicht glauben, sie konnte das nicht glauben. Nun, jetzt hatte sie es jedenfalls getan.

Sie rief Kalle an und erreichte nur den Anrufbeantworter. Es sah ganz so aus, als strömte der Informationsfluss im Augenblick ganz und gar nicht in ihre Richtung. Nachdem sie ihm ein paar aufmunternde Worte hinterlassen hatte, machte sie das Radio an und hörte Nachrichten. Es kam nichts von Interesse.

Sie schaute noch einmal auf die Karte und suchte Bro. Soweit sie erkennen konnte, war die Rennstrecke, von der Stefan gesprochen hatte, ungefähr drei Kilometer lang. Sie musste nur an Visby vorbeifahren, in Richtung Väskinda Kirche abfahren, nach Skäggs abbiegen und schon hatte sie die Strecke vor sich.

Und was würde sie dort finden? Die Dunkelheit und den Märzgeist. Sonst nichts.

Zunächst aß sie in aller Ruhe früh zu Abend. Ein großes Steak, Bratkartoffeln, frische Tomaten mit Lauchstreifen und grünen Bohnen. Sie würzte die Kartoffeln mit schwarzem Pfeffer und Basilikum. Sie sehnte sich nach einem guten Glas Wein zum Essen, aber heute war nicht die passende Gelegenheit für Alkohol.

Als sie fertig war, dämmerte es bereits. Sie hatte das Gefühl, viel zu viel gegessen zu haben, und beschloss, noch einen Verdauungsspaziergang zur Kirche zu machen. Niemand war auf der Straße, nur die Mühle klapperte hinter den Bäumen. Idas Grabstein leuchtete fast im Dunklen. Margareta fuhr mit den Fingern über die unebenen Buchstaben und überlegte flüchtig, wo Cecilia beerdigt werden würde, wenn ihre Zeit gekommen war. Irgendwo in Visby? Und sie selbst?

Auf dem Rückweg sah sie ein einsames, schwarzes Auto, das von der Hauptstraße abbog. Es fuhr auf Almgrens Grundstück und hielt, dann stiegen Fanny und eine Frau aus, die vermutlich ihre Schwester war. Fanny hatte das Kind auf dem Arm, und ihre Schwester trug die Tasche und ein Windelpaket. Der Polizist, der die beiden gefahren hatte, stieg ebenfalls aus, begleitete sie zum Haus und half ihnen beim Öffnen der Tür, ehe er wieder abfuhr.

Die Frauen schienen noch etwas zu bereden. Die Schwester stellte die Tasche ab, umarmte Fanny, überquerte den Hof und verschwand in Richtung Straße. Vermutlich wollte sie die größeren Töchter abholen. Fanny ging ins Haus und schloss die Tür. Sofort danach ging in der Diele und der Küche das Licht an.

Als Margareta nach Hause kam, fühlte sie sich etwas besser. Sie richtete sich eine Thermoskanne mit Kaffee, steckte das Handy ein und machte sich auf den Weg.

Die Fahrt nach Visby ging schnell. Der ganze Verkehr kam aus Norden, alles Leute, die in Visby arbeiteten und jetzt auf dem Heimweg waren. Sie fuhr von der 143 ab und wechselte auf die 148 nach Norden, fuhr einige Kilometer, bog ab auf die Straße nach Väskinde, kam dort an der Kirche vorbei und bog zum letzten Mal ab, auf die schmalere Straße nach Skäggs.

Und da war sie. Die Piste von Bro.

Eine hoch gelegene, lange, breite, kerzengerade, asphaltierte Straße, die geradewegs in den Himmel zu führen schien, wo das letzte Tageslicht noch in der Ferne über dem Wald schimmerte. Hinter ihr drehten sich die Flügel einer kleinen Windkraftanlage, und ein junger Wald grenzte an den Asphalt. Keine Menschenseele, kein Auto war zu sehen.

Im Scheinwerferlicht konnte sie zahllose schwarze Bremsspuren erkennen, die offenbar von Autos stammten, deren Fahrer es lustig fanden, im Wagen über die Straße zu schleudern. Sie hatte das Gefühl, einfach Gas geben zu können, abzuheben und über den Bäumen in der Ferne geradewegs in die Ewigkeit zu rasen. Kein Wunder, dass die Männer hier ihr Streetracing veranstalteten. Margareta hatte große Lust, es selbst auszuprobieren. Aber die Einsicht, dass sie keine Ahnung hatte, was ihr auf dem Weg begegnen konnte, hielt sie davon ab. Stattdessen rollte sie langsam vorwärts durch die Einsamkeit und hielt sich sicherheitshalber auf der rechten Straßenseite. Der Wind hatte sich gelegt. Sie fühlte sich wie in einem Mondfahrzeug im Weltall und wartete fast darauf, dass die Erde am Himmel aufging, groß und rund, funkelnd hell in grün, blau, weiß und erdfarben.

Sie war ungefähr einen Kilometer weit gefahren, als sie plötzlich ein dunkles Bündel mitten auf der Straße erblickte. Der Lichtkegel ihrer Scheinwerfer streifte es, und sie konnte zuerst nicht genau erkennen, was es war. Vielleicht ein Schlafsack oder ein schlafender Dachs. Da wurde ihr klar, dass dort ein Mensch lag. Im selben Moment, in dem sie eine Vollbremsung machte und stehen blieb, bewegte er sich.

Kalte Schauer liefen ihr den Rücken hinunter, als sie sich vorstellte, was passiert wäre, wenn sie einfach Gas gegeben hätte und ihr eigenes Rennen in der Dunkelheit gefahren wäre. Vielleicht war auch genau das schon passiert, jemand anders hatte ihn angefahren und war dann einfach weitergefahren. Mit dem sauren Geschmack von Angst im Mund, vorbereitet auf alles, was sie vielleicht gleich sehen würde, stieg sie aus und rannte zu ihm.

Zu ihrer Erleichterung setzte er sich auf. Es war ein junger, kräftiger Mann bekleidet mit dunkler Jeans und dunkler Jacke. Verwirrt blinzelte er in die Scheinwerfer ihres Wagens, stöhnte auf und rieb sich den Hinterkopf.

»Bleiben Sie sitzen, bleiben Sie ganz ruhig«, sagte sie. »Sie sind nicht in Gefahr, ich bin Polizistin und werde einen Krankenwagen rufen, falls es nötig ist. Können Sie sich erinnern, was passiert ist?«

Er versuchte, den Kopf zu schütteln und zuckte vor Schmerz zusammen.

»Polizei?«, sagte er fragend. »Ich weiß nicht ... ich habe auf einmal einen Schlag gespürt ...«

Er hatte keine Schürfwunden, sein Gesicht war unverletzt. Seine Kleidung war sauber und ordentlich. Margareta sah ihn forschend an und plötzlich erkannte sie ihn.

»Sie sind Tobias. Sannas Freund. Was machen Sie hier auf Gotland?«

Beim Klang von Sannas Namen trat ein verletzter, gequälter Ausdruck auf sein Gesicht, und er fuhr zusammen, als hätte sie ihm eine Ohrfeige versetzt. Er begann zu schluchzen.

»Wer sind Sie? Warum fragen Sie das?«, sagte er und versuchte, trotz der Tränen selbstsicher zu klingen. Ein paar ordentliche Schluck schienen dem Schlag auf den Kopf vorausgegangen zu sein und machten aus ihm ein Häufchen Elend.

»Ich habe sie gefunden«, erklärte Margareta so schonend, wie sie konnte.

Er schaute sie mit neu erwachtem Interesse an, aber es gelang ihm nicht, sie im Blick zu behalten. Vermutlich hatte er eine Gehirnerschütterung.

»Sie waren das? Ich vermisse sie so sehr«, schniefte er, »sie war so wundervoll! Wie kann jemand … wie können die?«

»Tut Ihnen außer dem Kopf noch etwas weh?«

»Nein …«

»Können Sie sich an den Straßenrand setzen?«, fragte sie und nahm ihr Handy, um einen Krankenwagen zu rufen. Er schien verwirrt zu sein, da war es das Beste, auf Nummer sicher zu gehen.

Margareta wählte die 112. Zu ihrem Erstaunen passierte gar nichts. Ihr Telefon war tot.

Tobias sah sich um.

»Wo sind denn die anderen? Wir wollten doch ein Straßenrennen machen? Obwohl ich das vielleicht nicht sagen sollte, wenn eine …«

Margareta öffnete das Telefon. Der Akku war zerstört.

Für ein paar Sekunden verlor sie die Fassung und starrte auf ihr Handy. Jemand hatte sich so vorsichtig daran zu schaffen gemacht, dass der Schaden von außen nicht sichtbar war, was bedeutete, dass dieser Jemand sie auch hierher gelockt hatte. Was wiederum bedeutete, dass Tobias nur aus einem einzigen Grund brutal niedergeschlagen und auf der Straße abgelegt worden war: Sie sollte aus ihrem Auto aussteigen. Sie war auf den ältesten Trick der Welt reingefallen.

Wer hatte gewusst, dass sie hierher kommen würde? Kent. Stefan. Vielleicht Elm. Vielleicht Jessica.

Sie konnte im Augenblick unmöglich klären, worum es hier eigentlich ging, aber das spielte jetzt auch keine Rolle. Sie waren in Gefahr. Sie sah sich um und packte Tobias.

»Ins Auto! Schnell!«

Sie zog und zerrte an ihm und fürchtete, dass irgendjemand oder irgendetwas jeden Moment aus dem Gebüsch kommen konnte, wo sie in die Falle getappt war. Wann hatten sie, wer immer sie waren, ihr Telefon sabotieren können? Als sie bei Hanna Kaffee getrunken hatte? Während ihres letzten Spaziergangs an diesem Abend? Und wer hatte in Buttle im Dunkeln gesessen und registriert, wann sie nach Bro aufgebrochen war?

Tobias sträubte sich, fluchte und versuchte sich loszureißen. Im selben Moment sah sie Lichter von Norden auf sie zukommen. Es waren keine gewöhnlichen Autolichter, sondern vier starke Scheinwerfer und weitere Lampen hoch oben in der Luft, das Motorengeräusch war kraftvoll und wurde immer lauter. Ein Laster.

Ihr wurde eiskalt. Das konnte nur Frank sein. Schon zurück auf der Insel.

»Sie spinnen ja wohl!«, jammerte Tobias. »Lassen Sie mich los! Ich kenne den Typen im Truck. Verdammtes, durchgeknalltes Weib!«

Sie hatte Todesangst, dass Frank sie beide überfahren, ihr Auto zerstören und sie mit sich wegschleifen würde. Sie versetzte Tobias einen rechten Haken, der ihn vollkommen unvorbereitet traf, warf sich über ihn und rollte mit ihm zusammen von der Straße, raus aus dem Licht.

Der Laster bremste ab, fuhr an ihrem Auto vorbei und blieb zehn Meter dahinter stehen. Ein zweiter Wagen näherte sich, ein dunkler Pkw. Er fuhr an den Straßenrand, hielt an und schaltete die Scheinwerfer aus.

Also war Frank nicht allein. Er hatte Tobias so zugerichtet, während der oder die Fahrer in dem schwarzen Auto Margareta in Buttle aufgelauert hatten. Und ihr Telefon sabotiert hatten. Und ihr hierher gefolgt waren.

Beide Motoren verstummten und es wurde still. In dieser Stille hörte sie ein anderes Geräusch, ein Geräusch, das eine Flucht unmöglich machte. Ein weinendes Kind.

Sie packte Tobias.

»Was ist das für ein Kind«, zischte sie. »Was ist das für ein Kind, das ihr dabeihabt?«

»Ich habe keine Ahnung«, murmelte er erstaunt. »Da war kein Kind im Auto als ...«

Langsam stieg jemand aus dem Wagen. Es war ein Mann, unmöglich, ihn in der Dunkelheit zu erkennen. Ein anderer verließ den Laster. Frank. Er hielt etwas fest, das sich gegen seinen Griff wehrte und zappelte. Erst glaubte und hoffte sie, dass es ein Hund war, den Frank zu seiner Belustigung auf sie und Tobias hetzen wollte. Aber es war kein Hund. Es war ein kleines Mädchen.

»Komm her, Davidsson«, rief Frank. »Du, Polizistin, komm und sag Hallo! Du wirst doch wohl dieses arme kleine Kind nicht mit uns alleinlassen wollen?«

Das Mädchen wand sich in seinen Händen und weinte, zu Tode geängstigt. Sie musste fünf oder sechs sein und sie hatte nur ihre Jeans und ein hellblaues T-Shirt an. Ihre hellen, schmalen Arme schimmerten im Dämmerlicht. Frank packte sie mit einer Hand am Oberschenkel, bei dem Anblick wurde Margareta schlecht. Vor ihrem inneren Auge sah sie gestochen scharf das Bild von Ernsts Händen um das Bein seiner Tochter.

Dann bemerkte sie das Entsetzliche. Die Kleider des Mädchens waren blutig. Sie war den Übergriffen schon ausgesetzt gewesen. Aber sie lebte und sie kämpfte.

Margareta schaltete ihre Gefühle ab. Sie musste einen kühlen Kopf bewahren. Nichts außer ihrem Verstand durfte jetzt regieren.

»Frank, lassen Sie sie los«, sagte sie. »Überlassen Sie sie mir. Sie können fahren, aber lassen Sie sie hier. Sie muss in ein Krankenhaus.«

Sie stand auf und ging langsam auf ihn zu. Er blieb stehen und schaute sie an.

»Ich dachte mir schon, dass Sie der Piste von Bro nicht widerstehen können«, sagte er. »Obwohl ich eigentlich schon gehofft hatte, dass Sie ein bisschen Gas geben und den Kerl überfahren würden. Das wäre perfekt gewesen. Ein Toter und eine abgehalfterte, psychotische Polizistin als Schuldige!«

Margareta hörte, wie Tobias hinter ihr mit einem Schluchzen nach Luft schnappte. Das Adrenalin, das jetzt durch seine Adern pulsierte, ließ seinen Verstand aufklaren. Endlich wurde ihm bewusst, dass er nur Teil eines Spiels gewesen war. Sie hörte, wie er hinter ihr auf die Füße kam, kehrt machte und in das Feld hineinrannte.

Der Mann neben dem Pkw hob den Arm, und kurz darauf war ein gedämpfter Knall zu hören, dann das Geräusch einer Kugel, die an Margareta vorbeipfiff. Sie drehte sich um, in panischer Angst, den Jungen ins Gras sinken zu sehen, aber er war stehen geblieben und schluchzte. Der Schuss war über seinen Kopf hinweg gegangen.

»Komm her«, sagte Frank beinahe träge. »Du auch, Junge.«

Margareta hasste ihn so intensiv, dass ihr das Atmen schwer fiel. Ihr Kopf versuchte zu kalkulieren und zu berechnen. Widerwillig und zitternd ging Tobias langsam auf sie zu. Der Mann mit der Pistole hielt sich weiter auf Abstand. Sie versuchte herauszufinden, ob das Mädchen Angelica war, aber sie schien größer zu sein.

»Wie heißt du?«, fragte sie und streckte die Hand nach dem Kind aus.

Die Kleine wandte den Blick zu ihr, und eine leise Hoffnung glomm in ihrem rot geweinten Gesicht auf, aber Frank riss sie zurück.

»Stehen bleiben«, befahl er Margareta und reichte Tobias das Kind, der automatisch die Arme ausstreckte und es entgegennahm. Seine Geste hatte etwas Hilfloses und Rührendes an sich. Das Mädchen klammerte sich an ihn, haltlos schluchzend und wand sich vor Schmerz. Frank winkte sie ungeduldig zur Rückseite des Lasters. Den Blick auf Margareta geheftet, öffnete er die Tür zur Ladefläche, versetzte Tobias einen Knuff und zwang ihn, einzusteigen.

Er verschwand mit dem Kind im Lastraum. Margareta konnte nicht erkennen, was sich noch dort drinnen befand, die rechte Tür verdeckte die Sicht. Sie hörte Tobias' leise und flehende Stimme:

»Aber, Frank …«

Frank hörte nicht. Er schlug die Tür wieder zu, verriegelte sie und richtete seine Wolfsaugen auf Margareta.

»Schluss jetzt, bevor es noch schlimmer wird«, sagte sie. »Denken Sie nach, Frank. Geben Sie mir Tobias und das Mädchen. Legen Sie mein Auto lahm, kommen wir nirgendwohin. Dann hätten Sie einen großen Vorsprung.«

Er ignorierte sie.

»Einsteigen«, kommandierte er. »Sie fahren mir nach. Und denken Sie daran, dass Sie auch von hinten bewacht werden.«

»Wo sind die anderen Kinder, Frank?«, fragte sie.

»Einsteigen!«, schrie er.

Erlaube dem Täter nie, einen Ortswechsel zu erzwingen. Lass dich nie irgendwohin bringen. Alles ist besser, als an einen anderen Ort gebracht zu werden. Schlag um dich, schrei, brüll, tu was immer du kannst – aber geh nicht mit.

Die Worte hallten in ihrem Kopf. Aber sie hatte keine Wahl. In diesem Laster lagen ein kleines, verletztes Mädchen und ein junger Mann mit Gehirnerschütterung. Sie konnte sie unmöglich in der Nacht verschwinden lassen. Sie musste wissen, wohin sie fuhren und darauf vertrauen, dass sie eine zweite Chance bekam. Sie fragte sich, ob Sanna dasselbe getan hatte.

Ohne noch länger zu protestieren, stieg sie in ihren Wagen und ließ den Motor an. Frank schwang sich mit der Eleganz, die man durch lange Übung erlangt, in das Führerhaus des LKWs. Er fuhr los. Margareta folgte ihm im Abstand von zehn Metern. Im Rückspiegel sah sie, wie das andere Auto die Lichter einschaltete, auf die Straße bog und seinerseits ihrem Wagen folgte.

Wie eine bizarre Karawane fuhren sie in Richtung Süden. Kein anderes Auto begegnete ihnen, niemand überholte sie. Die Umgebung glitt in der Dunkelheit an ihr vorbei, während sie die Augen auf die Hecktüren des Lasters gerichtet hielt und an die kostbare Fracht dachte, die sich darin befand.

27

Ida

»…Monitor antwortete sofort, und bald mussten sich die beiden kleineren Dampfschiffe der Südstaatler zurückziehen und nur noch die Merrimac allein bot der Monitor die Stirn. Diese beiden gepanzerten Schiffe kämpften nun von morgens um acht bis mittags, aus langer und kurzer Distanz…«

Langsam wurde es im Wagen zu dunkel zum Lesen. Ida übersprang den langen Abschnitt unter der Rubrik »Die Schlacht am St. James«, um zum Ende zu kommen.

»… die Unionsflotte war gerettet, denn die Monitor hatte nicht die geringsten Schäden davongetragen und stand jederzeit für einen neuen Kampf bereit…«

Sie ließ die Zeitung sinken. Also verlief der Krieg im Augenblick dank des gepanzerten Turmschiffs Monitor – in der Zeitung stand, dass es wie eine überlange, schwimmende Tortenschachtel aussah – gut für Abraham Lincoln und die Gegner der Sklaverei, denn sie hatten Merrimac, den Stolz der Südstaaten, besiegt. Vielleicht würden sie am Ende siegen.

Es war ein kalter Nachmittag an diesem zehnten Mai, der bewölkt und trostlos über den braunen, frisch gepflügten Äckern lag. Das Klappern der Pferdehufe übertönte monoton das Rattern des Wagens, der bisweilen heftig wackelte, wenn ein Rad über ein Schlagloch rollte. Sie konnte sich nicht über Lincolns Sieg freuen. Überall war der Tod, auf den Sklavenplantagen, im Krieg. Wie viele Matrosen waren bei dieser Seeschlacht vor einigen Wochen in Stücke gerissen worden oder ertrunken?

Ida durfte den ganzen Weg nach Buttle fahren, denn ihre Mutter war von ihr gegangen, plötzlich und unerwartet, und sie hatte frei bekommen, um sich um all das zu kümmern, was zu erledigen war. Begräbnis und Erbe. Derselbe Junge, der vor fast einem Jahr Anna Agardh nach Buttle gebracht hatte, fuhr jetzt auch sie. Sie hatte Amelie nicht mitnehmen wollen, denn sie fürchtete, in eine Dunkelheit hinabsteigen zu müssen, in der ein Kind nichts zu suchen hatte, aber Ada wollte sich nicht die ganze Woche um ein Kleinkind kümmern müssen. Also machten sie die schier endlose Reise im Pferdewagen zusammen.

Johannes empfing sie. Er war der Letzte, den Ida jetzt sehen wollte, aber er würde ihr die nötigen Dokumente übergeben. Er wartete auf sie, hoch gewachsen, nach Tabak stinkend, feindselig, die Daumen in die Weste geschoben. Auch der Pastor und zwei Zeugen waren da, und ihr unausgesprochener Widerwille gegenüber Johannes stimmte ihn nicht gerade freundlicher.

Stina Larsson hatte Feuer gemacht. So lange alle da waren, war es auszuhalten. Ida nahm Beileidsbekundungen entgegen, unterschrieb die Papiere und war zum ersten Mal die Hausherrin, die in der eigenen Stube empfing. Aber dann, als alle gegangen waren, brach die Einsamkeit über sie herein, sie setzte sich an den Tisch und hatte keine Kraft mehr, noch irgendetwas zu tun.

Niemandstochter.

Sie war wieder in Buttle und wusste nicht mehr, ob hier überhaupt noch ihr Zuhause war. Die Leere, die ihre Mutter hinterlassen hatte, war qualvoller, als sie es sich hatte vorstellen können, denn sie hatte auch nie ernsthaft darüber nachgedacht, dass sie das irgendwann würde erleben müssen. Sie wusste, dass es ihre Aufgabe war, diese Leere selbst zu füllen und sich an all das zu erinnern, was sie gelernt hatte. Aber was hatte sie schon gelernt? Bei weitem nicht genug.

Sie versuchte nachzudenken. Im November war sie vierzehn geworden. Sie hatte eine Tochter, die im März zwei Jahre alt wurde, und sie hatte zwei Gedichte und zwei Geschichten in einer Zeitung veröffentlicht. Eines der Gedichte handelte von der Wehmut eines Winternachmittags. Zum Schluss hatte sie sich sogar selbst in die Redaktion hinaufgewagt und mit zwei lächelnden Männern gesprochen, die ganz anders waren als Jacob und alle Männer, die sie in Buttle kannte. Sie hatte wohlwollende Arbeitgeber, eine Freundin in Anna Catharina und eine neue Freundin in Anna Agardh. Und die Umstände hatten dazu geführt, dass sie jetzt erwachsen war, sie musste sich überwinden und mit Johannes verhandeln, auch wenn es noch elf lange Jahre dauerte, bis sie mündig war.

Aber sie durfte sich nicht von der Stimmung aus Ohnmacht und Endgültigkeit beirren lassen, in der sie sich befand. Weit, weit entfernt auf der anderen Seite dieses düsteren Abends gab es ihr und Amelies Leben. Vielleicht wartete dort sogar Robert. Es gab nur einen Weg dorthin, und der führte geradeaus. Geh durch die Trauer wie die Pferde durch den Waldbrand, hatte Roberts Großmutter zu Mama gesagt, als Papa gestorben war.

Wie sollte sie die Wirklichkeit begreifen und verstehen? Wie hatte ihre Mutter ihr Leben eigentlich wahrgenommen? Warum war Johannes zu dem Menschen geworden, der er war, einsam auf dem Hof? Die Großmutter war gestorben, er selbst hatte seinen Bruder fortgeschickt und sich geweigert, sie und Amelie zu sich zu holen. Wie würde Anna Catharinas Leben in Hägsarve verlaufen und wie das ihrer Geschwister? Einige von ihnen würden auf andere Höfe ziehen, vielleicht sogar in ein anderes Kirchspiel. Nichts war von Dauer. Was dachte Pastor Hägström über sie, was über sich selbst und was über Gott?

Die Welt war größer und tiefer als Ida geglaubt hatte und sie wollte sie erforschen, verstehen, darüber schreiben. Sie wollte Robert wiedersehen, auch wenn sie gleichzeitig Angst davor hatte, weil sie nicht wusste, wer er jetzt war und was er sich vom Leben wünschte. Und sie wollte Englisch lernen und nach Amerika reisen und sehen, wie die Sklaverei abgeschafft wurde.

Amelie tapste mit unsicheren Schritten im Zimmer herum. Sie war glücklich, neugierig und fühlte sich geborgen. Das hier war das Leben, das sie bekommen hatte, und sie nahm es freudig an. Ida gab mehr Reisig ins Feuer und legte das Bratgitter mit dem Hering darüber. Der Duft des Essens erfüllte den Raum und tröstete das Herz ein wenig. Amelie kam zu ihr und durfte mit dem Wedel das Feuer anfachen. Sie arbeitete konzentriert und ernsthaft.

»Es ist so, als warteten wir auf jemanden, nicht wahr?«, sagte Ida zu ihrer Tochter.

Und Amelie sah zu ihr hoch und lächelte mit Roberts sanften Augen.

28

Der Laster fuhr nicht bis zur Kirche in Bro zurück, sondern bog auf einen Waldweg, fuhr weiter bis zu einer etwas breiteren Straße und bog erneut ab. Margareta hatte ziemlich bald die Orientierung verloren. Den Blick auf die Hecktüren geheftet, verfluchte sie wieder sich selbst, weil sie sich nicht die Zeit genommen hatte, sich Gotlands Geografie besser einzuprägen und am besten auch gleich noch etwas Wissen über Lastwagen anzueignen. Gab es zum Beispiel eine Tür zwischen Führerhaus und Ladefläche? Sie glaubte nicht, aber das hier war Franks eigenes Fahrzeug. Er hätte es umbauen können, wenn er gewollt hätte. Das Einzige, was sie sicher wusste, war, dass die Wände des Lasters solide waren, keine Persenning oder Plastikplane. Vermutlich gab es auch keine Luke auf dem Dach oder im Unterboden.

Die gespenstische Karawane fuhr durch mehrere Gemeinden und an vielen Höfen vorbei. Sie wusste, dass sie eigentlich versuchen sollte, ihr Auto zu verlassen, ein Telefon zu beschaffen und die Kollegen in Visby zu alarmieren. Aber abgesehen davon, dass sie es nicht über sich brachte, das Mädchen und Tobias im Stich zu lassen, im Wagen hinter ihr saß noch der andere Mann mit seiner Waffe. Sie hatte nicht den leisesten Zweifel daran, dass er von seiner Schusswaffe Gebrauch machen würde, egal an wessen Tür sie klopfte. Und darauf würde niemand vorbereitet sein.

Der Mann im Pkw hatte kein Wort gesagt, nur geschossen. Er hatte einen Schalldämpfer auf die Pistole geschraubt und er wusste offensichtlich genau, was er tat. Wer kann schießen? Militär. Jäger. Und Polizisten. Wenn sie trainieren, wie sie sollen.

Und wo war Kent? Saß er mit Eva zusammen vor dem Fernseher, teilte sich mit ihr eine Schale Erdnüsse und Popcorn? Vielleicht ein Glas Wein? Schlief Angelica oben oder saß sie müde blinzelnd auf dem Sofa? Es war Kent gewesen, der ihr den Impuls gegeben hatte, nach Bro zu fahren, als er ihr erzählt hatte, dass Frank ein Fan von Straßenrennen war. Und es war Eva gewesen, die ihm davon erzählt hatte. Nachdem Margareta in eine Falle gelockt worden war, musste auch Kent aufgeflogen und mit dieser Auskunft gezielt auf die falsche Fährte gesetzt worden sein.

Es wollte ihr nicht in den Kopf, dass Eva eiskalt an diesem Komplott beteiligt sein sollte. Auf irgendeine Weise musste Frank sie dazu gebracht haben, das Rennen zu erwähnen, ohne ihr zu sagen warum. Vielleicht wusste sie nicht einmal, dass er schon auf der Insel war. Es war eine beklemmende Vorstellung, dass eine Frau in diese Sache verwickelt war, eine Mutter, egal wie leidenschaftlich ihre Gefühle für den Täter auch sein mochten. Frank hatte offenkundig vor, sie, das Kind und Tobias loszuwerden. Und um Kent war es sicher auch nicht besser bestellt.

Wenn er überhaupt noch lebte. Der Gedanke traf Margareta wie ein Schlag in die Magengrube. Er durfte nicht tot sein.

Der Mann im Auto hinter ihr war gestern in Buttle gewesen. Er war in ihrer Nähe gewesen und hatte gehört, wie sie gesagt hatte, dass sie nicht beabsichtigte, die Jagd auf Frank aufzugeben. Er konnte sich in ihrer unmittelbaren Nähe versteckt haben.

Oder aber, schoss es ihr durch den Kopf, er hatte ganz offen vor ihr im Dunklen gestanden, den Arm auf das Autodach gestützt, und sie hatte die Hand nach ihm ausgestreckt und er hatte sie ergriffen.

Als sie etwa zwanzig Minuten gefahren waren, merkte sie, dass die lichte Besiedlung fast aufgehört hatte. Wald und Felder nahmen zu. Es schien, als wären sie an dem breiten Waldgürtel angelangt, der sich über den südlichen Teil der Insel erstreckte. Doch genau genommen hatte sie natürlich keine Ahnung. Sie hatte hier in der Dunkelheit schon längst die Orientierung verloren.

Frank bog auf einen schmaleren Kiesweg, der immer holpriger wurde, je länger sie fuhren. Der Wald wurde dichter. Sie kamen an zwei Kalksteingebäuden vorbei, einem Wohnhaus und einem Schuppen; beides waren halb verfallene, düstere Ruinen, seit über hundert Jahren unbewohnt und unbenutzt.

Der Laster rumpelte weiter durch die Nacht, und erst nach weiteren zehn Minuten hielt er endlich an. Margareta bremste. Hinter ihr rollte der Pkw an die Seite und stoppte. Den Motor im Leerlauf.

Sie standen auf einer kleinen Lichtung, umgeben von dunkelgrünem Tannenwald. Vor dem Laster schimmerten hellere Felsplatten, und Margareta fragte sich, ob dahinter ein alter, vergessener Acker lag. Frank sprang vom Fahrersitz und kam lässig im Licht ihrer Scheinwerfer nach hinten gelaufen. Der gedämpfte Knall einer Autotür verriet, dass auch der andere Mann ausgestiegen war. Margareta machte den Motor aus, zog den Zündschlüssel ab und stieg aus.

Sie musste an Kalle denken. Wie würde er es aufnehmen, wenn sie nicht mehr zurückkam?

Niemand trommelte verzweifelt von innen gegen die Wände des Lasters. Sie konnte vor sich sehen, wie Tobias mit dem Kind dort drinnen kauerte, ängstlich, mit rasenden Kopfschmerzen und Übelkeit, und der Dinge harrte, die als nächstes passieren würden. Sie hoffte nur, dass er nicht das Bewusstsein verloren hatte. Sie hoffte, dass das Kind nicht verblutet war. Ihre Verletzungen mussten furchtbar weh tun.

»Ich wusste, dass an Ihnen etwas faul war, aber ich wusste nicht, dass Sie ein Vergewaltiger, ein Mörder und ein Pädophiler sind, Frank«, sagte sie.

Es war jetzt ganz windstill. Frank lehnte sich gegen seinen Laster und zündete sich eine Zigarette an.

»Pädophil? Ich nicht«, sagte er leichthin. »Aber in der Branche kann man 'ne Menge Geld machen. Und einer meiner besten Kunden und Mitarbeiter steht hinter Ihnen. Drehen Sie sich doch mal um.«

Sie wandte sich langsam um.

Dennis Almgren war im Lichtkegel seiner Scheinwerfer ausgestiegen. Bezirksbürgermeister Almgren stand hier, in seinen fleckenlosen, frisch gebügelten Jeans, seinen sauberen Nikeschuhen, mit einem Halstuch unter der tadellosen Sportjacke. Er hatte eine Schiebermütze auf dem Kopf, und die Hand mit der Pistole hing entspannt neben dem Körper. Sein Gesicht mit den weltmännischen Zügen und dem gesunden Teint hatte einen herablassenden und zugleich wachsamen Ausdruck angenommen.

»Mitglied im Schützenverein?«, fragte Margareta. »Lern schießen und triff gute Kameraden?«

»Möglich«, sagte er. »Stellen Sie mein Geschick nicht auf die Probe. Oder meine Geduld.«

»Zarte Kinderschenkel«, sagte Frank hinter ihr. »Das ist es, was Dennis liebt. Und warum auch nicht?«

»Was ist mit den Kindern passiert, die ihr misshandelt habt?«, fragte Margareta, den Blick fest auf Dennis gerichtet.

Er schnaubte verächtlich.

»Tun Sie nicht so, als würde Sie das kümmern. Sie kannten die Gören doch gar nicht. Kinder krepieren jeden Tag. Das sind keine kleinen Engel, wie Sie meinen, die lügen und verdrücken sich. Sie werden von Landminen in die Luft gesprengt, von Soldaten erschossen, in den Krieg geschickt. Alle benutzen Kinder! Es ist die pure Heuchelei so zu tun, als wären sie ach so unberührbare, kleine Goldkinder, und Sie, Sie sind eine erstklassige Heuchlerin. Und ehrlich gesagt ist es mir scheißegal, was Sie und all diese hysterischen, Männer hassenden Feministinnen meinen. Kümmert euch doch um eure verfluchte Brut, wenn ihr schon so verrückt nach den Blagen seid.«

In seinen Augen leuchteten Hohn und eine unterschwellige, physische Raserei. Er war durchgedreht, in ihm brodelte ein intensives Rachegefühl, das einer tief verborgenen Quelle von Angst und Verlassenheit entsprang. Aber in seiner beengten Welt der Angst war das Logik. So lange er den Drang verspürte, seine Sexualität auszuleben, indem er Kinder quälte, würde er Ausreden dafür finden.

»Was ist mit Sanna passiert?«, fragte sie.

»Sie hat ein Kind im Wagen gesehen, als wir auf dem Festland waren«, sagte Frank. »Ich hatte die Kleine zuerst auf dem Fahrersitz, aber nach einer Weile fing sie an zu bocken, und da lief Sanna an uns vorbei, hat es gesehen und hat sich gefragt, was sich alle fragen: Ist das nur ein Kind, das mit seinem Vater streitet, oder ist das was Ernstes? Wir sind uns nie begegnet, aber vielleicht hat sie mich ein paar Mal aus der Ferne mit Tobias gesehen, und ich schätze, sie saß später auf der Fähre und hat versucht, sich zu erinnern. Es hätte ja sein können, dass sie herausfindet, dass ich gar keine Kinder habe. Als wir an Land waren, ging sie durch den Park und sah noch, wie Dennis einstieg. Das war verdammtes Pech. Und weil sie Zeit gehabt hatte zu überlegen, kam sie zu uns und wollte das Kind sehen.«

Das war mutig gewesen. Margaretas Respekt für Sanna wuchs.

»War es das Mädchen aus Midsommarkransen?«, fragte sie.

»Das Mädchen mit der Jacke, ja. Petra. Da hatten wir keine Wahl. Wir mussten Sanna mitnehmen, und dann kam es wie es kam.«

»Ihr habt sie vergewaltigt und ermordet.«

Frank feixte.

»Ich glaube nicht, dass Dennis sonderlich interessiert war. Aber auf gewisse Weise kam sie uns grad recht.«

»Sie haben Sanna in Buttle abgelegt. Und die Tasche und die Jacke in Ernsts Stallgang versteckt. War das der Plan, Dennis? Den Sohn für die eigenen Verbrechen verantwortlich machen, sich an ihm rächen und mit einem Streich auch gleich noch einen gefährlichen politischen Rivalen ausschalten?«

»Er ist nicht mehr mein Sohn«, bellte Dennis barsch. »Seine Mutter hat mein Leben zerstört, ist abgehauen und er auch. Er ist zäh und halsstarrig und rachsüchtig. Wer hat einen Nutzen von ihm? Wissen Sie, wie oft ich versucht habe, mit dem kleinen Miststück Frieden zu schließen? Er sollte selbst erfahren, was Hass und Misstrauen ist!«

»Dennis, das ist doch krank. Sehen Sie sich um. Was tun Sie hier? Was zur Hölle machen Sie da?«

Er schnaubte verächtlich.

»Versuchen Sie nicht, mir mit ihren Diagnosen zu kommen. Ich habe einen IQ von 150, was Ihr jämmerliches Polizistenhirn vermutlich um ein Vielfaches schlägt!«

»Und Franks auch, oder? Wie clever war es zu versuchen, mich im Hotel zu erledigen? Wie wütend waren Sie hinterher auf ihn?«

Sie konnte sehen, wie Frank zusammenzuckte. Seine Lippen wurden schmal, und seine Muskeln spannten sich.

»Komm nicht näher, Frank!«, warnte Dennis. »Lass sie reden! Sie versucht nur, dich zu provozieren, um Zeit zu schinden. Nein, keineswegs, Frank ist nicht dumm. Er ist ein Unternehmer. Wir haben uns im Internet kennen gelernt und stellten fest, dass wir gewisse gemeinsame Interessen verfolgen. Zeig es ihr!«

Frank zwinkerte ihr zu und öffnete die Tür des Lkws.

»Ein Jammer, dass er bald hin ist«, sagte er und drehte einen Stromschalter.

Margareta war auf Vieles gefasst, aber was sie jetzt sah, versetzte ihr dennoch einen Schock. Der Laderaum war lang und hoch und wurde hell erleuchtet, von großen Lampen, die an Schienen entlang der Wände festgeklemmt waren. Der ganze Truck sah aus wie ein Vergnügungspark, dessen Beleuchtung weit auf das dunkle Feld und den Wald strahlte.

Am Ende der Ladefläche stapelten sich Matratzen und Berge von Decken und Kissen. Auf dem Boden lagen ein Seil und Ketten, Handschellen hingen an Haken. Der Anblick war beklemmend, irreal, und der Gedanke an die Kinder, die hier gewesen waren, verängstigt und allein, war unendlich quälend.

Hier musste Sanna ihre letzten Minuten verbracht haben. An ihrem Körper waren Fasern von Decken gefunden worden, und ein Splitter des Sperrholzbodens war in ihre Hüfte eingedrungen. Hier war es passiert.

Tobias saß an den Kasten gelehnt, der vermutlich als Aufbewahrungsort der Ausrüstung diente. Er blinzelte ins Licht, das Mädchen hockte neben ihm. Sie war bei Bewusstsein. Hinter ihnen war undeutlich ein liegender Mann zu erkennen. Nur seine Schultern, ein herabgebeugter Kopf und die Beine seiner Jeans waren zu sehen, aber es konnte nur Kent sein.

Margareta erstarrte in lähmender Hilflosigkeit. Sie waren weitab von einer anderen Straße und von irgendeinem Wohnhaus, und dort in diesem Truck lag Kent, tot oder bewusstlos. Irgendwie hatten sie ihn überlistet. Wahrscheinlich war Margareta die Einzige, die ungefähr wusste, wo sie waren, und die Einzige, die noch nicht vollkommen die Kontrolle verloren hatte.

»Ein rollendes Filmstudio!«, verkündete Frank stolz. »Kein Wunder, dass sie uns nie gefunden haben. Wir kamen, standen im Wald, arbeiteten und verschwanden wieder wie ein Lufthauch. Und jetzt ist Schluss. Jedenfalls fürs Erste. Haben Sie eine Ahnung, wie viel Geld mit Kinderpornos zu machen ist? So viel Sie wollen! Und bald werden mehr Typen als je zuvor Zugang zu den Kindern haben, jetzt, wo alle Väter ihr Sorgerecht bekommen, ganz egal, was sie getan haben ... Offener Markt! Die Einzigen, die noch zwischen den Kindern und den Pädophilen stehen, sind ein paar verschreckte Mütter, auf die keiner hört, und wenn sie versuchen, mit den Kindern abzuhauen, um sie zu verstecken, dann verlieren sie das Sorgerecht ganz. Das ist doch wahnsinnig fortschrittlich und verdammt gleichberechtigt. Ich bin total dafür!«

»Angelica«, sagte Margareta.

»Eva ist nicht übel, aber Angelica ist ein Bonus«, sagte er. »Ich heirate die Mutter und bekomme das Kind obendrauf. Ich habe Zeit.«

Er schlug mit der Hand gegen den Lastwagen.

»Der hier muss weg, aber die Filme behalten wir natürlich. Man wird nie eine Spur zu den Mädchen finden. Keine Bilder, keine Fasern, kein Blut.«

Eine mobile Vergewaltigungs- und Folterzentrale. Das

war es, was Sanna gesehen hatte, das war es, was ihr Angst gemacht und sie zugleich um des Mädchens willen in Wut versetzt hatte.

»Wie viele Kinder sind hier gewesen, Frank? Und wo sind sie jetzt?«

»Abgesehen von dem letzten, das noch drinnen ist – drei. Und die sind dort, wo keine Sonne mehr scheint«, antwortete er.

»Sind sie Ihnen wirklich so gleichgültig?«

Er zuckte die Schultern.

»Irgendwie ist das schon ziemlich extrem«, entgegnete er, als wäre er milde an seinen Reaktionen interessiert. »Aber so hat wohl jeder seinen dunklen Punkt, irgendwo tief drinnen.«

»Und was sagt Ihre Tante dazu, Dennis? Hat sie eine Ahnung davon?«

»Sie hat keine Ahnung von irgendwas, die alte Hexe«, schnaubte er. »Der Teufel soll sie holen. Sie ist nach Amerika abgehauen, sie hat ihren Spaß gehabt. Los, hoch auf die Ladefläche. Jetzt!«

Er wollte sie gebieterisch nach oben scheuchen, und sie fragte sich, was die Männer wohl vorhatten. Sie alle im Laster einschließen und anzünden?

»Dennis, Sie müssen das nicht tun«, sagte sie, ohne sich von der Stelle zu bewegen. »Hier sind vier Menschen, die noch leben, die …«

»Ruhe!«, schrie er, überzeugt davon, dass seine bloße Autorität sie einschüchtern würde, wie so viele andere zuvor. »Rein in den Laster!«

»Nein«, sagte Margareta.

Für einen Augenblick trat Stille ein. Nie hätte er damit gerechnet, dass es jemand wagte, im Angesicht eines Pistolenlaufs nein zu sagen.

»Erschieß sie!«, sagte Frank gierig.

Margareta wurde vor Angst fast schwarz vor Augen. Aber

sie wusste, dass man es ihr nicht ansehen konnte. Das Einzige, was sie zu ihrer Verteidigung hatte, waren Worte, und nun hatte sie ihren Vorrat fast ausgeschöpft. Und ihr lief die Zeit davon. Das Kind musste so schnell wie möglich in ein Krankenhaus.

»Ja, tun Sie das, Dennis«, sagte sie sarkastisch. »Tun Sie, was Frank sagt, er weiß wovon er spricht. Erschießen Sie mich, dann gibt es hier endlich Blut und Spuren. Ausgezeichnet.«

»Hierher kommt nie jemand«, sagte Frank gereizt.

»Nicht? Sehr gut. Dann können Sie gleich den ganzen Laster hier lassen. So wie er ist. Dann haben wir auch gleich feine Reifenspuren von Dennis' Wagen.«

Die Männer tauschten einen Blick.

»Ich schlag sie nieder«, sagte Frank. »Ich hab sie schon mal drangekriegt. Sie ist nicht so hart wie sie glaubt. Im Hotel ist sie gerannt wie ein Huhn.«

Dennis schüttelte abwehrend den Kopf.

»Das kann warten. Kümmer dich erst um ihr Auto, dann ist das erledigt.«

Es kostete sie ungeheure Kraft, die wachsende Panik zu unterdrücken. Sie wich drei Schritte zurück, als Frank auf ihr Auto zukam. Er warf ihr einen verächtlichen Blick zu, setzte sich auf den Fahrersitz und fuhr mit den Fingern über das Lenkrad und das Armaturenbrett.

»Schlüssel her oder ich breche dem Mädchen Arme und Beine«, knurrte er.

Sie warf ihm die Schlüssel zu. Er fing sie in der Luft, ließ den Motor an und fuhr um den Laster herum. Dann gab er Gas und das Auto steuerte auf die Felsplatten zu. Im selben Moment, in dem die Reifen gegen den Fels holperten, warf er sich aus dem Wagen. Ihr Auto krängte, kippte über die unebene Oberfläche, raste führerlos weiter, bis es plötzlich das Heck in die Höhe hob und verschwand. Kurz darauf war ein dumpfes Platschen zu hören.

Margareta erstarrte. Dort drüben war kein Feld. Dort war ein See. Eine kurze, aber steile Klippe und ein See.

»Stille Gewässer«, sagte Dennis genießerisch und fast flüsternd. »Schwarz und unberührt. Früher sind hier Pferde untergegangen. Der Graben ist nur dreißig Meter breit, aber dafür tief, und das Wasser ist dunkel und voller zersetzender Partikel. Niemand, der hinunter sieht, wird etwas bemerken. Die Oberfläche spiegelt nur den Himmel.«

Frank kam zurück. Er ging zum Laster und machte die Lampen aus. Keiner von den Insassen hatte sich bewegt oder auch nur einen Mucks gemacht, aber in dem Moment, als das Licht ausging, flog ein Geschoss ähnlich wie ein Wurfstern aus dem Inneren des Laderaums und prallte hart gegen Franks Brust. Es war ein Paar Handschellen, deren Zapfen ihm einen schneidenden Schlag versetzten.

Von dem Schmerz überrumpelt schrie er auf. Drinnen stand jemand auf und stürzte auf die Türen zu, an denen Frank erschrocken herumhantierte. Es gelang ihm gerade noch, sie zuzudrücken und zu verriegeln.

Jubel und Erleichterung stiegen in Margareta auf. Es musste Kent gewesen sein, der geworfen hatte. Er lebte und er hatte den absolut richtigen Augenblick abgepasst, versteckt hinter Tobias. Er hatte Frank nicht überwältigen können, aber er lebte. Unbewusst machte sie einen Schritt nach vorn, um ihm zu helfen, als ihr Kopf zu zerspringen schien und ein Licht hinter ihrem Stirnbein aufblitzte. Eine Sekunde lang überlegte sie verwirrt, ob sie geradewegs gegen einen Baum gelaufen war, aber dann begriff sie, dass Dennis schneller handelte, als sie es ihm zugetraut hatte. Er hatte mit dem Pistolenknauf zugeschlagen, während sie nur den Laster im Blick gehabt hatte.

»Schaff sie auf den Vordersitz«, schrie er.

Frank kam angerannt. Im Dunkeln konnte sie sehen, dass sein Gesicht kreideweiß war. Die Dinge entwickelten sich anders, als er geplant hatte, und eben war es wirklich eng geworden. Er packte Margareta an den Haaren und zerrte sie schonungslos zum Fahrersitz des Lkws. Dennis trieb ihn zur Eile an. Plötzlich hatten Panik und Hektik Besitz von den Männern ergriffen.

»Los! Rauf!«, brüllte Dennis ihr ins Ohr. Frank kletterte nach oben und zog sie nach. Ihre Fußsohlen rutschten auf den steilen Trittbrettern ab, für einen Augenblick wurde ihr Gewicht nur an ihren Haaren gehalten, und ihre Kopfhaut brannte. Dennis versetzte ihr einen Stoß und sie landete mit einem Stöhnen in der engen Kabine.

Die Männer wagten nicht, sie ebenfalls in den Laderaum zu sperren, wo ein rasender Kent tobte. Stattdessen verfrachteten sie Margareta auf die Schlafpritsche hinter den Sitzen. Ihr Kopf schmerzte, ihr Herz raste vor Schreck und sie konnte ihre Bewegungen nicht koordinieren. Sie hatte das Gefühl zu ersticken. Dennis sprang zurück auf den Boden. Frank ließ den Motor an, klemmte eine Coladose unter das Gaspedal und sprang aus dem fahrenden Truck.

Ihr wurde schlecht vor Angst, sie war sich der Tatsache schmerzlich bewusst, dass niemand im Laderaum auch nur die geringste Chance hatte, sich zu befreien. Jetzt hämmerten sie panisch gegen die Wand, und ihre Stimmen hallten in Todesangst in ihren Ohren. Auch Kents. Es spielte keine Rolle, wie mutig er war, wie kontrolliert er war, wie konzentriert er war. Er wusste, dass er sterben würde, und er schrie.

Der Truck donnerte geradeaus, und sie spürte das Holpern, als er die Felsen erreichte. Unbeholfen kletterte sie aus der Koje und versuchte, kopfüber den Boden zu erreichen. Ihre Jacke behinderte sie. Schluchzend versuchte sie, die Dose zu lockern und auf die Bremse zu drücken, aber es blieb keine Zeit mehr.

Die Reifen verloren nacheinander den Bodenkontakt. Der Laster neigte sich, kippte nach vorn und segelte durch die Luft in die Dunkelheit.

Margareta lag eingeklemmt unter dem Armaturenbrett,

wie in einem engen Sarg. Ihr eigenes Körpergewicht presste sie auf den Boden. Der ganze Laster war über ihr. Die Angst schmeckte metallisch, und keine barmherzige Bewusstlosigkeit senkte sich über sie. Das Gesicht ihres Mannes tauchte vor ihr auf, nicht fröhlich und voller Leben wie sonst, sondern ernst und wach. Er sah ihr direkt in die Augen, kommunizierte mit ihr durch seinen Blick. Sie sah Ida, die ihre Nase an der ihrer Tochter rieb, und die kleine Hand, die auf einer Schwarz-Weiß-Fotografie winkte. Sie sah sich selbst auf den Tod zutaumeln und hörte ihren keuchenden Atem.

Dann traf der Laster die Wasseroberfläche.

29

Ida

Mit einem mulmigen Gefühl in der Magengegend stand Ida am Fenster. Stille lag wie ein dichter Schleier über den Baumspitzen und senkte sich zu Boden.

Die Gräben für das Fleckchen Erde, das Stina besaß, zogen sich wie dunkle Wunden über den Waldboden. Sie fragte sich, wie die neuen Häuser aussehen würden, wenn sie fertig waren. Ein braun lasiertes Holzhaus mit blau gestrichener Tür vielleicht. Sie würden Nachbarn werden. Aber würde sie je wieder hier wohnen?

Amelie lag im Bett und wollte nicht schlafen. Sie erinnerte sich kaum an ihre Großmutter. Sie würde ein ganzes Leben leben, ohne sich an sie zu erinnern, ohne ein einziges Bild von ihr zu haben. Aber jetzt spürte sie die Leere und die Stille und jammerte leise, ohne zu wissen, was sie eigentlich vermisste.

Da kam er den Pfad entlang und klopfte an die Tür. Sie war nicht verschlossen, und er trat ein, noch ehe Ida antworten konnte.

Das Feuer war fast ausgegangen, nur noch eine Kerze brannte. Er hatte Branntwein bei sich, aber sie wollte nichts trinken. Er fragte bitter, ob sie dafür zu fein geworden war, zu tüchtig. Mitten im Zimmer baute er sich auf, und ihr Widerwillen reizte ihn und füllte die ganze Stube. Sie stellte sich zwischen ihn und Amelie, versuchte mit all ihrer Willenskraft, ihn das Kind vergessen zu lassen.

Seine große Gestalt kam auf sie zu, ganz langsam, und sie drehte sich zur Seite, um ihm zu entkommen, aber auch sie war langsam und er war stärker. Sie war zu sehr damit beschäftigt zu leben, um Angst zu haben, ihre Gedanken wirbelten durcheinander und sie streckte sich nach der Tasse auf dem Tisch, um sich damit zu verteidigen, falls er anfing, an ihrem Kleid zu zerren. Sie sah ihn mit unendlicher Verachtung an und wusste, dass ihre eisige Kälte dafür sorgen würde, dass er nicht gewann. Keine Angst zeigen, sich nicht unterwerfen. Kalt bleiben.

Er wusste es auch. In einem Anfall von Gewalt und Hilflosigkeit griff er nach einem Messer, sein Arm war länger als ihrer, er bekam es zu fassen und sie wunderte sich, dass sie nichts spürte, als es durch den Stoff glitt. Er warf sie auf den Boden, ließ das Messer los und sie sah es im Zwielicht fallen, sah, wie es einen schönen Bogen formte und lautlos aufprallte. Dahinter kraulte er wie ein Schwimmer zu der offenen Feuerstelle, nahm die Glut mit den Händen und schleuderte sie auf das Bett, auf den Boden. Amelie ruderte mit den Armen, er kehrte ihnen den Rücken zu und war verschwunden.

Und die Flammen erhellten alles und stiegen zum Dach, und Ida stand auf und schleppte sich zum Bett, packte Amelie und trug sie hinaus in die Kälte, sank zu Boden, das Kind im Arm, rollte sich zwischen die Bäume. Und dann wurde sie von einer endlosen Müdigkeit ergriffen, die Kraft verließ ihre Arme, und sie hoffte, dass Amelie keine Angst bekam oder von herabstürzenden Dachbalken oder fliegenden Funken getroffen wurde, und sie wusste, dass sie wieder zu sich kommen musste, und dann schlief sie ein.

Amelie weinte. Sie sah Idas Augen offen und starr. Sie versuchte sie zu wecken. Stand da und schubste sie.

»Mama … Mama!«

Wieder und wieder knuffte sie. Zitterte, weinte und schubste. Aber der schlaffe Körper schaukelte nur hin und her.

Das Haus brannte. Die Luft war kalt, der Wald menschenleer. Niemand sah sie an. Niemand antwortete.

30

Der Laster traf die Wasseroberfläche mit einem starken Ruck. Margareta keuchte. Neben ihr splitterte die Windschutzscheibe durch den Aufprall. Eiskaltes Wasser drang in das Führerhaus ein. Der LKW begann zu sinken. In Panik zog Margareta sich auf die Pritsche direkt über ihr. Durch die geborstene Windschutzscheibe sah sie, wie die starken Scheinwerfer das Wasser erhellten. In dem Lichtkegel strömten Schwebeteilchen vorbei, die von dem schweren Fahrzeug aufgewirbelt wurden.

Der Laster sank langsam in Schräglage auf den Grund, das vordere Reifenpaar war bereits tief eingesunken in den Morast. Die Ladefläche sank ebenfalls, bis der Truck im Sechziggradwinkel mit der Nase voran stecken blieb.

Das Wasser drang nun schneller in das Führerhaus ein. Margareta versuchte, ihre Panik zu unterdrücken, und kurbelte das Seitenfenster herunter. Das Wasser rauschte hinein, kraftvoll und unaufhaltsam. Es war lähmend kalt. In der letzten Luftblase, die noch übrig war, atmete sie zweimal tief ein, drückte die Tür auf, die sich so langsam bewegte, als wäre sie in Sirup versenkt worden, und schlüpfte aus dem Wagen.

Durch den Druck und das Wasser fielen ihr die Ohren zu. Das Licht erhellte den Grund in einem schiefen Zirkel, und die Schwebeteilchen tanzten spielerisch langsam um sie herum. Verzweifelt versuchte sie, sich zu orientieren. Margareta wusste nicht, wo in dieser finsteren Leere außerhalb des Scheinwerferlichts die Wasseroberfläche war, und sie war versucht, lieber ins Licht zu schwimmen, anstatt nach oben, in das schwarze Unbekannte.

Vor ihr bedeckte brauner Morast all das, was vor langer Zeit versunken war, und bildete weiche, bizarre Formen. Dazwischen leuchtete etwas, etwas helles Kleines, ein Mädchenkörper mit abgewandtem Kopf, einen unversehrten Arm über den sumpfigen Boden gestreckt.

Erst konnte Margareta nicht fassen, was sie da sah, es war zu entsetzlich, zu unnatürlich. Das Haar des Kindes bewegte sich sacht in der Strömung des Wassers, die der Laster verursacht hatte, und Schwebeteilchen senkten sich langsam auf ihren mit Prellungen und Schürfwunden übersäten Rücken.

Etwas weiter entfernt lag ein zweites Kind.

Trauer und Verzweiflung packten Margareta. Das hier war echt. So sah die Welt aus. Sie wollte schreien, aber ihr Mund füllte sich mit Wasser. Sie sah tote Kinder vor sich, noch lebende Menschen waren irgendwo über ihr, eingesperrt in den Frachtraum. Sie wollte die Kinder nehmen und an sich drücken, sie nach oben tragen, aber ihr blieb keine Zeit.

Sie schwamm auf eine Höhe mit dem Dach des Lasters, tastete sich voran und schlug einmal kräftig gegen das Blech. Sie spürte, wie das Wasser das Geräusch fast vollständig verschluckte. Sie ließ los und kämpfte sich weiter nach oben und hörte, wie das Blut in ihren Schläfen pochte.

Sie gelangte neben einer schartigen Felswand an die Wasseroberfläche, klammerte sich mit tauben Fingern fest und holte mehrmals tief Luft. Arme und Beine zitterten vor Anstrengung, und Tränen rannen ihre nassen Wangen hinunter. Sie schaute nach oben, aber niemand war an der Felskante zu sehen. Kein Licht spielte auf dem Wasser, keine Stimmen waren zu hören.

Dennis und Frank mussten abgehauen sein. Dennis nach Hause, wo das Abendessen auf ihn wartete, Frank zu Eva. Oder er musste die Fähre erreichen und sein Alibi regeln, so wie die Dinge jetzt lagen.

Sie schaute nach unten und sah zu ihrem Entsetzen kein Licht mehr. Wie tief mochte der See sein? Fünf Meter bis zum Heck des Lasters? Sie konnte die Türen erst öffnen, wenn der Hohlraum sich fast ganz mit Wasser gefüllt hatte.

Sie atmete eine halbe Minute konzentriert, aber nicht zu schnell. Dann tauchte sie unter und kämpfte sich vorwärts. Ihr Körper wollte ihr nicht recht gehorchen, und sie wünschte, sie hätte ein Gewicht bei sich gehabt. Doch sie zwang sich weiter in die Tiefe.

Nach ein paar Metern wurde das trübe Wasser heller, vor ihr öffnete sich der Grund und sie sah, dass das Heck des Lasters teilweise auf ihrem Auto auflag. Die Scheinwerfer brannten noch. Sie packte den Metallriegel, der die Hecktüren verschloss, tastete sich daran nach unten und machte sich an den Griffen zu schaffen. Sie waren unhandlich und klemmten. Margareta stemmte sich mit den Füßen dagegen und zog, während sie hektisch überlegte, ob der Laderaum schon mit Wasser gefüllt war oder ob sie noch eine zweite Chance bekommen würde.

Sie wagte es nicht, länger zu warten. Sie zog mit aller Kraft, und endlich gab der träge Griff nach. Sie hatte das Gefühl, als müsste ihre Lunge zerreißen. Es gelang ihr, die Schiene aus dem Beschlag zu ziehen, sie sah eine Hand, die sich durch den Spalt schob, dann eine riesige Luftblase, die den Lastraum verließ und nach oben verschwand. Sie war gezwungen, ihr zu folgen, ohne nachzusehen, was mit den anderen Gefangenen im Laster passiert war; sie hatte keine Zeit, nach der Hand zu greifen.

Angstvoll kam sie wieder an die Oberfläche und schnappte nach Luft. Ihr Körper war kraftlos und ihr Herz schlug so heftig, dass es schmerzte. Sie spürte jeden einzelnen Herzschlag. Sie hatte schon früher Herzprobleme gehabt, um die sie sich nie richtig gekümmert hatte, und jetzt rebellierte ihr Körper mit aller Gewalt.

Ein paar Meter entfernt kam ein Kopf an die Wasseroberfläche. Dicht daneben ein kleinerer Kopf. Es war Kent, und er hatte das Mädchen bei sich. Er hatte ihr mit einer Hand Nase und Mund zugehalten und ließ sie nun los. Mit einem langen, panischen Atemzug holte sie Luft. Ihr Gesicht war weiß, ihre Lippen blau.

Kent schwamm zu Margareta. Sein Gesicht war übel zugerichtet, ein Auge fast völlig zugeschwollen. Sie sahen sich wortlos an. Margareta wollte ihn vor Erleichterung und Dankbarkeit anlächeln, aber sie war zu schwach. Er gab ihr das Kind, sah sich nach Tobias um und tauchte wieder.

Das Mädchen klapperte mit den Zähnen, die Augen weit aufgerissen. Margareta hielt sich mit einer Hand an einem Felsvorsprung fest und drückte das Kind mit dem anderen Arm an sich. Aufflammender Zorn setzte noch einmal Adrenalin frei. Sie drückte die Lippen auf die Stirn des Mädchens, atmete warme Luft auf ihre Haut und versuchte sich zu beruhigen. Sie durfte jetzt einfach keinen Herzinfarkt bekommen, sie durfte dieses Kind jetzt nicht im Stich lassen.

»Alles wird gut, alles wird gut«, flüsterte sie. »Die grässlichen Männer sind fort. Bald kommen wir nach Hause.«

»Sie haben mich gestochen!«, wimmerte sie. »Sie haben mich gestochen und es hat geblutet!«

»Wir werden zum Arzt gehen«, sagte Margareta. »Dann bekommst du Medizin und es hört auf, weh zu tun.«

Sie tastete sich an der Felswand entlang, suchte nach einer flachen Stelle, an der sie aus dem Wasser waten konnten.

»Willst du auch … auch tauchen?«, stammelte das Mädchen verängstigt.

»Nein, nein. Ich bleibe bei dir.«

Der Fels wurde schmaler, und vor ihnen tauchte eine Strandkante mit vertrocknetem Gras im Zwielicht auf. Das Mädchen redete und erzählte, abgehackt und mühsam, mit aller Kraft, die es noch aufbieten konnte. *Ich bin ein Mensch, ich bin eine Person. Hör mir zu!* Margareta spürte Grund unter den Füßen, steil und glitschig. Sie griff nach dem Gras, zog sich und das Kind daran hoch und sank frierend am Ufer zusammen.

Sie hörte, wie Kent auftauchte, und als sie sich umdrehte, sah sie ihn, den Arm um Tobias' Hals gelegt. Der Junge war bewusstlos. Kent manövrierte ihn ans Ufer und zog sich mit seiner Last an Land.

Das Mädchen verstummte. Kent fiel auf die Knie. Er war zu Tode erschöpft. Er drehte Tobias auf den Rücken, presste ihm das Wasser aus der Lunge und beatmete ihn. Schlug ihm fest auf den Brustkorb, atmete wieder in seinen Mund. Margareta hatte sich hingelegt, das Mädchen eng an sich gedrückt. Sie wollte ihre nasse Jacke aufknöpfen und das Kind darin einwickeln, aber sie hatte nicht mehr die Kraft sich zu bewegen. Trotz der Kälte musste sie gegen den Schlaf ankämpfen.

Sie sah Kent an. In diesem Augenblick existierte seine Geschichte nicht mehr, nur er. Nur sein Körper in den nassen Kleidern und seine Arme, die mit Tobias beschäftigt waren. Wäre sie auf dem Weg hierher aus ihrem Auto geflohen, er wäre jetzt tot. Wäre er nicht nach Gotland gekommen, wäre sie selbst nicht mehr am Leben.

»Wie heißt du?«, flüsterte sie dem Mädchen ins Ohr.

»Jenna«, antwortete sie zitternd vor Kälte.

Tobias fing an zu husten. Er setzte sich auf, würgte und hustete noch mehr Wasser.

Kent erhob sich. Margareta sah in der Dunkelheit zu ihm auf. Er hatte drei Leben gerettet – konnten sie das eine aufwiegen, das er genommen hatte? Nichts konnte etwas daran ändern, dass er getötet, einen Mann kaltblütig erschossen hatte. Und doch spürte sie hier und jetzt das Band, das zwischen ihnen bestand. Es war dünn, aber stark. Sie sah den Mann, der er hätte sein können und der er manchmal war.

»Du gefällst mir gar nicht«, sagte er und musterte sie.

Er ging zu einer Fichte und riss ein paar Zweige ab, die er zu einer dichten Unterlage auf den Boden legte, dann hob er Margareta und Jenna hoch und bettete sie auf das Fichtenbett. Tobias kam auf die Füße und folgte ihm.

»Leg dich an ihren Rücken«, sagte Kent zu Tobias. »Wärm sie. Und halte sie wach.«

»Es ist das Herz«, sagte Margareta. »Nimm Jenna zur Sicherheit mit.«

»Nein!«, schrie das Mädchen.

»Du brauchst keine Angst zu haben, Jenna. Er ist lieb. Ich kenne ihn.«

»Nein!«, schrie sie wieder und klammerte sich an Margareta.

Es wäre grausam gewesen, sie zu zwingen. Tobias legte sich hinter Margareta, Kent öffnete ihre Jacke und legte sie über Jennas Rücken. Dann deckte er sie mit weiteren Zweigen zu, legte Margareta die Hand auf die Wange und verschwand zwischen den Bäumen, um Hilfe zu suchen.

Die Luft war kalt, aber Tobias' Körper wärmte sie. Margaretas Herz hämmerte und sträubte sich, aber gleichzeitig breitete sich ein Gefühl wohliger Schläfrigkeit in ihr aus. Wenn sie still lag, spürte sie ihre nasse Kleidung kaum noch. Jenna legte ihren Kopf an ihren Hals, und Margareta driftete weg.

Tobias' Hand umfasste ihre Schulter.

»Ni … nicht schlafen«, flüsterte er heiser.

31

Zwei Stunden später traf der Rettungswagen ein. Die Sanitäter kamen mit der Bahre durch den Wald und brachten warme Decken mit. Jenna weigerte sich, Margareta loszulassen. Sie wurden beide auf eine Trage gelegt und schaukelten die Böschung hinauf bis zur Straße, von wo aus die Scheinwerfer der Streifenwagen durch die Bäume schimmerten.

Kent ging neben der Trage. Sein Gesicht war zu einer Maske aus Kälte und Müdigkeit erstarrt. Der Hausbesitzer, an dessen Tür er geklopft hatte, hatte sich zunächst nicht getraut, ihn ins Haus zu lassen. Aber dann hatte er ihm ein Telefon und trockene Kleider gegeben und ihm einen heißen Kaffee eingeschenkt. Jetzt hielt Kent sich nur noch durch seine bloße Willenskraft aufrecht.

Margareta blickte in den dunklen Himmel, der Anblick der toten Kinder am Seegrund verfolgte sie. Es fiel ihr schwer zu akzeptieren, dass sie zwar nach ihnen tauchen wollte, aber es einfach nicht mehr geschafft hatte. Weil sie einfach nicht mehr konnte. Wieder hatte sie eine physische Grenze erfahren, die sie nicht hatte überschreiten können.

Jenna ließ Margareta auch im Krankenhaus nicht los. Ihre Eltern waren verständigt worden und vom Festland unterwegs auf die Insel. Jennas Unterleibsverletzungen mussten sofort operiert werden, und Margareta hielt ihre Hand, als sie einschlief. Als sie in die verstörten Augen des Kindes sah, dachte sie an den Menschen, der dieses Kind war, und das Leben, das es noch vor sich hatte, all das, was Frank und Dennis nicht gesehen und worum sie sich nicht geschert hatten.

In dieser Nacht sah Margareta Kent zum letzten Mal von ihrem Krankenhausbett aus, in dem sie unter mehreren Decken lag. Er stand in der Tür und blickte sie an.

»Du hast wenigstens eine von ihnen retten können«, flüsterte er. »Zwei mit Angelica.«

Dann war er weg. Es war als verschwänden Dunkelheit, Qual und Kälte mit ihm, und Schicht um Schicht legten sich Licht und Normalität über das, was geschehen war.

Später traten Jennas Eltern in ihr Zimmer und überschütteten sie mit Dankbarkeit, ohne dass Margareta so recht wusste, wie sie darauf reagieren sollte. Gegen zwei Uhr morgens tauchte Stefan auf und setzte sich an ihr Bett. Er sah mitgenommen aus. Eine Frau aus seinem Team begleitete ihn. Sie nahmen Margaretas Aussage auf Band auf, dann zog sich die Kollegin diskret zurück. Sowie sie gegangen war, nahm Stefan Margaretas Hand und schloss seine Finger um ihre.

»Ich habe einen Fehler gemacht«, sagte er. »Ich habe einen furchtbaren Fehler gemacht.«

Sie war so erleichtert darüber, dass er unschuldig war, dass sie am liebsten losgeheult hätte. Sie wollte nicht, dass er ging. Niemals. Sie empfand eine tiefe Sehnsucht danach, ihn neben sich im Bett zu spüren, den Kopf auf seinen Arm zu legen und zu schlafen.

»Haben Sie die beiden?«, fragte sie.

»Frank in Nynäshamn vor eineinhalb Stunden, Dennis zu Hause«, antwortete Stefan. »Wir haben Frank direkt mit dem Hubschrauber hergeholt. Beide leugnen natürlich. Aber ich habe eine Überraschung für Sie.«

»Was denn?«

»Wir haben eine Übereinstimmung mit der Blutprobe vom Lastwagen gefunden, die Sie entdeckt haben.«

In ihrem Kopf drehte sich alles.

»Petra?«

»Nein. Das Blut stammt von dem Pädophilen, der in Tumba ermordet wurde.«

Sie konnte nur den Kopf schütteln.

»Wir müssen die genaueren Untersuchungen noch abwarten, aber es bestehen kaum Zweifel. Ich nehme an, dass er Frank und Dennis im Internet kennen gelernt und die Filme gekauft hat, die sie in ihrem Laster gedreht haben, vielleicht war er sogar an den Vergewaltigungen und Morden beteiligt und wollte plötzlich aussteigen. Frank hat ihn bewusstlos geschlagen und erwürgt, im Fallen muss er sich dann den Kopf an einem Stein aufgeschlagen haben. Offenbar sind kleine Mengen Blut und Hautzellen an Franks Kleidung hängen geblieben, als er die Leiche tiefer in den Wald geschleppt hat. Ohne es zu merken hat er das Blut an der Hecktür des Lasters abgestreift.«

»Dann hat Frank den Mann also unmittelbar bevor er auf die Insel gefahren ist getötet?«

»So sieht es aus. Und da hatte er Petra bereits bei sich. Vielleicht haben sie auch um Geld gestritten.«

Margareta wandte den Blick von ihm ab und sah zur Decke. Petra war an jenem Mittwoch auf der Fähre in dem Truck gewesen, als sie davor gestanden und versucht hatte zu lauschen.

»Wann holen Sie die Kinder aus dem See?«, fragte sie.

»Sobald es hell wird. Die Kinder, den Laster, Ihr Auto. Alles soll hoch. Ans Licht.«

»Eines der Mädchen muss Petra sein. Sanna hat sie an diesem Abend im Laster gesehen. Dort sind sie sich begegnet.«

Sie diskutierten mit gedämpften Stimmen über den Fall. Am Ende wussten sie nichts mehr zu sagen.

Plötzlich kamen Margareta die Tränen. Stefan beugte sich zu ihr und legte seinen Kopf neben ihren.

»Es geht nicht, Margareta«, flüsterte er. »Du weißt, dass es nicht geht. Es sind keine wahren Gefühle. Du weißt doch, dass so etwas immer wieder passiert.«

»Keine wahren Gefühle?«, fragte sie bitter. »Und was war im Ferienhaus, als Elm mich unter Druck gesetzt hat? Als wir nebeneinander im Dunkeln saßen? Waren das keine wahren Gefühle? Für mich hat sich das verdammt echt angefühlt!«

Sie wusste, dass sie sich damit eine Blöße gab, aber sie musste es sagen. Er ließ ihre Hand nicht los.

»Wenn wir fünfundzwanzig wären, dann wäre vielleicht etwas passiert. Aber jetzt sind wir klüger.«

»Warum hast du nichts gesagt?«, zischte sie anklagend, in einem verzweifelten Versuch, das Gleichgewicht zwischen ihnen wieder herzustellen. »Warum hast du mich einfach da sitzen lassen?«

»Es gab nichts, was ich in dem Moment hätte sagen können, ohne dich zu verletzen.«

Das war die Wahrheit. Aber sie konnte nicht davon ablassen. Sie suchte nach Krümeln wie eine Verhungernde. Bettelte.

»Und was war draußen, als du meine Hand gehalten hast? Was war das? Nur Mitleid?«

»Nein«, sagte er.

Das stimmte nur zum Teil, aber sie klammerte sich daran fest wie eine Ertrinkende. Das war der einzige kleine Teil der Wirklichkeit, den sie jetzt aushalten konnte. Ihr Herz war ein offenes Buch, sie war verletzlich und sich des Schiffbruchs, den ihre Integrität erlitten hatte, quälend bewusst. Ihre Wangen glühten vor Scham. Sie hatte das letzte Bisschen ihrer Würde aufgegeben und jeglichen Schutz vor ihm abgelegt, in der verzweifelten Hoffnung, ein Gefühl zu wecken, so klein und flüchtig es auch sein mochte.

Unter größter Anstrengung gelang es ihr, nicht zu fragen, ob Jessica von all dem wusste. Sie kannte die Antwort schon.

»Und nachdem ich mich jetzt vollständig blamiert habe, können wir nicht einmal mehr Freunde werden«, murmelte sie.

»Doch, können wir«, sagte er. »Nach und nach. Ganz allmählich.«

Er blieb noch eine Stunde, leistete ihr Gesellschaft und hielt ihre Hand. Es war, als ging eine heilende Kraft von ihm aus, und langsam, langsam gesundete sie. Schließlich schlief sie ein. Da musste er gegangen sein.

Als Margareta wach wurde, war es acht Uhr morgens, und Kalle war da. Seine große Gestalt war ihr vertraut, er ging neben ihrem Bett auf die Knie und sie fielen sich in die Arme.

Die Ärzte schrieben ein EKG und stellten fest, dass Margareta nach einem kleineren Infarkt eine Narbe am Herzen zurückbehalten hatte, was jedoch nicht unmittelbar bedrohlich war. Kalle überließ Inger und Stefan die Tumba-Ermittlungen, nahm sich ein paar Tage frei und fuhr mit ihr zusammen nach Buttle. Er war ruhiger und stiller als gewöhnlich. Vielleicht spürte er, dass sie nicht richtig bei der Sache war. Sie war dankbar, dass er gekommen war, aber sie konnten ihre alte Intimität nicht zurückholen. Zwischen ihnen standen die Geschehnisse der letzten Tage und nicht zuletzt auch Stefan, obwohl Kalle von ihm nichts wusste.

Margareta erzählte ihm bruchstückhaft von den Geschehnissen, er hörte zu und bedrängte sie nicht, wenn sie verstummte und sich in ihre eigene Welt zurückzog. Es gab eine Pressekonferenz, die Margareta kaum bewusst wahrnahm und in deren Anschluss Kalle ein langes Gespräch mit den Journalisten führte. Danach ließ man die beiden in Frieden.

Jenna wurde aus dem Krankenhaus entlassen, ihre Mutter rief an und informierte Margareta, dass das Kind fast drei Tage ohne Unterbrechung geschlafen hatte. Abends legte Jenna sich neben ihrer Mutter ins Bett. Sie redete mit ihrem Vater, aber auf den Arm nehmen durfte er sie nicht. Sie hatte Schmerzen, und vor ihr lag eine lange physische und psychische Rekonvaleszenz. Und doch, als sie wieder zu Hause war, saß sie eine Weile vor dem Fernseher, sah das Kinderprogramm und lachte sogar. Ihre Eltern weinten vor Freude.

Katrine und Gun kamen nach Buttle. Sie saßen zu viert am Tisch, und Gun betrachtete das Bild, das vor ihr lag. Sie wollte es nicht in die Hand nehmen. Es war ein Bild von Frank. Eines der Fotos, die Kent in der Kneipe gemacht hatte. Sie wollte wissen, wie der Mörder ihrer Tochter aussah, und es war das einzige Foto, das es gab. In den Zeitungen waren nur acht Jahre alte Passfotos abgedruckt gewesen.

»Ich verstehe das einfach nicht«, sagte sie. »Der hier hat meine Tochter umgebracht? Sie vergewaltigt und getötet? Es ist so unfassbar. Er ist so nichtssagend. Keiner von denen hat etwas zu bieten. Es muss ihr so sinnlos vorgekommen sein. Die Schmerzen, die sie hatte, und die Angst. Und es war alles so sinnlos.«

Sie sah Margareta an.

»Kann man solche Typen heilen?«

»Sehr selten.«

»Und was sollte man Ihrer Meinung nach mit ihnen machen?«

»Chemische Kastration.«

»Wird man Frank und Dennis chemisch kastrieren?«

»Das ist nicht sehr wahrscheinlich.«

Gun nahm das Bild und riss es in kleine Fetzen, die sie schweigend betrachtete.

»Aber es ist auf jeden Fall gut, dass man sie gefasst hat. Diese Schweine werden so etwas nie wieder tun. Danke.«

Sie hatte eigentlich keinen Grund, um sich zu bedanken. Margareta überlegte, ob sie wohl immer noch daran dachte, Frank und Dennis bei der Gerichtsverhandlung zu erschießen. Am Ende würde sie hoffentlich erkennen, dass sie Besseres mit ihrem Leben anfangen konnte.

Kalle campierte auf dem Sofa. Er legte sich neben Margareta, wenn sie es wollte, aber sie wussten beide, dass es dauern würde, bis sie wieder miteinander schliefen. Wenn es überhaupt je wieder passierte. Sie gingen in den Wald, aßen, tranken Wein und redeten. Sie kamen nach Ernsts Entlassung an seinem Haus vorbei. Er stand tatenlos in seinem Garten, als wunderte er sich, auf welchem Planeten er da gelandet war. Ab und zu parkten fremde Autos vor dem Haus, wenn Freunde zu Besuch kamen und ihre Unterstützung anboten. Margareta dachte, dass Fanny und die Kinder ihn irgendwann wieder ins Lot bringen würden. Sie telefonierte mit ihm, aber keiner von ihnen hatte das Bedürfnis nach einem Treffen.

Die Stunden und Tage vergingen. Es gab eine, die sich nicht meldete. Margareta merkte, dass sie auf das Gespräch wartete. Dann kam es.

»Hier ist Cecilia«, meldete sich die Stimme am anderen Ende der Leitung ein wenig barsch. »Ich dachte, wir sollten uns noch ein bisschen unterhalten.«

»Das wäre sicher gut«, sagte Margareta.

»Denken Sie nicht, ich hätte nicht an Sie gedacht nach Ihrem großen Einsatz. Das beschäftigt mich jeden Tag. All das, was diese Männer angerichtet haben, ist so niederschmetternd, all das, was sie den Kindern und Sanna und Ihnen angetan haben. Und dem Jungen und dem Polizisten. Man mag es kaum glauben.«

»Werden Sie nach Buttle kommen und Ernst besuchen? Haben Sie ihn angerufen?«

»Ich weiß, ich hätte ihn anrufen sollen, ich weiß«, sagte sie mit der Ungeduld, die ein schlechtes Gewissen so oft verursacht. »Ich werde es auch tun! Aber erst wollte ich mit Ihnen reden. Können Sie …«

Sie verstummte. So wie die Dinge lagen, fiel es ihr schwer, Margareta um etwas zu bitten. Ihr eigenes Fleisch und Blut hatte immerhin versucht, sie zu töten.

»Ich habe einen guten Freund bei mir. Er wird kommen und Sie abholen«, sagte Margareta.

Cecilia murmelte ungewohnte Dankesworte und legte auf. Während Kalle hilfsbereit losfuhr, setzte Margareta Kaffee auf und holte nach kurzem Zögern die Flasche Cointreau hervor. Das hatten sie schließlich so vereinbart. Sie verspürte keine große Lust, Cecilia etwas anzubieten, aber sie kam zu dem Schluss, dass das kleinlich und unversöhnlich wäre, und stellte die Flasche auf den Tisch. Vielleicht würde sie selbst auch etwas Stärkendes gebrauchen können.

Cecilia kam und trat mit einer großen Tasche über der Schulter durch die Tür. Kalle nahm ihr den knallroten Mantel ab und sie setzte sich an den Tisch. Sie hielt ihre Tasche fest, als hätte sie die Befürchtung, ihre Gastgeber könnten darin herumschnüffeln, sobald sie den Blick von ihr abwendete. Sie legte die Hand auf Margaretas Arm und sah ihr in die Augen.

»Geht es Ihnen gut?«

»Den Umständen entsprechend, ja.«

Margareta schenkte Kaffee ein und einen ordentlichen Schluck Cointreau. Cecilia kippte ihn, als wäre es Schnaps.

»Ich habe Ihnen etwas zu erzählen«, sagte sie. »Es betrifft meine Familie. Sind Sie damit einverstanden? Möchten Sie es hören?«

»Natürlich. Nur zu.«

Sie trank einen Schluck Kaffee und setzte sich zurecht. Es fiel ihr ganz offensichtlich nicht leicht.

»Wie Sie ja wissen, bin ich eine geborene Almgren und Dennis' Tante«, begann sie. »Dennis wurde unter keinem glücklichen Stern geboren, und das ist zum Teil auch meine Schuld.«

Margareta zuckte die Schultern.

»Sie hatten es auch nicht leicht als Kind, wenn ich Sie recht verstanden habe. Vielleicht haben Sie es einfach nicht geschafft, noch jemanden außer sich selbst zu retten.«

»So habe ich es nicht gemeint. Lassen Sie mich erzählen.«

Margareta schwieg. Cecilia holte ein paar Mal tief Luft und nahm den Faden wieder auf.

»Es ist also zum Teil auch meine Schuld. Ich sagte ja schon, dass mein Bruder Carl ein schrecklicher Mann gewesen ist. Wir alle wurden von meinem Vater im Stich gelassen, meine Mutter, mein Bruder und ich. Und Carl suchte immer nach einer Art ... Kompensation. Er war ein Mensch, der immer versucht hat, alles zu erzwingen, was er nicht haben konnte, weil er so vernachlässigt worden war. Er stahl Geld, zerschlug meine Spielsachen. Verprügelte Kinder, die kleiner waren als er. Das schien ihm eine Weile zu helfen, aber natürlich war das nie von langer Dauer. Wir hatten immer zu wenig Geld, und meine Mutter nahm jede Arbeit an, die sie bekommen konnte. Zu dieser Zeit gab es noch keine Kinderbetreuung, und sie war nicht unbedingt eine Rossnatur.«

Cecilia verzog das Gesicht, als wäre das zwar bedauerlich, aber leider nicht zu ändern.

»So wuchsen wir auf. Carl war sieben Jahre älter als ich. Er kam in die Pubertät, versuchte, sich in den Griff zu kriegen, bekam ein Stipendium und schloss die Realschule mit glänzenden Noten ab. Und irgendwann verliebte er sich in ein Mädchen in Visby, Marianne. Sie war zart und zerbrechlich, hübsch und lieb. Ich fing an, mir Sorgen um sie zu machen. Mir wurde sogar angst und bange. Ich fürchtete, dass Carl es nicht mehr lange durchhalten würde, ein guter Mann zu bleiben, wenn sie erst verheiratet waren. Immer wieder kam seine Gewalttätigkeit durch, verstehen Sie? Nicht, dass er sie geschlagen hätte, aber er wurde rasend vor Zorn, ganz weiß im Gesicht, und eines schönen Tages würde er vermutlich die Beherrschung verlieren.«

Sie schaute in ihr Glas. Ihr Gesicht war angespannt.

»Ich selbst war auch recht gut in der Schule und wusste schon, was ich werden wollte. Journalistin. Als ich sechzehn war, bewarb ich mich auf eine Stelle bei der *Gotlands Allehanda* und bekam sie auch. Ich mochte Marianne, wir waren enge Freundinnen, ich fühlte mich verantwortlich für sie und war krank vor Sorge. Schließlich erzählte ich ihr davon.«

»Dass er ein gewalttätiges Kind gewesen war?«

»Nein. Dass er … ja, dass er sich an mir vergangen hatte.«

Siebzig Jahre verschwanden plötzlich aus ihrem Gesicht, als wären sie nie vergangen. Sie war wieder in ihrer Jugend, in einer Welt, die nicht mehr existierte.

»In dieser Zeit hat man das natürlich nicht Missbrauch genannt, es war viel diffuser. Es war das erste Mal, dass ich überhaupt darüber redete. Ein Mädchen, das solchen Übergriffen ausgesetzt war, betrachtete man damals als schmutzig und verdorben, deshalb schwiegen die Opfer am liebsten. Und deshalb zögerte ich so lange. Sollte ich, sollte ich nicht? Schließlich tat ich es. Alles zu erzählen war wirklich ein Opfer, das ich aus Freundschaft brachte. Ich war der Meinung, sie müsse erfahren, was für ein Mensch mein Bruder war.«

Sie schlug mit der freien Hand aus.

»Es war eine Katastrophe. Marianne wurde damit nicht fertig, ihr war das alles viel zu kompliziert. Sie löste die Verlobung. Sie löste auch die Freundschaft zu mir, und schließlich zog sie nach Kalmar. Jetzt sitzt sie dort wahrscheinlich in irgendeinem Altenheim, wenn sie noch lebt. Ich habe sie über viele Jahre sehr vermisst. Carl brach vollständig zusammen. Auch er konnte mit der Situation nicht umgehen. Er gab sofort auf. Er schrieb ihr keinen Brief, versuchte nicht, sie zurückzugewinnen – gab einfach auf. Ich weiß noch immer nicht, ob ich damals das Richtige oder das Falsche getan habe. Seine Reaktion zeigte vermutlich, dass es richtig gewesen war, so richtig es eben sein konnte.«

»Und Sie? Hat er Sie jemals um Verzeihung gebeten für das, was er ihnen angetan hat?«, fragte Margareta.

»Mich? Nein… nein, das hat er wohl nicht getan. Er hat nur getobt.«

»Aber dann haben ja alle beide Sie verraten. Carl und Marianne.«

Cecilia sah verwirrt aus, als wäre ihr nie in den Sinn gekommen, dass ihr eigenes Leid auch ein Teil der Gleichung war. Irgendwo in ihrem Inneren löste sich plötzlich ein Knoten, und ihre Augen füllten sich mit Tränen.

»So habe ich das noch nie betrachtet«, sagte sie verwundert. »Ich dachte, das einzige moralische Problem wäre, was ich getan habe – nicht das, was man mir angetan hat…«

Ihre Stimme erstarb. Kalle schenkte ihr mehr von dem Likör ein. Sie schüttelte den Kopf und verscheuchte ihr Trauma, als wäre es eine lästige Fliege.

»So blind war ich! Wie dem auch sei, am Ende heiratete Carl eine Frau, die vollkommen anders war, eine, aus der er sich nichts machte, und sie bekamen Dennis. Er wuchs in einem Zuhause ohne viel Liebe auf. Seine Mutter war verbittert und enttäuscht. Ich war schon aufs Festland gezogen und traf sie nicht oft – ging ihnen aus dem Weg, um ehrlich zu sein. Als unsere Mutter starb, zog ich in die USA, und es war, als würde mein Leben erst dort beginnen. Das war 1952, Dennis war da vier Jahre alt. Ich hatte einen Teil meiner Wunden selbst geheilt, und Ian heilte die, die noch da waren. Ich hatte nicht gewusst, dass es solche Männer gab wie ihn, solche Liebe. Freundschaft! Wie schön wir es hatten.«

Ihr Gesicht hellte sich auf, als sie sich an ihn erinnerte.

»Aber eigentlich wollte ich noch weiter zurück in der Zeit. Carl wurde 1916 geboren und ich 1923. Unser Vater, Bo Almgren, kam 1876 hier auf Gotland zur Welt. Er stammte aus ärmlichen Verhältnissen und beschloss, reich zu werden. Sehr reich. Er war ehrgeizig und intelligent, und er arbeitete hart. Er war jemand, der in jungen Jahren arme Mädchen als Freundin hatte, die er, als es an der Zeit war zu heiraten, schnell beiseite schob, um sich eine bessere Partie zu angeln. Das dauerte seine Zeit – er war vierzig, als Carl geboren wurde. Unsere Mutter, Lillian, entstammte einer reichen Kaufmannsfamilie und erbte von ihren Eltern ein stattliches Vermögen. Bo zog mit der ganzen Familie nach Stockholm und spekulierte mit ihrem Geld an der Börse. Er hatte Erfolg und wir wurden reich. Wir hatten alles, was man sich wünschen konnte – eine Wohnung mit Salon und Herrenzimmer, ein Mädchen, eine Köchin und eine Sommerfrische auf Dalarö. Ich habe viele Erinnerungen an diese Zeit. Die Flügeltüren zum Salon. Die Glasscheibe über der Tür zum Kinderzimmer, man konnte die Schatten sehen, wenn jemand vorbeiging. Dann kam der Krügercrash, und alles war weg. Mit Stumpf und Stiel. Unser Vater nahm sich das Leben und ließ uns zurück. Wir hatten schon vorher nicht viel von ihm gehabt, aber jetzt war gar nichts mehr da. Und Mutter weinte und zog sich in ihr Schneckenhaus zurück. Wir waren wieder auf die Insel gezogen, und es kamen lange, kalte Winter und lange, kalte Frühlinge.«

Cecilia fuhr sich ungehalten über die Augen, trank mehr Likör und sah Margareta herausfordernd an.

»Beginnen Sie ein Muster zu erkennen?«

»Ich weiß nicht. Ein soziales Erbe?«

»Aber natürlich, das ist der Grund. Aber vor allem ist es ein Muster von *Entscheidungen*. Meine, Dennis', Carls, Bos. Jede Generation hat verrückte, herzlose, tragische Entscheidungen getroffen. Alle haben sie ihre Chancen gehabt und sie zerstört, weil sie ihr Ziel verloren, weil sie das Wesentliche nicht erkannt haben, und das haben sie weitergegeben an ihre Kinder. Zu irgendeinem Zeitpunkt verschwanden Glück und Ziel. Nein, zu einem bestimmten Zeitpunkt.«

Sie sah Margareta an.

»Bo war intelligent und hatte das Talent seiner Mutter geerbt, aber es gelang ihm nie, es richtig einzusetzen. Seine Mutter war elternlos, unverheiratet und unehelich geboren worden. Ein bisschen unentschlossen, das hatte sie wohl von ihrem Vater. Sie war erst sechzehn, als Bo auf die Welt kam, sie war einsam und unsicher. Man betrachtete ihren Lebensstil als ausschweifend. Doch in Wirklichkeit suchte sie nur überall dort nach Liebe, wo sie sie zu finden glaubte. Die Menschen behandelten sie wohl nicht direkt schlecht, aber das war ihr auch keine große Hilfe. Sie hieß noch nicht Almgren, den Namen hat Bo erst angenommen. Sie hieß Amelie Therese Pettersson.«

Margareta blickte sie unverwandt an. Sie spürte, wie sich ihre Nackenhaare aufstellten.

»Amelie, Idas Tochter«, sagte sie. »Sie sind Idas Nachkomme.«

Cecilia nickte. Sie nuschelte irgendetwas, sie hatte ein bisschen viel getrunken. Margareta versuchte die Anwesenheit der alten Dame mit dem toten Mädchen unter dem Grabstein zusammenzubringen. Sie dachte an das Kind, dass sie auf einem alten Foto auf Idas Arm gesehen hatte, an Amelies Einsamkeit und an ihren Sohn, der so fest entschlossen gewesen war, der Armut zu entkommen. An seine alleingelassenen Kinder in Visby, an das Haus und den Grund, der noch immer hier in Buttle zu finden war, sie mit der Vergangenheit verbanden und gleichzeitig von ihr trennten. Sie dachte an Sanna, die auf der Treppe abgelegt worden war, auf der Dennis' Vorfahrin als kleines Mädchen gesessen hatte. An all die Jahre, die vergangen waren.

Die Zeit hatte das lebende Mädchen Ida in Staub verwandelt, der in einem Sarg kaum fünfhundert Meter von dem Ort entfernt lag, an dem sie jetzt saßen. Im Wald nebenan hatte das Haus gestanden, in dem Amelie geboren worden war. Und hier an ihrem Küchentisch saß Cecilia Bradford – viel älter als Ida je geworden war. So war das eine die Voraussetzung des anderen.

Cecilia räusperte sich.

»So ist es. Wie Sie wissen, bin ich vor fünf Jahren nach Visby zurückgekehrt. Ich wusste nicht recht, womit ich mich beschäftigen sollte, deshalb habe ich mit Ahnenforschung begonnen. Flowers must blossom, birds gotta fly, Polizisten müssen schnüffeln und Journalisten auch. Also habe ich Kirchenbücher gelesen, Tagebücher, Gemeinderatsprotokolle und all so etwas. Bin Schritt für Schritt in die Vergangenheit hinabgestiegen.«

Sie strich sich über die Stirn.

»Das letzte Puzzlestück habe ich erst vor ein paar Wochen gefunden. Deshalb dachte ich, mir bleibt das Herz stehen, als Sie ganz unerwartet hereinspaziert kamen und von Ida und ihrem Grabstein zu sprechen begannen. Hier hatte ich nach der tragischen Geschichte meiner eigenen Familie geforscht, hatte mich durch all diese Geheimnisse gewühlt und war nach tausend Mühen und Plagen endlich auf Ida gestoßen – und dann sitzen Sie da und haben einfach das Gefühl, dass es dort etwas Wichtiges gibt, wonach es sich zu forschen lohnt!«

Für einen Augenblick schwiegen sie.

»Im Mai 1862, als Amelie erst zwei Jahre alt war, wurde Ida ermordet«, fuhr Cecilia fort. »Umgebracht von Johannes Andersson, Amelies Onkel, diesem Mistkerl. Ida liebte ihre Tochter so, wie ihre Eltern sie geliebt hatten. Aber in dem Moment, in dem sie starb, fehlte das Ziel und alles geriet aus dem Gleichgewicht. Denn nach dem Mord, was bekam Amelie da noch in die Hand, die sie der Welt entgegenstreckte? Was erlaubte ihr die Welt selbst noch zu geben? Die wichtigste Stimme war verstummt und antwortete nicht mehr. Gab es einen Weg für sie zurück, nachdem sie einmal aus der Bahn geworfen worden war? Nachdem die Kette gerissen war? Nachdem das Selbstverständliche unerreichbar zu sein schien?«

Margareta schwieg. Das war exakt das, was sie selbst gedacht hatte, als sie an einem grauen Mittwochnachmittag am Kai von Nynäshamn gesessen und darauf gewartet hatte, an Bord einer Fähre fahren zu dürfen. Missstimmung hatte in der Luft gelegen. Zusammenhanglose Bilder und Gefühle der Vergangenheit hatten sie bewegt.

»Amelie ist nie darüber hinweggekommen«, sagte Cecilia. »Sie suchte überall nach dem Blick ihrer Mutter und fand ihn nie. Sie wurde aus der Bahn geworfen und ihre Nachkommen, einer nach dem anderen, ebenso. Und einhundertvierzig Jahre nach Idas Tod wütete ein Monster auf Gotland. Und dieses Monster war Dennis.«

32

Kalle machte für alle etwas zu essen. Würstchen mit Rührei. Nachdem sie gegessen hatten, gingen sie gemeinsam hinaus zu dem Platz, wo Sanna tot aufgefunden worden war. Cecilia setzte sich schwer auf die alte Treppenstufe und sah sich um.

»Hier hat Ida mit ihrer Mutter und Amelie gewohnt«, sagte sie. »Diese Stufe ist sie unzählige Male hinuntergesprungen.«

»Hier hat es gebrannt«, sagte Margareta. »Im Boden findet man verbranntes Holz.«

»Ja, Johannes hat das Haus angezündet, als er sie umgebracht hat. Hier draußen lag sie, und Amelie hat versucht, sie zu wecken. Man hat sie später in ein Kinderheim gebracht. Es waren keine guten Menschen dort.«

Plötzlich trat ein Lächeln auf ihr Gesicht.

»Ich glaube, Ida wäre eine der ersten weiblichen Journalistinnen geworden, wenn sie hätte leben und aufwachsen dürfen. Eine Wendela Hebbe. Vielleicht sogar eine große Schriftstellerin, wie Anne Frank. Aber Ida hatte nur zwei erwachsene Jahre, nach Amelies Geburt. In dieser Zeit entwickelte sie sich vom Kind zur Frau. Sie versorgte ihre Tochter, indem sie auf Jacob Kellbergs Kinder aufpasste, und sie las und entdeckte, dass es möglich war, Dinge, die man selbst schrieb, in der Zeitung unterzubringen. Ich habe zwei Gedichte und zwei Novellen von ihr im Zeitungsarchiv in Visby gefunden. Sie war etwas ganz Besonderes. Es ist ein solcher Verlust, dass sie gestorben ist. Dass all diese Frauen und Kinder gestorben sind. Wer weiß, was aus Sanna und den Kindern, die Frank und Dennis auf dem Gewissen haben, geworden wäre?«

»Sie sind an Idas Stelle Journalistin geworden«, sagte Margareta. »Es hat fünf Generationen gedauert, aber am Ende gab es doch eine Journalistin.«

»Dieser Gedanke gefällt mir. Schließlich haben wir das Muster doch durchbrochen, ich, Ernst und seine Mutter, nach all diesen Jahren der Qual und des Wahnsinns. Sie hatten Recht mit Ernst, er kämpft. Er tut es. Und er hat sich für jemanden entschieden, den er liebt. Das habe ich auch getan.«

Margareta rief Ernst und Fanny an, und sie und Kalle begleiteten Cecilia zum Lehrerhaus. Ernst und Fanny schienen nicht recht zu wollen, dass Kalle und Margareta gleich wieder gingen und sie mit der alten Tante allein ließen. Also blieben sie eine Weile.

Eine Stunde später stand Cecilia mit Ernsts ältester Tochter an Idas Grab, während Margareta und Kalle auf der Friedhofsmauer saßen.

»Hier unten liegt die Großmutter deines Ururgroßvaters«, sagte Cecilia, »stell dir vor, sie könnte uns jetzt sehen.«

Fia betrachtete den Stein.

»Der ist schön«, sagte sie. »Ich kenne ihn schon.«

»Ja, er ist schön. Zwei Menschen, die meinten, dass Ida ein tüchtiges Mädchen gewesen war, haben ihn aufstellen lassen.«

»War sie nett?«

»Sie war sehr nett. Genau wie du. Und sie war lustig und intelligent.«

Bevor Cecilia zu Ernst und Fanny zurückging, um dort den Abend zu verbringen, öffnete sie endlich die Tasche, die sie die ganze Zeit bei sich gehabt hatte. Sie saßen auf der Kirchenmauer und Idas Großnichten tobten um sie herum. Cecilia zog zwei zerschlissene Bücher heraus, die in braunes Leder gebunden waren, und reichte sie Margareta.

»Die hier dürfen Sie lesen. Das eine sind Kellbergs Erinnerungen an Buttle, die Sie so gern haben wollten, das andere ist Idas Tagebuch. Und hier sind Kopien von dem, was sie für die Zeitung geschrieben hat.«

»Sie hat Tagebuch geschrieben? Das ist ja fantastisch. Wie haben Sie das gefunden?«

»In der hintersten Ecke des Landesarchivs. Das Ehepaar Kellberg hat sich um Idas Hinterlassenschaft gekümmert. Sie ließen Amelie fallen, was fatal war, aber ihnen muss klar gewesen sein, dass Idas Tagebuch kommende Generationen interessieren würde. Nach ihrem Tod ist die ganze Sammlung dorthin gegangen.«

Ehrfürchtig schlug Margareta das dicke Tagebuch auf. Die Seiten waren mit Bleistift vollgeschrieben, die Zeilen etwas schief und unregelmäßig. Es war, als wäre keine Zeit vergangen, seit Ida über das Buch gebeugt dagesessen und ihre Gedanken niedergeschrieben hatte. Und seit damals hatte es wohl außer den Kellbergs und Cecilia niemand mehr angesehen.

Sie verabschiedeten sich von Cecilia und kehrten ins Ferienhaus zurück. Kalle nahm sich Kellbergs Erinnerungen vor und streckte sich auf dem Sofa aus, Margareta legte Idas Tagebuch vor sich auf den Tisch.

Sie machte die Stehlampe und eine Kerze an, setzte sich und begann, die erste Seite zu lesen. Bleistiftbuchstaben, krumme Zeilen. Ein Brotkrümel lag zwischen den Seiten. Sie hob das Buch und roch daran.

Sie schaute hinüber zu Kalle. Er blickte von seinem Buch auf, und sie fragte sich, wann die Wärme zwischen ihnen wiederkommen würde. Oder überhaupt irgendein Gefühl. Sie war nicht mehr ruhelos, sie hatte einen Endpunkt erreicht, und dort stand sie jetzt und wartete darauf, dass sich irgendwo eine Tür zu ihrem Leben öffnete. Und dennoch waren sie jetzt zusammen hier, die Sonne schien auf die Wiesen und Wälder und auf das Haus in dem stillen Buttle.

Drei Monate später ging Sannas Mutter in den Gerichtssaal, um der Verhandlung gegen Frank Behlin beizuwohnen.

Sie blieb stumm und verzog keine Miene, als das Wachpersonal sie mit dem Metalldetektor überprüfte, ihre Kleidung abtastete und ihre Tasche durchsuchte. Es wurde nichts Verdächtiges gefunden.

Die Eltern der kleinen Mädchen hatten es an diesem ersten Tag nicht über sich gebracht zu kommen, aber Gun hörte allem wortlos zu. Von seinem Platz auf der Anklagebank warf Frank Behlin einen langen Blick auf ihr besiegtes Gesicht. Ihre unbewegte Gestalt gab ihm neue Hoffnung.

Auf Anraten seines Anwalts hatte er sich die Haare geschnitten und einen dunklen Anzug mit Hemd und Krawatte angezogen. Nach der ersten Woche in Haft, in der er durch die Hölle gegangen war, hatte er sein inneres Gleichgewicht wiedergefunden und blickte nach vorn. Er versuchte, sich seine Chancen auszurechnen, die Vor- und Nachteile abzuwägen. Er war bereit, seine unheilvolle Ausstrahlung, die ihm sehr wohl bewusst war und die auch Eva besiegt hatte, zu kaschieren. Er glaubte, einen steinigen, aber Erfolg versprechenden Weg gefunden zu haben und plante schon, wie er die Jahre im Gefängnis oder in der Psychiatrie am besten nutzen konnte und wie er bei guter Führung baldmöglichst wieder entlassen werden würde.

Ein Lebenslänglich würde er auf keinen Fall akzeptieren. Sein Anwalt hatte eine Strategie vorbereitet, bei der dem klügeren, besser ausgebildeten und außerdem physisch überlegenen Dennis – der zudem schon früher wegen Kindesmisshandlung angeklagt worden war – die Rolle des Dominanten gegenüber dem jüngeren und schwächeren Arbeiter zugewiesen werden sollte.

Als am zweiten Tag die Mittagspause angekündigt wurde, stand Gun kurz vor allen anderen auf, trat drei Schritte auf Frank zu und packte seine Krawatte. Eine lächerliche Geste. Er grinste sie an, sorgsam darauf bedacht, sich nicht provozieren zu lassen. Sein Anwalt hatte die Aufmerksamkeit gerade in die andere Richtung gelenkt und bemerkte nichts.

Aus dem Augenwinkel registrierte Frank, dass ein Wachmann sich auf sie zubewegte, aber er hatte keine Eile. Er schien ein gewisses Verständnis für die Mutter des ermordeten Mädchens zu hegen, als hoffte er, Gun würde es noch gelingen, dem Kerl eine schallende Ohrfeige zu verpassen. Als wäre er der Meinung, dass sie genau das vielleicht brauchte.

Frank blickte wieder zu Gun und bemerkte zu spät die Kraft, mit der sie an der Krawatte zog. Die Schlinge um seinen Hals zog sich zu, der Knoten wurde immer strammer. Er dachte noch, dass sie zu Hause geübt haben musste. Sein Blick begegnete ihrem, und er begriff, dass sie beabsichtigte, hier vor ihm zu stehen und zuzusehen, wie er erstickte.

Panik erfasste ihn. Er bekam kein Wort heraus, stieß sie von sich, fing an, mit den Armen zu rudern. In seinen Ohren rauschte es. Sein Anwalt und der Wachmann kamen gleichzeitig auf ihn zu, ihre Gesichter verschwammen vor seinen Augen. Er versuchte verzweifelt, ihre Hände abzuwehren, um den Knoten zu lockern, aber er stellte fest, dass sie sich bei dem Versuch, das Band zu lösen, immer wieder in die Quere kamen, dass sie seine Hände festhielten, wieder an der Krawatte nestelten.

Hinten im Saal suchte ein Mann in seiner Hosentasche nach einem Messer, aber im Gerichtssaal waren keine Messer zugelassen. Ebenso wenig Scheren. Alle scharfen Werkzeuge waren verboten, in der Absicht, das Leben des Mörders zu schützen.

Keinem gelang es rechtzeitig, den Knoten zu lösen. Das Blut donnerte in Franks Ohren. Er wurde zehn Jahre alt, er wurde ein Kind, er wollte weinen.

Er starb auf dem Boden des Gerichtssaals. Er selbst spürte den Übergang in die Bewusstlosigkeit und in den Tod nicht mehr.

Zwei Wochen später erhängte sich Dennis Almgren in seiner Zelle. Cecilia ging zu seiner Beerdigung, um das Kind zu betrauern, als das er einst geboren worden war, bevor er der Mann wurde, als der er starb. Sie hatte erwartet, allein in der Kapelle zu sein, aber einige wenige seiner alten Freunde und Politikerkollegen saßen in der hintersten Reihe. Hinterher nahm sie ein Taxi, um in ihr Altenheim zurückzufahren, starrte reglos auf ihre Zimmerwand und vermisste ihn.

Gun Westman wurde wegen fahrlässiger Tötung zu acht Monaten Gefängnis verurteilt. Eine Tötungsabsicht konnte man ihr nicht nachweisen.

Jacob Kellberg saß an dem ovalen Tisch im Salon. Er hatte die Pfeife im Mund, aber sie brannte nicht. Elfrida saß ihm gegenüber auf dem Sofa mit der hohen Rückenlehne. Sie hatten lange geschwiegen und ins Feuer geschaut, das in dem offenen Kamin langsam erlosch.

Der Kaffee war in den Tassen kalt geworden. Vor den Fenstern war es an diesem kühlen Maiabend dunkel geworden.

»Dann ist sie also tot«, sagte Jacob. »Kleine Ida. Ein so junges Mädchen.«

»Man mag es kaum glauben«, sagte Elfrida.

»Und talentiert war sie auch.«

»Ja. Unglaublich, dass sich ein so kluger Kopf unter dem Landvolk finden kann. Von Zeit zu Zeit kommt so etwas vor. Sie erinnerte mich an dieses Negermädchen in Afrika, das so feine Gedichte schrieb. Aber natürlich war sie letztendlich doch nur ein Dienstbote mit einem unehelichen Kind, Tochter eines besitzlosen Arbeiters und einer Stallmagd.«

Sie trauerten aufrichtig. Sie erinnerten sich an ihr Lächeln und an ihre Ernsthaftigkeit und trauerten.

»Ich frage mich, was wohl aus der kleinen Amelie wird«, sagte Jacob.

»Wenn es keine Verwandten gibt, wird sich wohl die Armenhilfe ihrer annehmen?«

»Sie hat doch einen Vater …?«

Elfrida schüttelte langsam den Kopf.

»Er ist erst siebzehn Jahre und Student. Die Einzige in der Familie, die sich um Amelie gekümmert hätte, ist ja leider tot. Die Großmutter.«

»Es wird sich schon finden«, sagte Jacob zweifelnd.

Das Ehepaar saß beisammen und überlegte, was sie selbst noch tun konnten.

»Vielleicht sollten wir …«, hob Elfrida zögerlich an.

Sie verstummte. Jacob fing ihren Blick auf.

»Ja, vielleicht. Man würde ja gern. Aber wer weiß, wie so etwas endet?«

»Ja. Bei dieser Familie«, sagte Elfrida. »Väterlicherseits, meine ich. Ein so süßes, kleines Mädchen. Aber ich weiß nicht … die Anlagen … es heißt, der Onkel der Kleinen hätte es getan. Johannes. Er hatte Ruß an den Händen.«

Wieder schwiegen sie eine Weile bedrückt und dachten an ihre eigenen Kinder. Verdrängten die Erinnerung daran, wie Emma mit Amelie gespielt, wie sie sie im Arm gehalten hatte. Zwischen ihnen bestand ein geschwisterliches Band, das jetzt nur zu stören schien.

»Es findet sich sicher«, sagte Jacob wieder. »Aber wir könnten uns doch um Idas Grabstein kümmern. Das hätte ihr gewiss gefallen, und das hat sie auch verdient.«

»Ja, das hat sie wirklich!«, stimmte Elfrida zu, eifrig und erleichtert. »Ganz gleich, was es kostet. Es kümmert sich sicher niemand sonst um einen Grabstein, lass uns das tun! Ein so tüchtiges Mädchen, egal was sie getan hat. Und sie konnte auch gut schreiben.«

»Einen richtig schönen Grabstein«, sagte Jacob.

Sie hatten die Lösung gefunden. Lächelnd sahen sie einander an.

Das schlechte Gewissen war noch nicht ganz verschwunden. Aber im Laufe der langen Frühlingsnachmittage würde es sich auflösen.

Jacob erhob sich und legte einen Holzscheit in die Glut des Kamins.

Fakten und Fiktion in »Rabennächte«

Visby spielt sich selbst, das Wisby Hotel, Hedbergs Buch & Musikcafé, sowie das Restaurant Bakfickan gibt es wirklich. Die Kneipe Mauerstein, die Boutique Caprice und die Pension Viberg hingegen sind frei erfunden. Auch die Mühle, das Lehrerhaus, den früheren Dorfladen und die ehemalige Sauna in Buttle gibt es. Im Sinne des Buches habe ich jedoch, mit der Erlaubnis der Bewohner, all diese Häuser mit meinen eigenen Figuren bevölkert. Das Ferienhaus der Danielssons, das Margareta mietet, gibt es nicht. Ganz selbstherrlich habe ich es neben der ehemaligen Sauna platziert.

Die Vergangenheit:
Ein Teil der Handlung dieses Romans ereignet sich auf der Insel Gotland in den Jahren 1860–62. Es war eine Zeit des Umbruchs, und der Wind der Erneuerung wehte über das Land. Doch das Gotland jener Jahre sah ganz anders aus, als wir es heute kennen. Die Moore waren noch nicht trockengelegt, es gab keine Eisenbahn, die Straßen wurden von Holzzäunen flankiert (von niedrigen ebenso wie von mannshohen Zäunen aus gekreuzten Stangen) und die Häuser waren entweder aus Stein oder Holz gebaut, naturbelassen mit bunt gestrichenen Türen. Eisenherde waren noch neu, und Besucher vom Festland kamen so selten, dass sich die Einwohner von Visby oft am Kai versammelten, wenn ein Schiff anlegte.

Ida Catharina Pettersson ist eine rein erdichtete Figur, aber sie hat sich ihren schmucken Grabstein und fast ihren ganzen Namen von Ida Christina Pettersson geborgt, die in Altajme lebte und um 1870 herum im Kindesalter starb. Ihr Grabstein steht auf dem Friedhof von Buttle. Pastor Jacob Petter Hägström (Kirchenvorstand der Gemeinde von 1855–71) und seine Familie gab es ebenso wie Anna Catharina aus Hägsarve, aber ihre Worte und Persönlichkeiten in diesem Buch sind rein fiktiv. Ebenso erfunden ist das Innere des Gemeindehauses sowie der Brauch, dort jemanden für einen Korb mit Brot oder Gemüse putzen zu lassen, wohingegen das Gemeinderatsprotokoll, das Pastor Hägström führt, echt ist. Ich habe es gelesen. Auch Idas Geschichte über den Ehekrach in Velinge ist authentisch.

Die Geschichte des Lehrerhauses ist meine Erfindung, und auch die Familie Kellberg hat es nie gegeben. Um 1860 gab es Fotografen in Visby, jedoch keine Anna Agardh (aber es ist wahr, dass das Fotografenhandwerk zu dieser Zeit häufig von Frauen dominiert wurde). Das gemalte Reklameschild auf Annas Hauswand gilt in Wirklichkeit einem anderen Fotografen – aber es existiert. Auch die Auszüge aus den gotländischen Zeitungen Mitte des 19. Jahrhunderts Jahre sind authentisch.

Annika Bryn

Dank der Autorin

Vielen möchte ich für ihre Hilfe bei der Arbeit an diesem Kriminalroman danken.

An allererster Stelle gilt mein Dank der Gemeinde Buttle auf Gotland, die es wirklich gibt, und die Schauplatz vieler Geschehnisse in diesem Buch ist. Vielen Dank an Karin Dreborg, Lars Wahlby, Olof Levin und Familie Dahlborg-Bäckström. Die Einladung zu einem Wochenende in ihrem kleinen Ferienhaus in Buttle gab mir die Grundidee, die Handlung meines Buches hierher zu verlegen. Ich bedanke mich auch bei allen anderen, die wir besucht haben, u. a. in Altajme und Nygårds!

Mein Dank gilt außerdem Stefan Haase, Sune Jacobsson und Ulf Thuresson. Den enthusiastischen Mitarbeitern des Landesarchivs in Visby, wo ich gerne Monate zugebracht und alte Gemeindeprotokolle und Zeitungen gelesen hätte.

Zu guter Letzt möchte ich meiner Lektorin Gunilla Ahnegård Berg danken.

Die Personen des Buches sind frei erfunden, und alle Fehler sind natürlich meine eigenen.

Stockholm im Frühjahr 2006
Annika Bryn

blanvalet

Tess Gerritsen bei Blanvalet

Medizin-Thriller der Extraklasse – »Eine Meisterin des Genres!«

NDR

36615

36459

36284

36067

www.blanvalet-verlag.de